역사인물찾기 32

김수영 평전

최하림 지음

실천문학사

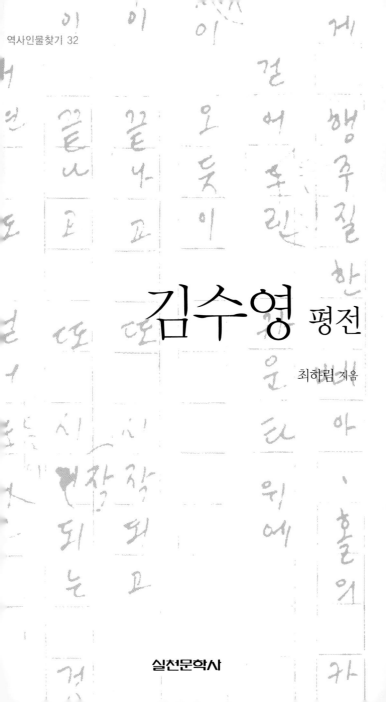

1966년, 서강의 집에서

▲ 1933년경. 부친, 동생 수성, 수강, 수경과 함께. 오른쪽 소년단 복장의 김수영.

▶ 1930년경의 김수영. 동생 수성, 수강과 함께.

▲ 1934년, 장티푸스, 뇌막염을 앓고 난 직후의 모습.(좌)
1938년, 선린상업학교 전수과 제3학년 시절 고광호(왼쪽)와 함께.(우)

▲ 1938년, 선린상업학교 전수과 졸업기념 사진. 왼쪽이 김수영.
▼ 1936년, 선린상업학교 2학년 시절. 아랫줄 왼쪽에서 두번째.

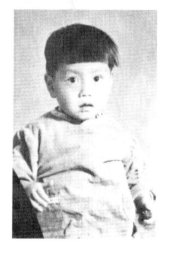

▲ 할아버지 희종.(좌) ▲1943년경, 김수영의 어머니.(우)
▼둘째아들 우.

▲ 큰아들 준과 동생 김수명.

▲ 1961년, 막내여동생 송자의 졸업식 때. 왼쪽부터 부인, 모친, 동생 수명, 김수영, 수환.
▼ 1960년대 후반의 모습.

▲ 1960년대 후반의 모습.

▲ 1953년 아니면 1954년, 군산으로 문학 강연 갔을 때.
아랫줄 중앙에 이병기, 신석정, 윗줄 오른쪽에 고은도 보인다.
▼ 신동문(왼쪽)과 김수영.

▲ 장남 결혼식장에서. 왼쪽부터 부인, 장남 준, 동생 수명.

◀ 차남 우의 고등학교 졸업식에서.
오른쪽이 부인.

▶ 집필실에서의 모습.

말갛게
행주질한
빼아、홀의
가운타에

돈을
걸어두린
카운타위에

寂寞이
오듯이

革命이
끝나
고
또
시작되고
것은

革命이
끝나
고
또
시작되
는

돈을
내면
또
걸어
두라
고
돈을
내면

돈을
내면
또
걸어
두라
고

또
걸어
두라
는

夕陽에
비쳐
눈
부신
카운
타
같기
도

한
겨
미
니

詩

가다오
나가다오

이유는 없다—

나가다오 너희들 다 나가다오

너희들 美國人과 蘇聯人은 하루바삐

나가다오

김수영의 육필원고

▲ 도봉산의 선산에 세워진 김수영의 시비.

초판 서문

한 시인의 전기를 구성한다는 것은 그 시인과의 내밀한 통화가 행해질 수 있을 때 가능한 것 같다. 시인의 독서물을 시인의 눈으로 읽고 시인의 이성과 감성으로 판단하고 느껴야 하며, 그의 사유체계는 물론 그의 의식이 지향하는 곳, 대화의 내용과 특징 어조, 그의 관습과 행동반경까지도 엿볼 수 있어야 한다. 한 시인의 전기를 구성한다는 것은, 그러므로 시인의 삶의 전체성에로 접근해 가야 한다. 그러기 위해서는 공동연구 및 연구보조자가 절대로 필요하게 된다. 세계를 온몸으로 느끼고 싸우는 시인의 예민한 촉수를 한 집필자가 감당하기는 어렵다. 시인의 희로애락을 시인의 경우에서 느끼고 사유하는 두세 사람 이상의 연구자들이 이를 해석하고, 해석을 토론하고, 다시 토론된 바를 종합하여 카드를 만들고, 그런 수많은 카드의 집성에 의해서(그것을 바탕으로) 전기 작성은 비롯되어져야 한다. 그러므로 시인의 전기는 많은 시간을 요하게 되고, 더욱이 그 시인의 존재가 단순치 않은 시대 속에서 빛나는 성신이고 보면 전기 집필은 더욱더 긴 시간을 필요로 하게 된다. 김수영과 같은 대시인의 경우에는 말할 것도 없는 일이다. 그의 콤플렉스와 격발성, 그의 자유와 에고이즘, 그의 시대의 폐쇄성과 그의 시의 개방성은 상호 이해되고 전기적 해석이 이를 뒷받침해 주어야 한다.

그럼에도 불구하고 이 평전은 위와 같은 기본사항들을 하나도 갖추지 못한 가운데서 쓰였고, 책으로 나오게 되었다. 처음 필자는 김수영의 명제의 하나인 자유에 대하여, 그것이 어떤 경험요소와 어떤 시대적 특성 속에서 배태되고 성장 발전하였는가를 살피고, 그것이 어떤 표현방법 을 통하여 시로 결정되었는가를 분석해 보고자 마음먹었다. 그 '마음먹음'은 은근한 것이었고 야심스런 것이었다. 그러나 작업이 진행되어 가는 동안 나는 이를 포기해야 했다. 나와 같은 비재(非才)에게는 전기적 사실의 구성만으로도 힘에 겨웠다. 주지하듯 그의 전기 사실들은 그 자신의 손으로도 남의 손으로도 기록되어진 바가 거의 없었다. 그와 함께 살았던 가족과 친지들로부터 일일이 들어서 적어야 했다. 어려움은 그것만이 아니었다.

나는 마침내 내가 이 평전 구성의 적임자가 못 된다는 사실을 깊이깊이 깨우치지 않으면 안 되었다. 나는 그의 곁에 있지도 않았고, 그와 같은 동적 상상력의 소유자도 아니며 그와 같은 서울 출신도 아니다. 또한 나는 그와 같은 전통에 반항할 만한 전통적인 요인도 구비하지 못하였다. 나는 성격적으로나 환경적으로나 문학적으로나 그의 평전 집필 자로서는 전혀 마땅치가 않았다.

그럼에도 내가 붓을 놓지 않고 끝까지 이 글을 밀고나갔던 것은 다음 두 가지 숙명적인 사건에 기인하는 것 같다고 나는 생각한다. 첫째로는 나의 문학생활 초기에 베풀어주었던 김수명 씨의 따뜻한 사랑에 대한 감사의 마음이고, 두 번째로는 최근 내가 근무하는 직장에서 낸 『한국현대시문학대계』와 관계된 일이다. 두 번째가 첫 번째보다 더 직접적인 요인이 될 수 있다. 나는 그 시집(『한국현대시문학대계』 24권, 김수영)을 내면서 김수영으로부터 내가 전혀 모르거나, 안 것 중에서도 막연하였던 것들을 상당히 많이 깨우치게 되었고, 다양한 성찰방법을 배우게 되었다. 시적 테크닉에서도 나는 교시받은 바가 많았다. 또한 나는, 그가 세계를 '그' 속으로 끌어들여 이해하고 투쟁하고 극복하는 것을 보았다. 이런 많은 가르침에 대해 나는 보답하고 싶었다. 그러니 어떻게 중단할 수 있었겠는가.

이 글이 완성되도록 아낌없는 배려를 다해 준 시인의 노모와 미망인 형제분들께 감사드린다. 그리고 바쁘신 중에도 인터뷰에 기꺼이 응해 주신 김광균, 이봉구, 김경린, 박연희, 유정, 박태진, 김종삼, 김중희, 김규동, 신동문, 박재삼 선생님들과 시인의 선린상고 동창인 강기동, 이종구 선생님, 유년 시절부터 죽마지우였던 고광호 선생님께 심심한 사의를 표한다.

이 글은 붓으로 내가 옮겼을 뿐, 그분들이 쓴 것이나 진배없다. 이 어리숙한 글이 쓰이도록 인내로 기다려준 시우(詩友) 김종해님과 김두래님에게도 아울러 마음속의 뜨거운 인사를 드린다.

1981년 6월
우이동에서 최하림

재판을 내며

『김수영 평전』이 처음 나온 것은 1981년. 꼭 20년 만에 다시 세상의 빛을 보게 되었다. 20년의 세월이 경과한 뒤에 나오는 이 평전은, 20년 동안 김수영의 시와 삶에 대해 생각하고 또 생각하며 의문표를 던져온 집적물이다.

김수영과 같이 단순치 않은 시인의 상(像)을 그려낸다는 일은 결코 쉬운 일일 수 없다. 시인은 이런 일들을 어떻게 생각하고 저런 일들을 어떻게 생각했으며, 어떤 표정과 말씨로 대했을까, 묻고 또 물어야 했다. 그런 물음과 회의를 거쳐 구한 상(像)이라고 하는 것도 망상에 지나지 않는 것이라는 회의에 잠기곤 했다. 그래서 나는 그 상(像)을 최종적으로 시인의 노모의 말(증언) 속에서 풀어내야 했다. 평전의 시제가 노모의 생전(증언해 주셨던 1980~1981)이 되고 있는 것은 그 때문이다. 노모만큼 시인을 잘 알고 사랑했던 사람은 지상에 존재하지 않았으며, 노모만큼 시인이 사랑하고 의지했던 사람도 없었다. 나는 이 평전에 그 사랑의 소리가 저류로나마 흐르게 하고 싶었다.

이번에도 여러분들이 증언해 주셨다. 만주 길림시에서 함께 연극을 했던 임헌재, 거제포로수용소에서 함께 포로 생활을 했던 장희범, 서강에서 이웃에 살았던 김경옥, 그리고 박순녀, 김영태, 염무웅, 김철, 김우정 선생님들께 머리 숙여 감사드린다.

2001년 5월 호탄리에서

최하림

차례

철들 무렵

1

1921년도 34일밖에 남지 않은 겨울날 오후, 김수영은 중
인들이 우글우글 모여 사는 서울 종로2가 관철동 158번지
에서 김태욱(金泰旭)과 안형순(安亨順)의 셋째아들로 태어
났다.

21년만 해도, 봄, 여름, 가을, 겨울 가릴 것 없이 서울의
하늘에는 새들이 북에서 남으로, 또 낙산에서 종묘로, 남산
으로 무리지어 날아다녔다. 까치, 까마귀, 참새는 말할 것
없고 기러기들도 겨울이면 북에서 줄지어 날아왔고 제비,
종다리 들이 봄이면 울어댔다. 소나무, 느티나무, 참나무,
도토리나무들도 북한산 골짜기마다 우거졌다. 5백 년 역
사를 지닌 고도의 정취가 어느 계절마다 풍기지 않는 때가
없었다. 특히 11월경이면 서울을 싸고 있는 산들에서 나무
이파리들은 떨어져 내리고 바위들이 삐죽삐죽 솟아올랐

다. 김수영은 그런 늦가을 날에 태어났다. 늦가을의 기운을 타고난 탓인지 갓난아기의 얼굴은 백짓장같이 새하얬고 눈은 크고 둥글었다.

아버지 김태욱은 걱정이 앞섰다. 걱정하지 않을 수 없는 일이었다. 갓난아기가 셋째라고 했지만 그에게는 첫째나 다름없었다. 첫째와 둘째는 낳자마자 숨을 거두었다. 김태욱은 갓난아이도 첫째나 둘째와 같은 존재가 되지 않을까 하는 두려움과, 그렇지 않기를 간절히 바라는 소망으로 어느 한 곳에 눈을 주고 있을 수 없었다. 김태욱만이 아니었다. 집안의 모든 식구들이 그랬다. 특히 할아버지 김희종 (金喜鍾)은 더욱더 그랬다. 김희종은 아들이 둘이었다. 그러나 큰아들 김태흥(金泰興)은 결혼한 지 10년이 넘도록 아이 하나 없었고, 둘째 아들 태욱도 큰아들과 진배없이 두 아이가 태어나자마자 죽고, 셋째 아이도 눈이 화등잔만 해서 집안의 대를 이어갈 수 있을지 적이 걱정스러웠다.

김수영의 탄생은 그런 우려와 소망이라는 원초적 감정 속에서 비롯되었다. 김수영이 세상을 뜬 지 10년이 넘는 오늘에도 집안에서 김수영을 생각하는 마음은 별로 변화를 보이지 않는다. 시인의 노모는, 그의 아들이 한국 현대시 문학사에서 샛별과 같은 존재로 부상한 오늘에도 여전히,

"그 사람이 목숨을 오래오래 부지해 주기만을 집안사람들은 그저 빌었댔지."

26

라고 말한다. 그것은 그녀가 생명의 가치를 무엇보다도 소중한 것으로 여겼으며, 생명은 그녀가 깊이 믿어온 불타보다도 하늘과 땅보다도 인간이 저버릴 수 없으며, 저버려서는 안 되는 근원적인 것으로 보았다는 것을 뜻한다. 서울 태생인 그녀는, 그런 믿음으로 5남 3녀를 낳아 길렀다(사망한 자녀까지 합치면 6남 4녀였다).

2

김수영의 호적에는 태어난 곳이 서울 종로구 묘동(廟洞) 171번지로 돼 있지만 실제로 태어난 곳은, 앞에서 말했듯이 종로2가 관철동 158번지의 할아버지 집이었다. 그러니까 김태욱은 묘동으로 분가해 나갔으되, 아내의 산기가 임박하자 아이를 낳으려고 본가로 돌아왔던 셈이 된다.

당시 관철동은 서울의 경제권을 손아귀에 틀어쥔 중인의 주거지로서 그들은 경기, 황해, 강원, 충청 등 중부지방 토지를 상당히 소유하고 있었음은 물론 장안의 상권을 거의 손에 쥐고 있었다. 그들의 정치 경제적 세력은 남산골 딸깍발이나 지체 낮은 양반 관인들을 능가했다. 중인으로 관철동까지 진출한다는 것은 상당히 어려운 일이었다.

천석지기에 이르지는 못했지만 김수영네 집안의 토지는 경기도 파주, 문산, 김포, 강원도 철원, 홍천 등지에 널려 있었다. 철원, 홍천에서는 2백 석을 거두었고, 문산에서는 1백 석을 넘었다. 가을이면 5백 석을 넘게 벼가마를 싣고 오는 우마차들이 대문 앞에 줄을 섰다. 씨암탉, 인삼, 과일, 생선, 엿 등을 가지고 오는 소작인들도 끊일 날이 없었다. 양쪽 볼에 곰보자국이 심한 마름 이병상은 그런 벼 가마와 선물들을 받아 치부책에 적고, 또 그들을 접대해 보내느라 아침부터 저녁까지 분주했다.

우리는 김수영의 집안이 어떻게 많은 토지를 소유하게 되었는지 모른다. 그의 집안이 무반이었다는 것과 관철동에 거주했다는 사실로 미뤄보면 꽤 오랜 동안의 축재과정을 거쳤으리라 짐작될 뿐이다. 집안이 무반이었다고 했지만 그것도 김수영의 증조할아버지가 되는 김정흡(金貞洽)이 '용양위 부사과'에 이르렀다는 정도에 그친다. 김정흡의 무덤 묘석에는 '宣略將軍 行龍驤衛副司果 金海金公諱貞洽之墓(선약장군 행용양위부사과 김해김공휘정흡지묘)'라 새겨져 있는데, 당시 '용양위 부사과'란 종3품에 해당한 낮은 관직이면서도 한직(閑職)에 속했다. 할아버지 김희종의 묘석에 쓰인 '正三品 通政大夫中樞議官(정삼품 통정대부중추의관)'도 1895년에 생겼다가 1905년에 사라진 자리로 수구파나 퇴직관료, 보부상들에게 내린 명목상의 직위였다. 그러니까 '용양위 부사과'나 '중추의관'이란 지배계층으로서의 정통성을 갖는 벼슬이었다기보다 조선 말기에 성행했던, 돈을 주고 산 공명첩(空名帖)에 불과한 것이었다고 볼 수 있다. 기억력이 뛰어난 김수영의 노모도 "할아버지가 장군이었다구 그래."라고 할 뿐 그 이상의 사실을 말해주지 않는다.

어쨌든 김수영의 집안은 한말과 일제 초를 거치면서 상당한 재산을 모았고, 봄과 가을이면 가난한 소작농과 살림이 어려운 친척들에게 쌀가마와 포목을 꼭꼭 나누어주었다. 그 같은 선행은 김희종의 인간적 측면에 의한 것이었다고 하기보다는 소작인들을 탈 없이 거느릴 줄 아는 지주다운 지혜가 발휘된, 조선 후기 양반 지주들의 덕목으로 보아야 할 것이다.

김수영이 태어나기 전 해인(1920) 경신년에는 전국적으로 엄청난 비가 쏟아져 소작인들의 생활은 거덜 나다시피했다. 소작인들과 친척들에게 김희종은 여러 차례 곡식을 나누어주었다. 창고가 바닥이 날 정도였다. 농민들이 어려워지자 종로거리의 상가에도 찬바람이 불었다. 포목점에는 손님 하나 들지 않았고 금은값도 폭락했다. 그런 불경기에 부채질한 것이, 그해에 창간된 신문들이었다(1920년 조선일보, 시대일보, 동아일보가 창간됐다). 기미년(己未年, 1919)에 전국적으로 일어난 3·1민족독립운동의 후유증을 씻기 위해 일본제국주의는 무단정치(武斷政治)에서 문화정치로 통치방법을 바꾸고, 조선어 신문들을 창간토록 했는데, 국한

문 혼용의 신문들은 부분적이고 왜곡된 것이나마 만주, 중국 등지에서 일어나고 있는 독립운동의 편린들을 전해 주는가 하면 국내외의 갖가지 사건들을 보도해 주었다. 서울 상공에 안창남이 비행기를 타고 곡예를 부렸다는 기사가 있는가 하면 사람은 왼쪽으로만 걸어 다녀야 한다는 해괴한 법이 제정됐다고 알려주기도 했다. 사람들은 놀랐다. 왼쪽으로만 걸어다녀야 하다니, 그럼 앞으로는 뒤로 가는 법도 제정될 수 있단 말인가! 그뿐이 아니었다. 떠도는 소문으로는 종각 뒤의 백정 아들이 YMCA에서 무슨 화학인지, 음악인지를 가르치는데, 한다하는 명문자제들이 백정 아들에게 배우러 다닌다고 했으며, 의친왕은 밤마다 양년을 끼고 춤을 춘다는 소문도 돌았다. 나라가 돌아가는 꼴이나 사회의 변화상이 봉건적 도덕체계에 깊이 물들어 있던 당시 사람들에게는 도저히 납득되지 않았다. 김수영의 할아버지 김희종도 그 무렵의 세태가 이해되지 않았다. 이해되지 않는다는 것은 세태가 상식에 어긋난다는 뜻도 되지만, 사람들의 의식이 급변하는 시대조류를 따라가지 못한다는 사실을 더불어 뜻한다. 이럴 때, 사회는 따라가지 못하는 사람들의 세력과 따라가는 세력으로 양분되게 되고, 분란이 일어나게 되고, 그 분란에서 어느 쪽이 승리하게 되느냐에 따라 사회의 지향점은 정해지게 된다. 1920년대 초, 사회의 지향점은 일본제국주의가 주도한 변화의 쪽으로 줄달음치고 있었다. 일본제국주의의 조선강점이 그 분수령이었다. 따라서 사회의 흐름은 일본제국주의와 손을 잡은 친일관료, 친일지주, 친일역관들이 주도하게 되었고, 그 변화에 적응하지 못하는 사람들은 몰락할 수밖에 없었다. 김희종은 그 몰락의 대열에 낀 사람 중의 하나였던 것 같다. 김수영의 집안은 20년대에 와서는 현저하게 적응력을 잃어버리고 기울어지기 시작했다. 그리고 김수영이 태어난 다음 해 여름에는 관철동 집을 팔고 종로6가로 이사 갔다. 종로6가 집은 관철동의 집처럼 크지는 않았으나 대지 1백여 평에 안채와 사랑채가 있었고, 한길에 면한 쪽에는 가게가 붙어 있었다. 뒤에 김수영의 아버지는 그 가게에서 지전상(紙廛商)을 경영했다. 집 주변에는 종로에서 밀려난 사람들이 하나둘 모여들어 유기점이라든가 한약방, 철물점, 잡화상 등을 차렸다. 삼각동에서 살던 최남선의 집안도 낙산 입구로 이사왔고, 이은의 4촌인가 6촌인가 되는 왕족도 그 부근에 살았다. 또 친척이 궁 안에서 일한다는 고씨네도 김수영네 집 골목 건너편에 살았다. 그즈음 종로통에서 살던 사람들은 대거 변두리로 이사가고, 그들이 팔고 간 집은 헐려 작은 상점 건물로 바뀌어가고 있었다.

3

김씨네 집안의 관심을 한데 모은 갓난아기는 가족들의
염려대로 건강한 아이는 못 되었다. 그는 태어날 때부터 눈
이 화등잔만하더니 12월에 들어서자 폐렴에 걸려 기침을
콜록콜록 했고, 몸이 불덩이처럼 달아올랐다. 정월 초하루,
차례를 지낼 적에는 시아버지의 불호령이 떨어질까 봐 며
느리는 아기를 치마폭에 감싸고 다녔다. 그런 모습이 가엾
어 보였던지 이웃사람이 갓난아기의 폐렴에는 '오리 혓바
닥이 그만'이라고 가르쳐주었다. 그녀는 남대문으로 달려
가 오리를 세 마리 사다가 혓바닥을 먹였다. 놀랍게도 아기
의 열은 떨어지고 기침이 멎었다. 그 뒤로도 아기는 성할
날이 없이 백일해다, 설사다, 감기다 하고 거듭거듭 앓았
다. 그때마다 며느리는 잠을 이루지 못하고 아기와 같이 앓
았다. 그런 정성 때문이었던지 아기는 위기를 넘기고 다시
살아나곤 했다. 가족들은 숨을 내쉬었다. 이때의 가족이란
할아버지와 아버지, 어머니, 큰아버지, 고모 등을 말한다.

첫돌이 지나자 아기는 이전보다 똘똘해졌고, 눈에 뜨
이는 사물에 대해 반응을 보이기 시작했다. 그는 붉은 꽃
을 보고 손가락질했으며, 새 옷이나 새 물건을 보고는 '저
어…저어….'라고 반응했다. 말귀를 알아듣기 시작하면서
부터는 이야기를 해달라고 졸랐다. 한 번 붙들렸다 하면 할

머니나 어머니는 아이가 잠들 때까지 이야기를 계속해야 했다. 더 이상 할 것이 없다고 해도 막무가내였다. 또 한 번 들은 이야기는 서너 살짜리 어린애로서는 의외다 싶을 만치 잘 기억했다.

그 같은 면들이 두루 작용하여 할아버지는 이 아이가 '즈이 애비와는 다르구나.' 하는 생각이 들었으며, "김 의관댁 장손은 늘손이 있어 보인다."고 이웃들에게 칭찬을 들으면, 이웃들의 손을 잡고 술집으로 들어갔다. 김희종은 술을 매우 좋아했다. 술자리라면 사양하는 법이 없었다. 그의 두 아들도 마찬가지였다. 그들도 술집에 죽쳐 앉았다. 마을 사람들은 '집난술'이라고들 했다.

손자가 유치원을 거쳐 서당에 들어가고, 서당에서 배운 천자문을 '하늘 천, 따 지, 검을 현, 누를 황' 하고 읽을 때는 할아버지는 신이 났다. 손자가 천자문을 읽는 소리가 울릴 때면 할아버지는 마당에서도 골목에서도 안방에서도 걸음을 멈추고 숨을 죽였다. 저 아이라면 국록을 먹을 수도 있겠거니 생각되었다. 점차로 할아버지는 손자의 일이라면 거절하지 않고 순순히 들어주는 사람이 되어갔다.

이런 에피소드가 있다. 어느 날 김수영은 뒷마당에 있는 배나무에 올라가 배를 따먹다가 미끄러졌던지 기절할 듯이 소리를 지른 적이 있었다. 할아버지는 놀라 뒷마당으로 달려갔다. 배나무 아래 누워 있는, 얼굴이 백짓장 같은 손주의 얼굴을 보고, 할아버지는 당장 저 배나무를 베어버리라고 소리소리 질렀다.

또 이런 에피소드도 있다. 김수영의 할아버지는 성질이 불 같았다. 기분이 상할 적이면 마당에 쌓아놓은 장작들을 방이나 부엌으로 마구 집어던졌다. 할아버지의 성질에 맞대응해서는 안 되었다. 대응하다가는 집안이 난장판이 되었다. 그런 할아버지에게 어느 날 김수영은 얼굴이 시뻘개가지고 바락바락 대들었다. 할아버지는 뒤로 주춤주춤 물러섰다. 물러설 수밖에 없었다. 손자의 기를 꺾을 수 없었다. 김수영이 방으로 들어간 뒤, 할아버지는 부엌으로 가며느리에게,

"아가, 그 애에게 될 수 있는 대로 닭고기나 돼지고기는 먹이지 말아라."

일렀다. 돼지고기나 닭고기를 먹으면 피가 거칠어진다는 것이었다.

위와 같은 이야기를 통해서 우리가 엿볼 수 있는 바로는, 김수영이 어릴 때부터 할아버지의 불호령을 벗어날 수 있는 존재가 되었으며, 그에 따라 아버지나 어머니, 고모, 이모 등을 극복하게 되었다는 점이다. 인간관계의 걸음마 단계에서 그는 별다른 걸림돌이 없이 가족들을 딛고 넘어섰다. 그러나 그 넘어섬은 엄정하게 보면, 그 자신의 능력에 의해서 이룩된 것이라기보다, 그에 대한 가족의 사랑과 소

망에 기초한 것이라고 보아야 한다.

노모의 회상에 따르면, 김수영은 어려서부터 외로움을 타는 편이었다. 그는 형제들과도 이야기를 별로 나누지 않고 방 안에서 책장을 넘기며 놀기를 좋아했다. 그래서 그의 아버지는 김수영이 네 살 되던 해 조양(朝陽)유치원에 보냈다. 집에서 일하는 여자들이 아침마다 업고 다녔다. 다음 해에는 골목 건너 계명서당에 보냈고, 여덟 살 때는 어의동 공립보통학교에 보냈다. 김수영은 어의동보통학교 1학년에서 6학년 때까지 내내 반장을 지냈으며 반 1등을 도맡아 했다.

그러나 김수영은 공부를 잘했을 뿐 이렇다 할 친구가 없었다. 대문을 마주보고 있는 골목 건너편의 고광호와 어깨동무를 하고 다녔으며, 최남선의 아들인 최한금과 종알대기를 좋아했다. 고광호는 나이가 동갑인 데다 계명서당에서부터 머리를 맞대고 천자문, 학어집, 동몽선습을 읽었다 (계명서당은 고광호의 아버지가 그의 집 사랑채에 훈장을 들어앉히고 문을 연 서당이었다). 고광호의 증언에 따르면 김수영은 글씨를 잘 쓰고 암기력이 출중해서 서당에서는 물론 어의동보통학교에서도 선생들의 사랑을 한 몸에 받았다. 특히 5학년 담임이었던 서정태 선생은 편애에 가까운 사랑을 쏟았다.

어의동보통학교 5학년 때의 사진을 보면 그의 얼굴은 수

재들이 일반적으로 지니고 있는 특징을 구비하고 있다. 얼굴은 길쯤하고, 눈은 크고 빛나며, 입술은 여자의 그것처럼 작고 달콤하다. 선생이 묻는 질문에 정확하게 요점을 추려 대답할 수 있는 얼굴이다. 한마을에서 자라, 함께 보통학교에 다녔던 사람들의 말을 종합해 보면 김수영은 어의동보통학교에서 최한금과 함께 단연 뛰어난 존재였다. 최한금은 그의 아버지를 닮아서인지 머리가 좋을 뿐 아니라 친화력도 누구에 못지않았다. 아마도 그런 친화력이 최한금으로 하여금 김수영을 그의 곁으로 끌어들이게 하였던 듯하다. 두 아이는 만나면 무슨 이야기인지 끊임없이 소곤댔다. 고광호와도 골목을 누비며 신바람나게 떠들었다. 그러나, 그 밖의 아이들과는 이야기를 나누려 하지 않았다. 특히 교실에서는 쉬는 시간에도 앞만 보며 움직이지 않았다. 반 아이들이 그의 곁으로 모여들어도 거들떠보지 않았다. 어떤 아이들은 심술이 나서 '겁쟁이', '샌님', '공부벌레' 하고 놀렸으며 덩치 큰 아이들은 싸움을 걸기도 했다. 그럴 적이면 최한금이 나서거나, 그보다 위 학년인 그의 이모 안소선이 어느 틈엔지 모르게 나타나 평정해 주었다. 안소선은 어의 동보통학교에서 공부 잘하고 싸움 잘하는 소녀로 소문나 있었다. 뒤에 〈낙엽따라 가버린 사랑〉을 불러 인기를 모았던 가수 차중락의 어머니가 되는 싸움닭 같은 여학생은 그때 김수영의 집에서 기거하며 학교에 다니고 있었는데, 아마도 집안이 기울어 잘사는 언니네 집에 와 있었던 모양이었다.

  필자의 생각으로는 이때가 김수영의 생애에서 가장 행복한 시기가 아니었을까 한다. 물론 모든 사람들에게 유소년 시절은 행복한 시기다. 그때는 무서운 것이 없고 불가능한 것이 없으며, 한없이 높이 새처럼 오를 수 있다. 특히 김수영은 그때 공부를 잘했고 집안에서는 할아버지의 절대적인 보호를 받았다. 당시 그의 집안 사정은 예전과 같이 좋은 형편은 못 되었다. 세를 내주었던 한길 쪽 약국과 철물전 건물은 도로확장공사 때문에 뜯겨나갔고, 봄, 가을에 거둬들이는 수확량도 줄어들었다. 그러나 그 기울어진 속도가 눈에 보이지 않게 작은 것이어서 가족들의 눈에는 쉽사리 뜨이지 않았다. 더욱이 아이들은 학교에 들어갔다 하면 일등을 하고 반장을 해서 집안의 음영을 가시게 해주고도 남음이 있었다. 특히 할아버지에게는 그랬다. 그가 산격변의 세월 속에서 경험한 바로는, 돈보다 훨씬 강한 것이 공부를 하여 개명하는 것이었다. 채만식의 소설에 나타난 바와 같이 공부하여 군수가 되고 판사가 되면 누대의 자산가들을 하루아침에 누를 수 있었다. 김수영 집안은 그때 기울어져 가는 가운데서도 그런 희망과 기대로 불안한 균형을 이루고 있었다.

  그 균형이 무너지기 시작한 것은 1930년 할아버지가 70

세를 일기로 세상을 뜬 데서 비롯된다. 김수영의 아버지와 큰아버지는 할아버지와는 달리 이재에 능하지 못했음은 물론 재산관리에도 재능이 없었다. 그들 형제는 소작관리를 비롯한 집안의 모든 일을 마름에게 맡겨버렸다. 그런 점은 김수영의 아버지에게 더욱 두드러지게 나타나는 면으로, 그는 부친이 돌아간 뒤에 유산 분배 문제가 일어나자 그것을 형에게 일임했다. 그리하여 자신에게는 철원에 있는 땅과 임진강 부근의 얼마 되지 않는 토지가 분배되고, 누이동생에게는 그의 집 뒤에 있는 기와집 한 채가 주어졌을 뿐인데도, 그것이 얼마나 불공평한 것인지 따져보려 하지 않았다. 그는 불만이 있다고 해서 그것을 입 밖에 내는 사람이 아니었다. 그것을 속으로 삭이는 사람이었다.

집안 분위기가 이렇게 어수선한 가운데서 김수영은 1934년 추계운동회를 맞았다. 아침저녁으로 기온이 뚝 떨어져 일교차가 심한 데다 강훈련 탓이었던지 운동회 날 김수영은 이마가 뜨겁고 어지러웠다. 하지만 학교에 가지 않을 수 없었다. 그것이 보통학교 시절의 마지막 운동회인 데다 그의 아버지가 사친회장으로 대회의 요직을 맡고 있었기 때문이었다. 그 무렵 김수영의 아버지는 도로 옆 가게에서 지전상을 하고 있었는데, 주택건설 붐으로 경기가 좋아 물건이 들어오는 대로 팔려 집안 살림을 꾸리고 아이들의 뒷바라지를 하는 데 부족함이 없었다. 그날도 그는, 당시에는 매우 귀한 과일인 바나나를 두 꾸러미 사서, 한 꾸러미는 선생님들에게 전하고 한 꾸러미는 아이들과 가족이 함께 먹었다. 김수영은 바나나를 먹고 나서 속이 이상하다더니 오후 경기에는 가슴이 답답하고 다리가 떨렸다. 밤에는 열이 불같이 오르고, 음식을 토하고, 정신을 잃은 채 헛소리를 했다. 집안 식구들은 피로 때문일 거라고 생각하면서 적십자병원으로 데리고 갔다. 마침 그의 어머니는 첫딸인 김수명을 낳은 뒤여서 따라가지 못했는데, 병원에 다녀온 사람들이 전하는 바로는 뜻밖에도 급성장질부사라 했다. 원체 허약한 편인 데다 운동회로 탈진하여 발병한 것 같다는 것이었다. 병원에 입원한 뒤에도 그의 병은 회복의 기미를 보이지 않고 날로 악화되어 갔다. 장질부사에, 폐렴에, 얼마 뒤엔 뇌막염이 겹쳤다. 그때쯤엔 병원에서도 들어온 환자니까 보아줄 뿐이지 가망 없다는 표정이었다. 누군가가 순화병원으로 가보라고 했다. 순화병원은 이을호 박사가 원장으로 장안에서는 이름이 높은 곳이었다. 큰아버지의 수양딸 남편이 아이를 업고 갔다. 그러나 그곳에서도 별 신통한 효험이 없었다. 누군가가 또 열병에는 고종황제의 어의였던 유기영 의원이 그만이라고 일러주었다. 기왕에 죽기는 일반이니 원풀이나 해보자고 아이를 업고 유 의원에게 갔다. 유 의원은 진맥을 한 뒤, 약을 지어주면서 한동안 다녀야 될 것 같다고 했다. 그 한동안이 무려 석 달이

지나서야 김수영은 아주 느리게 병으로부터 회복되어 갔다. 하지만 여전히 아이의 얼굴은 백짓장 같고 머리칼이 죄다 빠져 허수아비 같았다. 변소에 가려 해도 식구들이 양쪽에서 어깨를 끼고 부축하여야 했으며, 식사 때는 밥그릇을 바로 턱 앞에 대주었다. 하루 종일 그는 마루기둥에 기대어 마당을 보든가 방으로 들어가 이불을 쓰고 누웠다. 그의 부모는 물론이고 그의 고모, 큰아버지와 큰어머니까지 애가 달아 대문을 들락날락했다.

보다 못해 아버지와 고모는 쇠약해질 대로 쇠약한 아이를 데리고 성북동 골짜기로 방을 얻어나갔다. 그곳에는 취운정(翠雲亭)의 약수와 화동의 복주우물, 삼청동 꼭대기의 성주우물과 함께 서울의 4대 물맛이라는 냉정약수가 산중턱에 있었다. 생전에 그의 할아버지가 길어다 마시던 약수였다. 아버지와 아들은 매일 아침 약수터로 올라가 물을 마셨다. 그 사이 겨울이 가고 봄이 갔다. 어의동보통학교에서는 졸업식이 있었으나, 그는 졸업식에 참석하지 못했고 전학년 우등으로 시장상인지 교육장상인지에 내정되어 있었으나 그것도 받지 못했다. 어의동보통학교의 후신인 효제초등학교에는 김수영의 학적부와 기타 자료가 남아 있는 것이 없다. 제2차 세계대전과 해방, 6·25를 거치면서 모두 불타버렸다.

김수영의 집안은 그해 말, 종로6가 집을 팔고 용두동으로 이사를 했다.

4

김수영이 중학입학시험을 치른 것은 1935년이었다. 그는 그해 경기도립상업학교에 응시했으나 떨어졌다. 바로 아래동생인 김수성의 기억에 따르면 그때 집안은 울음바다가 되었다고 한다. 떨어졌다는 사실이 슬프기도 했지만 그보다는 더 흰 얼굴에 민대머리로 시험을 치른 아이의 처지가 그들의 마음을 울려서였다.

김수영은 2차로 선린상업에 응시했다. 그곳에서도 낙방이었다. 할 수 없이 그는 선린상업 전수과 야간부에 들어갔다. 전 학년 1등이었던 그가 전수과로 들어간다는 게 믿어지지 않았지만 그것이 현실이었다. 김수영의 아버지는 비루먹은 말 같은 아들을 더 이상 재수시킬 수 없었다.

전수과 3년은 김수영에게 많은 심리적 부담을 주었던 듯하다. 전수과 학생들은 대부분 집안이 가난하여 낮엔 직장에 나가고 밤에 학교에 다녔다. 그래서 성적은 다들 좋은 편이었으나 세상을 보는 시야가 비좁았다. 그들의 꿈은 은행이나 국책회사 같은 곳이었다. 그런 점이 대학진학을 꿈꾸고 있던 김수영과는 달랐다. 김수영과 전수과 학생들 사이에는 알게 모르게 감정의 골이 패이기 시작했다. 어떤 학

생들은 김수영에게 오만하다고 대놓고 말하기도 했다. 전
수과 졸업기념사진 뒤에 보면 WL생의 다음과 같은 글이
있다.

> 오 가련한 영웅이여
> 애석한 것은 너의 자만이다
> 장소와 때를 보고
> 웃기도 하고 울기도 하여라

1938. 3. 25
김수영 군

전수과 시절 김수영은 잠시 스케이트에 열중한 적이 있
었다. 동대문 밖에는 야외 스케이트장이 있었다. 김수영은
소년다운 열정으로 사방이 어두워질 때까지 스케이트장을
돌고 돌았다. 그에게는 어릴 때부터 극을 달리는 면이 있었
다. 그런 어느 날 그는 조명용 전깃줄에 걸려 넘어졌다. 앞
니가 모두 부러졌다. 그 뒤로는 스케이트장에 얼씬도 하지
않았다. 공부에만 열중하였다.

전수과 3년을 수료하고 본과에 올라가서도 김수영은 공
부에만 매달렸다. 그는 3~4일 밤을 지새면서 시험 준비를
하는가 하면, 학교에서도 쉬는 시간에는 영어 단어장을 들
고 운동장으로 나가 잔디밭에 누워 영어 단어들을 외웠다.

한국학생과 일본학생이 반반인 선린 교정에는 실버들과 벚꽃나무, 단풍나무 등이 교정에 가득해서 3월이면 버들잎들이 일대를 연녹색으로 물들이고, 4월이면 벚꽃이 바람에 눈송이처럼 날렸다. 가을도 찬란하기 그지없었다. 붉은 단풍이파리들이 무시로 떨어졌다. 학생들은 그들의 학교를 '꿈의 궁전'이라고 불렀다. 그 꿈의 궁전에는 음악선생인 고가 마사오(古賀政男)가 작곡한 교가가 마이크로 구석구석 울려 퍼졌다. 고가 선생은 한국대중음악에 상당한 영향을 끼쳤던 사람으로, 음색이 매우 다채롭고 서정적이었다. 김수영의 재학시절에는 박시춘이 등장하여 「애수의 소야곡」을 히트시켰지만 고가의 명성을 따라잡지는 못했다. 적어도 선린 학생들은 그렇게 생각했다. 학생들은 고가의 노래가 흘러나오는 교정을 걷는다는 일이 자랑스러웠다. 김수영도 마사오의 노래가 흘러나오는 교정을, 호주머니에 두 손을 찌르고 걸어 다니며 영어 단어를 외든가 휘파람을 불었다. 반우들은 그런 김수영을 '고독한 산보자', '쇼펜하우어'라고 했다. 클래스메이트였던 강기동도 그런 말을 했다.

선린 시절에 그는 말이 없는 외톨이였습니다. 나는 그가 부모 형제가 없는 고아인 줄 알았어요. 그래서 일체 그의 집안 이야기를 묻지 않았지요. 한 번은 동대문6가에 있는 그의 고모 집에 찾아간 적이 있었는데, 쥐죽은 듯 고요한 집에서 그는 하고많은

방들을 놓아두고 부엌 위의 다락에서 공부하고 있더군요. 그의 고모가 수영아 친구 왔다. 하니까 어두컴컴한 곳에서 고개를 내밀고 나왔어요. 그와 나는 꽤 가까운 편이었는데 그는 한 번도 나를 그의 방으로 데리고 들어가지 않았댔어요. 언제나 그 어두컴컴한 방에서 고개를 내밀고 내려왔어요. 그래서 나는 그가 무엇인가를 숨기려고 하는 어둡고 불행한 친구로 생각했지요. 그런 김수영에게도 한 가지 어울리지 않은 특기가 있었습니다. 연극 대사를 외는 것이 그것이었습니다. 하이킹 때는 상급생이나 동급생들이 그를 불러 대사를 읊게 했습니다. 그는 오른손을 높이 들고 청산유수로 읊어댔어요. 그래서 'GU사이드'란 별명이 붙었지요. GU사이드란 새로 나온 약 이름인데, 그 광고에 모자를 쓴 중년 신사가 오른손을 높이 들고 있었으며, 그 아래엔 '종래의 그것과는 전혀 틀리다, GUサイド'라고 씌어 있었죠. 키가 훌쩍 컸고 뚱뚱했고 어딘지 다른 학생들과는 다른 점이 있는 괴짜였죠. 공부도 잘한 편이었고, 특히 영어와 한문에 발군했었지요. 5학년 때라고 생각되는데, 그때 그는 오스카 와일드를 원서로 읽어댔습니다.

고광호도 그 무렵의 김수영의 모습을 다음과 같이 전해준다.

우리는 입시 공부를 함께 했습니다. 그는 용두동으로 이사한 뒤에도 우리 집 건너편에 있는 고모네 집에 공부방을 꾸미고 있어서, 함께 공부할 수가 있었습니다. 그의 영어 실력은 대단했어요. 경기고보에 다니는 내가 따라가기 어려웠습니다. 일본어에도 뛰어났습니다. 그에게는 어학적 재능이 있었던 모양이에요. 그것이 그를 시인으로 만들었던 것 같습니다. 그때 그와 나는 자장면을 먹으러 경성루에 자주 갔고(저녁밥을 먹은 직후에도 간 적이 있습니다), 아침 일찍 낙산 너머 소나무 숲에 있는 약수터로 약수를 먹으러 다니기도 했었지요. 참 우리는 그때 사진 찍는 취미도 있었어요. 사진기를 들고 산으로 들로 나가 시간 가는 줄도 모르고 찍어댔지요. 당시에는 사진기를 가진 사람이 매우 드물었습니다. 우리 집은 비교적 넉넉한 편이어서, 아버지가 그걸 한 대 사주었는데, 우리는 그걸 가지고, 골목길을 빠져나가 낙산으로 갔어요. 낙산에는 소나무가 무성하고 새들이 무리지어 날아, 사진 찍기에 안성맞춤이었지요. 아마도 사진기를 들고 있는 시간이 나보다 수영이가 많았을 거예요. 그는 집착력이 강한 친구였습니다. 한 번 손에 들면 놓을 줄 몰랐어요.

그 무렵 김수영의 성적은 상위권으로 올라가기 시작했다. 특히 영어와 주산, 미술에 뛰어났다. 무슨 주산대회였던지는 모르지만, 주산대회에 나가 2등상을 받기도 했다. 그를 「풀」의 시인으로 기억하고 있는 우리에게 주산을 잘하는 김수영이 얼른 전달되어지지 않지만, 그러나 당시의 김수영 집안의 사정에서 보면 쉽게 이해된다. 그의 아버지나 큰아버지는 김수영이 은행두취(은행장의 옛 이름-편집자)나 회사전무가 되기를 바랐다. 하는 일마다 실패를 거듭하는 그들 형제는 머리가 좋고 잘생긴 맏아들이 집안을 다시 일으켜 세워주기를 바랐다. 김수영도 한 산문에서, 자신은 순전히 '아버지의 희망' 때문에 상업학교에 다녔다고 말한 적이 있다. 이 말은 아버지 때문에 상업학교에 다녔을 뿐, 그의 본래 지망은 상업이 아닌 다른 것이었다는 뜻이된다. 실제로 그는, 그때 상업보다 영어나 미술에 심혈을 기울였고 문학에도 관심을 가졌다. 그는 문학서적을 끼고 다니면서 교실에서도 교정에서도 읽었다. 시를 쓰기도 했다. 1937년(소화 13년)에 나온 선린상업 교지『청파(靑坡)』 39호에는 일본어로 쓴 두 편의 시가 실려 있다.

풍 경

아무것 없어도 좋다
이것만으로 충분하다
포플라나무 한 그루
선명하고 높이 높이
공중을 향하여 서 있다
폭풍이 부는 날의 포플라

흔들어라 흔들어라

그리고 너의 힘없는 강함을

우리 인간에게 보여다오

떠오르는 해

장엄한 아침이었다

나는 언덕에 올라

융융하게 떠오르는 아침해를 본다

보라!!

그 힘찬 모습을……

누구에게도 침범되지 않는 위용……

나는 견딜 수 없었다

그리고 소리쳤다

—아아 그것이다!

　　　　　인생은 바로 그런 것이다! 라고

우리가 현재 찾아볼 수 있는 최초의 습작시가 되는 「풍
경」과 「떠오르는 해」의 감정기조는 젊은이의 향상의지라
할 수 있다. 그는 포플러가 사납게 나부끼고 아침해가 솟아
오르는 모습을 보며, 그의 내면에서 파토스가 꿈틀거림을
느낀다. 그런데 이때의 '파토스'는 젊은이의 맹목적인 기

개에서 나온 것만은 아니다. 같은 시기에 써진 산문 「우리 청년의 사명」(이 산문도 『청파』 39호에 실려 있다)을 보면 현재 대학전문학교 졸업생들은 취직난, 실업고에 시달린 나머지 청운의 꿈을 잃어버리고 있는데, 청년이란 실망의 존재가 아니라 시대가 '마침내 우리의 것'이라는 희망의 존재가 되어야 하며, 어떠한 고통을 감내하면서도 참 가치를 구해야 하는 존재여야 한다고 역설하고 있다. 일본 군국주의가 주도하는 전쟁이 에스컬레이트되고 있는 국면에서 '시대가 마침내 우리의 것'이며 '국가가 우리를 부르고 있다.'는 논리는 매우 시류적인 것이면서, 수용시기에 있는 학생다운 면모를 보이고 있다. 김수영은 남태평양으로 뻗어가는 일제침략의 손길을 볼 줄 몰랐다. 그것은 김수영만이 아니었다. 철저한 세뇌교육을 받은 당시 학생들은 누구도 시대를 올바로 보지 못했다. 1930년대에 난무했던 '근대의 초극'이니 '근대의 종언'이란 말에까지도 앵글로색슨적 세계질서를 부정하고 타파하려는 일본제국주의의 숨은 숨결이 스며 있는 때에 일개 중학생이 그것을 뒤집어볼 수는 없었다. 김수영은 올바로 살고자 괴로워했으되 현실에는 어두운 사람이었다. 청맹과니에 가까웠다. 그 점은 그의 아버지도 같았다. 아들보다 더했으면 더했지 못하지 않았다.

그때 김수영의 집안은 매우 어려웠다. 그래서 그의 아버지는 기울어져가는 가세를 일으켜 세워 보려고 1932년 종로6가의 집을 팔아 용두동에 집을 한 채 짓고, 두 채 사들였다. 관철동에서 종로6가로 이사갈 때, 6가의 집값이 형편없었는데, 1년이 지나자 뜀박질하듯이 뛰어올랐던 것과 같이, 용두동도 머지않아 번창할 것이고, 더불어 집값이 뛸 것이라는 계산에서였다. 그런데 용두동의 집값은 3년이 지나도, 6년이 지나도 오르지 않았다. 그럴 수밖에 없는 것이, 일제는 1937년 중일전쟁을 일으키고 전시동원체제를 갖추어 제2차 세계대전으로 달리고 있을 때였으므로, 집을 사려는 사람보다 팔려는 사람이 많을 수밖에 없었다. 자연 빚이 늘어가고 살림살이가 궁핍해져 갔다. 견디다 못한 김태욱은 용두동 집들을 헐값에 팔아 빚을 청산하고는 집값이 싸고 가게를 겸할 수 있는 서대문 밖 현저동에 길갓집을 사서 들어갔다. 곰보 마름 이병상도 내보냈다. 온 집안이 초상집 같았다. 곡식을 실은 우마차가 줄지어 대문을 드나들던 관철동 김 의관댁이 용두동에서도 살지 못하고 서대문 밖으로 밀려났으니 초상집 같지 않을 수 없었다. 김태욱은 심화 끝에 병에 걸려 드러누웠다. 병명은 기관지천식이었다. 하루 종일 쿨룩쿨룩 기침을 했다. 다만 한 사람, 김수영만이 집안 분위기와는 상관없이 거울을 보며 얼굴을 다듬고, 학생복을 입고, 각반을 차고 학교로 갔다(당시 중학교에서는, 목총을 들고 군사훈련을 시켰으므로 각반을 매고 가야 했다. 각반을 하지 않으면 교문에 들어설 수 없었다). 또 어떤 날은 '영어를 잘하는 선배', '존경하는 선배'라며 이종구, 박상필이라는 학생들을 데리고 오기도 했다. 그는 친구들을 데리고 오면 그의 방으로 들어가 나오지 않았다. 그에게는 그의 문제만이 있었고, 그것만이 크고 중요했다. 형제들이 옆 방에서 떠드는 것도 허용치 않았으며, 그의 방으로 들어오는 것도 원치 않았다. 그에게는 그만이 존재했다. 그런 방식으로 그는 선린상업을 졸업하고, 그의 부모들이 은행에 들어가기를 간절히 바란다는 것을 알면서도, 기대를 저버리고 훌쩍 일본으로 떠났다.

5

김수영이 일본으로 간 것은, 집안에서는 '유학' 때문만이 아니라 그가 처음으로 열렬히 사랑했던 고인숙을 따라간 면이 클 것이라고 보고 있다. 특히 그렇게 생각한 이는 노모다. 아들의 마음과 성미를 잘 아는 노모는 경성제대나 연희전문, 보성전문이 마음에 들지 않아서라고 하기보다는 그의 가슴을 뜨겁게 태웠던 그의 사랑이 그를 충동하고 유인했을 것이라는 것이다.

고인숙은 고광호의 바로 아래 동생이었다. 그녀는 까만 비로드 옷을 입고 다니기를 좋아했다. 얼굴이 해사한 그녀는 검은 옷을 입고 있으면 얼굴이 한층 희어 보이고 신선한 맛이 살아올랐다. 고광호가 일본유학을 떠난 뒤로 생각되는데, 김수영과 고인숙은 어느 일요일 북한산으로 캠핑을 간 적이 있었다. 그날 밤 김수영과 그의 아버지는 대판 싸움을 벌였다. 김수영의 아버지는 "공부는 하지 않고, 계집애 뒤꽁무니만 따라다녀 되겠느냐."고 소리쳤고, 김수영은 "언제 내가 공부를 안했느냐."고 맞소리쳤다. 김수영의 아버지는 또 "이제 고모 집엔 그만 가고, 집에서 공부해라."라고 소리쳤고 김수영은 "고모 집에서 하든 우리 집에서 하든 공부만 하면 될 게 아니냐."고 소리쳤다.

그런 얼마 뒤, 고인숙은 경기여고보를 졸업하고 오빠를 따라 동경으로 갔다. 그녀는 동경여자전문대학에 들어갔다. 1년 뒤, 김수영은 선린상업을 졸업하고 동경으로 뒤따라갔다.

김수영이 동경에 간 뒤, 두 사람의 관계가 어떤 것이었는지 우리는 알지 못한다. 시인의 노모가 막연하게 "그 사람이 마음의 상처를 입었던 것 같애."라고 한 말로 미루어, 순탄치 못했으리라 짐작될 뿐이다. 이 점은 필자의 고광호 교수(당시 이화여대 화학과 교수로 재직하고 있었다)와의 인터뷰 노트에서도 엿보인다. 고광호 교수는, 김수영이 누이를 만나게 해달라고 졸랐음은 물론 어느 날은 이종구까지 동원해 가지고 와서 동경여전 기숙사를 찾아간 적이 있다고 했다. 이것은 고인숙이 완강하게 김수영을 만나주지 않았다는 뜻이 된다. 왜 만나주지 않았을까? 고인숙의 마음이 변한 것일까? 새로운 애인이 그간에 생긴 것일까? 까닭은 두 남녀에게보다 두 집안에 있었으리라고 여겨진다. 앞에서도 기술했지만 당시 김수영의 집안은 몰락했고 고광호 집안은 여전히 부자였다. 고광호네 집에서는 딸을 가난뱅이 집으로 시집보내고 싶지 않았을 터이다.

이 같은 해석을 가능하게 한 것은, 그 뒤 김수영이 여러 여성들과 사랑을 나누었음에도 고인숙을 잊지 못했고, 고인숙 또한 6·25 뒤까지 결혼하지 않고 홀로 살고 있었다는 면 등이다. 첫사랑이기 때문이었는지 몰라도 고인숙에 대한 김수영의 감정은 유별난 데가 있었다.

김수영의 시와 삶을 결정시켰다고 해도 되는 포로수용소 생활을 끝내고 서울로 돌아온 그해 1953년 12월 크리스마스 전날 밤, 그는 Y라는 친구의 초대를 받아, Y의 집에서 밤새도록 술과 음악과 춤으로 지샌 적이 있었다. 그의 표현을 빌자면 '뼈가 말씬말씬해지도록 술에 젖은' 그는 새벽녘에 거리로 나선다. 종로와 을지로를 헤매고 다닌다. 해가 뿌옇게 떠오른 시각에서야 그는 정신을 차리고, 종로 6가 고모네 집으로 가서 한잠 자고, 12시경 다시 낙산의 한 다방으로 들어가 구석 의자에 몸을 기댄다. 그는 그곳에서 『낙타과음』이라는 다소 감상적인 산문을 쓴다.

낙타산은 나와는 인연이 두터운 곳이다. 낙타산 밑에서 사귄 소녀가 있었다. 나는 그 소녀를 따라서 지금으로부터 약 15년 전에 동경으로 갔었다. 내가 동경으로 가서 얼마 아니되어 그 여자는 서울로 다시 돌아왔고, 내가 오랜 방랑을 끝마치고 서울로 돌아왔을 때 그는 미국으로 가버렸다. 지금 그 여자는 미국 태평양 연안의 어느 대도시에서 결혼 생활을 하고 있으며, 영원히 이곳에 돌아오지 않겠다는 편지가 그의 오빠에게로 왔다 한다. 나와 그 여자의 오빠와는 죽마지우이다.

　첫사랑을 생각하는 애틋함이 얼마 되지 않는 단어들 속에 절도 있게 표현되고 있다. 특히 '영원히 이곳에는 돌아오지 않겠다 한다.'는 구절 속에 그 감정이 농축되어 있다. 돌아오지 않겠다는 말은, 돌아오고 싶어 하는 마음이 숨어 있으며, 그것을 이 산문 속에 적어 넣은 김수영의 눈길에, 돌아가지 말자고 다짐하는 고인숙의 검은 비로드 옷을 입는 모습이 아른거리고 있었을 것이다.

동경 유학시대

1

겨울의 흰 파도가 관부연락선을 집어삼킬 듯이 밀려오
는 현해탄을 건너 김수영이 동경에 도착한 것은 1942년 초
였다. 그는 선린상업에서 수재로 이름을 날렸던 이종구를
찾아갔다. 이종구는 김수영보다 2년 선배였으나 나이는 비
슷했다. 두 사람은 빼어난 영어실력으로 선린상업의 영어
교사인 니이가이(新貝八洲男) 선생의 총애를 받은 애제자들
이었다.

당시 이종구는 동경상대 전문부에 다니고 있었다. '히도
쓰바시'라는 별명으로도 불리는 동경상대는 동경제대 상
과와 자웅을 겨루는 명문으로 일본 고등학교 학생들의 선
망의 대상이었다. 처음 이종구는 동경상대에 응시하지는
않았다. 이 선린상업의 수재의 꿈은 그보다 더 컸다. 그는
일고와 쌍벽인 삼고에 응시했다. 당시 일고와 삼고는 일본

의 수재들이 모여들어 실력을 다투다가 극소수만이 틈을 비집고 들어가는 좁은 문 중의 좁은 문이었다. 그런 일고와 삼고생이라면 사회의 어느 곳에서도 프리패스였고, 한낮에 거리에 오줌을 깔겨도 수재다운 태도라는 듯이 경찰들이 관대하게 보아주었다. 그 같은 선택된 학교에 선린 출신이 끼어들었으니 결과는 보나마나였다. 다음 해에도 이종구는 다시 원서를 냈다. 또 낙방했다. 할 수 없이 이종구는 삼고를 포기하고, 그보다 한 단계 낮은 동경상대 전문부에 응시했고, 그곳에는 무난히 합격했다.

이종구는 자신의 경험을 이야기하면서 김수영에게 예비학교에 들어가 1년 정도 실력을 쌓으라고 했다. 그런 뒤, 내년에 수준에 알맞은 대학을 선택하라는 것이었다. 김수영은 이종구의 권유에 따랐다. 김수영은 동경성북예비학교에 들어갔다. 서너 달 동안 성북예비학교에 다니면서 보니 그의 실력은 일본학생들에게 뒤져도 한참 뒤졌다. 영어와 수학은 비등했으나 역사와 고대문은 따라잡기 힘들었다. 그렇다고 경성제대만도 못한 삼류대학에는 들어가고 싶지 않았다. 그는 이름뿐인 동경유학생이 되고 싶은 생각은 없었다. 그는 고민 끝에 예비학교를 그만두고 미즈시나 하루키(水品春樹) 연극연구소를 찾아갔다. 미즈시나는 오사나이 카오루(小山內薰), 히지카타 요시(土方與志)와 함께 쓰키지소극장 창설멤버로, 일본연극에서 무대감독의 전문화를 확립하였으며, 1929년 좌경불온 단체라는 이유로 쓰키지 소극장이 정부에 의해 폐쇄되자, 미즈시나 연극연구소를 따로 차려나갔다.

김수영이 어떤 과정을 거쳐 미즈시나 연극연구소를 찾게 되었던지 우리는 모른다. 선린시절, 연극에 흥미를 가졌으며, 종종 책상 위에 올라가 연극적인 제스처를 취하기는 했지만, 그 때문에 미즈시나 연극연구소의 문을 두드렸다고 할 수는 없다. 이유는 다른 곳에, 우리가 모르는 곳에 있을 것이다. 그러나, 그것을 알 길은 없다.

어쨌든 김수영은 미즈시나 연극연구소를 다니면서 연출공부를 하는 한편 시작(詩作)도 게을리하지 않았다. 한 편 한 편 완성된 시들을 시작노트에 정성스럽게 적었다. 책을 읽을 때는, 그것이 자신의 것이든 남의 것이든 여백에 낙서를 어지러이 하는 편이었으나, 시만은 반듯한 글씨로 썼다. 그는 달필에 속한 편이었다.

이종구의 회고에 따르면 그때 김수영의 시들은 대부분 초현실주의적인 냄새가 나는 것이었다고 한다. 그가 좋아하는 시들도 엘리엇, 오든, 스펜서에 니시와키 준사부로(西協順三郎), 미요시 다쓰지(三好達治), 무라노 시로(村野四郎) 등이었다. 그의 산문들을 보면 엘리엇, 오든, 스펜서, 니시와키, 미요시 등이 종종 등장한다.

그 무렵 김수영의 동경생활은 서서히 안정되어 갔다. 동경은 서울과는 너무 다른 곳이었고, 미즈시나 연극연구소도 선린과 다른 곳이었다. 동경에서는 다리에 각반을 차고 다니지 않아도 되었으며, 일왕이 있는 쪽으로 절을 하는 동방요배를 하지 않아도 되었다. 빵모자를 쓰고 옷을 아무렇게 입어도 간섭하거나 돌아보는 사람이 없었다. 거리에 늘어선 은행나무의 금색 이파리들도 마음을 끌었으며, 높은 빌딩도, 교통수단도, 생활양식도 마음에 들었다. 이곳이 바로 사람 사는 곳이며 공부하는 곳이려니 생각되었다. 42년이면 태평양전쟁이 확대일로일 때여서 공습경보가 울리는가 하면 쌀 배급이 실시되고, 대학에서는 학병을 모집한다는 불안한 소문들이 돌 때였지만 대학이나 전문학원들은 학문의 전당으로서 본연의 자세를 조금도 흩뜨리지 않았다. 그는 때묻은 옷을 입고 책을 끼고 거리를 활보했다. 서울에서 돈이 온 날은 점심을 거르면서도 이와나미(岩波)문고나 원서들을 사가지고 왔다. 그의 방의 책 더미는 점점 늘어갔다. 독서량도 연극, 문학, 예술, 철학 등으로 넓어져 갔다. 한 방에 있는 이종구가 학교에 간 한낮에는, 그 혼자 방을 차지하고 있는 셈이어서, 책을 읽고 글을 쓰는 데 안성맞춤이었다. 때때로, '이종구는 동경상대에 갔는데 나는 무엇이란 말인가.'라는 자책과 회오가 안개처럼 밀려왔지만, 그렇다고 미즈시나 연극연구소에 나가지 않은 날은 없었다. '미즈시나'는 연극을 가르치는 곳이면서도 자유였다. 미즈시나 하루키라는 사람 자체가 멋과 엄격성과 자유의 덩어리였다. 열심히 하고 싶은 사람은 열심히 하고, 열심히 하고 싶지 않은 사람은 열심히 하지 않아도 되었다.

김수영은 영화를 보고 싶은 날은 신주쿠로 갔다. 이세탄(伊勢丹)백화점 건너편에 고온자(光音座)라는 작은 영화관이 있었다. 빛과 소리의 집이라는 이름부터 좋았다. 상영되는 영화도 마음에 들었다. 〈무도회의 수첩〉, 〈뻬뻬르 모코〉 등 프랑스 영화, 독일 영화, 이탈리아 영화가 주를 이루었다. 미국 영화와 영국 영화는 상영이 금지되었다.

영화관의 암흑 속으로 들어가 한두 시간 숨을 죽이고 화면에 빨려들어 갔다가 문을 나오면 거리에는 어느새 어스름이 내리고 가로등 불이 들어왔다. 절전운동이 한참 벌어지고 있는 때여서 네온사인이 자취를 감추고 도시의 어둠과 고층건물의 음영이 시대의 전면으로 한층 그를 내세우고 있는 것 같았다. 그는 그 어둠속으로 마냥 걸었다. 걷다가 다리가 아프면 다과점이나 찻집으로 들어갔다. 동경 다과점이나 찻집들은 손님이 주문하지 않으면 주문받으러 오지 않았다. 그는 의자에 등을 기대고 쉬면서 종종 고인숙을 생각했다. 그의 흰 얼굴이 떠올랐다. 동경에 온 뒤로 김수영은 고인숙을 만난 적이 없었다. 몇 번 편지는 띄웠지만 답장은 오지 않았다. 한 번은 이종구를 앞세우고 동경여전 기숙사로 찾아가기도 했다. 예견했던 대로 그녀는 나오지 않았다. 김수영은 괴롭고 외로웠다. 그런 날은 하숙방으로 돌아와서도 이종구와 말을 나누려 하지 않았다. 이종구는 말한다.

그때, 그와 나는 함께 있었지요. 우리 하숙은 동경의 서쪽에 있는 나카노(東京市 中野區 佳吉町 54 山口氏宅)에 있었는데, 그곳은 풍치지구여서 사방의 경관이 매우 아름다웠습니다. 하숙집 주인인 야마구치 씨네가 사는 집은 2층 남향이고 우리가 사는 집은 동향의 2층 별채였습니다. 나와 김수영은 아래층에서 살았습니다. 2층에는 경응의숙에 다니는 고전음악광이 있었는데, 그때 빅터 레코드를 모두 구해가지고 아침부터 밤까지 둥둥둥둥 틀어댔어요. 그 바람에 우리는 음악공부를 그럭저럭 하게 됐죠.

우리 하숙집 뒤에는 당시 경기고보 교장이던 와타 씨네 집이 있었는데, 그 집엘 종종 방문하여 이야기를 나누었던 기억이 나는군요. 와타 씨네 집은 향나무가 빽빽이 들어차 흡사 밀림 같은 분위기였습니다. 1년 뒤, 김수영과 나는 야마구치 씨네 집보다 더 풍치 좋은 곳으로 이사갔었습니다 (中野區 高田馬場 350 望月氏宅). 언덕배기에 있는 그 집은 2층으로, 유리창을 열면 동남북 3면이 한눈에 들어오고, 멀리 간선철도로 열차가 지나가고, 그림처럼 포플러들이 드문드문 배열되어 있는 것이 보였습니다. 사철이 다 아름다웠죠. 하숙집 아주머니도 북해도 제국대학 교수 미망인으로 우리에게 친절한 편이었죠.

그런 환경 속에서도 당시 김수영은 괴로워했어요. 고인숙 때문이었죠. 고인숙이 만나주지 않았어요. 어느 날은 고광호가 집에 왔길래 "너희들은 어릴 때부터 죽마지우 아니냐? 수영이를 좀 도와주어라."라고 말했죠. 고광호는 "내가 어떻게? 나는 못해." 한마디로 거절하더군요. 그런 일은 당사자들이 해결해야지 제3자가 할 수 없다는 것이었죠. 말은 맞는 거였죠. 우리는 그때, 수영이, 광호, 나 셋이 종종 자리를 함께하곤 했어요.

김수영은 그 무렵 경제적으로도 어려웠다. 집에서는 돈을 잘 보내주지 않았다. 보내줄 때도 적은 액수였다. 그럴 수밖에 없는 것이, 서울의 그의 집은 전쟁과 함께 급전직하로 기울어져, 잡화상으로 그럭저럭 생활을 영위해 가고 있을 때였으므로 김수영에게 넉넉한 돈을 보내줄 수가 없었다. 집에서 보내온 돈은 책값과 용돈 정도밖에 되지 않았다. 김수영은 이종구에게 경제적인 도움을 받을 수밖에 없었다. 그러나 두 사람은 경제적인 문제로 마찰을 빚는다거나 마음이 상한 일은 별로 없었다. 이종구는 비교적 여유로운 편이었고, 김수영은 그런 데에 크게 신경을 허비하지 않는 편이었다. 그들은 젊었다. 김수영은 구김살 없이 이종구와 나란히 책상 앞에 앉아 책을 읽고, 토론으로 시간을 보냈다. 김수영은 평소에는 말을 더듬는 편이었으나 토론을 하면 목소리가 커지고, 손 움직임이 빨라지고, 말이 폭포수처럼 쏟아져 나왔다. 토론 뒤에는 감정의 밀도가 높아져 긴자로, 신주쿠로 쏘다녔다. 술집으로 들어가기도 했다. 날이 갈수록 확대되는 전쟁으로 술집 분위기는 음산하고 냉랭했지만 김수영은 용케도 싸고 친절한 집을 잘 찾았고 어떤 때는 외상거래를 하기도 했다.

당시 김수영은 연극학도이면서도 연극 이야기는 좀체 하지 않았다. 이종구가 연극에 관심이 없기 때문이기도 했지만 김수영 스스로 말이 많은 편이 못 되었다. 연극이 화제로 오를 때에도 그는 '일본연극은 스츠키 정신을 잃어버린 군국주의적 신파'라고 혹평하는 정도에 그쳤다. 그는 미즈시나와 스타니슬라프스키에 빠져 있는 듯했다. 그의 책상 위에는 두 사람의 연극 이론서들이 쌓여갔다. 특히 스타니슬라프스키의 『예술에서의 나의 생애』는 읽고 또 읽었다.

2

동경시절의 김수영은 미즈시나 연극연구소에 가거나, 영화관에 가거나, 방에 틀어박혀 책 읽는 시간 외에는 거리를 쏘다니는 시간이 많았다. 거리를 쏘다니다 보면 페인트로 장식한 상점의 간판도 볼 만하고 행인들의 모습도 신기

했다. 지하철의 출구로 사람들이 층계를 밟고 내려가거나 걸어 올라오는 모습을 보고 있노라면 흡사 이방세계에 온 듯싶었다. 그런 점은 서울이라고 해서 다를 바 없었을 터이다. 같은 시간에 종로나 을지로를 쏘다니다가 버스에서 내리는 사람들을 보았다 하더라도 김수영은 '나'와 다른 '남'을 느꼈을 터이다. 어쨌든 그 시기, 김수영은 낯선 감정에 젖어 이 거리 저 거리 돌아다녔다.

봄이 가고 여름이 갔다. 10월에는 쌀쌀한 바람이 불어오기 시작했다. 거리만이 아니었다. 사회분위기도 옷섶을 여미게 했다. 미친개와 같이 날뛰는 군국주의자들의 압력에 못 이겨 지식인들은 하나 둘 '천황폐하만세'를 부르며 태평양전쟁 예찬자로 전향해 갔으며, 1941년에는 익찬운동이 선풍적으로 불어 노동단체, 청소년단체, 부인단체들이 어용화되었다. 언론·출판·집회·결사의 자유도 임시취체법을 만들어 없애버렸다. 사람들의 어깨는 처져갔다. 식량배급제가 실시되었다. 시민들은 한 달에 하루씩 부대자루를 들고 식량배급소 앞에 길게 줄을 지어 섰다. 배급 쌀이라고 해야 젊은이 한 사람당 하루에 2,400칼로리 분에 불과했다. 그것도 다음 해(1942)에는 2,000칼로리로 줄어들었고 쌀의 질도 형편없었다. 묵은내가 나고 썩은 쌀도 섞여 있었다. 영양실조로 쿨룩쿨룩 기침하는 사람들이 많았고, 결핵환자도 급증했다. 이종구는 당시의 동경 풍경을 다음과 같이 그렸다.

우리가 야마구치 씨네나 북해도 제국대학 교수 미망인이 친 하숙에 들어갈 수 있었던 것은, 그들이 식량배급만으로는 먹고 살기 어려웠기 때문이었어요. 그때 나카노에는 조선 유학생들의 하숙을 치려고 집집이 경쟁적이었죠. 우리가 야마구치 씨네 2층집과 같이 풍치 좋은 곳에 살 수 있었던 것도 그 덕이었죠. 기묘한 '덕'이었다고나 할까요. 어쨌든 당시 동경은 꽁꽁 얼어붙어 가는 것 같았어요.

이종구의 말과 같이 동경은 십 년 새에 무섭게 변해버렸다. 당시 동경시민들은 정부가 하라는 대로 따라 했다. 정부가 참호를 파라고 하면 참호를 파고, 성전에 총을 들고 나가라 하면 총을 들고 나가고, 반미시위에 나오라 하면 '반미' 플래카드를 들고 거리를 돌아다녔다. 그들은 정부의 명에 따라 묵묵히 질서정연하게 움직였다. 뛰어난 문학평론가였던 고바야시 히데오(小林秀雄)가 말했던 것처럼 당시 동경시민들은 '묵묵히 사지로 가는' 사람들이었으며, 일본의 시련을 모두 함께 이겨내지 않으면 안 된다고 생각하는 사람들이었다. 고바야시는 도조 내각이 일본을 어디로 몰고 갈 것인지 예견하고 있었으면서도, 그러나 전쟁을 정면으로 반대하고 나서지는 않았다. 그는 군국주의

자들에 맞서려고 하지 않았다. 모든 지식인들은 전쟁의 나팔수 역할을 하거나 전쟁에 침묵했다.

최남선과 이광수가 조선 유학생들에게 학병에 나가라고 권유하러 온 것은 그때였다. 1942년 6월 미드웨이작전에서 해군이 참패한 이후 일본 해군과 공군은 완전히 제해권과 제공권을 잃어버렸다. 일본 정부는 1943년 3월 1일, 그동안 유예시켰던 조선인 징병제를 공포했으며, 그해 10월 20일에는 조선인 유학생들에 대한 학병제 실시를 공포했고, 한 달 뒤인 11월에는 학병 권유 차 이광수와 최남선을 동경으로 보냈다. 당시 동경유학생이었던 불문학자 김붕구의 회고에 따르면 이광수의 친일행각은 눈뜨고 볼 수 없을 정도였다 한다. 그는 '부처와 같이 엄숙하고 근엄한 얼굴'로 '조선의 장래는 여러분이 성전에 참여하여 내선일체를 몸으로 실현하는 데 달렸다.'고 역설했다. 이광수는 얼마 전에 서울에서 '내선일체'를 우리와 일본이 한 몸이 되는 것이라는 선을 넘어 우리 피와 일본 피가 동일하게 되는 것이라고 말했다가 물의를 빚기도 했다. 그 무렵 이광수의 '친일'은 친일파들이 보기에도 혀를 내두를 지경이었다. 이광수에 비해 최남선의 친일은 미온적이었다. 그는 내선일체를 말했으되 몸으로 뛰어다니며 역설하지는 않았다. 그날도 최남선은 이광수의 뒤에서 헛기침을 하며 앉아 있을 뿐 별다른 말이 없었다.

꼭 이광수의 회유 때문이었다고 할 수는 없겠지만, 그 뒤로 많은 유학생들이 강제 지원하여 나가거나 체포되거나 시골로 피신을 떠났다. 나중에 해방조국을 짊어지게 될 장준하, 김준엽 등이 강제 지원했으며, 김수영의 친구가 되는 박태진도 입대했고, 1944년 1월에는 김수영의 동숙자인 이종구도 일경에 체포되어 서울로 압송되었다가 일선으로 보내졌다. 김수영도 몇몇 유학생들과 함께 징병을 피하여 동경 변두리를 전전하다가, 더 이상 버텨내지 못하고 2월 초 시모노세키로 가는 열차에 몸을 실었다. 열차가 관서지방을 지나 세토나이카이 바다에 이르자 겨울의 파도가 무섭게 거품을 토하면서 밀려왔다가 밀려가고 있었다. 처음 그가 현해탄을 건너가면서 저 파도를 보고 새로운 세계에 대한 기대와 흥분으로 들떠 있었던 일이 생각났다. 그때 그는 저 파도를 보면서 무엇을 생각했던가. 일본의 일류 고교를 거쳐 동경제대를 졸업하고 우수한 학자가 되고자 했던가. 시인 또는 예술가가 되고자 했던가. 그런데 그는 지금 무엇이 되어 있는가. 삼류대 졸업장 하나 손에 쥐지 못하고 고국으로 돌아가고 있는 것이 아닌가. 물론 그가 패자와 같은 기분으로 고국에 돌아가는 것은 자신의 능력에 따른 것이라기보다는 시대에 의한 것이라고 보아야 할 것이다. 인간의 성공이나 실패는 대부분 시대가 결정해 버리는 면이 있다. 그런데도 그 성공이나 실패는 개인을 통하여 이

뤄진 것이므로 개인의 것으로 귀착된다. 그렇다면 김수영의 동경유학이 김수영에게 실패만을 안겨주었던가. 수확은 없었던가. 이에 대해 김수영은 이렇다 할 언급이 없다. 하지만 수확이 전혀 없다고 할 수는 없다. 김수영은 미즈시나 연극연구소에서 드라마를 배웠다. 드라마란 우리 문화의 속성에는 부재한 것으로, 그것은 갈등과 대립을 통해 화해와 정화라는 새로운 가치를 만들어낸다. 김수영은 그런 드라마를 그의 시에 도입하여 새로운 시를 창조해냈다. 그것은 커다란 수확이라 아니할 수 없는 것이었다.

현해탄의 파도를 헤치고 김수영이 서울에 도착한 때는 아직도 높새바람이 불고 있는 늦겨울이었고, 종로6가 고모 집에 들어섰을 적에, 그의 고모는 너무나 놀라 입이 떨어지지 않았다. 김 의관댁 장손은 바가지만 들지 않았을 뿐 거지와 다름없었다. 거지와 다른 면이 있다면 책이 든 고리짝이 뒤따른 것뿐이었다.

고모는 김수영의 옷을 벗기고 바지와 저고리, 내의, 양말 등을 내놓았다. 3년이 지난 그때까지도 김수영의 옷들은 버려지지 않고 차곡차곡 장롱 속에 쌓여 있었다. 고모는 다시 부엌으로 나가 방에 불을 지피고, 다락으로 올라가 방을 치우고 닦았다. 김수영은 선린상고 시절처럼 이 다락방에서 지내려고 할 것임에 분명했다. 김수영이 어두컴컴한 곳에서 홀로 있으려 한다는 것을 고모는 너무나도 잘 알았다.

청상과부로 두 딸을 기르며 살다가, 딸들을 시집보내고 홀로 사는 고모에게 김수영은 아들 이상의 아들이었다. 그가 오면 고모는 다른 일에 손을 대지 못했다. 그가 어려서 병원에 들락거릴 때부터 동경유학을 떠나기 전까지 고모는 김수영에게 지극한 정성을 쏟았다. 용두동 시절이나 현저동 시절, 김수영은 거의 절반 이상을 고모집에서 먹고 잠자고 공부했다. 식구들이 들끓는 그의 집보다 고모집이 그는 좋았다. 고모집은 조용하고 편했다.

　　고모에게는 김수영 또래의 양녀가 있었지만 남존여비사상이 깊게 배인 고모는 김수영이 집에 있으면 양녀를 돌보지 않았다. 그는 주워온 자식에 지나지 않았다. 고모는 다락을 치우고 다시 부엌으로 들어가, 쌀독에서 쌀을 꺼내 밥을 지었다. 고모는 밥상을 차려가지고 안방으로 들어갔다. 김수영이 오른손으로 수저를 들자 여윈 얼굴을 들여다보면서 혼잣말처럼 했다.

　　"어이구 불쌍한 것…… 그 동안 무얼 먹고 살았누……."

　　고모는 다시 말했다.

　　"어서 묵어라, 어서 묵어."

　　김수영의 눈에 눈물이 글썽였다. 고모의 말이 이렇게 가슴 진하게 전해 오기는 처음이었다.

　　김수영은 밥 한 그릇을 게눈 감추듯이 치우고 아랫목의 이불 속으로 들어갔다. 그는 곧 깊은 잠으로 빠져들어 갔다. 너무 평안하고 달콤한 잠이었다. 마음속에 어릿거리는 불안이 가시고 이제 살았구나 하는 안도감이 찾아왔다.

김수영이 깨어났을 때는, 다음 날 아침이었고, 셋째 동생인 김수경이 검은 학생복을 윗목에서 입고 있었다. 그는 수경이가 효제소학교 6학년이라는 것을 처음 알았고, 중학교 입학 때문에 고모 집에서 공부하고 있다는 사실도 처음 알았다. 그때 김수영의 집안은 서울살이가 힘겨워, 만주에 사는 둘째 이모네를 따라가 만주 길림에서 살았다. 그새 수경의 키는 훌쩍 큰 듯했다. 1미터 50센티미터는 넘을 것 같다. 김수영은 수경이와 상을 가운데 두고 마주앉아 아침밥을 먹은 뒤 또 잠에 떨어졌다.

얼마를 잤을까, 눈을 떠 보니 밤이었고 고모는 전등불 아래 앉아 있었다. 그는 자리에서 일어났다.

"뭐 하러 일어나누?"

고모가 말했다.

"인제는 옛날처럼 나돌아다니다가는 큰일난단다. 사방에 순경이 깔리고, 비행기 폭격이 그칠 날이 없다. 며칠 전에는 골목에서 웬 젊은이가 붙잡혀갔고, 폭격을 맞고 죽은 사람도 있다더라."

고모의 말처럼 순경이 깔려 있기 때문인지 거리에는 사람이 없었다. 김수영은 며칠 뒤 골목을 돌고 돌아 진명여고로 갔다. 이종구에게 편지를 하던 김현경을 만나기 위해서였다. 그는 이종구가 일경에 체포되어 서울로 압송되었다는 것, 그리고 지금쯤 전선으로 나갔으리라는 것을 전해 주어야 한다고 생각했다.

그때 김현경은 진명여고 졸업반으로 친구들과 함께 담임선생님을 만나고 나오다가 수위로부터 찾아온 사람이 있다는 연락을 받았다. 그녀는 교문 앞으로 나갔다. 키가 크고 눈이 큰 사나이가 서 있었다. 검은 고무신을 신고, 지친 표정으로 서 있었음에도 불구하고 그 사나이에게서는 생각하는 사람들이 품고 있는 묘한 분위기가 감돌았다. 졸업반 여학생인 김현경에게는 그 모습이 완벽하게 연출해 낸 연극의 한 장면처럼 눈에 들어왔다. 김현경은 그 사나이가 이종구 아저씨의 동숙자인 김수영이라는 사실을 곧 알아차렸다. 김현경은 그 사나이에게로 달려갔다. "웬일이세요?" 김현경은 말했다. 사나이는 아무 말도 하지 않았다. 큰 눈을 굴리기만 했다. 김현경이 앞장서서 부근 식당으로 들어갔다. 사나이도 따라왔다. 사나이는 더듬더듬 이종구가 체포되었고, 강제 입대했다고 말했다. 김현경은 아무렇지도 않는 듯이 태연하게 "알았어요." 했다. 그러고는 몇 마디 더 나누다가 친구들과 3시에 갈 데가 있다고 식당 문을 밀고나갔다. 사나이는 한참 식당에 앉아 있다가 일어섰다. 그는 발길을 명동으로 돌렸다. 책방에 들러 잡지들을 살펴보았다. '황국신민'의 깃발을 든, 최재서가 주간인

『국민문학』과『신세대』,『춘추』등이 우중충한 표지를 하고 진열대에 꽂혀 있었다. 옛날에 그가 때때로 사보았던『인문평론』같은 잡지는 보이지 않았다. 옛날의 서울과 지금의 서울은 너무 달랐다.

　김수영은 안영일을 찾아 부민관으로 들어갔다. 안영일은 쓰키지소극장이 전성시대를 끝내고(1924~29) 고야마와 미즈시나 파로 갈린 채 리얼리즘 연극의 명맥을 유지하고 있을 때, 미즈시나 연극연구소로 들어가 연출공부를 하고 돌아온 사람이었다. 안영일이 서울로 왔을 때, 서울에는 신파 연극이 휩쓸고 있었다. 안영일은 신파극 가운데로 뛰어들어갔다. 우리 연극이 새로운 차원으로 도약하려면 소수 지식인들을 관객으로 하는 연극에서 벗어나 신파가 호흡을 나누고 있는 대중 속으로 들어가되, 신파극의 유치한 내용과 연기, 연출을 탈바꿈해야 한다고 그는 보았다. 안영일이 처음 무대에 올린 작품은 김태진 작『성길사한(成吉思汗)』(4막 7장)이었다.『성길사한』은 지방에서 크게 성공을 거두었을 뿐 아니라 서울에서도 성공했다. 연극계에서도 찬사가 쏟아졌다. 연극비평을 하고 있었던 시인 임화도 '신파극과 결별' 하고 '국민연극의 출발을 선언' 한 작품이라면서 "안영일—희귀한 소질과 누구보다도 정확한 기교를 가진 연출가"라고 아낌없는 찬사를 보냈다. 그는 대번에 연극계의 스타가 되었다.

그러나 안영일이 스타로 등장하자마자 연극계에는 회오리바람이 불어왔다. 1940년 총독부 주도로 조선연극협회가 결성되고, 조선연극문화협회가 '천황폐하예찬'을 직간접적으로 유도하는 연극경연대회를 개최하였다. 안영일은 경연대회에 참가하지 않으면 안 되었다. 그는 김태진 작 『행복의 계시』를 들고 제1회 연극경연대회에 참가하였다. 그는 연출상을 받았다. 다음 해에도 박영호 작 『물새』를 들고 제2회 대회에 참가하였다. 이번에도 그는 연출상을 받았다. 제3회에도 그는 김승구 작 『산하유정』으로 연출상을 받았다. 그 밖에도 그는 이태준 원작 『왕자호동』, 김승구 작 『화전지대』, 고창휘 작 『대동강』을 연출하여 성공을 거두었다. 그는 김승구, 박영호, 김태진, 황천, 심영 등과 함께 한 해에 두세 편을 무대에 올리는 왕성한 활동을 벌였다.

김수영이 안영일을 찾아간 것은 『산하유정』이 준비되고 있을 무렵으로 보인다. 김수영은 미즈시나 연구소에서 연출공부를 하다가 왔다고 안영일에게 말했다. 안영일의 얼굴에 순간 빛이 떠오르다가 사라졌다. 미즈시나 아래서 연출을 배우던 환한 무렵이 떠올랐다. 안영일은 웃었다. 그리고 연극을 하고 싶으면 함께 하자고 했다. 김수영은 그의 제의를 받아들였다.

다음 날부터 김수영은 안영일의 연습장으로 매일 출근했다. 이때 김수영의 역할이 어떤 것이었던지 우리는 모른다. 연극사에서 그의 이름은 어느 곳에도 나타나지 않는다. 아마도 그는 조연출 또는 연출보 일을 담당했을 것으로 보인다. 뒤에 '연극을 하다가 문학으로 전향했다.'고 한 산문에서 말하고 있는 것을 보면, 그때 김수영은 꽤 열심히 연출보 같은 일에 매달렸던 듯싶고, 마음에 흡족했던 것도 같다. 그러나 1944년도 중반을 넘어서자 더 이상 연극을 할 수 없었다. 서울에는 날마다 미제 비행기들이 떠 공습을 퍼붓고 시민들은 서울을 피해 지방으로 봇짐을 들고 내려갔다. 극장에는 관객이 없었고, 돈도 없었다. 연극인들이 극장 주변에서 왔다 갔다 하는 것은 연극을 하고 싶다는 열망에서보다 연극을 통해 일제의 감시를 피하고 징집을 면하기 위해서였다고 보는 것이 옳을지도 모른다.

김수영은 예닐곱 달쯤 안영일과 함께 연극을 했던 듯하다. 그들은 연극이 생의 축도이며 종합예술이라고 역설하면서도 연극이 들어설 무대와 연극을 보아줄 관객이 점점 사라져간다는 사실을 알았다. 연극인들은 하나 둘 자취를 감추었다. 김수영도 두루마기를 입고 서울에 온 어머니를 따라 길림으로 떠났다. 그때 김수영의 어머니는 서울에서 값지고 귀한 생필품을 사다 길림에 팔았다. 그리하여 김수영의 어머니는 두세 달에 한 번쯤은 서울과 길림을 오고갔다.

김수영이 어머니를 따라 북행열차를 탄 것은 그해 겨울 밤 9시, 압록강 철교를 건넌 것은 다음 날 새벽 5~6시경이었다. 서서히 떠오르는 아침 해와 함께 광대무변한 들녘이 눈앞에 다가왔다. 우리나라와도 다르고 일본과도 다른 그 풍경을 접하면서, 김수영의 마음속에서는 단순한 절망이라 하기 어렵고, 불안이나 초조, 기대라고 하기도 어려운 복잡한 감정이 꿈틀거렸다. 저것은 무엇이냐, 저 광대무변한 것은 무엇이냐, 저것이 나냐, 세계냐, 신이냐, 김수영은 마음속 깊은 곳으로부터 고개를 들고 일어나는 소리를 들으면서 북으로, 북으로 달렸다. 열차는 힘찬 기적을 울리면서 달렸다. 파도와 같은 감정이 고개를 숙이고 사라지는 듯싶더니 다시 고개를 들고 일어났다. 이번에는 일본제국주의에 대한 분노가 끓어올랐다. 이전에는 그다지 경험해 보지 못한 것이었다. 그는 일제의 조선 강점과 지배를 별로 생각해 본 적이 없었다. '강점'과 '지배'를 차창의 풍경처럼 스쳐 지나갔다고 할 수도 있었다. 그러나 남만주 벌판을 달리는 열차 속에서 그는 조선이 망했다는 것, 그의 집안이 망했다는 것, 그리고 징집을 피해 자신이 동경을 탈출했으며, 현재는 만주로 가고 있으며, 그의 집안도 만주로 가서 살지 않으면 안 되는 것이 일본제국주의 침략야욕 때문이라는 것을 한꺼번에 되씹게 되었다. 김수영은 주먹을 꼭꼭 쥐고, 눈을 부릅뜨고 만주벌판을 보았다. 열차는 한없이 펼쳐지는 음산한 평원으로 기적을 울리며 달렸다.

절망은 연극을 낳고

1

길림은 서울보다 작은 도시였다. 인구는 약 15만. 건물들은 하나같이 낡고 누추했으나 고서점과 문묘, 13층 팔각탑 등이 드문드문 늘어서 있어 고도다운 면모를 보였다. 골목에서는 중국 마을 특유의 마늘냄새 같은 매캐한 냄새가 풍기고 건물마다 먼지가 자욱했다. 그러면서도 서울보다는 넉넉한 느낌이 들었다. 동북쪽으로 유유히 흐르는 바다 같은 제2송화강과 서쪽으로 뻗어가는 대흥안령의 줄기 때문인 듯했다.

김수영은 저녁 무렵에 집에 도착했다. 천식으로 누워 지내는 아버지와 어머니, 동생들이 지내기에는 옹색한 곳이었다. 우리 집이 이토록 기울어져버렸단 말인가 하는 탄식을 씹으며 김수영은 동생들이 지내는 방으로 들어가 이불 속에 누웠다.

며칠 뒤, 그의 어머니는 그의 집과 꽤 떨어진 곳에 방을 하나 얻어주었다. 백계 러시아인의 집이었다. 백계 러시아인은 동양인으로서는 드물게 이목구비가 반듯한 김수영이 마음에 들었던지, 여름이 오면 송화강에 뱃놀이 가자고, 송화강 뱃놀이가 일품이라고 했다. 김수영은 별로 달갑지는 않았다. 혼자 있고 싶었다. 관습처럼 책으로 손이 갔으나, 그렇다고 백계 러시아인을 눈앞에 두고 책을 읽을 수는 없었다. 바람소리만 귀를 울렸다. 큰 강을 끼고 있는 도시여서인지 바람소리가 드셌다.

길림은 4월 들어 날마다 바람이 거세지고 황사가 하늘을 가렸다. 고비사막으로부터 불어오는 황사바람은 북쪽 하늘에 모습을 드러냈다 하면 순식간에 온 하늘을 덮었다. 그리고 한 시간 뒤쯤이면 소리도 없이 황진이 내렸다. 꽃가루보다도 보드라운 갈색 먼지였다. 어떤 때는 도시 전체가 며칠씩 먼지에 싸여 비로 쓸어야 할 때도 있었다. 그러나 그런 봄도 잠시뿐, 무덥고 습윤한 북방 여름이 곧 시작되었다.

김수영의 어머니는 아들에게, 이곳에서는 함부로 돌아다녀서도 안 되고 함부로 말해서도 안 된다고 신신당부했다. 길림은 독립군 가운데서도 가장 용맹하였다는 서로군정서가 10여 년 동안 뿌리를 깊이 내리고 있었던 곳이었다. 그래서 일본군과 경찰은 만주독립군이 완전히 소탕되었다고 하는 40년대에도 마음을 놓지 않고 감시망을 곳곳에 펼쳤다. 조선인들은 길림에 살려면 첫째도 입조심, 둘째도 입조심, 셋째도 입조심이라고 너나없이 말했다. 다행히 김수영은 말이 없는 편이었고, 남에게 관심도 없는 편이어서 마음이 조금 놓이기는 했다.

처음에 김수영은 백계 러시아인의 집에서 종일 방 안에 들어박혀 지냈다. 밖에 나가려고 하지 않았다. 그러다가 길림산업무역부에 취직되었고, 밤에는 조선인 청년들과 연극연습을 하게 되었다. 그가 연극판에 뛰어든 것은 순전히 바로 아래 동생인 수성이 때문이었다. 수성은 일본군에 징집되어 나가기 전, 연극 무대에 섰다. 그는 동료들에게 자기 형이 쓰키지소극장에서 연출공부를 했으며 마스크가 서양사람 같다고 자랑했었다. 그런 수성의 형이 길림에 왔다는 말을 듣고 연극의 풋내기들이 가만있을 리 없었다. 때마침 길림에는 연극바람이 불고 있었다. 일제는 식민지 정책의 일환으로, 서울에서와 같이 길림에서도, 길림성문예협회를 조직하고 봄, 여름 길림성예능대회를 열었다. 그 대회에는 만주계, 조선계, 일본계가 각각 그들의 전통을 살리는 극을 만들어 가지고 참여했다. 당시 조선청년들은 길림극예술연구회(약칭 '극연')라는 연극단체를 결성하여 활동하고 있었으므로 연극대회의 참가는 극예술연구회의 정기 공연이 되는 셈이었다.

김수영이 '극연'에 참가했을 때는 연극연습이 한창 진

행되고 있을 때였다. 작품은 「춘수(春水)와 같이」로, 독일 희곡의 번안물이었다. 극의 줄거리는 여름방학 중에 시골에 간 도시청년이 시골처녀와 사랑에 빠지는데, 시골신부가 나서서 이를 극력 반대한다는 것이었다. 도시청년 역은 임헌태라는 천안 출신이 맡고 시골처녀 역은 소학교 여교사인 야나기(柳)가 맡았으며, 연출은 동경학생예술회에서 연극을 한 적이 있었다는 오해석이 맡았다. 신부 역은 미정이었는데, 김수영이 나타나자 그에게로 돌아갔다. 눈이 크고 콧날이 반듯해서 신부 역에는 안성맞춤이라고들 했다.

연습이 있는 날은 배우나 연출자는 물론 전 스태프와 '극연' 회원들이 모두 모여들었다. 그들은 대부분 직장이 없는 데다 독신이었다. 그래서 저녁이면 만주상공회사에 다니고 있으며 가정이 있는 송기원의 집으로 가거나 김수영의 하숙방으로 갔다. 일본인이 경영하는 백선회당으로 가기도 했다. 일본인은 '극연' 회원들을 예술가인 양 깍듯하게 대접했다. 영업이 끝난 밤에 떼 지어 가면 술과 안주를 내주는가 하면 연극연습을 하라고 자리를 만들어주고 나서, 그도 스태프인 양 옆에서 지켜보았다. 일본인은 흥이 나면 "좋아, 좋아."를 연발했다. 어떤 날은 "스톱"하고 소리치며 배우들 앞으로 나서기도 했다. 그런 날은 흥이 절정에 오른 때로, 일본인은 연습이 끝나면 파티를 열어주었다. 일본인과 '극연' 회원들은 한 가족처럼 서로 감정의 문을 열고 어울렸다. 성악을 하였던 임헌태가 노래를 부르고 김수영이 연극대사를 읊었다. 일본인은 안방에서 피아노를 내왔다. 한번은 피아노를 운반하다가 벽에 부딪쳐 음정이 흐트러지기도 했다.

연극은 1945년 6월 21일에서 22일까지 이틀 동안 길림 공회당에서 공연되었다. 관객은 공연마다 만원이었다. 김수영의 어머니와 동생들도 공회당으로 갔다. 김수영은 큰 손을 쳐들고 큰 눈을 부릅뜨고 대사를 읊어나갔다. 관객들은 열광했다. 큰누이인 김수명은 말했다. "검은 신부복을 입고, 로만칼라를 하고, 무대 위에서 조명을 받으며 오빠가 손을 들고 있는 모습이 너무 멋졌어요. 나는 오빠가 그렇게 멋있는 남자인지 몰랐어요." 노모도 "굉장한 인기였지, 내가 알기로는 그때 함께 연극을 하던 야나기라는 시골처녀 역을 맡았던 여자가 있었는데, 그 사람이 홀딱 반했었지, 야나기는 소학교 선생을 했지. 아마 모르긴 몰라도, 그 밖에도 반한 여자들이 많았을 게야." 했다.

2

연극이 막을 내리고 '극연' 회원들이 흩어진 뒤, 이번에는 연극과는 다른 방향에서 역풍이 불어왔다. 일본군의 전세였다. 일본군은 필리핀과 남양군도를 빼앗긴 것은 물론 오키나와까지도 미군기들로부터 무차별 공격을 받고 있다는 소문이 돌았다. 그간 태평양으로 나아갔던 일본의 군함이나 전투기들은 거의 모두 파괴되어버렸다. 김수영의 연극의 성공 요인도 어쩌면 이 같은 전쟁 불안에 힘입은 것일지도 몰랐다. 잠시라도 마음을 쏟을 곳이 없는 터에 연극 공연이라니, 남자도 여자도 아이들도 몰릴 수밖에 없었다.

송화강의 녹음이 싱그러워지기 시작하는 6월이 지나가면서 거리의 불안은 더욱더 커져갔다. 벌써 고향으로 이삿짐을 실어갔다는 집도 있었고, 짐을 싸는 집도 있었다. 김수영의 어머니도 보고만 있을 수 없겠다는 생각이 들었다. 그녀는 7월 하순경, 길림 6고에 다니는 수강과 수영만을 남기고 병중의 남편과 어린애들을 거느리고, 서둘러 싼 짐들을 가지고 서울로 떠났다. 그녀는 비어 있는 종로6가 고모네 집에 짐을 내려놓고는 피로를 풀 틈도 없이 다시 길림으로 떠났다. 지난해 경기중에 입학했던 수경이가 때마침 여름 방학 중이어서, 어머니의 치맛자락을 붙잡고 늘어졌다. 길림 구경을 하고 싶다는 것이었다. 어린것이 부모형제와 떨어져 얼마나 외로웠을까를 생각하니, 손을 뿌리칠 수가 없었다. 수경을 데리고 그녀는 길림으로 향했다.

길림에 도착한 즉시로 그녀는 짐을 정리하기 시작했다. 버려도 될 살림들은 버리고, 책들은 불사르고(소련군은 일본 책을 보면 친일파로 여긴다는 소문이 돌았다), 쓸 만한 물건들은 시장에 내다 팔았다. 돈이라고 할 수도 없는 값이었다. 또 잘 팔리지 않는 물건들은 고추와 바꾸었다. 그렇게 물건으로 바꾸고, 돈으로 산 고추가 수십 부대를 넘었다. 그녀는 그 고추들을 절구통에 넣고 밤낮 하루를 걸려 부쉈다. 눈이 빠져나갈 듯이 쓰리고 온몸이 쑤시고 아팠다.

그렇다고, 그때 김수영의 어머니가 일본의 패망을 예상한 것은 아니었다. 그녀는 일본의 패망을 생각지 못했다. 그녀는 곧 길림으로 돌아오려니 생각하고 당장 필요한 물건들을 챙기고 불필요한 물건들을 정리했을 뿐이었다. 그런데 예상을 뒤엎고 8월 15일 히로히토가 떨리는 목소리로 라디오를 통해 일본의 무조건 항복을 선언했다. 일본이 망하고 조선이 해방됐다는 것이었다. 소문은 곧장 길림 시내로 퍼져나갔다. 거리에 긴장이 싸이는가 싶더니 소요가 일기 시작했다. 내일은 서울로 떠난다는 날 밤에는(8월 20일이 지난 뒤로 보인다) 천지개벽이라도 하듯이 굉음이 쿵, 쿵, 쿵 울리고 창이 대낮같이 밝았다가 캄캄해지는가 하면 다시 밝았다. 수경과 수강이 잠에서 깨어나 어머니의 품으로 파고들었다. 그녀는 위기에 몰린 암탉처럼 아이들을 두 팔로 싸안고 그날 밤을 뜬눈으로 샜다.

다음 날 아침, 이웃들이 밤새 폭격으로 길림역이 불타고 석탄광에도 불이 붙었다고 했다. 무적이라 뽐내던 관동군이 뿔뿔이 도망가고 소련군이 헬리콥터를 타고 내려왔다고도 했다. 소련군이 지금 차를 타고 시내를 질주하고 있다고도 했다. 지하에 숨어 있던 중국 독립운동가들과 조선 독립운동가들이 뛰어나와, 일본군이 독립군들을 십자가에 매달아 죽였듯이 일본인 남자와 여자들을 닥치는 대로 죽여서, 목을 베어 꼬챙이에 꽂아들고 다닌다고도 했다.

그녀는 어떻게 해야 할지 알 수 없었다. 자나 깨나 걱정이었던 둘째 아들도 생각할 겨를이 없었다. 무사히 두 아들을 데리고 서울로 돌아갈 수 있을지 염려될 뿐이었다. 그렇다고 언제까지 염려만 하고 있을 수는 없는 일이었다. 9시쯤 수강의 학교 친구가, 가족이 먼저 경상도로 떠나고 자기 혼자뿐이라고 하며, 동행을 바랐다. 그녀는 딴전을 피우지 말고 시키는 대로 해야 한다고 이르고는, 각자 떠날 채비를 하라고 했다. 수경과 수강, 수강의 친구는 각반을 차고 행려에 필요한 물건들을 륙색에 넣어 등에 메고 집을 나섰다. 골목을 돌아갈 때였다. 헐레벌떡 김수영이 달려왔다.

"무슨 일이냐? 집에 있지 않고."

어머니가 물었다.

"나도 가겠어요."

"야나기 여선생은 어떡허고?"

"서울로 갈래요."

어머니는 더 이상 묻지 않았다. 물을 필요가 없었다. 한번 떠난다고 하면 기어코 가고 마는 것이 그의 성미였다.

맨 앞에 수강과 친구가 서고, 그 뒤에 수경, 다음에 어머니, 맨 뒤에 김수영이 따랐다. 다섯 사람은 번화가를 빠져나와 바삐 역으로 걸음을 옮겼다. 벌써 역 구내에는 조선인들과 일본인들로 발 디딜 틈이 없었다. 예전에 점령자답게 위세가 당당하던 일본인들은 하룻밤 새에 소금 먹은 배추처럼 시들어 있었다. 그러나 조선인들은 그들을 내쫓을 여유가 없었다. 그들 자신의 귀국이 제1과제였다.

김수영의 가족이 열차에 탄 것은 사람들 틈에 끼여 밀고 밀리면서 한나절을 보낸 뒤였다. 그들은 뚜껑도 없는 무개차에 가까스로 올랐다. 그로부터 한 시간 뒤쯤 열차가 슬슬 움직이기 시작했다. 길림이 서서히 뒤로 밀려갔다. 차 안 사람들은 모두 난감한 표정으로 창밖의 길림 거리들을 보고 있었다.

한나절쯤 차가 달린 뒤였을까, 바퀴가 서서히 멎더니 승무원들이 승객을 향해 모두 차에서 내리라고 소리쳤다. 사람들은 불안한 얼굴로 차에서 내렸다. 한 시간 뒤쯤 승무원들이 다시 차에 오르라 했고, 사람들은 아귀다툼을 하며 차에 올랐다. 그 차가 압록강을 건넜을 때는, 그렇게 오르고 내리기를 몇 차례 거듭한 뒤였고, 회천에 이르렀을 때는, 기차를 갈아타야 한다면서 승무원들이 또 하차를 명해, 승객들은 모두 짐을 들고, 가족들의 손을 잡고 내렸다. 한나절이 지났을 때쯤 역 구내로 차가 한 대 들어왔는데, 이번에는 남자들만 타라고 했다. 수강이와 그의 친구가 객차 꼭대기에 올라탔다. 그날 밤 김수영과 수경, 그리고 그의 어머니는 회천에서 밤을 샜다.

다음 날 정오 무렵, 차를 기다리다 못한 한 사람이 트럭을 '가부시키(추렴-편집자)' 해서 타고 가자고 했다. 개천으로 가는 트럭이 있다는 것이었다. 개천은 평양에서 150리쯤 된다는 것이었다. 그들은 그 트럭에 올라탔다. 지치고 굶주린 데다 밤에는 장대 같은 비가 쏟아져 체온이 내려갔다. 더욱이 몸뻬를 입은 김수영의 어머니는 바지통에 물이 가득 차 움직일 적마다 철벅철벅 파도 소리가 났다. 흡사 물속에서 움직이는 기분이었다. 다행히 개천에 도착했을 때는 비가 멎었다. 식당이나 상점을 찾았으나 문을 연 곳이 없었다. 민가를 찾아가 사정을 해도 밥을 해주지 않았다.

길림을 떠난 지 벌써 수일째, 옷은 때에 절고 얼굴은 타서 거지 떼 같았다. 일행 중의 누군가가 언덕을 넘으면 옥수수를 파는 곳이 있으니 함께 가자고 했다. 그녀는 김수영을 그곳에 두고 그들을 따라나섰다. 그 틈에도 김수영은 처마 밑에 앉아 책을 읽고 있었다. 사람들이 '저 사람은 머리가 좀 이상한 것 아니냐.'고 물었다. 그녀는 '그 사람은 책밖에 모른다.'고 하면서, '어젯밤에도 그 빗속에서 내게 책을 맡겼는데 없어졌다고 생떼를 부렸다.'면서 웃었다. 최남선의 무슨 책이라고 했다. 저녁에는 또 억수로 비가 내리고 늦가을처럼 공기가 차가워졌다. 턱이 덜덜 떨렸다.

이튿날, 어떤 사람이 평양가는 기차가 들어온다고 했다. 모두들 구름처럼 역으로 몰려들었다. 그녀는 '회천에서 아이들을 먼저 평양으로 보냈으니 그들과 만나야 한다.'고 사정사정해서 기차를 탔다. 그들은 다음 날 평양역에 떨어졌다. 차에서 내려 역 광장으로 달려갔으나 아이들을 찾을 수 없었다. 광장에는 사람들로 대혼잡을 이루고 있었다. 대학생인 듯한 젊은이들이 완장을 두르고 '서울 가실 분들은 이곳에 줄을 서시오. 서울 가실 분들은 이곳에 줄을 서시오.' 소리치면서 질서를 잡으려고 땀을 뻘뻘 흘리고 있었으나 사람들은 듣는 체도 하지 않았다. 그녀는 수영과 수경더러 짐을 지키라 하고, 아이들을 찾아나섰다. 수경이 뒤따라오며, 자신이 걸음이 빠르니 찾아보겠다고 했다. 수경은 이곳저곳으로 사람들의 틈을 비집고 다니면서 형 이름을 부르다가, 역 한쪽 공사판 근처에서 두 사람을 찾아내었다. 수강과 그의 친구는 류색과 주워 온 널빤지 따위로 둥글게 경계를 만들어놓고, 여객들에게 나누어준 콩기름까지 타가지고, 어머니를 기다리고 있었다. 그녀는 비로소 숨통이 트였다. 그들은 그날 밤, 2~3일 만에 보리개떡을 사 먹고 여관에서 다리를 뻗고 단잠을 잤다. 보리개떡도 여관비도 엄청나게 비싼 값이었다.

3

우리나라 제3도시이자 관북의 중심지인 평양은, 회천이나 개천에 비하면 그런대로 질서가 유지되고 있는 편이었다. 정상적인 것은 아니지만 서울행 차도 오고 갔다. 그들은 다음 날 무사히 차에 올랐다. 차가 떠날 즈음, 승무원이 오르더니 일본인들은 내려 지붕에 타고, 지붕에 탄 조선인들은 차안으로 들어가라고 했다.

열차가 개성 앞에 있는 토성에 이르렀을 때였다. 갑자기 콩이 튀는 듯한 따발총 소리가 울렸다. 사람들은 재빨리 의자 밑으로 고개를 숙였다. 열차가 멈추어 서고, 나치스 복장 비슷한 군복을 입은 소련군들이 열차 안으로 들어와, 일본인들은 내리라고 소리쳤다. 일본인들이 내린 다음, 열차는 다시 굴러갔다. 침목 위를 구르는 바퀴소리가 점점 빨라져 갔다. 그들이 서울에 도착한 것은 그로부터도 하루가 지난 다음 날 정오쯤이었다.

당시 서울역 앞에는, 해방이 되었다고 젊은이들이 무리지어 다니며 만세를 부르고, 온갖 벽보가 담벼락에 나붙고 데모대가 어지럽게 거리를 누볐다. 그런 식으로 젊은이들은 해방의 감격을 나타내고 있었다. 그러나 김수영의 어머니는 그 감격이 가슴에 와 닿지 않았다. 그녀는 전쟁에 나가 죽었는지 살았는지 모르는 둘째아들 생각이 머리를 떠나지 않았다. 그녀는 종로6가 고모네 집에 살림을 옮긴 다음(그때 고모는 시골로 갔다가 아직 돌아오지 않았었다) 날마다 서울역으로 나가 기다렸으나, 아들의 모습은 눈에 들어오지 않고, 만주와 이북 등지에서 내려오는 피난민들만 꾸역꾸역 역 구내로 빠져나오고 있었다.

그 무렵, 서울시는 그들 피난민 수용 문제와 창궐하는 전염병 문제, 식량 문제로 골치를 앓았다. 식량이나 의약품, 주택 문제는 정부도 없고 시 책임자도 없는 그때로서는 해결할 길이 없었다. 시청에서 간직하고 있던 보리와 밀가루를 나눠주는 것이 고작이었다. 그리하여 시청이나 구청, 동회 앞에는 거의 언제나 부녀자들이 길게 줄을 지어 서 있었다. 김수영네는 고모 집에 한동안 머문 다음, 그해 겨울 충무로4가의 적산가옥을 사 들어갔다. 그때까지도 고모는 시골에서 돌아오지 않았으므로, 그들 가족은 충무로와 종로6가 두 곳에서 배급을 타, 다른 집보다 비교적 여유롭게 지낼 수 있었다. '여유롭게'라고 했지만, 그것은 '배고프지 않게'라는 뜻에 지나지 않았다. '배고프지 않다.'는 것은 당시로서는 무엇보다도 행복한 일이었다. 그러나 배급이라는 것이 대부분 콩이어서, 아이들은 콩밥을 먹고 얼굴이 퉁퉁 부어올랐다.

4

수성이 종로6가 고모네 집을 거쳐 충무로 집에 돌아온 것은 다음 해 초였다. 그는 만주에서 소련군에 포로가 되어 수용소에서 7개월 간 갇혀 있다가 음력 1월 15일 석방된 뒤, 트럭을 타기도 하고 열차를 타기도 하고 걷기도 하면서 보름 이상 걸려 서울에 도착했다. 그는 그 틈에도 "로스케들이 간부라고 작별 파티도 열어주던 걸."하면서 가족들을 즐겁게 해주었다.

"그것만이 아녜요. 어머니, 로스케들이 화물차로 회령까지 데려다주었다고요."

"애야, 나는 네가 훈춘전투에서 꼭 죽은 줄 알았다. 부대가 전멸됐다고 해서……."

"정말 날아갈 뻔했어요. 제가 좀 일본사람같이 생겼잖아요. 그래서 일본놈에게만 시키는 부대장의 심부름을 갔었는데, 그새 부대가 전멸됐어요. 부대장 땜에 산 거죠."

"하느님이 도우셨다. 하느님이……."

어머니는 아들을 보며 엷게 웃음을 지었다. 그러나 그 웃음은 잠시뿐, 보름 동안 굶주리면서 온 아들에게 밥을 지어주어야 했으나 쌀통에는 쌀 한줌 없었다. 그녀는 아들을 데리고 셋째 이모네 집으로 갔다. 셋째 이모는 둘째 조카를 보자 곧장 부엌으로 들어가 밥을 지어 가지고 왔다. 그는 그 밥을 먹고 돌아와 이내 깊은 잠으로 빠져들어 갔다.

얼마를 잤을까 눈이 뜨였을 때는 햇볕이 눈부신 대낮이었고, 그는 이제 어떻게 살아야 할 것인가, 그의 아버지는 천식으로 몸져누웠고, 형은 책밖에 모르고, 동생들은 어리고, 어머니는 혼자서 동분서주하는 그의 집안을 어떻게 꾸려 갈 것인가 막막했다. 그는 무엇을 하는 것이 좋을지 몰라 종로로 청계천으로 돌아다녔다.

그의 어머니가 야채 장사가 괜찮다더라고 어디선지 듣고 와서 말했다. 며칠 뒤, 그는 동대문시장에서 미나리를 사서 류색에 넣어 가지고 새벽 일찍 인천으로 갔다. 식당마다 찾아다니며 "미나리 사려, 미나리 사려." 외쳐도 사주는 사람이 없었다. 점심도 굶은 채 이 거리 저 거리 헤매 다니다가 중국인 마을로 들어갔다. 그는 중국말로 "미나리 사려, 미나리 사려." 외쳤다. 한 중국인이 자기 나라 말을 하는 청년이 마음에 들었던지 미나리를 모두 사주었다. 그때서야 수성은 어깨에 힘이 빠지고 배가 고팠다. 식당으로 들어가 밥을 시켰다. 정신없이 숟가락질을 하고 있는데, 옆 사람이 "무슨 장살 하시오?"하고 물었다. 우물쭈물하고 있었더니,

"보아하니, 젊은이가 초행길인 것 같은데, 날 따라오시오, 저어기 미제 비누하고 다이야찡(미군이 상비약으로 가져온 일종의 살균제인데 한동안 만병통치약으로 인기가 좋았음-편집

88

자)이 있다우. 괜찮을 거요."

하는 것이었다. 미제 비누하고 다이야찡이라면 당시엔 매우 희귀한 물건이었다. 수성은 그를 따라나섰다. 그들은 어느 가정집으로 들어갔다. 비누와 다이야찡을 가지고 상점엘 갔더니 여기저기서 값을 배로 주었다. 다음 날도 수성은 그 사람을 따라가 미제 담배도 사고 약도 사다 팔았다. 다리 아픈 줄도 모르고 수성은 하루에 두세 번씩 뛰었다. 그렇게 두어 달 동안 양키 물건 장수를 하고 나니 장사 밑천이 어느 정도 생겼을 뿐 아니라 지긋지긋한 콩밥은 면할 수 있었다. 그의 가족들은 콩밥을 싫어하는 편이었다. 특히 수경이와 수명이 그랬다.

그즈음 아는 사람이 교통부에 자리가 하나 났는데 들어가지 않겠느냐고 물었다. 수성은 장사를 할까, 공무원을 할까 망설이고 있는데, 그의 어머니가 젊어서 돈맛을 알면 버린다고 교통부로 들어가라고 했다. 집안은 이제 혼자서 꾸려갈 수 있다는 것이었다. 그리하여 수성은 한 달 월급이 1천3백여 원, 점심 값밖에 안 되는 직장을 찾아 들어갔고, 그의 어머니는 길을 면한 집 한쪽에 쇠판을 놓고 빈대떡을 구워 팔기 시작했다. 먹을 것이 드물고 모두 영양실조에 빠진 터라 빈대떡은 굽기 바쁘게 팔려나갔다. 어떤 사람은 소주를 사 가지고 와서 빈대떡을 안주 삼아 먹기도 했다. 차츰 술도 갖다놓게 되고, 설렁탕도 끓이게 되었다. 손님이 끊이지 않았다.

　이렇게 쇠판 하나로 시작한 가게는 음식점으로 변하고, 손님들이 줄지어 드나들고, 단골손님 층이 형성되어 일대에 유명한 집이 되자, 가게 이름을 '유명옥(有名屋)'이라고 붙였다. 수성은 교통부에서 퇴근하는 대로 집으로 와 일을 거들고 또 새벽이면 두세 시에 일어나 그날 팔 식품 재료들을 시장에 나가 사왔다. 그의 집안에서 어머니를 도와 가게 뒷바라지를 해주는 사람은 수성밖에 없었다.

　그러나 하루 이틀도 아니고 허구한 날 아침에는 직장에 나가고 저녁에 돌아와 가게를 보자니 몸이 견딜 수 없었다. 생각 끝에 교통부를 그만두기로 했다. 점심값도 안 되는 직장에 나가는 것보다 어머니를 도와 집안을 꾸려나가는 것이 현실적이라고 생각되어서였다. 그러고 보면 그의 집안에서 수성은 그의 어머니와 함께 매우 현실적인 사람이었던 셈이다. 피난민들이 꾸역꾸역 모여들고 식량은 부족하고 거리마다 해방의 기쁨이 넘치는 때에 술과 음식 가게는 번창하지 않을 수 없었다. 젊은 수성은 그것을 암암리에 간파했던 것이다.

명동으로 모여드는 젊은 시인들

1

해방이 김수영에게 가져다준 의미는 무엇이었을까.

김수영이 서울에 도착한 8월 말경에는 이미 여운형이 조선건국준비위원회를 발족시켰고, 미군의 일부가 인천에 상륙하여 미군 지프가 서울거리를 질주하고 있었으며, 9월 2일에는 맥아더 사령부 이름으로 비행기 한 대가 서울 상공에 삐라를 뿌리고 다녔는데, 그것은 조선민족에게 해방을 축하한다는 글귀는 한 줄도 없고, 북위 38도 선을 경계로 미국과 소련이 군정을 실시하게 되었으니, 미군정이 내리는 포고를 준수하고 일체의 파괴적 행위와 저항 행위를 금하라는 경고였다. 미군을 자유의 기사, 자유의 십자군으로 열렬하게 환영하고 있었던 민중들에게는 너무나 냉랭한 것이었다.

9월 9일 총독부 정문의 깃대에서 히노마루기(일장기-편집자)가 내려지고 성조기가 게양되었다.

9월 16일에는 일제치하에서 문화주의를 표방하고 나섰던 《동아일보》를 중심으로 한 세력과 지방토호들이 조선건국준비위원회(이하 '건준')에 대항하여 한국민주당을 결성하고, 그 중요 멤버들이 미 군정청의 고문 및 요직을 독차지했다.

10월 16일에는 이승만이 미국에서 귀국하고, 20일에는 미 국무성이 조선의 신탁 통치를 표명했으며, 11월 20일에는 상해 임시정부 요인들이 개인 자격으로 귀국하였다. 그와 함께 서울은 테러와 암살과 벽보 천지의 도시로 변하고, 찬탁과 반탁의 극심한 소용돌이에 휘말리게 되었다. 이런 무질서는 해방이 민족 자주 역량으로 쟁취된 것이 아니라 연합군에 의해 주어진 것이라는 데서부터 비롯되었다. 한반도에 들어온 연합군은 그들의 이데올로기와 그들의 국가 이익에 의해서 한국 문제를 처리하고자 했다. 한국민이 한 덩어리로 뭉쳐 통일된 정부를 수립하고자 해도 그들은 들어주지 않았다. 그런 점은 얄타회담을 거쳐 모스크바 3상회담에서 합의를 본 한반도 신탁통치안을 보면 자명하게 드러난다. 한반도 통일정부를 먼저 수립하고 미·소·영·중 4대국이 향후 5년 간 신탁통치한다는 이 안은 원래 소련의 안이었다. 미국이 이에 동조한 것은 표면적으로는 한국의 독립을 이룩하는 데 효과적인 방안이라는 것이었지만 실질적으로는 대소(對蘇) 전략상의 효용성을 계산한 것이었다. 한국의 신탁통치를 소련과의 협의를 통해 받아들이되 남한 내에서 강세를 보이고 있는 좌익세력을 어느 정도 저지한 뒤에는 신탁통치를 파기해도 된다는 생각에서였다. 이는 모스크바 협정 방식이 결정되기 전의 서울주재 미군사령부의 정세 판단서에서도 엿보인다. 그들은 남한의 좌익 세력을 저지하고 우파 세력의 주도권을 확보하기 위해서는 일정기간 신탁통치가 요구되지만, 우파의 주도권이 확보된 뒤에는 4개국이 합의한 것일지라도, 과감히 신탁통치를 파기하는 것이 좋겠다고 건의했다.

물론 통일정권의 수립을 저해하는 요인으로는 이런 대외적인 면만이 아닌, 대내적인 면도 크게 작용한다. 일제의 극한 통치 하에서 일체의 정치활동을 봉쇄당한 독립운동가들은 만주로, 중국으로, 러시아로, 미주로 뿔뿔이 흩어져 활동했고, 흩어져 있던 독립운동가들은 해방과 함께 귀국하였으나 그들 모두를 조정하고 리드할 중심세력이 없었다. 또한 그들은 몇십 년 만에 돌아온 조국의 땅과 하늘에 감읍한 나머지 우리나라가 처한 국제 정치상의 좌표를 리얼하게 판독할 시간과 안목이 없었다. 그들은 찬탁이 우리 민족의 장래에 이로운 것인지 반탁이 이로운 것인지 헤아릴 능력이 없었다. 찬탁이란 독립이 아니다, 라는 단순한 명분론에 사로잡혀 그들은 결사반대했다. 당시 민족 지도

자들이 얼마나 감상적이며 민중의 반일 감정을 의식한 제스처를 부렸는가는 이승만 대통령이 경무대로 들어가서 한 첫 번째 행동에 잘 나타난다. 그는 손수 망치를 들고 총독 관저로 사용하던 때의 전구라든가 가로등을 모조리 부수어버렸다. 새로운 국가상의 정립에 머리를 썩여야 할 지도자의 첫 일이 전지 부수는 일이었던 것이다.

그와 같은 감상주의는 시에도 그대로 반영되고 있다. 해방 직후의 시인들은 일제치하에서 그들이 저질러온 과오 같은 것은 돌아볼 생각도 없이 눈앞에 전개되는 대현실에 도취되어

물결과 같은 방향에 서면
물결보다 앞장서는
나의 마음이 바다처럼 푸르다

고 노래했다. 그들의 눈에는 푸른 바다와 같은 민족의 새 아침만이 보였다.

한 평론가가 지적했듯이, 위의 시가 쓰인 때만 해도 문단은 이데올로기의 갈등에 사로잡히지 않았다. 이런 점은 해방 직후에 나온 『해방기념시집』(중앙문화사, 1945. 12.)에 정인보, 홍명희, 안재홍, 정지용, 김기림, 김광균, 김광섭, 이용악, 임화, 박종화, 오장환, 조지훈 등이 참가하고 있는 점

이라든가 『햇불』이란 이름으로 나온 해방기념시집(우리문학사, 1946. 4.)에 권환, 김용호, 윤곤강 등이 참여하고 있는 점, 1946년판 『연간조선시집』에 권환, 김광균, 김기림, 임화, 김용호, 노천명, 배인철, 오장환, 이병기, 이용악 등이 수록되어 있는 데서 볼 수 있다. 하지만 이 같은 공동 참여나 문인사회의 친목은 예술가들이 갖는 그들 특유의 따뜻한 마음에서 우러나온 것이었을 뿐, 문학적 이념과 동력은 오히려 정치권보다 재빠르고 치열하게 움직이는 면이 있었다.

좌익문학의 선봉장이었던 임화는 여운형이 조선건국준비위원회(이하 '건준')를 결성한 바로 다음 날인 16일, 친일문학의 본산이었던 한청빌딩(종각 옆 건물)의 문인보국회 자리에다 김남천, 이태준, 이원조 등과 함께 '조선문학건설본부'라는 간판을 붙였으며, 곧 이어 음악건설본부, 미술건설본부, 연극건설본부 등의 간판도 나란히 붙였고, 그한 달 뒤인 9월 17일에는 조선문학건설본부(이하 '문건')에 가입한 일부 회원들의 친일행동을 비판하면서 옛 카프계열의 이기영, 한설야 등이 조선프롤레타리아예술동맹을 결성하였다. 이 두 단체는 '좌경'이라는 데는 동일하였으나, 전자가 이태준이라든지 정지용 등의 순수문학인들을 포섭하여 민족문화 건설이라는 깃발 아래 범문단적 성격을 표방하고 있었던 데 반해 후자는 보다 더 좌경적이고 배타적이었다. 결국 이 두 단체는 연안에서 귀국한 국문학자 김태준의 주선에 의해 그해 12월 조선문학가동맹(이하 '문동')이라는 이름 아래 통합되었다. 김태준은 30년대부터 조선공산당 당원이었다.

우익진영에서도 수수방관하지 않았다. 임화 등의 적극적인 문단 활동에 당황해 있던 박종화, 김영랑, 김광섭, 이하윤, 오종식, 이헌구, 김진섭, 양주동, 유치진 등이 중심이 되어 9월 18일 중앙문화협회를 결성하였으며, 다음 해 3월 13일에는 좌익의 조선문학가동맹에 효과적으로 대응하기 위하여 우익문인들을 집결한 전조선문필가협회를 조직하고 회장에 정인보, 부회장에 박종화, 채동선, 설의식을 임명하였다. 또한 4월 4일에는 신진 문인들인 김동리, 유치환, 서정주, 조지훈, 박목월, 박두진, 조연현이 중심이 되어 조선청년문학가협회를 결성하고 좌익문학의 계급이론에 적극 대응하였다.

이와 같은 문학 단체의 분립과 대립은 단순한 문단 파벌의 범주를 넘어서서 신국가 건설의 이념과 직간접으로 연결되고 있었으며, 정치권과 직접 연대를 이루고 있었다. 특히 문학의 전위로서 조선문학가동맹은 어떠한 사회단체보다도 '건준', '남로당'과 함께 손을 맞잡고 나아갔다. 좌우 문학 단체의 진로는 점점 더 뚜렷해지고 대립 양상은 극렬해지기 시작했다. 그럼에도 불구하고 서울에 있었거나 지방으로 몸을 피해 갔던 문인들, 그리고 동경, 오사카, 북경 등지에서 돌아온 문학 지망 유학생들은 좌우 대립과는 상관없이, '문학의 꿈'만을 꾸며 명동으로, 명동으로 모여들었다. 그들은 '뷔엔나', '휘가로' 다방으로 끼리끼리 모였다. '무궁원'과 '명동장'(술집)으로 가는 사람들도 있었다.

서울에 돌아온 지 얼마 뒤쯤, 김수영도 명동으로 나아갔다. 그는 극단 '청포도' 간판이 걸린 2층 건물로 들어갔다. 안영일과 연극을 하면서 알게 된 박상진을 만나기 위해서였다. 문을 밀고 들어서자 박상진은 "마침 잘 왔다."고 하면서, 시를 쓴다는 한 사나이를 소개했다. 키가 크고 잘생긴 멋쟁이였다. 중절모를 쓰고 있었다. 한 스물다섯쯤 돼 보였다. 그는 "박인환입니다."하고 자기를 소개한 다음, 김수영을 민감하게 살피면서 한병 각의 천재를 칭찬하더니, 자기도 기필코 장 콕토의 「에펠탑의 신랑신부」를 무대에 올려놓고 말겠다고 기염을 토했다. 그 말을 듣고 보니 그의 제스처는 콕토와 닮은 데가 있는 것 같았다. 김수영은 "이름을 무어라 했느냐?"고 다시 물었다. 박인환은 "박, 인화안입니다."하고 '인화안'에 힘을 주어 말했다. 그리고 나서는 더욱 거침없이 김수영에게 '김형', '김형'하고 '형' 자를 붙이면서, 자기는 종로2가에 '마리서사'라는 헌책방을 내고 있으니 놀러오라고 했다. 김수영이 임화와 관계를 가지게 된 것도, 지난해에 함께 연극을 했던 안영일,

박상진 등의 소개에 의해서였던 것 같다. 임화는 그 자신이 한때 연극에 심취했을 뿐 아니라 연극의 선전성을 중시한 편이어서, 문인들보다도 연극인들과 오히려 더 잘 어울리는 편이었다. 그는 그때 명동이나 인사동의 술집으로 연극인들을 거느리고 자주 나타났다. 김수영도 연극인들의 틈에 자주 끼였다. 화제는 임화가 이끌어갔다. '조선의 발렌티노'라 할 만큼 뛰어난 미모의 소유자였던 임화의 이야기는 머뭇거림이 없이, 확신에 찬 목소리로 종횡무진 펼쳐져 갔다. 안영일의 연극 솜씨를 예찬하는가 하면 연극의 사회적 역할을 강조하기도 했다. 만나는 횟수가 늘어감에 따라 김수영은 임화에 매료되어 갔다. 그의 유일한 단편소설이며 '자전'이기도 한 「의용군」에서 김수영은 '존경하고 있는 시인 임동은'이란 표현을 쓴다. 이때의 '시인 임동은'은 시인 임화이다. 김수영은 임화의 시들이 처음에는 마뜩찮았으나 점점 마음을 끌었다. 그의 「9월 12일」이라든지 「길」, 「발자욱」 등은 우리 시가 휘감고 있는 감상을 과감히 떨쳐 버리고 혁명의 한가운데로 나아가고 있는 것 같았다. 이때의 '혁명'은, 김수영에게는 세계의 새로움이었으며 자유였다. 김수영은 문학가동맹 사무실에도 드나들었고, 임화가 청량리에 낸 사무실에도 나가 외국 신문과 주간지들을 번역했다. 임화는 한 주일에 한두 번씩 그 사무실에 나타났다. 부근이 빛나는 듯했다.

얼마 뒤 김수영은 외지 번역이 마땅치 않았거나 청량리 사무실이 정치 냄새가 너무 물씬하다고 생각했던지 발길을 돌렸다. 연극에서 문학으로 전향을 결심했던 것도 이 무렵이었던 것 같다. 그런 얼마 뒤, 동경에서 함께 하숙을 했던 이종구가 찾아왔다. 영어학원을 내자고 했다. 학생이나 사회인들이 영어를 필요로 하고, 영어를 배우고 싶어하므로 영어학원을 내면 '맡아놓은 당상'이라고 했다. 그들은 성북동의 한 학교 건물을 빌려 '성북영어학원'을 냈다. 이종구의 말대로 학생들이 물밀 듯 들어왔다. 이종구는 찰스 램의 「셰익스피어 이야기」를 가르치고 김수영은 「베르테르의 슬픔」 영역본을 가르쳤다. 학생들의 반응은 매우 좋았다. 김수영과 이종구는 남산 아래 2층 방을 얻어가지고 자취를 하면서 학원을 오갔다. 달마다 돈이 뭉치로 들어왔다. 두 사람은 새 모자와 구두를 사고, 새 양복을 해 입고 명동으로 나갔다. 그들은 귀족이 된 듯했다. 그러나 이듬해 3월, 닫혔던 학교 문이 다시 열리는 바람에 학원 문을 닫지 않을 수 없었다. 그들은 다시 호주머니가 빈 서민으로 굴러 떨어졌다.

2

김수영은 학원을 정리한 뒤 연희전문 영문과에 편입했

다. 그러나 그것도 3, 4개월 다닌 뒤 때려치우고, 어느 날 박인환이 놀러오라고 했던 '마리서사'를 찾아갔다. 박인환의 거소이자 모더니스트 시인들의 아지트였던 '마리서사'는 김수영이 서울에 돌아온 이후에 본, 놀랍고 매우 특이한 서점이었다. 뒤에 그가 존경하게 되고, 그의 첫 시집 『달나라의 장난』을 헌정하게 되는 박일영(본명 박준경)이라는 초현실주의 화가가 장치했다는 그 서점은, 당시 서울에서는 보기 어려운 모던한 면모를 갖추고 있었다. 파고다 공원에서 백 미터쯤 내려가는 곳에 있는 마리서사는 출입문 아래쪽엔 'TEL ③ 809 茉莉'라 쓰여 있고, 그 뒤에는 '씨 뿌리는 사람' 같은 그림이 붙어 있고, 오른쪽 위 벽에는

LIBRAIRIE MARI

Littérature. Poésie

Drâma · Artistique

그리고, 그 아래엔 종이에 세로로 '中外良書高價買入 茉莉書舍(중외양서고가매입 말리서사)'가 달필로 쓰여 있었다. 출입문 왼쪽엔 또 한글 고딕체로 희게 '마리서사'라 쓰여 있고, 그 아래엔 조그맣게

文化創造

世界戲曲文學全集

世界文學全集

이라 쓰이고, 출입문 위에는 '茉莉書舍'라는 나무로 만든 조그만 글씨가 창살과도 같은 무수한 선 위에 붙어 있었다. 마리서사의 세련된 맛은 외모만이 아니고 내부에 진열된 책에서도 나타났다. 동경 서점에서 보았던 문학 서적들이 수도 없이 서가를 채우고 있어서 김수영은 동경의 모서리에 온 듯한 기분이었다. 앙드레 브르통의 시집과 폴 엘뤼아르의 『처녀수태』, 마리 로랑생 시집, 장 콕토 시집, 그리고 고오세이가쿠에서 나온 『현대의 예술과 비평총서』, 니시와키 준사부로(西脇順三郎)와 하루야마 유키오(春山行夫)와 기타조노 가쓰에(北園克衛) 등이 편집한 『시와 시론』, 일본의 유명한 시동인지인 「오르페온」, 「판테온」, 「신영토」, 「황지」, 가마쿠라문고에서 나온 『세계문화』 등 한 서점이 모으기에는 꽤 힘든 것들이 집결해 있었다. 거기에다, 그곳에 출입하는 사람들 또한 그 책들과 같이 신선하고 매력적인 인물들이었다. 『기상도』의 시인 김기림과 『와사등』의 시인 김광균, 이한직, 이시우, 조우식, 이활, 배인철, 양병식, 김병욱, 김경희 등이 종종 얼굴을 보였고, 박일영, 임호권은 살다시피 했다. 박일영과 임호권은 한동네에 살았다. 그들은 함께 '마리서사'로 왔다가 함께 집에 가곤 했다. 박일영이 임호권을 '마리서사'로 데리고 온 것인지, 임호권이 박일영을 데리고 온 것인지 알 수 없었다. 임호권은 시가 고전적이었고 시처럼 사람도 고전적이었다. 그는 그때 월간지 『민성』에 다니고 있었다. 박일영도 흔한 존재는 아니었다. 김수영은 박일영을 「말리서사」라는 산문에서 다음과 같이 평하고 있다.

인환의 최면술의 스승은 따로 있었다. 박일영이라는 화명을 가진 초현실주의 화가였다. 그때 우리들은 그를 '복쌍'이라는 일제 시대의 호칭을 그대로 부르고 있었다. 복쌍은 싸인보드나 포스터를 그려주는 것이 본업이었는데 어떻게 해서 인환이하고 알게 되었는지는 몰라도, 쓰메에리를 입은 인환을 브로드웨이의 신사로 만들어준 것도, 콕토와 자콥과 동향청아의 「가스빠돌의 입술」과 브르통의 「초현실주의 선언」과 트리스탄짜라를 교수하면서 그를 전위 시인으로 꾸며낸 것도, 말리서사의 '말리'를 시집 『군함 말리』에서 따준 것도 복쌍이었다. 파운드도 엘리엇을 이렇게 친절하게 가르쳐주지는 않았을 것이다. 나는 복쌍을 알고 나서부터는 인환에 대한 그나마 얼마 남지 않은 흥미가 전부 깨어지고 말았다. 복쌍은 그를 나쁘게 말하자면 곡마단의 원숭이를 부리듯이 재주도 가르쳐주면서 완상도 하고, 또 월사금도 받고 있었다(월사금이라야 점심이나 저녁을 얻어먹을 정도였지만). 그는 셰익스피어가 이야고나

맥베드를 다루듯이 여유 있는 솜씨로 인환을 다루고 있었지만, 셰익스피어가 그의 비극적 인물의 파탄에 책임을 질 수 없었던 것처럼 그를 끝끝내 통제할 수는 없었던 모양이다. 그는 그럴 때면 나한테만은 농담처럼 불평을 하기도 했다. '인환이놈은 너무 기계적이야.' 하고. 그러나 그가 기계적이라고 욕한 것은 인환이한테만 한 욕이 아니었다고 생각된다. 그는 인환의 주위에 모이는 유명 인사들의 허위가 더 우습고 더 기계적이고 더 유치하게 생각되었다. '병욱이가 걸핏하면 아주 심각한 명상이라도 하는 듯이 고개를 숙이고 있지. 그게 무슨 생각을 하는 줄 알아? 돈 생각을 하고 있는 거야.' 하고 그는 곧잘 빈정댔다.

김병욱은 일본대 불문과 출신이었다. 그는 철공소에서 망치를 두드리면서 일본 유학을 했을 만큼 밀어붙이는 뚝심이 있었고 끈기가 있었다. 뿐만 아니라 그는 일본 시동인지 중에서도 성가가 높은 『신영토』, 『사계』의 동인이었다.

그 무렵 김수영은 조연현이 주간한 『예술부락』에 「묘정(廟庭)의 노래」를 발표했다. 박인환은 이 잡지를 한 번 훑어보더니 '마리서사'의 구석에 처박아버렸다. 그는 그런 낡은 시들이 실린 『예술부락』을 문학잡지로 인정하려 하지 않음은 물론 거기 실은 김수영의 시까지 시로 취급하지 않았다. 김수영이 생각하기에도 「묘정의 노래」는 '열사흘 달빛은 이미 과부의 청상(靑裳)이어라' 라든지 '날아가던 주작성(朱雀星)', '서리 앉은 호궁(胡弓)' 등 복고적인 때가 잔뜩 묻은 설린 시절의 습작 수준을 벗어나지 못한 작품이었다(그는 연극을 그만둔 뒤로 집에 들어앉아 쓴 시 가운데 20편을 조연현에게 보냈는데, 어떻게 된 셈인지 가장 모던하지 않으며 저수준인 「묘정의 노래」가 뽑혔다고 불평했다). 어쨌든 김수영은 「묘정의 노래」 때문에 박인환을 비롯한 '마리서사'의 모더니스트 시인들로부터 혹독한 비판과 수모를 당했다. 김수영은 비판과 수모 때문만은 아니겠지만, 한동안 '마리서사'에 나가지 않고, 고모네 집에 틀어박혀 시를 썼다. 「거리」라는 작품을 쓴 것도 그때였다. 시인 자신이 유일한 연애시이고 실질적인 처녀시이며 마지막 낭만시라고 했던 「거리」는 원문이 유실되어, 이제는 시간의 저편으로 사라진 셈이 되었다. 시인이 기억으로 회생시킨 부분을 적으면 다음과 같다.

......
마차야 뻥긋거리고 웃어라
간지럽고 둥글고 안타까운 이 전체 속에서
마치 힘처럼 소리치려는 깃발 —
별별 여자가 지나다닌다
화려한 여자가 나는 좋구나
내일 아침에는 부부가 되자

집은 산 너머가 좋지 않으냐

오는 밤마다 두 사람 같이

귀족처럼 이 거리 걸을 것이다

오오 거리는 모든 나의 설움이다

이 작품에 나오는 '화려한 여자'가 누군지는 알 수 없다. 시인은 그 사실을 밝히지 않았다. 어쨌든 이 시를 쓰고 김수영은 흡족했던 것 같고, 김병욱이 놀러왔다가 보고는 "야, 수영아, 이런 작품을 열 편만 써라, 그러면 시인으로서 확고한 지반을 다지고도 남겠다."고 격찬했다. 그뿐이 아니었다. 그는 김기림에게도 「거리」 이야기를 왁자하게 늘어놓았다. 김병욱은 과장벽이 심한 사람이었다. 김기림은 김수영을 만나자 「거리」를 한 번 보자고 했다. 김수영은 가지고 갔다. 김기림은 찬찬히 읽더니, '귀족'이라는 시어를 영웅으로 바꾸는 것이 어떻겠느냐고 했다. 사회경제사적 시각으로 사물을 보는 것이 유행이던 해방 공간의 지식인 사회에서 '귀족'은 시대 역행적인 단어인데 반해, '영웅'은 비민주적인 것임에도 불구하고 해외에서 속속 돌아오고 있는 민족지도자의 이미지와 연관, 시대 분위기에 들어맞는 면이 있었다. 그러나 김수영은 김기림의 말을 따르지 않았다. 그는 '귀족'을 '영웅'으로 고치지 않았다. 그에게는 영웅의 이미지가 내면화되어 있지 않았다. 그보다는 오히려 낡은 것이지만, 시인으로서의 귀족이 훨씬 마음을 흡족하게 했다.

김수영은 그때, 주로 종로6가 고모네 집에서 기거했다. 고모는 그가 하는 일에 거의 간섭하지 않았다. 늦게 일어나거나, 술을 마시고 오거나, 친구들을 끌고 오거나 말 한마디 없이 뒷바라지를 극진히 했다. 이화여전 영문과에 다니는 김현경도 그때 몇 번 6가에 왔는데, 화장을 하지 않은 얼굴에, 생머리를 하나로 묶고, 짧은 치마 차림으로 고개를 숙인 채 조용히 드나들었다. 초등학교 6학년이었던 김수명은 높은 마루로 힘들게 올라가는 그녀를 몇 번 보았다. 그러나 그녀가 누구인지, 애인인지 오빠에게 물어보지는 않았다. 집안사람들은 모두 그의 생활에 관여해서는 안 된다는 데에 익숙해 있었다. 그는 그가 하고자 하는 대로 하며 사는 사람이었다. 1946년 E.C.A(Economic Cooperation Administration) 통역으로 출근하다가(그때는 미군정시대여서 통역이 상당히 귀한 자리였다) 그만둔 것도 그의 마음대로였고, 박일영을 따라 간판을 그리러 다닌 것도 그의 마음대로였다. 김현경의 회상에 따르면, 어느 날 명동 입구로 들어가는데 어떤 사람이 사닥다리에 올라가 간판을 그리고 있더라고 한다. 눈에 익은 얼굴이어서 가까이 가보았더니 김수영이었다. 그는 갖가지 색깔의 페인트를 옷에 묻혀가지고, 오늘은 횡재를 했으니 저녁에는 대향연을 벌이자고, 입을 크게 벌리고 웃었다.

3

김수영이 종로6가 고모네 집에서 충무로로 거처를 옮긴 것은 한 달쯤 뒤였던 듯하다. 그는 유명옥의 뒤채 방에서 치질 때문에 한 달 가량 누워 지냈다. 그의 치질은 암치질로 증세가 심해서, 식사도 떠 넣어 주어야 했고, 누워 있는 채로 얼굴과 손발을 씻어주어야 했다. 그 시중은 주로 김수명이 맡았다. 나이가 비슷비슷한 수강과 수경이 장난기가 동해 뛰어다니다가도 뒤채에서 큰형의 큼큼거리는 기침소리가 들리면 숨을 죽였다. 그들은 큰형의 벼락이 떨어질까봐 두려워했다. 몸이 아파 안방에 누운 아버지는 그때마다 못마땅한 듯 혀를 끌끌 찼다. 하지만 김수영은 끌끌 소리에 구애받지 않았다. 그는 벽 쪽으로 돌아누워, 새로 바른 벽지에다 일본어로 시를 쓰고, 또 썼다. 김수영이 아프단 말을 듣고 병문안 왔던 김병욱이 그 시(제목은 「아메리카 타임지」였다)를 보고는, 또 놀라면서 "이 시는 무라노 시로에게 보내 『신영토』에 발표하자."고 했다. 무라노는 일본전후 시단의 주역으로 『신영토』 동인이었다. 김수영은 김병욱의 과찬벽을 너무 잘 알고 있었지만, 그러한 칭찬을 받고 보니 싫지는 않았다. 그는 기뻤다. 그는 그 시를 우리말로 옮기려고 생각을 가다듬고 있는데, 문득 김병욱이 두어 달 전에 「거리」를 읽고 너스레를 떨던 일이 떠올랐다. "야, 수영아 이런 작품 열 편만 써라. 그러면 시인으로서 확고한 지반을 다지고도 남겠다." "확고한 지반을 다지고도 남겠다구?" "확고한 지반이라는 것이 뭔가?" 그런 지반을 무너 뜨리려고 시를 쓰는 것이 아니었던가. 김수영은 김병욱에게 '히야카시(희롱-편집자)' 당한 느낌이 들었다. 그는 일본어로 쓴 「아메리카 타임지」를 우리말로 옮기면서 전자와는 전혀 다른 작품을 만들어버렸다. 김병욱의 허를 찌르고 싶었다.

김수영은, 자신이 김병욱에 대해 애증동시병발증에 걸렸다고 고백한 적이 있다. 그는 김병욱을 깊이 믿으면서도 경멸했고, 사랑하면서도 배반했다. 그는 마리서사에서 만난 사람들 가운데서 박일영 다음으로 김병욱을 좋아했다. 김병욱은 대구에서 올라오면(그는 대구 출신이었다) 김수영의 집에서 자고 먹었다. 김수영의 어머니는 "아, 그 되국 놈!"하고 웃었다.

젊은 아뽀론은 검은 악기를 안고 오랫동안

거울 속에 있었다.

로 시작되는 「피타고라스파에게」에서 보듯이 그의 시는

난해했다. 「피타고라스파에게」는 『민성』지에 발표되었다.
호평이었다. 이 작품이 『민성』지에 발표된 것은 친구인 임
호권의 권유에 의해서였다. 『민성』은 중도 좌파에 속한 잡
지로 지성인들과 청년들 사이에 상당한 인기가 있었다. 임
호권은 그 잡지의 기자였다. 그는 시 쓰는 사람 같지 않게
조용하고 부드러웠다. 시도 그랬다.

생명이 여울처럼 흐르면
소리없이 자라나는 식물이 있어

아츰마다 바람은
태양이 있는 거리 슬픔이 맺는 거리를 지나간다
꽃은 뭇꽃은 이슬을 머금고 향기를 풍겼다
생명이 잠잠한 강변엔 물소리조차 없다
쌌트는 식물이 풍장을 미화한다

운석이 태양을 비웃고 또 생명을 비웃는다
장중한 침묵을 빚기엔 아즉 이르다
머얼리 물결 이는 소리
항시 전설같이 들려오고
오즉 전설같이 고은 이야기가
별같이 미(美)로울진대

생명이 장중한 침묵을 빚기엔 이르지도 않다

길목마다 돌아
끝없이 가는 생명의 자취
별이 빗줄기같이 나리는 밤
전정(戰庭)에 사나이를 보낸 가계
고서를 외우는 소리
흙내를 마시는 아버지와 아들과 손주들

어둠이 머문 계절에도 생명의 노래는 흐른다
슬프다 아니 기쁠 수도 있다
찬서리 내린 새벽길을 걸어
고향으로 돌아드는 마음 마음들
마음은 항상 태양을 노래했고
노래는 구름같이 피어 우뢰를 닮어갔다

한줄기 광망의 생명 속에
떨어진 장미처럼 주검이 밟혀

「태양의 노래」라는 위의 시에서도 엿볼 수 있듯이 그는
첨단을 노래하는 모더니스트가 아니었다. 그는 '별이 빗줄
기같이 내리는 밤' 고서를 읽는 옛 선비와 같은 사람이었

다. 그런 점은 '전환하는 역사의 움직임을 모더니즘을 통해 극복해 보고자' 하는 '신시론' 동인의 정신과 '내 시는 표현방식에 있어서 거리가 멀다.'는 그의 글에서도 확인된다.

그 무렵, 김수영의 충무로 집에는 김병욱 외에도 김윤성, 이봉구, 이한직 등이 자주 드나들었고, 박인환, 박기준, 양병식도 종종 합세했다. 김수영의 어머니가 유명옥을 경영하고 있을 때여서, 그곳에 가면 술과 빈대떡을 잘 얻어먹을 수 있었다. 김수영은 그들과 거의 날마다 어울려 다녔다. 세수도 하지 않은 채로, 수염을 더부룩하게 길러가지고 거리로 나가는 날도 있었다. 그러나 그의 내면에 도사리고 있는 푸른 자애심이 남모르게 거울을 들여다보고, 또 들여다보게 했다. 거울 속에는 큰 눈과 마른 얼굴이 그를 보고 있었다. 박일영의 말이 떠올랐다. "이 속(속세)에서는 얄팍한 가면이라도 쓰고 다녀야 해." 박인환을 염두에 두고 한 말이었다.

김수영은 박일영을 본떠서 "이 속에서는……."이라고 더듬더듬 중얼거렸다.

"얄팍한 가면이라도 쓰고 다녀야 해."

"얄팍한 가면이라도, 쓰고, 다녀야 해."

"얄팍한 가면이라도……."

김수영은 되풀이했다.

김수영과 김병욱, 그리고 박인환

치질이 나은 뒤로 김수영은 다시 명동으로 나갔다. 당시 문인들은 대부분 백수건달인 데다 전화가 없어서 그들은 날마다 다방으로 나가 이야기를 나누며 시간을 보낼 수밖에 없었다. 시인 장만영이 경영한 '하루방'에는 김기림, 김광균, 김용호, 박인환, 이봉구, 김병욱, 김수영이 자주 모였고, 건너편 골목의 '휘가로'에는 전봉래, 박태진이 죽치고 앉아 있었으며 때로는 김병욱, 최재덕, 양병식, 김수영이 모습을 보였다. 의과대학을 졸업한 양병식은 병원에 들어갈 생각을 하지 않고 불어시집을 옆구리에 끼고 시인들과 어울려 다녔다. 서울역 앞에 있던 명물 다방 '돌체'가 명동으로 자리를 옮긴 것도 그 무렵이었다. 레코드가 산더미처럼 쌓였다는 돌체는 금세 예술가들의 소굴이 되었고, 저녁이면 끼리끼리 문을 나서서, 골목에 자리 잡은 선술집 명동장이나 무궁원으로 향하는 것이었다. 무궁원은 안주가 아지밖에 없었다. 예술가들은 아지를 먹다먹다 질려서 "에이, 이놈의 무궁원, 이름을 아지테이션이라고 하지."하고 애교 섞인 불평을 하곤 했다. 김수영의 아버지가 세상을 떠난 것은 그때였고, 연희대학교 학장인 언더우드 부인의 저격범으로 몰려 김수영과 김병욱이 연행되어 갔다가 무혐의로 풀려난 것도 그때(2월)였다. 당시 젊은이들은 걸핏하면 공산당이다, 빨갱이다, 반동이다 하여 이곳저곳으로 끌려다녔다. 무색무취한 지식인들에게까지도 색안경이 쓰여 함부로 말한다거나 행동할 수 없었다. 한 번은 정치평론을 하는 박기준이 다방에 앉아 있는데, 어깨 넓은 두 사나이가 '잠깐 나가자.'고 했다. 따라나갔더니 차에 태웠다. 차는 서대문 쪽으로 달렸다. 유리창 너머로 친구가 지나가는 것이 보였다. 박기준은 차를 세우고 친구를 불러 태웠다. 그들은 함께 경찰서로 끌려들어가 서너 시간 취조를 받았다. 어떤 용의자가 '박기준'이라는 이름을 들먹였다는 것이었다. 당시 다방과 술집에는 사복형사와 특무대의 끄나풀들이 널려 있었고, 그들은 복장이나 얼굴이 수상하다 싶으면 끌고 갔다.

전후 모더니즘 운동의 효시가 되는 『새로운 도시와 시민들의 합창』(정확히 말하자면 '신시론(新詩論)' 동인이라 해야 된다)은 그런 분위기 속에서 태어났다. 그 첫걸음은, 김경린의 증언에 따르면, 1947년 박인환이 서울시청에 근무하고 있던 김경린을 찾아간 데서 비롯된다. 영화배우처럼 잘생긴 박인환은 "김형은 나를 모르겠지만, 나는 김형을 잘 알고 있소."라고, 박인환 특유의 말을 트고 나서, 단도직입적으로 시동인을 하자고 제의했다. 멋있는 친구들이 많다는 것이었다.

박인환이 김경린을 찾아가 동인지를 내자고 제의했다는 것은 사실에 가까워 보인다. 김경린은 일본에 있을 때, 기타조노 가쓰에가 주도했던 VOU의 한 멤버였으며, 현재의 일본시단을 이끌어가고 있는 대부분의 시인이 VOU동인이었거나 그 영향을 받은 사람들이라는 것을 박인환은 알고 있었다. 『새로운 도시와 시민들의 합창』에 동인으로 참가한 일본 동인지 출신은 김경린만이 아니었다. 김병욱도 쟁쟁한 『사계』, 『신영토』 출신이었고, 김경희도, 뒤에 『새로운 도시와 시민들의 합창』의 후계자 격인 '후반기' 동인이 된 이봉래도 '일본미래파' 동인이었다. 이런 점을 감안할 때 『새로운 도시와 시민들의 합창』는 다분히 일본 전위시단을 서울에 옮겨놓은 듯한 감이 있었으며, 거기에 이 동인의 한계가 있다고 할 수 있다.

일본 현대시의 흐름을 이어받고 있다고 생각되는 『새로운 도시와 시민들의 합창』의 시적 성격을 파악하기 위해서우리는 30년대 이후의 일본 현대시를 조감해 볼 필요가 있

다. 일본 지식인 사회를 휩쓸었던 사회주의가 군국주의의
득세와 함께 퇴조하자 그 틈바구니에서 일본 현대시를 열
었다고 하는 '시와 시론' 운동이 일어난다. 이 운동이 시가
현실 경험의 소산이며, 그러므로 계급 성격을 띠지 않을 수
없다는 나프적 중압에서 벗어나, 브르통, 엘뤼아르, 엘리엇
등을 적극 소개하면서, 일본 근대시와 서구문학을 횡적으
로 연결하고자 한다. 그들은 "시는 시만의 입장에 선다."는
에드가 앨런 포의 말을 지지하면서, 시로부터 진리와 도덕
을 추방하고, 감정, 정조, 의미도 배제한다. 이런 점은 '꽃
을 본다는 것은 무의미하다, 무의미에 의해 포에지의 순수
는 실험된다.'는 하루야마 유키오의 말에서 단적으로 드러
난다. 그들은 의미, 상징, 경험 감각을 철저히 제로화하는
투명한 감각을 중시한다. 그 투명한 감각이 시라는 것이다.
이러한 〈시와 시론〉 동인들의 순수시적 태도는 대전의 소
용돌이를 거쳐 전후에 오면 아유가와 노부오, 다무라 류이
치, 구로다 사부로 등이 주도한 젊은 〈황지〉 동인들에 의해
철저히 비판되고 부정된다. 〈황지〉 동인들은 〈시와 시론〉
이 쉬르리얼리즘이라든지 이미지즘 등을 받아들여 방법적
인 기술을 개척하고 시의 내면세계 확대에 이바지한 것은
사실이지만, 시를 형해적이며 형식적인 언어미학으로 전
락시키는 결과를 가져왔다고 본다. 이러한 젊은 세대의 비
판 정신은 그들의 시대를 '황무지'라고 인식한 데서도 엿

볼 수 있다. 전 세대로부터 아무것도 물려받은 것이 없다는 황무지적 의식은, 전후의 잿더미 위에서 새로운 시대를 건설해야 한다는 윤리적 요청을 시대로부터 은연중 받고 있을 뿐 아니라 잿더미에서 새로운 시를 창조해야 한다는 사명을 지니고 있었다. 그들은 현실에 대한 환멸을 씹는 일방으로 미래의 정신적 공동체를 꿈꾸고 있었던 것이다. 그러한 절망과 좌절, 희망과 기대는 오든과 스펜서에게서 다분히 영향을 받고 있는 면이 있었으며, 전 시대와는 확실히 다른, 전 시대에 비해서는 놀랄 만큼 현실의 유의미성을 강조하고 있었다. 이상과 같은 일본 현대시의 특성은 박인환이나 김경린, 김병욱, 김수영의 시에 직간접적으로 영향을 미쳤으며, 그들 시의 한 특성으로 자라갔다.

어쨌든, 박인환이 김경린을 찾아간 것을 계기로 하여 신시론 동인 결성은 급히 추진되었다. 박인환은 이 시인 저 시인을 찾아다니며 그들을 접속시켰다. 젊은 시인들은 쉽사리 의기투합했고 동인지를 내기로 합의했다. 동인은 김경린, 박인환, 김병욱, 임호권, 김수영, 양병식 등 여섯 사람. 동인지 이름은 〈신시론〉. 〈신시론〉은 마침내 1948년 4월 앤솔러지 1집을 간행했다. 그 1집은 국판 16페이지에 지나지 않는 것이었으나, 표지가 없이 위쪽에 시를 싣고 아래쪽에 시론과 산문을 싣는 유니크한 편집이었다. 제작비는 한때 모더니즘 운동을 한 바 있으며, 당시 산호장출판사를 운영하고 있던 장만영이 부담했다. 첫 동인지를 낸 다섯 사람은 의기양양하여, 다음에는 본격적인 앤솔러지를 내자고 다짐하면서 술집을 돌고 돌다가 김수영의 어머니가 경영하는 '유명옥'으로 향했다.

유명옥의 '도라무깡(드럼통)'에 둘러앉아 다섯 사람은 소주잔을 높이 들고

"건배! 우리들의 동인지를 위하여!"

"건배! 우리들의 시를 위하여!"

"건배! 건배! 한국 현대시의 새로운 출발을 위하여!"

하고 소리치며 잔을 부딪쳤다. 소주를 입에 부었다. 빠른 속도로 술잔이 돌고 돌았다.

밤 10시경, 대취한 그들은 진고개를 넘어 명동으로 전진했다. 술이 약한 박인환 조차도 곤드레만드레 되어 스티븐 스펜더의 「급행열차」를 소리 높이 암송했다. 그에게는 그들의 동인이 한국 현대시의 새로운 지평을 열고 달리는 급행열차와 같이 느껴졌다. 다른 동인들도 다름이 없었다.

2

〈신시론〉에 대한 당시 시단의 반응은, 이게 무슨 시냐는 쪽과 새로운 시라는 상반된 견해가 나왔던 듯하다. '이게 무슨 시냐.'는 쪽이 조금 많은 듯했다. 하지만 발행자인 장

만영은 만족해했으며, 이 그룹의 정신적인 후견인인 김기림과 김광균도 칭찬을 아끼지 않았다.

〈신시론〉 동인들은 곧 다음 동인지 작업에 착수했다. 원고 수집은 박인환이 맡고 편집은 김경린이 담당키로 했다. 흡사 김경린 대표에 박인환 총무격인 듯했다. 거기에서 차츰 문제가 싹텄다. 성질이 콸콸하고 직선적인 김병욱이 김경린의 태도를 못마땅하게 여기더니, 어느 날 "이게 민족의 현실을 뚫어지게 보고, 그에 대응하려는 새로운 시운동을 하는 잡지냐, 모더니즘 플러스 예술지상주의가 아니냐?"고 비판을 하고 나섰다. 이런 반목의 배후에는 남산공원에서 열렸던 '문학의 밤'의 참가여부를 놓고 벌어졌던 의견 대립이 주요인이 되었다. 그때 김병욱과 김경희는 참가해야 된다고 했고, 김경린과 박인환은 참가해서는 안 된다고 했다. 드디어 김병욱은 "이런 곳에 더 이상 머무르고 싶지 않다"고 탈퇴를 선언했다. 김경희도 그의 뒤를 따랐다. 김수영과 양병식도 탈퇴하려고 시 원고를 찾으러 갔다. 임호권이 나서서 만류했다. '문학의 밤'보다 〈신시론〉이 중요하지 않느냐는 것이었다. 김수영은 「아메리카 타임지」와 「공자의 생활난」두 편만 남겨두고 세 편을 찾아왔고, 양병식은 한 번 더 손보아야겠다면서 「학살된 신화」등을 회수한 다음, 스티븐 스펜더의 번역시 「결코 실패하지 않지만」, 「우인 피카소에게」, 「나는 자기를」을 냈다. 그리하여 1949년 4월에 선을 보인『새로운 도시와 시민들의 합창』이라는 이름의 동인지에는, 김경린의「매혹의 연대」외 4편, 임호권의「잡초원」외 4편, 박인환의「장미의 온도」외 4편, 김수영의「명백한 노래」외 2편, 양병식의「역시(譯詩)」외 3편 등 총 20편의 시가 수록되었다. 이 앤솔러지에 수록된 시들은 당시 한국 시단에서는 매우 이채롭고 도전적인 것이었음은 물론 책의 후미에 붙은 김경린의 '후기' 역시 논쟁을 바라는 투였다. 그는 이렇게 썼다. "신시론에 모인 여러 신인들의 작품을 어떠한 각도로 비판한다든지 또는 구주의 어떠한 유파의 시인들과 결부시켜 비난하든지 그것은 자유다. 다만 그것이 반발을 위한 반발에 그치거나 또는 근시안적인 고찰에서 오는 기총소사라면 우리는 여기에 응전할 필요를 느끼지 않는다." 왜냐하면 "하나의 작품, 한 그룹의 예술 활동의 존재 이유가 그것이 시대성을 망각하지 않는 한, 그리고 시의 역사적 정통을 무시하지 않는 한 성립될 수 있기 때문"이다. 이 '후기'가 역설하고 있는 '시대성'이라든지 '역사성'이란 오늘의 우리가 말하고 있는 한국적 현실이라는 좁은 카테고리를 넘어선다. 그것은 '세계'와 '20세기'를 말한다. 그들은 우리는 여기 있으되 현대문명의 동시성 속에 있으며, 그 동시성을 적극적으로 받아들이지 않으면 안 된다고 굳게 믿고 있었다.

그들은 왜소해진 우리 문화의 현실과 거대한 힘으로 밀

어오는 세계 문명의 동시성 사이에 있는 힘의 '차이'를 보고 있지는 않았으며, 그 '차이'를 외면하고 있었다. 1945년 이후, 우리나라의 정치현실이 좌우익으로 이전투구하고 있는 것도 그 '차이' 때문이었으며, 우리 문단이 양분되어 티격태격하고 있는 것도 그 까닭이었다. 그들은 말한다. "우리들은 어떠한 정치적 세력에 공헌하기 위한 모임이 아님"은 물론, "정치도 현실인 이상, 그리고 시인이 현실 위에 서 있는 이상, 새삼스레 정치를 말함은 위선적 행위임에 틀림없다."고. 그렇다, 정치도 현실이고 문학도 현실이다. 그러나 그 현실이 진정한 현실이 되기 위해서는 어째서 그런 현실이 우리 앞에 있고, 그에 어떻게 임해야 하는가 하는 현실 의식이 따르지 않으면 안 된다. 현실 위에 있기 때문에 우리는 현실적 인간일 수밖에 없으며, 현실정치를 외면할 수 없다. 그런데 그들은 현실 위에 서 있으므로 현실정치를 말한다는 것은 위선이라고 거꾸로 말한다.

그 면에서 『새로운 도시와 시민들의 합창』의 시인들은, 뒤에 평론가들이 지적했듯이 좌우 싸움의 소용돌이에서, 좌도 우도 아닌 사각 지대에서 이상한 안정을 누리고 있었다고 해도 된다. 그런 점은 '후기'의 필자인 김경린에게서 가장 뚜렷이 나타난다. 그는 속도감 있게 달리는 동시성의 세계를 폭음을 울리며 지나가는 '국제 열차'에 비유한다. 우리는 그 열차를 놓치면 안 된다. 그러므로 김경린은,

청년들이여

이즈러진 희망을 안고

또다시

머언 미래의 그림자를 밟으며

……지축을 울리자

—「무거운 지축을」 부분

다감한 지면(地面)에

푸른 순간이 왔다 하여

그대들이여

새로운 의상을 준비할 필요가 없다

지구의 표면을 달리는

선수들의 손바닥 위에

빛나는 속도를 보라

—「나부끼는 계절」 부분

라고 호격조사와 '~라', '~자' 등의 명령동결어미를 동원하여 청년들에게 국제 열차에 타자고 외치고, 호소하는 것이다. 그와 같은 김경린의 목소리에는 확신과 열망이 넘친다.

근대 혹은 세계를 달리는 열차에 비유한 것은 김경린뿐이 아니다. 박인환에게서도 같은 면이 보인다. 스티븐 스펜더의 「열차」에 영향을 받은 듯한 박인환의 「열차」는 『새로운 도시와 시민들의 합창』 속에 실려 있는데, 그 첫 연을 옮기면 다음과 같다.

폭풍이 머문 정거장 거기가 출발점
정력과 새로운 의욕 아래
열차는 움직인다
격동의 시간
꽃의 질서를 버리고
공규(空閨)한 나의 운명처럼
열차는 떠난다

역사의 어두운 유산을 털어 버리고 '노동의 불'이 빛나는 거리로 달리는 열차에 그의 시대를 비유하고 있는 이 시는 '꽃의 질서'니 '공규한 나의 운명'과 같은 소화되지 않는 시구를 상당 부분 지니고 있음에도, 한국시가 도시 문명을 소재로 하고 있는 드문 시 중의 하나다. 하지만 이 시에서 우리는 도시적 서정이 여과 장치를 거치지 못하고 박인환 특유의 센티멘털리즘을 동반하고 있음을 볼 수 있다. 그들이 주장했던 '과거 유산에 대한 반역과 문학적 관습의 파괴'라는 면을 지니고 있는 것은 사실이나 그것이 표피에 그침으로써 모더니스트적인 포즈만이 드러날 뿐 그것의 진정성을 놓치고 만 것이다. 박인환의 시에는 김경린의 속도감도, 전위적인 기법도, 새로운 이미지도 없다. 물론 시는 새로운 면만을 담는 그릇이 아니다. 시대를 증언하는 목소리도 아니다. 시는 인간의 정서적이며 지적인 어떤 정신과 기능의 통일체이다. 그런 면에서 한국 모더니즘의 한계를 극복했다고 평가되는 김수영의 당시의 시도 김경린이나 박인환의 궤도를 크게 벗어나지는 못한다. 그들의 차이라면 전자가 서구 모더니즘을 수용하는 데 급급했다면 후자는 (역사적) 현실 또는 사실, 진실을 관념적으로나마 똑똑히 보려고 했다는 것이라 할 수 있다.

그 무렵 김수영은 『새로운 도시와 시민들의 합창』에 「아메리카 타임지」, 「공자의 생활난」을 발표한 외에도 「거리」와 「꽃」을 신문과 잡지에 연달아 발표했다. 그 중에서 「공자의 생활난」과 「거리」, 「꽃」은 상당한 반응을 일으켰다. 특히 「공자의 생활난」은 그 난해성에 있어서나 '공자'와 '꽃'을 어떻게 읽어야 할 것인가를 놓고 말들이 많았다. 원래 이 작품은 일본어로 쓰였다가 우리말로 옮긴 것이었다. 김수영은 그의 시들을 꼼꼼히 정서해 두는 습관이 있는데, 그 정서원고에 따르면, 말미에 '1945'라고 작시연도가 쓰여 있다. 그로 보면 이 작품은 「묘정의 노래」와 함께 조연현에게 건네졌던 20편 중의 하나였던 듯하다. 해방 직후 김수영은 거의 모든 작품을 일본어로 썼다. 그들 세대는 일본어로 사고하고 일본어로 글을 썼다. 시에 한자어가 많은 까닭도 그 때문으로 보아야 한다. 「공자의 생활난」을 옮기면 다음과 같다.

꽃이 열매의 상부에 피었을 때
너는 줄넘기 작난을 한다

나는 발산하는 형상을 구하였으나
그것은 작전 같은 것이기에 어려웁다

국수— 이태리어로는 마카로니라고
먹기 쉬운 것은 나의 반란성일까

동무여 이제 나는 바로 보마
사물과 사물의 생리와
사물의 수량과 한도와
사물의 우매와 사물의 명석성을

그리고 나는 죽을 것이다.

「공자의 생활난」에서 우리가 주목해야 할 곳은 '동무여 이제 나는 바로 보마'일 것이다. 평론가 김현은 '이제 나는

바로 보마'를 김수영의 전 작품을 관통하고 있는 정신으로
이어지는 것이자 '나의 반란성'과 관계를 가지고 있는 것
으로 해독하고 있다. '바로 본다'는 것은 기존의 해석과 이
해에 따르는 도식적이며 관습적인 것이 아니고, 내 눈으로
직접 똑똑히 보는 것을 뜻한다는 것이다. 때문에 기존의 상
식에 대한 반란의 의미를 지닌다는 것이다. 그리고 보면,

    사물과 사물의 생리와
    사물의 수량과 한도와
    사물의 우매와 사물의 명석성을

도 사물 또는 사실, 현실을 똑똑히 보는 과정적 의미와
깊이 이외의 별다른 뜻을 지니고 있지 않다고 볼 수 있다.
다음에 나오는 '나는 죽을 것이다'라는 마지막 구절도 공
자의 말(朝聞道夕死可矣:아침에 도를 들으면 저녁에 죽어도 좋다-
편집자)이기 때문에 공자의 사상과 관련지어 해석하려고
하지만, 여기서는 똑똑히 바로 보는 시선의 순간의 완결성,
순간이 순간으로 이어지는 영원의 완결성으로 보는 것이
좋을 듯하다. 완결성이란 죽음에 다름 아닌 것이며, 이때의
죽음이란 보는 이의 정신의 가열성을 담지한다.

「공자의 생활난」이 발표 직후부터 오늘까지 반세기를 두
고 주목되는 것은 '나는 바로 보마'라는 6자 때문이라고

봐도 된다. 그 6자는 김수영의 모든 시의 정신이자 좌표가 되고 있으며, 그의 생애를 시류와 맞서서 싸우며 살아가게 하였다. 다시 말하면 '나는 바로 보마'가 김수영을 자유이게 하였다고 할 수 있다. 그러나 김수영의 자유, 혹은 '바로 보마'의 정신은 임화나 오장환의 좋은 시처럼 현실에 충분히 뿌리내리지 못했으며 형상화되지도 못한, 관념적인 시라는 것은 두말할 여지도 없는 일이다. 민족의 대전환기에서 사각지대에 숨어 중립을 견지한다는 것은 좌나 우로 기울어져 상처받고 절망하는 사람보다 올바르다고 하기 어렵다. 그 상처와 절망은 그들의 시대를 그들이 온몸으로 사는 데서 받은 것이며, 상처받지 않고 절망하지 않는다는 것은 그들의 시대를 그들이 거죽으로 산다는 것을 뜻한다. 그런 면에서 본다면 『새로운 도시와 시민들의 합창』파보다는 차라리 명동의 감상주의자들이 현실을 가까이 접하고 있다고 말해야 할지 모른다. 그 대표적인 존재가 이봉구였다.

술과 멋과 시 속에서 살았던 이봉구는 술기가 오르면, 그의 사랑하였던 친구인 오장환의 「병든 서울」을 술집에서 읊으며 울었다. 그의 눈물은 값싼 것이었으나 현실의 눈물이었으며, 병든 서울을 슬퍼하는 눈물이었다.

> 8월 15일 밤에 나는 병원에서 울었다.
> 너희들은 다 같은 기쁨에

내가 운 줄 알지만, 그것은 새빨간 거짓말이다.

일본천황의 방송도,

기쁨에 넘치는 소문도,

내게는 곧이가 들리지 않았다.

나는 그저 병든 탕아로

홀어머니 앞에서 죽는 것이 부끄럽고 원통하였다.

그러나 하로 아츰 자고깨니

이것은 너머나 가슴을 터지는 사실이었다.

기쁘다는 말

에이 소용도 없는 말이다.

그저 울면서 두 주먹을 부루쥐고

나는 병원에서 뛰쳐나갔다.

그리고 어째서 날마다 뛰쳐나간 것이냐.

큰 거리에는

네거리에는, 누가 있느냐,

싱싱한 사람, 굳건한 청년, 씩씩한 웃음이 있는 줄 알았다.

아, 저마다 손에 손에 기빨을 날리며

노래조차 없는 군중이 '만세'로 노래부르며

이것도 하로 아침의 가벼운 흥분이라면……

병든 서울아, 나는 보았다.

언제나 눈물없이 지날 수 없는 너의 거리마다
오늘은 더욱 짐승보다 더러운 심사에
눈깔에 불을 켜들고 날뛰는 장사치와,
나다니는 사람에게
호기있이 먼지를 씌워주는 무슨 본부, 무슨 본부
무슨 당, 무슨 당의 자동차.

그렇다, 병든 서울아,
지난날에 네가, 이 잡놈 저 잡놈
모도 다 술취한 놈들과 밤늦도록 어깨동무를 하다시피
아 다정한 서울아
나도 밑천을 털고 보면 그런 놈 중의 하나이다.
나라 없는 원통함에
에이, 나라 없는 우리들 청춘의 반항은 이러한 것이었다.
반항이여! 반항이여! 이 얼마나 눈물나게 신명나는 일이냐.

아름다운 서울, 사랑하는 그리고 정들은 나의 서울아
나는 조급히 병원문을 뛰쳐나온다.
포장친 음식점, 다 썩은 구루마에 차려놓은 술장수
사뭇 돼지 구유같이 늘어선
끝끝내 더러운 거릴지라도
아, 나의 뼈와 살은 이곳에서 굵어졌다.

병든 서울, 아름다운, 그리고 미칠 것 같은 나의 서울아

네 품에 아모리 춤추는 바보와 술취한 망종이 다시 끓어도 나
는 또 보았다.

우리들 인민의 이름으로 씩씩한 새 나라를 세우려 힘쓰는 이
들을……

그리고 나는 웨친다,

우리 모든 인민의 이름으로

우리네 인민의 공통된 행복을 위하여

우리들은 얼마나 이것을 바라는 것이냐,

아, 인민의 힘으로 되는 새 나라

……(후반 생략)……

일제의 발악이 최절정에 이른 40년대를 처절하게 경험
하면서 민족문화전통의 소중함을 깨우친 오장환은 8·15
를 맞이하자 환희와 감격이 폭죽처럼 터져 나왔다. 그러나
그 환희와 감격은 마냥 즐거운 것만은 아니었다. 회오와 반
성을 통한 쓰디쓴 것이기도 했으며, 쓰디쓴 것이기 때문에
더욱 많은 사람들의 가슴을 울렸다. 그해(1946년) 이 작품
은 조선문학가동맹이 제정한 문학상 시 부문 후보에 올랐
다(수상작은 이태준의 단편소설 「해방전후」였다). 「병든 서울」
이 발표된 이후, 오장환은 더욱더 좌경으로 기울어져 갔고,
『새로운 도시와 시민들의 합창』이 서점에 나왔을 때는 얼

굴을 볼 수 없었다. 얼굴을 볼 수 없는 것은 오장환만이 아니었다. 박태원도, 이태준도, 김남천도, 이원조도, 임화도 모습을 볼 수 없었다. 김수영과 같이 연극을 했던 안영일도 경교장 부근의 음악다방에서 김수영과 함께 차이코프스키의 「비창」을 들은 것을 마지막으로 얼굴이 보이지 않았다. 점점 문인들은 남북으로 갈라져가고 있었다.

3

문인들이 '북행'하는 현상은 1948년 2월 17일 유엔소총회에서 남한단독선거실시 결정이 내려지면서 가속화되었다. 유엔결의를 지지하는 성명서와 반대하는 성명서가 나붙는가 하면 지지시위와 반대시위가 연일 거리를 메웠다. 전자는 이승만과 한국민주당의 지지자들을 중심으로 열렸으며, 후자는 김구, 김규식 등의 임정세력이 중심을 이뤘다. 그런 지지와 반대의 소용돌이 속에서 틈을 비집고 터져나온 것이 김구, 김규식의 남북회담 제의였다. 김구와 김규식은 2월 16일 북의 김일성과 김두봉에게 남북회담을 조속히 개최하자는 편지를 보내는 한편, 노선은 달랐지만 한때 중국에서 독립운동을 하며 더불어 고통과 기쁨을 나누었던 김두봉에게 따로 민족통일의 염원이 뜨겁게 담긴 사신(私信)을 보냈다. 김구와 김규식의 이 제의는 정계는 물론 일반 국민들의 비상한 관심을 불러일으켰다. 유엔의 남한 단독선거에 의한 정부 수립 결정으로 통일의 꿈이 산산조각 나버린 국민들은 통일정부 수립을 위한 남북협상 전개에 흥분하지 않을 수 없었다. 3월 26일에는 통일독립협의회가 결정되고, 4월 3일에는 통일운동자협의회 성명서가 발표되었으며, 4월 14일에는 남북회담을 지지하는 '108인 성명서'가 발표되었다. 독립운동가, 문학인, 학자, 언론인, 법조인 등이 중심을 이룬 이 성명서는 통일에 대한 국민적 열망이 집약되어 있을 뿐 아니라 저간의 내외 정세가 당대 지성의 눈으로 정리되어 있으므로 그 일부를 여기 신는 것이 무의미한 일은 아니리라 생각된다.

조국은 지금 독립의 길이냐? 예속의 길이냐? 또는 통일의 길이냐? 하는 분수령상의 절정에 서 있다. 이같이 막다른 순간을 당하여 식자적 존재로 자처하는 우리는 민족의 명예를 위하여 또는 문화인의 긍지를 위하여 민족대의의 명분과 국가 자존의 정로(正路)를 밝히어 진정한 민족적 자주 독립의 올바른 운동을 성원코자 하는 바이다.

3·1선언에도 명단(明斷)된 바와 같이 우리는 원래부터 '자유민주독립국'이다. 때로 성쇠의 기복은 있었다 하더라도 자유민으로서 자재(自在)한 문화와 독립국으로서 일관한 역사는 장류(長流)와도 같이 내리 한 줄기로 흘렀던 것이다. 공동 사회체의

단일 민족으로서 고락을 같이한 한 개의 생활을 향유하였던 것이다. 그러기에 일제퇴각을 전제로 한 카이로에서의 3국 선언도 영단을 내리어 우리의 전일적인 자주 독립을 보장하였고, 포츠담의 4국 회담도 이를 추인하여 국제 헌장의 위신을 세계에 선시(宣示)하였던 것이다. 그런데 그 후로 오늘의 해방된 조국의 자태는 과연 어떠한가?

미·소 양군의 각별한 남북분주가 이미 비극의 씨를 뿌리며 양단정치의 무리(無理)가 강행되었고 다시금 일전(一轉)하여 반신(半身) 4년의 궁경(窮境)에 이르러 우리 자신이 스스로 남정북벌의 극흉을 순치하려고 하니 '민족'을 일컫는 공존의 대도가 과연 이 길이겠는가? 자주를 부르짖는 독립의 방략이 과연 이것이겠는가? 과거에의 탈각으로써 재건될 우리의 민주 국가는 첫째도 민족적 자주 독립이요, 둘째도 민족적 자주 독립이다. 남북이 통합된 전일체의 자주 독립이요, 본연의 자태에 돌아가는 자가적(自家的) 자립인 것이니 이것은 우리의 본질적 명제일 뿐만아니라 이것은 우리의 총의적 염원일 뿐 아니라 외력의 침략이 부정되고 민족 자결의 원칙이 확립된 국제 민주주의의 노선과도 합치되는 것이다.

(중략)

우리의 지표와 우리의 진로는 가능, 불가능 문제가 아니라 가위(可爲) 不可爲의 당위론인 것이니, 올바른 길일진대 사력을 다하여 완수를 기할 뿐일 것이다. 협상 자체에도 애로의 난관이 중중(重重) 하거니와 사위(四圍)의 이모저모에도 저해의 요운이 첩첩한 실정이매 성패의 이둔(利鈍)이 속단될 바가 아니다. 역(逆) 박기 어려운지라 그러므로 하여서 더욱이 명진무퇴(明進無退)의 용기와 노력으로써 일로직진할 것이니 선두와 후속의 진열을 정제(整齊)하여 일사불란으로 전진할 뿐일 것이다.

선진의 남북지도자여!

후군의 육속(陸續)을 믿고 오직 전진하시라! 참된 자유와 자주, 참된 민의와 민주! 역사의 순류(順流)를 향하여 드높게 북을 울리자!

탁치 없는 완전한 자주 독립!

이같이 아슬아슬한 고비에서 우리는 민족의 '진정한 소리'를 들었다. 민족 자체의 '자기 소리'를 들었다. 자결의 원칙과 공존의 도의와 합작의 실익을 위한 구국 운동의 일보로서 '남북 협상'의 거족적 호령 소리를 들었다. 남방의 제의를 들었고 북방의 호응을 들었다 치면 응하는 동고(同鼓)의 북소리를 들은 것이다.

이는 해방 후 첫소리다. 외력의존의 허무감에서 터져 나온 자력의 우렁찬 소리다. 골수에서 빚어나온 소리요, 다시금 골수에 사무쳐야 할 소리다. 사경(死境)에서 스며나온 최후의 소리요, 신생으로 비약할 최신의 소리다. 과거를 돌아보아 오늘의 이 소리가 얼마나 피끓는 소리인가? 이 소리에 응하지 않는 '우리'가 있겠는가? 감응이 없다는 동포가 있겠는가? 남방의 집항자(執航者)는 악평으로써 이를 자조(自嘲)하는 실정이다. 진실로 '세쇠

도미(世衰道微)'요 '시일해상(是日害喪)'이니 '시가인(是可忍)' 야(也)
론 집불가인(執不可忍)이랴?

자력주의와 민주 본의의 젊은 새 나라를 수립하기 위하여 첫
째로, 미·소 무력의 제압을 부인하자!

양군의 동시 철퇴를 실제적으로 가능케 할 기본 토대를 짓기
위하여 우선 우리는 우리 자신의 체제를 단일적으로 정비 강화
하자!

이 길은 오직 남북협상에 있다.

남북통일을 지상적 과제로 한 정치적 합작에 있다. 남북 상호
의 수정과 양보로써 건설되는 통일체의 새 발전에 있다. 이번의
협상 운동을 지지하고 성원하는 우리의 염원과 의욕도 여기에
있는 것이다.

1948년 4월 14일

'108인 성명서'에는 이극로, 유열, 정인승 등의 국어학
자, 배성룡, 최호진, 최문환, 고병국, 고승제, 김계숙, 전원
배, 손진태, 홍기문 등의 교수, 정구영 등의 변호사, 김성진
등의 의사, 이병기, 유진오, 김기림, 염상섭, 정지용, 박태
원, 임학수, 박계주, 송지영 등의 문인들이 참여했다.

뒤에 '명동백작'이라는 칭호를 받게 되는 소설가 이봉
구의 회상에 따르면 '108인 성명서'가 발표되자 명동의
다방과 술집에서는 '성명서'에 대한 이야기가 꽃을 피웠

다고 한다. 그 성명서에 누가 참여했고, 누구는 참여하지 않았으며, 누구누구는 어떤 구실을 대며 서명을 거부했다는 등, 별 근거도 없는 이야기들이 난무했다. 또 그 '성명서'가 민족문제에 대한 지식인의 최초의 발언이 되므로 내외에 크게 영향을 미칠 것이라고도 했다. 그런가 하면,

"영향은 무슨?"

하고 콧방귀를 뀌는 사람도 있었다. 미·소는 그런 성명서 나부랭이에 귀도 기울이지 않을 거라는 것이었다.

그러나 '108인 성명서'가 발표된 뒤로 수그러들었던 통일의 소리가 다시 일어났다. 전국 방방곡곡에서 통일의 이야기가 나오지 않는 곳이 없었다. '108인 성명서'가 발표된 지 5일 뒤인 4월 19일, 마침내 임시정부 수석이었던 김구는 '평양행'의 결단을 내렸다. 연초에 김구와 김규식이 북에 보냈던 남북회담 제의에 대한 답신이 두 달 지나서야, 타이프로 찍은 남북지도자회의를 요망하는 답신 아닌 답신 형식으로 백색 인조견에 싸서 왔다. 김구는 곧 김규식에게 함께 가자고 했다. 그러나 김규식은 망설였다. 그는 '북'을 믿을 수가 없었다. 그러던 중 108인 성명서가 발표되었고, 그에 힘입은 김구는 평양행을 공표하였다. 청년학생단체, 기독교단체, 부인단체, 월남인사들이 주축을 이룬 우익 청년들이 겹겹으로 김구의 처소인 경교장(지금의 고려병원 자리)을 둘러쌌다. 김구는 은밀히 뒷담을 뛰어넘어, 그

곳에 대기시켜 놓은 차를 타고 북행길에 올랐다. 뒤미처 정보를 입수한 기자들은 지프차를 타고 뒤쫓아갔으나 임진강을 넘어가는 주석 일행의 뒷모습을 보았을 뿐이었다.

그로부터 이틀 뒤인 21일 아침 6시, 김규식은 원세훈, 김명준, 최동오, 신숙, 김성숙, 홍명희, 백남운, 송남헌 등 16명으로 구성된 대표단과 함께 종로경찰서 지프차의 에스코트를 받으며 새벽안개를 뚫고 평양 길에 올랐다. 12시경에 개성을 통과하여 1시경에 건국실천원양성소 청년 1백여 명과 38선 경비대원들의 환송을 받으며, 어느새 왕래가 드물어 풀들이 무성한 완충지대를 건너갔다. 평양에 머문 김구는 김규식 일행이 도착한 즉시, 남북회담은 "전 민족의 승리를 승리로 할 것"이라는 요지의 성명을 발표했으며, 22일에는 모란봉극장에서 열린 남북지도자회의에 참석했다. 남측 대표로 단상에 올라간 김구는 "조국을 분열하고 민족을 멸망케 하는 단선, 단정을 반대할 뿐 아니라 어느 시기 어느 지역에 있어서도 우리는 이것을 철저히 방지하지 않으면 아니될 것입니다. 우리가 만일 단결적 정신으로써 백사(百事)에 개성포공(開誠佈公) 한다면 반드시 성공하리라는 것을 확신합니다."라고 소리 높여 외쳤다. 열화 같은 박수가 쏟아졌다. 다음 날도 남북제정당사회단체 연설회의, 15인 회의, 그리고 4김(김구, 김규식, 김일성, 김두봉 등 4人) 회의가 열렸다. 말의 성찬이 있었을 뿐, 말이 실행으로 옮겨질 수는 없었다. 김구와 김규식은 커다란 실망을 맛보고 5월 5일, 소리 없이 서울로 돌아왔다.

그로부터 꼭 13개월 만인 49년 6월 26일, 김구는 그의 집무실에서 붓을 들고 먹글씨를 쓰다가 안두희의 권총 저격을 받고 쓰러졌다. 구급차가 급히 달려왔으나 이미 숨을 거둔 뒤였다. 이 슬픈 소식은 거리로 빠르게 퍼져나갔다. 김구의 시신을 실은 영구차가 효창공원으로 가던 날, 거리에는 시민들로 인산인해를 이뤘다.

김수영이 남북회담과 김구시해사건을 어떻게 받아들이고 반응했는지 우리는 모른다. 그에 대한 어떤 기록도 그는 남기지 않았다. 그러나 '진보적'이 아니면 행세하지 못했던 당대 지성의 흐름으로 보나, 해방 직후 자유주의적이며 중도 좌파적이었던 『민성』지의 영향권 내에 그가 속해 있었던 점을 감안할 때, 김수영 역시 두 사건에 관심을 가지지 않을 수 없었으리라 추측된다. 남북회담은 조국분단이 기정사실로 굳어져가는 데 실망을 금치 못했던 국민들에게 '제2의 해방'과 같은 흥분을 가져다주었으며, 김구 주석의 죽음은 그것을 떠받들고 있던 큰 기둥이 무너지는 충격이었다. 상인들은 가게 문을 닫았고, 월급쟁이들은 일손을 멈추었으며 대학생들은 물론 초등학교 상급생들까지 흐느꼈다. 그와 같은 대충격이 김수영에게 영향을 미치지 않을 리 없었다. 그는 "눈추리를 찢고 나의 똥창까지 들여다보리라/ 아아 그러나 사색(四色)의 그 금수와도 못한 할 퀴고 뜯음이/ 나의 민족의 다시 씻을 수 없는 악혈(惡血)의 근성이라면/ ……어찌 뉘를 원망하료/ 아아 나의 겨레여 우리는 마땅히 망멸할진저"라고 소리치는 유치환 같은 통한을 짓씹지는 못했을지라도 들끓는 분노를 술과 담배로 태웠을 터이다.

그러나 시간이 흘러감에 따라 사람들의 기억에서 '사건'은 점점 지워지고, 사람들은 그들의 일과 살길로 관심을 옮겼다. 그들은 세상을 원망하고 탄식할 뿐 그들의 삶을 포기하려 하지는 않았다. 인간의 생명은 질긴 것이다. 그들은 살기 위하여 날마다 아우성치며 피난민으로 들끓는 서울거리를 헤맸고, 예술가들도 명동이나 소공동으로 다시 모여들었다. 김수영이 김윤성의 소개로 박태진과 진고개 부근의 2층 식당에서 밤새도록 술을 마시며 잘 부르지 못한 노래를 불렀던 것도 그 무렵이었다. 그때 김수영은 어디서 구했는지 야구선수 모자 같은 것을 쓰고, 옷치장도 색다르게 하고 매우 자신만만한 폼으로 멜로디 같은 것은 신경 쓸 필요없다는 듯이 기분 나는 대로 노래를 불렀다. 그런가 하면 그는 박일영과 함께 상점 간판을 그린다고 페인트가 더덕더덕 묻은 작업복을 입고 돌아다녔다. 조연현이 주간으로 있는 『문예』 잡지사의 여기자와 어울려 다니기도 했으며 중국에서 살다 온 이국적인 마스크의 C양과도 한동안 가까이 지냈다. C는 김수영과 이종구를 그의 집으로 초청할 정도로 근접 거리에 있는 때가 있었다. 서울여의전 학생들과 시 낭독회를 연 것도 이때였다. 당시 젊은 시인들은 여대생들과 이곳저곳에서 시 낭독회, 문학 좌담회를 열면서 그들의 젊음을 구가했다.

그해 11월, 김수영의 어머니는 아들의 생일에 '밥벌이도 못하는 건달들'을 초청했다. 모두 술과 노래로 기분이 머리 끝까지 치솟았다. 크리스마스이브에도 무궁원에서 한잔씩 하고 흥이 오른 그들은—이봉구, 최정희, 최재덕(화가), 양병식, 박기준 등— 김수영을 따라 대문이 덩그렇게 커서 매우 인상적인 그의 공부방으로 갔다. 그때 김수영은 유명옥에서는 공부할 수 없다고 생떼를 부려 그의 어머니가 가게에서 멀지 않은 곳에 방을 얻어주었다. 일행은 공부방의 대문을 보고 모두들 혀를 내둘렀다. 모양새는 형편없었지만 높기로는 육간대청집을 능가했다. 3톤 트럭이 들락거리고도 남을 정도였다. 실제도 그 집 주인은 트럭 운전수였다.

일행이 들어간 방은 언제 불을 땠는지 찬바람이 도는 데다 창구멍이 숭숭 뚫려 있었고, 윗목에는 몇십 권의 책과 김수영이 만들었다는, 건드리면 부서질 것 같은 책상이 놓여 있었다. 그것이 그날 밤의 소도구 같았다. 술을 어지간히 마시고 온 일행은, 추위 같은 것에 아랑곳할 것이 없다는 듯이 유명옥에서 가지고 온 소주를 마시며 노래를 부르기 시작했다. 최정희는 그의 18번인 '데부네(出船)'를 불렀고 최재덕은 큼직한 체구에 걸맞게 높은 소리로 뽕짝을 불렀다. 김수영도 술만 취하면 되풀이하는 "대동강 부벽루를 산보하는 두 남녀가 있었으니 심순애와 이수일 양인이로다."로 시작되는 『장한몽』의 대사를 극적으로 뇌기 시작했다. 흥이 절정으로 치솟아오를 즈음이었다. 방문이 벌컥 열리며 뚱뚱한 남자가 얼굴을 내밀었다.

"나는 트럭을 세 대 굴리는 운전사요, 이 집 주인이오."

남자는 자기소개를 먼저 하고 나서

"밤마다 대문에 발길질을 하지 않나, 고래고래 소리 지르지 않나, 노래 부르지 않나, 내가 내 집을 빌려주고 잠도 편히 잘 수 없으니 이 무슨 고생이란 말이오."

"……."

"나는 더 이상 견딜 수가 없소."

"……."

"내일이라도 당장 나가시오."

술로 얼굴이 붉어진 박기준이 일어섰다.

"형씨, 미국에서는 운전사가 최고의 문화인입니다. 미국의 운전사들은 사회의 극진한 대우를 받아요. 문화인이 문화인의 기분을 모른대서야 되겠소. 들어오시오, 우리 함께 크리스마스를 즐깁시다. 우리 함께 노래하고 춤춥시다. 운전사, 오오 이 얼마나 명예스런 기술자요, 그렇지 않소, 형씨! 우리 그 명예를 살려, 그 명예를 위해 축배합시다."

운전사보다 몸집이 좋은 최재덕이 어느새 상의를 벗어 던졌는지 와이셔츠 바람으로 일어섰다.

"여보, 운전사 선생! 밤중에 대문을 차는 놈이 있거든 자동차 핸들을 빼어 대가리를 바숴버리지 기운은 두었다 어디 쓸랴오!"

운전사는 톤이 다른 두 사람의 말에 어떻게 대응할지 몰라 어리둥절해하더니 방바닥을 손으로 만져보았다. 그리고 나서 말했다.

"방이 이렇게 냉골이어서야 어찌 노실 수 있겠습니까, 장작을 갖다 드릴 테니 지피시지요."

인사를 깍듯이 하고 나서 운전사는 문을 닫고 나갔다.

기분이 솟아오른 김수영이 자기 집으로 한달음에 달려 갔다. 그는 어머니와 실랑이를 벌이며 소주와 안주를 한 움큼 보자기에 싸들고 왔다. 양병식이 일어나 "일구사구년이여 가거라, 밝아오는 일구오공년이여, 우리에게 즐거움과 희망을"하고 외치자 김수영이 따라 일어나 "오오 거리는 모든 나의 설움이다."라고 자작시를 읊조렸다. 그들의 흥은 밤새도록 풀리지 않았다. 노래에, 시에, 술에 취해 떠들다가 새벽 창이 밝아오자 해장국을 먹으러 가자고 어슬렁 어슬렁 진고개를 넘어갔다. 기분은 아직 살아 있었으나, 뒷모습은 피곤에 젖어, 일을 마치고 돌아오는 저녁 노동자들처럼 어깨가 구부정했다.

4

젊은 예술가들의, 술과 노래와 시가 넘실거리는 축제적 분위기는 장소가 바뀌고 구성원들이 두세 사람 갈릴 뿐 거의 날마다 계속되었다. 1930년대 말의 술자리와는 사뭇 달랐다. 이태준과 이상, 박태원이 이끌고 갔던 30년대 말의 술자리는 독설과 해학, 비탄이 솟아올랐으며, 그 저류에 망국한이 흐르고 있었다면 40년대 말의 술자리에는 낭만과 환희와 허무가 진동했다. 그들의 시에는 서정주나 오장환, 이용악의 좋은 시들과 같이 현실에 충분히 뿌리를 내리지 못했다. 현대적 속도와 아메리카로 인도네시아로 뻗어가는 공간의 확대가 있을 뿐 그 이상의 의미를 추출하기 어려웠다. 그런 면에서 해방 공간의 한국시는, 그 중에서도 모더니즘 시들은 뿌리 없는 박래품(舶來品)에 지나지 않았다. 한국 모더니즘의 한계를 극복했다고 평가되는 김수영의 해방 이후의 시도 김경린이나 박인환의 궤도를 크게 벗어난 것이 못 되었다. 김수영의 초기 시를 예리하게 분석한 바 있는 정과리가 지적했듯이, 김수영은 해방 이후 우리 민족이 처한 현실의 가혹함에도 불구하고 "현실을 바로 보아야 하는…… 바로 보려는 의지의 이면에는…… 바로 보지 못하는 자의 무기력에 대한 설움"이 깔려 있었다. 김수영에게서 시적 자양을 충분히 인정받고 있었던 김병욱의 시역시 그 범주를 벗어나지 못했다. 『민성』 잡지에 발표되었던 「추억」, 「피타고라스파(派)에게」 등을 보면, 김경린이나박인환의 수준을 넘어서지 못하는 관념과 의욕의 과잉현상을 빚고 있다.

『새로운 도시와 시민들의 합창』이 나온 뒤, 박인환은 김수영이나 양병식과 그다지 어울리지 않았던 듯하다. 김수영이나 양병식, 그리고 그들과 친교가 두터웠던 이봉구의산문에는 『새로운 도시와 시민들의 합창』 이후에 그들이어울렸다는 기록이 없다. 몸이 날랜 박인환은 그들의 곁을떠나 명동과 문단을 헤집고 다녔다. 그는 김기림과 다방에서 커피를 마시는가 하면 김광균의 집으로 찾아가 "선생님은 영국시인으로 치면 누구에 해당하느냐?"고 기묘한 질문을 던졌다. "글쎄, 내가 누구에 해당한다고 말해야 될까?그것은 자네가 생각하는 편이 좋지 않을까?" 김광균이 그런 식으로 질문을 피해 가자, 박인환은 다시 "누구에 해당하는지도 모르겠다면 어떻게 현대시를 쓰는 것이냐?"고다시 내질렀다. 또 다방이나 술집에서 선배 문인들을 만나면 덮어놓고 "김형! 박형!"하고 맞대응했다. 그는 박일영의 영향권을 넘어 재기발랄한 말과 날랜 몸짓으로 해방문단을 헤집고 다녔다. 김수영은 점점 박인환과 멀어져갔다.

김병욱도 거리에 잘 나타나지 않았다. 김경린은 그의 의자가 있는 서울시청 수도국에서 꼼짝달싹하지 않았다.

그해 여름(49년) 부산에 자리 잡고 있는 조향이 이한직을 만나러 상경했다는 사실도 여기에 적어놓을 필요가 있으리라 생각된다. 조향이 보기에는 『문장』 출신의 시인 가운데서는 이한직과 김종한이 비교적 모던한 시인이었다. 조향의 방문을 받은 이한직은 좋은 시인이 있다고 서울시청 수도국으로 조향을 데리고 갔다. 남대문 옆 구 무역회관 뒤쪽에 위치한 수도국 사무실에는 '깔끔하고 빈틈없어 뵈는 관리 타입'의 김경린이 의자에 앉아 있었다. 그는 『새로운 도시와 시민들의 합창』을 조향에게 기증하며 상당히 어깨를 으쓱거렸다. 김경린은 조향에게 박인환을 소개했다. 그들은 '시운동'의 새로운 재편을 논의했다. 이것이 부산 피난시절에 동인지 하나 내놓지 못한 동인인 '후반기'의 싹이 트이는 국면이었다.

미아리 고개를 인민군이 넘어오다

1

한동안 우여곡절 끝에 김수영은 김현경과 1950년 4월 돈
암동에 방을 얻어 신접살림에 들어갔다. 신접살림이라 했
지만 정식으로 면사포를 쓰고 웨딩 마치를 울리면서 결혼
의 관문을 거친 것은 아니었다. 서로 떨어져 살기 싫을 정
도로 사랑한다면 결합해야 하는 것이 김수영다운 결혼이
었고 동거였다. 그들은 반지도 나누지 않았고 신혼여행도
가지 않았다. 결혼의 필수품이었던 장롱도 찬장도 없었다.
두 사람이 먹고 살기에 족한 수저와 젓가락, 사기그릇, 행
자상이 전부였다. 이웃에서 보기에 썰렁할 수 있는 그들의
신접살림에는, 그러나 뜨거운 사랑과 감성이 넘쳐흘렀다.

그들은 서로 다른 과거를 가지고 있었고 서로 다른 개성
의 소유자들이었다. 그들이 동거생활로 들어가기 전에 김
수영의 주변에는 영어를 배우러 다니는 여대생이 있었고

『문예』 잡지의 여기자가 있었으며, 김현경에게도 팔짱을 끼고 명동을 활보했던 사람이 있었다. 그 사람은 대낮에 남산에서 우익 테러리스트로 짐작되는 청년들에게 권총 사격을 받고 죽었다. 그것만이 아니었다. 이화여대 출신의 이 재원은 그의 미모와 지성과 멋으로(이봉구의 증언에 따르면 그 시기에 그녀는 위아래 하얀 옷을 입고 다녔다) 명동 예술가들 사이에서 히로인으로 군림했다. 그녀는 문학에도 그림에도 조예가 깊었다. 김수영과 김현경이 그들의 과거를 어떻게 소화했는지 우리는 모른다. 그들의 개성이 과거 같은 것은 낡은 사진첩이라고 간주하고 그것을 쓰레기통에 던져 버렸을지도 모른다. 아니면 그들의 충돌을 피하기 위하여 과거를 속 깊이 내장해 버렸을지도 모른다. 어쨌거나 그들의 신접살림은 표면적으로는 아기자기했고 행복했다.

　나는 아침 일찍 일어나 밥짓고 그이를 깨워 밥상을 함께 했어요. 행복했어요. 그때 시도 쓰고, 그림도 그렸는데, 내심으로 나는 그림 쪽으로 나아가고 싶었던 것 같아요. 우리는 전중(戰中)에 교육받은 터라 프랑스 인상파와 야수파, 그리고 군국주의의 선전성과 밀접히 관련을 맺고 있는 리얼리즘 계통에 익숙해 있었어요. 그랬는데 김수영 시인과 동거를 시작하고 서가에서 살바도르 달리의 화집을 본 뒤로 붓을 놓아버렸습니다. 도저히 거기에는 가닿을 수 없겠더라고요. 그이는 달리보다 에드워드 뭉크에게 더 매력을 느꼈던 듯했어요.

그나 나나 돈이 나올 곳이 없었지만 그때 우리는 돈암동의 셋 집에서 즐겁게 살았죠. 고모(김수명)의 생일도 우리 집에서 차렸어요. 가난의 여유랄까, 그런 것이 그때 우리에게는 있었다고 생각돼요. 마음이 꽉 차서 더 이상 무엇이 들어올 수 없는 충만감으로 살았던 짧은 시절이었지요.

그 무렵 그들 부부는 명동에 잘 나가지 않았다. 명동을 '싸구려 명동'이라고 했다. 밖에서 만나기로 한 약속이나 외식 때도 명동을 피하고 정동의 경교장 부근에 있는 음악 다방을 택했다. 그곳에는 예술가들이 별로 드나들지 않았다. 음악이 좋았고 조용했다. 그들은 젊은이답게 사랑과 인생을 논했으며 친구들의 이야기를 나누었다. 시와 그림을 말하기도 했다. 김수영은 피카소에게는 도저히 맞설 수 없는 악마적인 힘을 느낀다고도 했고 스티븐 스펜더는 새롭되 가볍다고도 했다. 그의 시나 그림에 대한 수준이 얼마쯤 되는 것인지는 모르지만 말하는 품에는 상대의 혼을 빼낼 듯한 열정이 있었다. 말로 설명이 어려운 경우에는 손짓 눈짓을 동원했다. 이승만 정부를 비난한 때도 있었지만 정치에는 그다지 관심이 없는 듯했다. 그로 보면 후기에 보이는 김수영의 정치에 대한 관심과 비판은 6·25 이후에 길러진 것이라고 보아야 할 것이다.

그 무렵 김수영은 또 직장을 구하려고 동분서주했던 흔적이 있다. 일생을 두고 직장다운 직장생활을 해본 바 없는 김수영은 김현경이 임신했다는 사실을 알고 난 뒤, 남편과 아버지로서의 책임을 어느 정도 느꼈던 듯하다. 그는 친구들에게 부탁한 끝에 시간강사 자리이기는 했지만 서울대 부설 간호학교 영어 강사 자리를 구했다. 그러나 그가 간호학교에 얼마 동안 나갔었는지는 불분명하다. 바로 그 직후에 북한의 남침이 있었으므로 그는 한두 달 강단에 섰거나 어쩌면 하루도 서지 못한 채 이력에만 한 줄 명기됐을지 모른다. 그만큼 그들의 신접살림과 6·25는 맞붙어 있었다.

어째서 김수영과 김현경이 피난길에 나서지 않고 서울에 머물러 있었던지 우리는 까닭을 알 수 없다. 우리가 알 수 있는 것은, 한강교를 건너려고 수많은 시민들이 리어카에 살림을 싣고 아이를 업고 이 거리 저 거리에서 쏟아져 나오는 대혼란기에도 그들은 그다지 불안해하지도 않고, 흔들림이 없이 그들의 보금자리에서 6·25를 보고 있었다는 점이었다. 그들이 6·25의 소식을 접한 것은 거리 곳곳에 나붙은 《경향신문》호외 벽보를 보고서였다. 그곳에는 "북한 괴뢰군은 오늘 새벽을 기해 삼팔선 전역에 걸쳐 남침을 개시했다."고 쓰여 있었다. 잠시 뒤에는 '호외'

를 외치는 소년들이 이 모서리 저 모서리에서 튀어나왔고, KBS에서도 '국군장병은 즉시 원대로 복귀하라.'는 아나운서 멘트와 함께 '국군은 용감히 불법 남침한 북괴군을 격퇴 중'이라고 보도했다. 시민들의 얼굴에는 《경향신문》 호외가 이날 3만 부 이상 팔렸다는 데서도 엿볼 수 있듯이 불안과 공포가 뒤섞여 있었으나 또 다른 면에서는 '북진이 허용되기만 한다면 점심은 평양에서, 저녁은 신의주에서……'라고 외치던 정부의 호언을 믿으려는 바람이 그들 마음의 밑바닥에 흐르고 있었다.

26일에도 상황은 마찬가지였다. 이날 서울의 신문들은 모두 십여 회 승전 소식이 실린 호외를 뿌렸고, KBS도 정기 프로를 중단한 채로 행진곡에 섞어 승전보를 계속 전했으며, 모윤숙의 즉흥시와 정인섭을 위시한 사회 명사들의 강연, 주한 미국대사 무쵸의 담화가 방송됐다. 27일 밤 10시에는 '유엔이 우리를 지지하고 미국이 도와주러 오고 있으니 국민 여러분은 동요하지 말라.'는 이승만 대통령의 특별성명이 방송됐다. 거의 알아들을 수 없도록 잡음이 뒤섞인 것이었다. 그러나 그 방송을 들으면서 마음을 진정하는 시민들은 그다지 없었다. 그들은 그날 낮 참나무 가지로 위장하고 후퇴하는 국군 트럭의 긴 대열을 보았으며, 검은 색깔의 전투기(북한의 미그기) 한 대가 서울 상공을 한 바퀴 돈 다음 의정부 쪽으로 날아간 것을 보았다. 그들은 온종일 라디오가 외쳐대는 승전보와는 달리 사태가 의외로 급박해지고 있다는 사실을 눈치챌 수 있었다. 위기 속에서의 사람들의 직감은 의외로 정확한 법이다. 사실 그때 그들이 청취한 이승만 대통령의 목소리는 정상적인 것이 아니었다. 그것은 그 전날 밤—정확히는 27일 오전 3시경에—아무도 몰래 서울을 탈출하여 대전에 도착한 이 대통령이 전화선을 통해 녹음한 담화를 방송한 것이었다. 목소리가 흐리고 잡음이 많은 것은 그 때문이었다. 밤에는 억수로 비가 퍼부었다. 멀리서 포성이 쿵쿵쿵 시민들의 마음을 때리듯 울렸다. 김현경은 잠을 이루지 못했다. 김수영도 눈을 붙이지 못하고 거의 뜬눈으로 새웠다.

2

다음 날 아침 김수영은 아침도 먹는 둥 마는 둥 하고 집을 나왔다. 그는 불안했다. 놀랍게도 거리엔 따발총을 멘 인민군들이 요소요소에 지키고 있었고 탱크가 캐터필러를 굴리며 광화문 쪽으로 서서히 달리고 있었다. 어느새 마련했는지 적기를 휘두르는 시민도 있었다. 세상이 하루 사이에 바뀐 것이다. 어제와 같은 피난행렬은 볼 수 없었으나 아직도 거리에는 머리에 짐을 이고 아이를 업은 사람들, 손수레를 끌고 가는 사람들이 지난밤의 폭우로 물바다가 된

길로 몰려가고 있었다. 그들은 오늘 새벽 한강 다리가 폭파되어, 다리를 건너던 3천~4천 명이 그대로 한강에 떨어져 죽었다면서 광나루 쪽으로 가고 있었다.

김수영은 혜화동으로 해서 충무로로 달리듯 걸었다. 그제 잠시 집에 들렀을 때의 어머니와 동생들의 모습이 떠올랐다. 그들의 얼굴은 몹시 불안하고 초조해 보였다. 그것이 그의 마음을 쓰리게 했다. 하지만 그는 다른 사람들과 함께 피난을 떠나야 한다든지 그럴 필요가 없으리라든지 하는 말을 입에 올리지 않았다. 그런 일은 그의 어머니가 언제나 잘 알아 처리하는 편이었다. 그의 어머니는 언제나 집안일을 혼자 도맡아 처리했다. 그들은 보고 있으면 되었다. 그러면서도 김수영은 광나루 쪽으로 밀려가는 피난행렬을 보면서 걱정을 떨쳐버릴 길이 없었다. 그도 저렇게 피난을 떠나야 하는 것이 아닌가 하는 생각이 들었다.

그가 충무로 집에 이르렀을 적에는 식구들은 가게에 또는 어두운 방에 앉아 있었다. 짐 보퉁이들이 여기저기 널려 있었다. 어제 막내 이모네와 함께 피난을 떠나기로 했는데, 어찌된 일인지 막내 이모는 나타나지 않았다. 그래서 그런지, 아니면 실내의 광도 때문인지 어머니의 얼굴은 유난히 검어 보였다. 그는 그 얼굴을 보기가 싫었다. 그는 빗속으로 도망치고 싶었다. 어머니는 큰아들이 되어가지고 이 지경에서도 식구들을 몰라라 할 수 있느냐고 넋두리를 했다.

어머니가 거의 처음으로, 아들에게 한 넋두리였다. 그러나 김수영은 어머니의 말이 들리지 않았다. 그는 듣고 싶지가 않았다. 김수영은 식구들은커녕, 그 자신도 이 새롭고 두려운 세상을 어떻게 살아야 할지 알 수 없었다. 새로운 세상은 어떤 파고를 몰고 올 것인가. 그리고 그의 시와 삶에 또 어떤 영향을 미칠 것인가. 우도 좌도 아닌 '제3당'인으로서의 그의 시는 이제 어떤 방향으로 나아가야 할 것인가. 오장환의 「병든 거리」와 같은 시를 써야 할 것인가. 임화와 같은 전사의 노래를 불러야 할 것인가. 그는 김병욱이나 임호권을 만나, 그런 문제를 허심탄회하게 나누고 싶은 마음이 들어 자리에서 일어섰다가도 다시 주저앉았다. 그렇다고 박인환을 찾아가고 싶지는 않았다. 그의 목소리에는 귀도 기울이고 싶지 않았다. 김현경의 뱃속에 든 아이를 생각하면 그의 마음은 더욱 산란했다. 그는 그렇게 여러 날을 보냈다.

동에서는 인민위원회가 구성되고 청년동맹, 여성동맹도 구성되었다는 소문이 돌았다. 그런 어느 날, 안주인이 "김 선생도 청년동맹에 드셨수?"하고 세수를 하고 있는 김수영에게 물었다. "아니오."하고 그는 말했다. "어서 드시우. 늦었다가는 반동으로 몰린답니다." 다시 며칠 뒤에는 동 인민위원회에서 나왔다며 젊은이가,

"김 동무는 과거에 문학가동맹이셨지요?"

하고 물었다.

김수영은 "네."하고 대답했다.

"오늘부터 다시 동맹에 나가시지요. 동무는 지하에서 투쟁한 적도 없고 감옥에서 고생한 적도 없으니 이제는 당과 민족을 위해 헌신해야 되지 않겠습니까?"

강압적인 말투였다.

그날 김수영은 방에 눌러 있을 수가 없었다. 그는 거리로 나갔다. 그는 청계천변에서 이봉구를 만났다. 동 위원회의 젊은이가 동맹에 나가라고 공갈치더라고 했더니 얼마 전 자기에게도 왔더라면서, 동맹에 나가보자고 했다. 그들은 내친김에 동맹으로 갔다. 처음 동맹 사무실은 지금의 한국은행 맞은편 자유시장 입구에 있는 청목당이라는 양식점 이층에 있었다. 이봉구와 김수영이 계단을 올라가보니 이름을 알 수 없는 젊은이 두 사람이 의자에 앉아 있었다. 그들은 찾아온 사람들을 거들떠보지도 않았다.

이봉구와 김수영이 다시 동맹 사무실을 찾아갔을 때는 옛날 문학가동맹이 자리 잡고 있었던 한청빌딩 4층으로 이사한 뒤였다. 서기장 자리에는 안회남이 앉아 있었고, 임화, 김남천, 이태준의 모습은 보이지 않았다. 그들은 문학가동맹과는 다른 문화연맹이라는 별개의 단체에 소속된 듯했다. 문화연맹 사무실은 한청빌딩 3층에 있었다. 백철의 회고록에 따르면, 백철은 7월 초 임학수가 찾아와 "오늘

2시에 한청빌딩에서 문인들이 모인다."기에 함께 한청빌딩으로 갔었다고 한다. 매우 더운 날이었다. 그들이 4층으로 올라갔을 때는 자리가 거의 메워져 있었다. 틈틈이 정지용, 박계주, 박영준, 최정희, 노천명의 얼굴이 보였다. 그들은 말없이 무사했느냐는 눈인사를 나누었다. 무거운 분위기였다. 잠시 뒤, 한 사람이 나타나 서두가 긴 연설을 했다. 그는 "……이제 남반부는 인민군의 영웅적인 투쟁과 희생으로 미 제국주의와 그 앞잡이 이승만 도당의 굴레에서 해방되었다."고 역설한 다음 "그러나 여기 모인 동무들의 체내에는 아직도 부르주아의 독소가 흐르고 있기 때문에 그 독소를 씻어내야 한다."고 일침을 놓았다.

그날부터 동맹 사무실에서는 매일 소위 사상강좌가 열렸다. 강사는 정치보위부에서 나오기도 하였으나 대개는 북한문화성 부상(副相)이라는 김오성을 비롯하여 임화, 김남천 등이 맡았다. 사상강좌가 끝나면 노래를 가르쳤다. 임화 작사 김순남 작곡의 「붉은 깃발」이라든지 '원수와 더불어 싸워서 죽은……' 등의 노래였다. 문인들은 그 노래를 배워가지고 어느 날은 가두시위에 나섰다. 그들은 '미 제국주의를 이 땅에서 몰아내자.', '부르주아지들을 타도하자.'고 외치며 굳은 얼굴로 선두를 따라갔다. 그 중엔 몇몇 여성작가와 시인들도 끼여 있었다. 그녀들은 문인사회의 따뜻한 분위기가 사라진 동맹 사무실로 거의 매일 빠지지 않고 출근했다. 그곳에 가면 우후죽순처럼 생겨나는 갖가지 위원회니 동맹의 성화를 피할 수 있었을 뿐 아니라 아는 얼굴을 만날 수 있어서 마음이 놓이는 듯했다. 그러고 보면 동맹은 그녀들에게 적절한 피난처 구실을 해주고 있는 셈이었다. 최정희는 대개 종로 쪽으로 나 있는 창가에 서 있었다. 지치고 슬퍼 보였다. 그럴 수밖에 없는 것이, 그녀의 남편인 김동환이 반동으로 몰려 정치보위부에 끌려간 것이다. 그때 정치보위부에 끌려간 사람은 김동환만이 아니었다. 이광수, 박영희, 정인보, 김억, 김진섭도 끌려갔다. 그런저런 일들로 월북문인들과 재남문인들 사이에는 겉으로 구의(舊誼)를 나눈 듯했으나 내심으로는 경계의 빛이 오고갔다. 마음의 벽이 열리지 않는 듯했다. 임화는 층계를 오르내리면서 정지용에게 말을 걸고 백철의 등을 두드렸으며 안회남은 따뜻한 인사를 만나는 사람마다 나누었다. 오장환도 허리춤에 타월을 차고 다니면서 이 사람 저 사람과 악수했다. 특히 이봉구와는 언제 남북으로 헤어졌냐는 듯이 "요즘도 날마다 술 마시나? 커피도 마시나?"하고 호탕하게 웃었다. 그들은 얼굴을 마주했을 때는 다정했으나 등을 지고 나면 냉정했다. 임화의 등은 특히 차고 쓸쓸한 듯했다. 머리도 희끗희끗했다.

어느 날은 뒤늦게 서울에 나타난 김사량이 군화를 신고 타닥타닥 층계를 빠르게 올라갔다. 층계참에 앉아 있던 노천명이 김사량을 보고 벌떡 일어섰다. 그녀는 김사량의 군복 소매를 잡고, 자신이 지금 얼마나 어려운 처지에 놓여 있으며 얼마나 터무니없는 누명을 쓰고 있는지를 하소연한 뒤, 도와달라고 애원했다. 노천명은 해방 직후 장안을 떠들썩하게 했던 김수임 간첩사건에 대한 의혹이 남아 있다면서 얼마 전 모처에 끌려가 심문받은 적이 있었다. 노천명과 김수임은 이화여대 선후배 사이였다. 김사량은 어색한 표정을 지으며 "글쎄 난, ……글쎄 난……어쩔 수 없는데요, 나는 지금……바빠 올라가 봐야겠는데요." 하고 사무실 문을 밀고 들어가 버렸다. 노천명은 김사량과 1945년 6월 황군(皇軍) 위문차 북지(北支) 문화사절단으로 중국여행을 한 적이 있었다. 친일행각이었다. 그때 김사량은 사절단을 빠져나가 태행산맥을 넘어 조선의용군에 합류했다. 노천명의 참담한 모습을 보고 있던 최정희는 한숨을 내쉬며 그의 어깨를 쓰다듬었다. 노천명은 쓰러지듯이 최정희의 엷은 가슴을 파고들었다.

한숨짓고 괴로워한 것은 두 사람만이 아니었다. 정지용도 박계주도 임학수도 어금버금했다. 그들은 해방 직후 임화가 주도했던 문학가동맹에 가입했으며 108인 선언에도 서명했다. 그것이 빌미가 되어 대한민국 정부 수립 뒤에는 우익 검사 오제도와 전용덕의 심문을 혹독하게 치른 다음 반공 홍보에 주력하는 보도연맹에 가입했다. 그들은 이제

우익에서도 좌익에서도 낙인찍힌 존재였다. 그들은 임화와 안회남에게, 자신들이 왜 보도 연맹에 들어가지 않으면 안 되었던가, 문학가동맹 가입 때문이 아니었던가를 상부에 보고해 달라고 몇 번이고 부탁했으나 들어주지 않았다. 그들의 힘이 미치지 못하는 듯했다. 그런 비극적인 정황에서도 이봉구의 소년적이며 낙천적인 성격은 변할 줄 몰랐다. 그는 김수영에게 가까이 와 소매를 잡아당기며 "어때, 배갈 한잔?" 했다. 김수영은 귀가 번쩍 뜨였다. 그는 주위를 슬금슬금 살피면서 이봉구의 뒤를 따랐다.

이봉구는 중국인 마을을 지나 청계천변으로 갔다. 포장집 탁자에 손목시계를 내놓으면서 "육개장에 밀주" 했다. 말이 통하는지 포장집 주인은 기름기가 둥둥 떠도는 육개장과 밀주를 내왔다. 김수영은 걸신들린 듯이 육개장을 해치우고 밀주를 한 사발 꿀꺽꿀꺽 들이켰다. 이봉구가 "그렇게 마시다가는 체해요." 했으나 그의 귀에는 그 말이 들리지 않았다. 그 뒤로도 이봉구는 금가락지며 금비녀를 가지고 나왔다. 일찍이 홀로 된 그의 어머니의 것으로, 장롱 속 깊숙이 감추어 둔 것들이었다. '육개장과 밀주' 건으로 어느 날은 김수영과 김병욱이 말다툼을 한 적이 있었다. 그날도 이봉구가 가지고 나온 패물을 잡히고 밀주를 마시고 있는데, 김병욱이 지나가다가 보았다. 김병욱은 김수영 앞으로 다가왔다. 이봉구가 앉으라고 했으나 그는 앉지 않았다.

"그놈의 타성을 이제 그만 버리라구……."

"……."

"감시대상이 돼 있다는 생각을 해서라도 술은 금해야 되는 거 아냐."

"……."

"지금이 명동시절이냐 말야."

김수영도 지지 않고 대들었다.

"네가 언제부터 술을 버렸지? 어제야? 그제야? 네가 당원이야?"

그러는 새에 초복, 중복도 지나고 말복이 다가왔다. 한청빌딩 2층에서는 심상찮은 이야기들이 오갔다. 요 며칠 새 문인들이 대거 검거되어 갔다는 것이었다. 다시 며칠 뒤에는 김기림이 서울사대 교수회의를 마치고 집으로 돌아가다가 을지로 입구에서 웬 청년들에게 지프차로 붙들려 갔으며, 또 며칠 뒤에는 보도연맹에 관계했던 정지용, 박계주, 박영준 등이 문학가동맹의 지시에 따라 정치보위부로 자수 형식을 밟으러 갔다가 모두 구속되었다는 이야기도 떠돌았다. 그날 최정희도 그 대열에 끼여 있었는데, 정지용이 "최 여사가 무슨 자수할 일이 있어요."라고 모퉁이를 주는 바람에 대열에서 빠져나와 무사했다는 것이었다. 한청빌딩 층계에서는 임화와 이태준이 낙동강 전선을 종군하고 왔다는 소문이 들리고 김사량이 지리산을 거쳐 낙동강 쪽으로 종군을 나갔다는 소문도 들렸다. 문학가동맹의 문인들은 모두 종군을 나가게 될 것이라는 소문도 들렸다. 어쨌든 소문은 매일 끊이지 않고 새롭게 나돌았으며 그 내용에는 점점 음영이 끼어갔다.

그런 어느 날, 임화와 이태준, 김남천 등이 낙동강 전선을 종군하고 왔다면서, 그들이 직접 보고 들은 인민군의 영웅적인 전과를 보고했다. 다시 십여 일이 지난 뒤에는 낯선 젊은이가 강단에 올라왔다. 그는 유엔군이 부산에 상륙했다고 했다. 장내의 시선이 긴장했다. 그는 이어 "유엔군은 실은 미 제국주의의 허울에 지나지 않는다."면서 "놈들은 중국에서 당했던 것처럼 이번에도 우리 인민공화국의 영웅적 군대에 치욕스런 패배를 맛볼 것"이라고 했다. 그는 끝으로 다음과 같은 말을 덧붙였다.

"동무들은 불길같이 일어나는 용맹한 의용군의 뒤를 이어 동무들 자신들도 속속 의용군에 참가해야 합니다. 동무들이 하는 문학은 우리가 저 미 제국주의를 송두리째 이 땅에서 몰아내고 반도가 완전 해방된 뒤에도 얼마든지 해나갈 수 있습니다. 우리는 지금 미제를 물리치고 통일의 위업을 달성할 때입니다. 동무들의 문학이 통일이어야 합니다."

젊은이는 장장 1시간 동안 열변을 토했다.

백철의 기록에 따르면 그 연설을 들은 뒤 얼마 지나지 않아 십자형으로 예리하게 생긴 비행기가 쾌속음을 내며 서울 상공을 날아갔다고 한다. 사람들은 그 비행기를 쌕쌕이라고 불렀다. 상공을 총알같이 날아가는 속도와 소음에 붙여진 이름이었다. 그 쌕쌕이들은 날이 갈수록 서울 상공을 더 자주 날았다. 그 쌕쌕이들은 경향신문 자리에 세워졌던 해방일보를 향해 기총소사를 하는가 하면 인민군의 주요 기지가 있는 곳을 향하여 정확히 가격했다. 도시의 이곳저곳이 박살났다. 대피 사이렌이 날마다 울리고 짙은 청갈색 복장에 붉은 테두리를 한 모자를 쓰고 양손에 푸른 기와 붉은 기를 쥔 보안서원이 사람들을 대피시키느라 허둥지둥 뛰어다녔다. 문학가동맹의 사무실에 나온 문인들이 집단으로 의용군에 끌려간 것은 바로 그 무렵이었다. 처음 그들은 임화와 이태준이 낙동강 전선을 돌아보고 온 것과 같이 '인민군의 영웅적인 싸움'을 직접 보고 체험하기 위하여 문화공작대를 조직한다면서 각자에게 지원 용지를 나누어 주었다. 지원 용지에는 이름, 생년월일, 고향, 희망지 등이 적혀 있었다. 김수영은 임화의 뒤를 따르기 위해 낙동강으로 적을까 하다가 안성으로 적었다. 안성은 이봉구의 고향으로, 무언가 포근한 면이 있을 듯해서였다. 다른 사람들도 서울 주변지역이나 연고지를 적는 듯했다. 낙동강 쪽을 적은 사람은 소수인 듯했다. 지원서 작성이 끝난 뒤 문인들은 2열종대로 줄을 지어 한청빌딩을 나와, 관철동 골목을 돌아 을지로를 거쳐 일신초등학교 운동장으로 들어갔다. 행렬은 묵묵히 교문을 지나 지정돼 있는 듯한 장소로 갔다. 그들의 좌우에는 다른 곳에서 강제 지원해 온 듯한 사람들이 들어오고, 그들의 뒤를 이어 지원자들은 속속 운동장의 빈곳을 메워갔다. 행렬은 운동장이 어두워질 때까지 계속되었다. 김수영은 밤의 운동장이 요나의 고래 뱃속처럼 느껴졌다. 그는 캄캄한 그 속을 눈을 부릅뜨고 응시했다.

북으로의 행진

1

다음 날 새벽, 문인들은 미아리 고개를 넘어 도봉산 쪽으로 줄을 지어 행군하였다. 그들은 '종군작가단'이 아닌 '의용군'으로 어느새 이름이 변해 있었고, 행선지도 '남'이 아닌 '북'으로 변했다. 행군은 비교적 자유스런 분위기에서 진행되었다. 대오의 이탈을 막는 감시의 눈들이 없는 것은 아니었지만 그들의 수는 전체에 비해 극히 소수였을 뿐 아니라 대원의 이탈을 그다지 우려하는 표정도 아니었다. 오히려 의용군들을 감시하는 것은 그들 자신의 공포였다고 하는 것이 옳을 것이다. 그들은 붙잡히면 얼마나 잔인한 보복을 받을 것이며, 그 보복은 가족에게 미칠 수 있다는 생각 때문에 도망칠 엄두를 내지 못했다. 도망이라는 생각만 해도 공포스러웠다. 그들이 얼마나 도망에 대한 보복을 두려워했는가는 박계주의 경우에서 보면 잘 드러난다.

박계주는 미아리 고개를 넘어서면서 재빨리 동쪽으로 난 골목길로 몸을 숨겼다. 아직 새벽 미명이 풀리지 않은 때여서 사위를 분간키 어려웠다. 그가 대오를 벗어난 지도 모르는 모양이었다. 박계주는 행렬이 그의 시선을 벗어나 길음동 쪽으로 사라진 뒤에야 돈암동 고갯길을 넘어 그의 집으로 들어갔다. 박계주는 자신이 돌아왔다는 말을 입 밖에 내지 말라고 단단히 이르고는 골방으로 들어가 숨었다. 그렇게 몇 시간이나 지났을까, 박계주는 다시 골방에서 나와 대문을 열고 미아리 고개로 달렸다. 결국 그의 도주 사실은 마을의 청년동맹이나 정치보위부에 밝혀지게 될 것이며, 자신과 그의 가족들은 무참한 보복을 당하게 될 것이며, 그들은 죽음을 당하게 될 것이다, 하는 생각에 이르자 그는 골방에 숨어 있을 수가 없었다. 박계주가 헐레벌떡 행군의 후미에 이른 것은 문인들이 수유리 들을 걷고 있을 때였다. 동이 트이는지 동쪽 하늘이 새빨갛게 밝아오고 도로 주변의 논에서는 고개 숙인 벼들이 이리저리 흔들리는 것이 보였다. 문인들은 도봉산의 날카로우면서도 수려한 봉우리들이 아침놀에 젖는 모습을 보면서 터덕터덕 발을 옮겼다. 시인 유정이 옆으로 다가오더니,

"안 보이길래 튀었는가 했지."

짧게 말했다.

박계주는 대꾸하지 않았다.

"이럴 때는 튀는 게 수야."

"그런 자네는……?"

"나야 어쩔 수 없지만……."

"나도 어쩔 수 없었다네."

그들은 매가리 없는 말들을 나누며 점점 높이 떠오르고 있는 햇살을 받으며 걸었다. 바람 한 점 없는 무더운 날씨였으나 새들이 날아오르고 길섶의 잡풀에 산들바람이 부는 모습은 한층 아침을 신선하게 했다.

그들이 의정부에 이른 것은 10시가 조금 넘어서였다. 그들은 쌕쌕이의 공습을 피해 정미소의 창고로 들어가 아침을 먹었다. 주먹밥이었다. 김수영은 눅진 냄새가 코를 찌르는 창고바닥에 앉아 찬도 없는 밥을 어적어적 씹었다. 박계주와 박영준이 유영의 옆으로 가서 대화를 나누는 듯했으나 무어라고 하는지 알아들을 수 없었고, 알고 싶지도 않았다. 어젯밤 한숨도 못 잔 데다 아침 내내 걸어온 탓인지 눈꺼풀이 자꾸 아래로 감겼다.

김수영은 깜박 졸았던 듯했다. 유정이 어깨를 흔드는 바람에 눈을 떴다. 행군은 다시 계속되었다. 비행기 한 대가 그들의 머리 위로 저공비행했다. 누군가가 "구라망(Grumman F6F Hellcat:미 항공모함 함재기-편집자)이로군." 했다. 비행기는 그들이 전곡에 이를 때까지 계속 따라오고 있었는데, 김수영에게는 날개가 다이아몬드 모양으로 반짝이는 것이 너무나 아름다웠다. 전열에서 누군가가 "젠장, 어디까지 가는 게야, 가는 곳이라도 알려줘야 하는 게 아냐."하고 불평했다. 그러자 여기저기서 "목적지가 어디야? 우린 의용군이 아닌 종군작가단이었잖아?" "우린 다리도 아프고 목도 마르다고." 했다. 그러나 인솔자인 듯한 군복은 대꾸하지 않았다. 대꾸할 필요가 없다고 생각한 모양이었다. 불평은 한동안 계속되다가 제풀에 쓰러져버리고, 행렬은 걸어가야 한다는 인내 속에서 기를 쓰고 무거운 발을 옮겼다.

2

해가 서산으로 기울어갈 무렵 문인들은 임진강에 이르렀다. 전열은 벌써 바지를 걷고 두 손을 들고 물속으로 들어갔다. 유정의 큰 키가 물 위에 보였다. 김수영도 집에서 새로 사가지고 온 지카타비(地下足袋:일본전통버선 타비에 고무밑창을 댄 것으로 쪽발형임-편집자)를 벗어 오른손에 들고, 아랫바지를 벗을까말까 망설이다가, 귀찮다는 생각이 들어 그냥 물속으로 들어갔다. 예상보다 강물은 차고 거셌다. 안으로 들어갈수록 물 흐름은 거세게 사지를 치며 흘러내려갔고, 가슴속에서는 심장 뛰는 소리가 쿵쿵쿵 울렸다. 수류 때문만은 아니었다. 마음속에 흐르는 불안이랄까 공포,

슬픔 같은 것들이 함께 섞여, 무어라고 말할 수는 없지만, 그의 가슴을 치고 있었고, 그의 존재를 넘어뜨리려고 했다. 그는 넘어지지 않으려고 다리에 힘을 주면서, 나룻배가 강을 건너는 식으로 물살에 몸을 맡기면서 비스듬히 하류로, 하류로 나아갔다.

그가 건너편 둑에 이른 것은 문인들이 모두 모래사장에서 대열을 정비하고 있을 때였다. 그들은 줄을 지어 소나무가 듬성듬성 서 있는 언덕길로 올라갔다. 길가에 지붕을 한 우물이 있었고, 백색 군복을 입은 보초가 건너편에 지키고 있었으며, 그 사이로 쓸고 쓸어서 먼지 하나 없는 길이 이국 풍경처럼 그들을 기다리고 있었다. 나지막한 언덕을 넘어서자 오색 깃발과 현수막을 든 소년들이 나타났다. 소년들은 목청껏 노래를 부르며 '애국적인 의용군'을 환영했다. 김수영은 새삼스럽게 이제부터 정말 이북이로구나, 김일성의 이북이며 임화의 이북이며 노동자 농민의 이북이며 붉은 군대의 이북이로구나 생각했다. 그러고 보니 자신이 왜 북행을 하고 있는지 알 수 없었다. 그는 문학가동맹 사무실에서 분명히 문화공작대 지원지역 난에 '안성'이라고 써넣었다. 그리고 그는 문학계가 명명했듯이 좌도 우도 아닌 제3당이었다. 제3당이었기 때문에 일신초등학교 교정이나 미아리 고개에서 빠져나오지 못하고 임진강을 건너왔는지도 모른다. 제3당이므로 앞으로도 계속 이렇게 끌려갈지 모른다. 꼬리에 꼬리를 물고 생각들이 일어나다가 그들의 시야에 내무성 군인이 나타나, 그들의 인솔자와 두세 마디 말을 주고받는 광경을 보면서 스르르 사라져버렸다. 김수영은 이 지역이, 풍속이, 이데올로기가 그에게는 전혀 생소한 것이며, 생소하기 때문에 두려운 것이라는 생각이 내무성 군인의 복장과 행동거지를 보는 순간 습격하듯이 달려들었다. 내무성 군인은 이제 김수영을 호명할지 모른다. 그의 외국어와 외국어에 찌든 의식을 지적할지도 모른다. 소년들은 계속 환영의 노래를 부르고 있었고, 문인들도 그 노래를 따라 부르고 있었으나 거의 기계적으로 입에서 흘러나오고 있을 뿐, 노래의 흥이 일어나지는 않았다. 공포가, 언제 찾아올지 모르는 공포가 어른거렸다.

모습을 보이지 않으나, 안개처럼 끈적끈적한 불안과 공포 속에서 문인들은 전곡 마을로 들어갔다. 황혼 속에 가로누운 소읍은 물에 씻은 듯이 깨끗하고 아름다웠다. '전곡 인민위원회'라는 간판이 보이고, 냉면집이 보이고 우체국과 소비조합이 있는 네거리에는 '진주해방'이라고 크게 쓴 벽보가 보였다. 그들은 읍내에서 조금 떨어진 언덕 위 전곡 인민학교로 갔다. 일제 시대에 지은 시골학교들이 대개 그렇듯이 이 학교도 목조건물에다 운동장 주위로는 키 큰 포플러들이 하늘이 낮다는 듯이 솟아 있었으며, 한쪽 구석에는 철봉대가 세워져 있었다. 교무실엔 물론 교실마다 젊은 김일성과 콧수염을 기른 스탈린 초상화가 붙어 있었다. 크기라든지 색감이 명동성당 뒤편 건물에서 미술가동맹에 소속한 화가들이 그리고 있었던 초상화와 거의 같았다.

3

다음 날 아침 초등학교 마룻바닥에서 자고 일어난 일행은 처음으로 공습을 받았다. 비행기는 교정의 문인들에게 저공비행을 하면서 따르륵따르륵 기총사격을 가하고는 다시 돌아와 또 사격을 가했다. 문인들은 포플러 밑에 설치된 방공호 속으로 우르르 몰려들어 갔다. 순간 가족이 생각났고, 이대로 죽어서는 안 된다는 생각이 불현듯 치솟아올랐다. 총알을 피해야 한다든가 총알받이가 되는 것이 차라리 편할 것이라는 생각 같은 것은 애초에 없었다.

비행기가 사라지자 행군은 다시 계속되었다. 철로가 나왔다. 몇몇은 철로 위로 걸었으나 철로를 따라가면 비행기에 발견될 위험이 크므로 내려오라고 인솔자가 말했다. 일행은 철로에서 내려와 논두렁과 밭두렁을 걸었다. 인민군의 행렬이 나타날 적에도 일행은 논밭으로 걸음을 피했다. 행렬이 사라진 다음에야 그들은 길로 나와 다시 행진했다.

비행기는 하루 종일 인민군을 찾기 위해 공중을 누비고 다니는 듯했다. 의정부에서 따라오던 때와는 사뭇 달랐다.

비행기로 득을 보는 것이 있다면 대오를 지어 행군하는 군대식을 버리고 각자가 자기 멋대로 뿔뿔이 흩어져 걸을 수 있다는 것이었다. 김수영은 친분이 있거나 없으면서도 이름쯤은 아는 문인들의 곁을 벗어날 수 있다는 사실이 좋았다. 김수영은 개똥모자를 깊숙이 눌러쓴 대학교수라는 사람과 나란히 걸을 때도 있었고 도수 높은 안경잡이와 걸을 때도 있었고, 모시적삼과 걸을 때도 있었다. 모시적삼은 줄곧 입을 열고 살았다. 그는 계속 무엇은 어째서 나쁘고, 무엇은 어째서 더럽고, 무엇은 어째서 안 돼먹었다고 불평했다. 김수영은 그 점이 좋았다. 그가 좋아하는 사람은 어떤 경우에도 불평할 줄 아는 사람이었다. 불평할 줄 모른다는 것은 자기를 의식할 줄 모른다는 것이요, 불평을 통해서 자아를 드러내고 향상시킬 줄을 모르든가 포기한 사람이었다. 불평은 자기존재를 확인하고 알리는 길이었다.

"에이, 이거, 어디까지 가는 게야?"

"에이, 이놈의 데는 차도 없나?"

"다리가 꼭 지겟다리 같네⋯⋯."

모시적삼의 말은 어머니의 말처럼 정다웠다.

해질 녘, 그들은 연천에 도착했다. 전곡에서 오이짠지에 호박 국밥을 얻어먹은 그들은, 반드시 그런 기대 때문은 아니겠지만 읍내로 들어간다는 사실이 좋았다. 읍내로 들어간다는 것은 쉬는 일이고, 잠자는 것이고, 드러눕는 것이었다. 그들은 2열종대로 서서 뒤따라온 사람들이 도착하기를 기다렸다. 그들이 씩씩거리며 달려와 후열에 붙어서자, 서울에서부터 그들을 인솔해 온 인민군이 앞으로 나와 자기의 임무는 여기서 끝났으니, 이제부터는 동무들의 인솔자를 동무들이 직접 선출하라는 말과 장질부사 예방주사를 빠짐없이 맞으라는 말을 거듭거듭 뇌고는 맞은편 붉은 벽돌집으로 들어갔다. 그가 들어간 문에는 연천국립병원이라는 간판이 붙어 있었다.

누군가가 여기서부터는 기차를 타게 될 것이라고 말했고, 오늘 저녁 기차를 타고 곧장 목적지로 가게 된다고도 했다. 또 다른 사람이 "간다니, 어디로 간다는 말이냐, 우리에게 목적지가 있는 것이냐?"고 대질렀다. 그에 대답하는 사람은 아무도 없었다. 원산입네, 경성(鏡城)입네, 청천강입네 하는 소리들이 수군수군 일었다 사라졌을 뿐이었다. 그런 추측과 기대 속에서 그날 그들은 대표를 뽑았다. 행군하면서 노래를 가르쳤던 광대뼈가 튀어나온 중학교 교사였다. 그는 대표가 되더니 갑자기 대표다운 목소리로 일장연설과 주의사항을 늘어놓았다. 중학생들을 앞에 놓고 하는 투였다.

그날 그들은 민가의 토방에서 저녁을 먹었다. 오이짠지도 호박국도 없었다. 김치와 시래깃국 같은 것이 나왔다. 저녁을 끝내고 나자, 기차가 곧 올 테니 병원 앞으로 모이라는 전갈이 왔다. 일동은 병원 앞으로 갔다. 아까 '기차를 타게 된다.'고 말했던 사람이 제일 앞서갔다. 1천 5백여 명의 대원들이 병원 앞으로 모여들었다. 별이 하나둘 떠올랐다. 검은 철로는 차갑게 빛났다. 기적소리가 날 적이면 대원들은 일제히 고개를 돌리고 그들을 태우러 오는 기차가 아닌가 하고 기다렸으나 객차가 없는 화물차만이 번번이 지나갔다. 한밤중이 되어서야 오늘 밤 기차는 오지 않는다는 전갈이 왔다. 대원들은 지친 몸으로 병원으로 향했다. 허나 어느새 도착했는지 병원 앞에는 남에서 온 의용군들이 저녁에 그들이 섰거나 앉아 있던 자리를 차지하고 있었다. 그들은 다시 철로로 나갔다. 기다림에 지치고 굶주림과 피로에 지친 그들은 누가 먼저랄 것도 없이 하나둘 침목을 베고 잠으로 떨어져갔다. 더없이 달콤한 잠이었다.

그들을 태울 차는 다음 날 정오경에야 도착했다. 일동은 개미 떼처럼 차로 올라가 자리를 잡았다. 의자도 창유리도 성한 것이 없었다. 차는 일제 시대에 만든 것으로 불결하기 그지없었다. 이북이 평등하고 자유스럽다는 환상이 요 며칠 새에 산산이 깨져버렸다는 사실을 새삼 깨달으면서 오른손으로 턱을 고이고 밖을 내다보고 있었다. 창밖의 나무들이 햇빛 속에서 흔들렸다. 가는 바람이 이는 듯했다. 모자를 쓴 사람이 창밖에서 두 손으로 무엇을 내리는 시늉을 하면서 자꾸 소리쳤다. 소리는 들리지 않았으되 무엇을 내리라는 것인지 눈치챌 수 있었다. 김수영은 유리창의 나무 덮개를 가리켰다. 모자는 고개를 끄덕였다. 김수영은 나무 덮개를 내렸다. 차 안이 터널처럼 캄캄하게 변해 버렸다. 그러나 일동은 걷지 않고 기차를 타고 간다는 사실이, 목적지가 어딘지는 모르지만 목적지로 간다는 사실이 마음을 놓이게 했다. 차가 서서히 움직였다. 3시쯤 되는 듯했다. 아침놀을 받으며 걸었던 수유리에서와는 정반대로 어둠 속의 전진이었다. 절망적인 전진이었다.

4

그들이 평안남북도 경계선 부근에 있는 개천에 도착한 것은 그로부터 7, 8일 뒤였다. 개천은 북으로 청천강을 경계로 하여 영변군과 마주하고 동으로는 덕천, 서쪽으로는 안주, 남쪽으로는 순천과 접하고 있는 교통 요지이자 분지 도시로, 토질이 비옥하지는 못했지만 강우량이 많아서 쌀과 조, 콩, 옥수수 등 논밭 작물이 풍성했다. 어떤 농가는 부업으로 누에를 치는 곳도 있었다. 이 같은 지리적 여건 때문에 생활이 어려운 영변이나 덕천 사람들은 자꾸 개천으로 모여들었다. 개천 사람들의 콧대는 높아져갔다. 그들에게는 을지문덕 장군이 당나라 수십만 대군을 무찔렀다는 '살수대첩'의 자랑과 기개가 가슴속 깊이 꿈틀거리고 있었다.

그러나 김수영을 포함한 의용군 부대가 개천에 도착했을 때는, 주민들의 자랑과 기개는 찾아볼 수 없었고 주민들의 모습조차 보기 어려웠다. 밭에서는 콩, 조, 옥수수도 제대로 자라지 못했다. 사방에 폭탄이 떨어져 움푹 파인 웅덩이와 잡초와 어둠뿐이었다. 그들이 그곳에 도착한 것은 한밤중쯤 되어서였다. 그 동안 그들은 밤에는 기차를 타고 낮에는 걸어서 갔다. 햇빛이 밝아오는 10시경이면 미군 전투기들의 공습이 시작되는 때였으므로 기차는 꼼짝도 할 수 없었다. 따라서 그들은 기차가 움직일 수 있는 밤을 산속이나 나무숲 속에서 기다리던가, 기차 편이 마땅치 않을 경우 무작정 걸을 수밖에 없었다. 걷는 일도 수월한 편은 아니었다. 전투기들이 그들을 발견할 적이면 병아리를 본 솔개처럼 날아들어 와, 그들은 논두렁이나 산기슭에 숨어야 했다. 그들은 어디서 어디로 가는지 몰랐다. 낮엔 숨고 밤에 움직이므로 철원을 거쳐 원산으로 가는지, 평양을 거쳐 순천 쪽으로 가는지 분간되지 않았다. 그러는 새에 그들의 옷은 해어지고 흙과 땀에 더럽혀져 흡사 거지꼴이었다. 김수영의 남방셔츠와 바지도 때에 절어 너덜너덜했다. 사람이 옷을 입는다는 통념 때문에 걸치고 있을 뿐 어떠한 실용성도 장식성도 없었다.

그들이 개천에 도착한 다음 날 아침부터 미군기들은 날

아들었다. 때와 장소를 가리지 않고 폭격이 계속되었다. 묘향산맥의 끝자락에 위치한 개천은 군단 규모의 인민군이 자리 잡고 있는 곳이어서 날마다 수십 대의 폭격기들이 날아와 폭탄을 퍼부었다. 개천은 그야말로 폐허 그 자체였다. 그들이 거쳐 온 다른 지역과 확연히 구별되었다. 의용군들은 개천에서 북쪽으로 7킬로미터쯤 떨어진 북원의 옥수수밭 가운데 설치된 야영 훈련장에 배속되었다. 청천강을 끼고 있는 그 야영 훈련장은 3만여 평 규모로, 가장자리에 볏짚으로 지붕을 해 이은 병사(兵舍)가 늘어서 있었다. 큰 움막들과 같았다. 그곳에서 의용군들은 비로소 12명 단위의 분대, 30~40명 단위의 소대, 120명 단위의 중대로 편대지어지고, 분대장은 17, 18세의 소년병, 소대장은 23, 24세 정도의 청년장교, 중대장도 30세 정도의 그곳 출신들이 임명되었다. 한 소대에 실총은 4, 5자루, 목총은 40여 자루 배분되고, 실총의 경우 극소량이기는 하지만 실탄도 주어졌는데, 그 실탄과 실총은 물론 공산주의 이념 교육을 철저히 받은 소년병들에게 돌아갔다.

그곳에서 강제 훈련을 받았던 문인들의 증언을 종합해 보면, 소년병들은 원칙에 철저한 데다, 미 제국주의를 물리칠 전사들을 조속하게 양성하기 위하여 광분하고 있었던 것 같다. 소년병들은 그들보다 나이가 훨씬 많고 경륜이 높은 의용군들을 아침부터 저녁 늦게까지 달리고, 기고, 구르고, 대피하는 훈련을 강도 높게 시키는가 하면 연병장 공사에 동원하기도 했다. 늙은이고 허약자고 가리지 않았다. 그들의 눈에 거슬린 대원이 있을 적에는 가차 없이 욕하고 발길질을 했다. 원칙적으로 연병장에서는 인간적으로 모욕이 되는 말이나 행동이 엄격하게 금지되어 있었는데도, 소년병들은 이북 특유의 강한 악센트로 격정에 사로잡혀 걸핏하면 욕지거리를 내뱉었다. 그들의 입에서는 '쌍간나새끼들' '미제 앞잡이들'이라는 말이 버릇처럼 튀어나왔다.

개천 연병장에서 김수영이 어떻게 고통을 감내하고 자기를 추슬렀는지에 대해 우리는 모른다. '개천야영훈련소에서 받은 말할 수 없는 학대를 생각한다.'는 시 한 구절이 있을 뿐이다. 그러나 유정이 희미하게 떠올린 바와 같이 시인은 지쳐서 큰 눈이 쑥 들어갔고, 말이 없었고, 훈련에서 낙오되지 않으려고 안간힘을 쓰고 있었던 것만은 충분히 상상할 수 있겠다. 낙오된다는 것은 삶의 대열에서 떨어져 죽는다는 것이라고 그는 다짐에 다짐을 하고 있었을 테고, 그에 힘을 얻어 그는 뛰고 뛰었을 것이다. 이와 같은 면은 김수영 개인만의 것이 아니고 훈련소 안의 모든 문인들의 공통된 것이었다. 그 대표적인 케이스가 박영준이었다. 그는 극도의 피로와 굶주림으로 탈진 상태에 빠져 있었다. 그는 동료 문인들을 볼 때마다 배고픔의 타령을 했다. "유형, 나 배고파, 어젯밤에도 배고파서 잠을 설쳤어." 박영준

은 누룽지라도 취사장에 가서 얻어달라고 하소연했다. '박
형이 가서 사정하면 안 되느냐.'고 되지를 수 없었다. 그는
소년병들에게나 취사반에게 천덕꾸러기였다. 그가 나타나
면 취사반장은 "이 빠카샤!"하고 한 대 쥐어박을 태세였으
므로 박영준은 꼬리 내린 개처럼 주위를 맴돌았다. 실제로
그 무렵 박영준의 얼굴은 불독과도 유사했다. 살이 모두 빠
지고 얼굴 가죽이 뼈에 걸쳐 있었다.

어느 날 밤, 박영준은 허기를 참지 못하고 유정의 곁으로
다가왔다.

"유형! 이러다가 나는 서울에도 못 가고, 여기서 죽을 것
같아."

유정은 무어라고 위로하려고 했으나 말이 나오지 않았
다. 그도 서울에 돌아갈 수 없을 것 같았으며 배가 고팠다.

박영준이 허기증에 시달리고 있다는 소문은 문인들 사
이에 퍼져갔다. 김수영도 그 소문을 들었다. 그러나 위로의
말을 할 수 없었다. 그도 배가 고파 죽을 지경이었다. 배고
픔을 면한 것은 박계주뿐이었다. 아침 훈련에 들어가려고
열을 지어 호명을 하다가 그는 그의 애독자를 만났다. 박계
주가 그의 호명 차례가 되어 "박계주"하고 외치자 중대장
이 "뭐, 박계주?"하고 되물었다. "혹시 『순애보』의 작자 박
계주가 아닌가?" "예, 그렇습니다." "순애보의 작자란 말
이지." 중대장의 목소리는 낮았다. 그로부터 박계주는 훈

련도 덜 받고 식사도 특별 대우였다. 문인들은 박계주에게 부러운 시선을 보내다가 나중에는 "뭐 그게 신문소설이지, 본격소설인가."하고 불평을 늘어놓았다. 그러나 그런 불평도 잠시뿐 그들은 강훈련과 노역과 사상 교육에 시달려야 했으며 밤에는 잠속으로 떨어져갔다. 문인들은 간절히 미군기를 기다렸다. 오로지 쉬기 위해서였다. 미군기가 오면 훈련소의 모든 훈련은 정지되고 의용군들은 방공호로 들어갔다. 방공호에서 내다보는 건너 산들의 봉우리는 초가을 빛을 받고 차갑게 번쩍였다. 문인들은 서로 어깨를 의지하고 넋 없이 하얀 봉우리들을 보고 있었다.『순애보』의 애독자를 만나 신세가 늘어진 박계주도 그런 시간에는 박영준, 유정, 김수영, 김용호, 안동림 등과 더불어 산을 보았다. 미군기들은 폭탄과 함께 전단도 뿌렸다. 유엔군이 불원 평양을 점령하고 압록강까지 전진한다는 것이었지만 그들은 그 내용을 볼 수 없었다. 공중에서 떨어져 내리는 전단들은 새떼같이 팔랑팔랑 흰빛으로 반짝이며 땅으로 떨어져 내렸다.

5

한 달 동안 강훈련을 받은 의용군들은 순천, 성천, 강동 등 평양 후방에 배치되었다. 10월 초순경이었다. 김수영이 처음 어느 곳에 배치되었는지 알 수 없지만 유정은 남포 부근에 배치되었던 듯하다. 사과 산지로 유명한 그 일대에는 사과밭 가운데 방공호가 넓은 곳에는 대여섯 군데, 작은 곳에는 두세 군데 있었고, 사과나무 아래엔 드문드문 나무 의자가 놓여, 그곳에서 학습을 받는가 하면 미군 폭격기가 없을 때는 야산을 타고 훈련하기도 했다.

그런 어느 날 한 인민군이 "미제가 인천에 상륙했다."고 했다. 며칠 뒤에는 "미제가 평양 공격을 시도하고 있으니 우리 부대는 평양 사수를 위하여 오늘 밤 북쪽으로 이동한다."고 했다. 그들은 그날 밤 트럭을 타고 평양의 북쪽 외곽으로 향했다. 정확히는 알 수 없지만 그들이 진지를 구축한 것은 성천이나 순천 부근이었던 듯했다. 평양을 사수한다고 하면서, 왜 평양이 아닌 순천 부근에 진지를 구축하는 것인지 알 수 없었다. 그뿐이 아니었다. 그들은 미제를 쳐부숴야 한다고 외치면서도 미제와 싸울 총도 탄약도 나눠주지 않았다. 식사도 충분히 공급해 주지 않았다. 방공호를 파다 허리가 휘어질 때쯤 해서야 소금을 찍은 꽁보리밥이 날라 올 정도였다. 이때 북한은 이미 정부를 신의주로 이동시키고 인민군의 주력 부대를 청천강 이북으로 빼돌리고 있을 때여서 전투 능력을 갖추지 않은 의용군에게는 신경을 쓸 틈이 없었던 듯했다. 평양에 17사단과 32사단 소속 8백여 명만을 남기고 숙천, 순천 부근에 239연대 소속 병력

2천5백여 명을 주둔시킨 것은 오로지 유엔군과 한국군의 진격 속도를 늦추어 인민군의 주력 부대를 안전하게 후퇴시키기 위한 지연작전에 불과했던 듯하다.

10월 19일 밤, 평양 공격의 선두에 선 한국군 1군단은 가는 비가 뿌리는 지동리 부근에 이르러 인민군과 대치, 밤새도록 폭격을 퍼부었다. 야포와 유탄포에서 고사포, 대전차포에 이르기까지 1군단의 모든 화포가 적진을 향해 불을 뿜었다. 얼마나 맹렬하게 불길을 뿜었던지 평양 후면에 있었던 의용군들에게도 남쪽 하늘이 먼동이 터오를 때처럼 검붉게 보였을 정도였다.

다음 날 20일에도 비는 멈추지 않았다. 한국군 1군단은 인민군의 저지 없이 비를 맞으며 평양 거리로 들어갔다. 어느새 태극기가 나타나고 축포들이 하늘로 수십 발 연기를 내뿜으며 치솟아 올라갔다. 평양 입성군이 축제 기분에 들떠 있을 때 미 공수단은 김일성을 비롯한 북한 수뇌부를 체포하려고 숙천으로 낙하산을 타고 내려갔다. 또 영국군은 숙천 남쪽에서 밀고왔다. 오도 가도 못하게 된 숙천에 주둔해 있던 인민군은 한동안 우왕좌왕을 거듭하다가 밤이 되자 지세를 이용하여 미·영군에게 역습을 가해 왔다. 밀고 밀리는 싸움이 밤새도록 계속되었다. 박영준과 박계주, 김용호가 부대를 탈출한 것은 그 혼전 속에서였던 것 같고, 유정의 경우도 비슷했던 것 같았다. 그러나 김수영의 경우는 조금 달랐다. 혼전 속에서 탈출했을 터이지만 탈출 지점은 순천과 개천의 경계에 있는 순천군 중서면 어느 곳이었다. 김수영이 처음부터 청천강의 제2방어선으로 중서면을 지키고 있었던지, 유정이나 박계주처럼 순천군 남쪽에 배치되었다가 중서면으로 후퇴한 것인지는 분간할 수 없다. 어쨌든 미군의 계속된 폭격으로 전열이 무너지자 김수영은 민가를 찾아가 헌 바지와 저고리를 얻어 입고, 이제까지 입고 있었던 러시아 군복과 총을 언덕 아래 묻고 남쪽으로 짐작되는 곳을 향해 내쳐 달렸다. 심장이 쿵쾅쿵쾅 뛰었다. 김수영이 땀을 뻘뻘 흘리고 가쁜 숨을 내쉬며 달려가고 있는데, 전방에서 인민군복을 입은 내무성 군인 한 사람이 총을 겨누고 있었다. 그는 그 군인에게 이끌려 중서면 내무성으로 들어갔다. 김수영은 그날 밤을 '악귀보다도 더 어둡고 무서운 밤'이었다고 뒤에 한 시(「조국에 돌아오신 상병포로 동지들에게」)에서 진술했다.

내가 6·25 후에 개천야영훈련소에서 받은 말할 수 없는 학대를 생각한다.
북원(北元)훈련소를 탈출하여 순천읍내까지도 가지 못하고
악귀의 눈동자보다도 더 어둡고 무서운 밤에 중서면 내무성 군대에게 체포된 일을 생각한다.
그리하여 달아나오던 날 새벽에 파묻었던 총과 러시아군복을

사흘을 걸려서 찾아내고 겨우 총살을 면하던 꿈같은 일을 생각
한다.

위의 시에 따르면 김수영은 북원과 순천의 중간지점에
있는 중서면에서 내무성 군인에게 붙잡히고, 내무성 군인
은 그를 한국군이거나 미군 앞잡이 정도로 간주하고 총살
하려했던 듯하다. 이에 김수영은, 자신이 한국군도 미군 앞
잡이도 아니며, 자신은 의용군으로 개천의 북쪽에 위치한
북원훈련소에서 한 달 동안 훈련을 받았고 며칠 전에 북원
훈련소를 떠나왔다는 것, 그리고 군복과 총은 오늘 새벽에
산기슭이나 언덕배기 같은 곳에 묻었다는 것 등을 고백했
던 듯하다. 그러면 그 총과 군복을 찾아와 증명하라고 하
자, 김수영은 사흘 밤 사흘 낮을 걸려, 그가 도망쳐 왔던 듯
한 산과 언덕을 누비고 다니다가 총과 군복을 찾았던 듯하
다. 어쨌든 김수영은 그런 우여곡절 끝에 총살을 면하고 내
무성 군대와 동행, 북으로 후퇴하다가 어느 지점에서 유엔
군의 공격으로 전열이 무너진 틈을 타 다시 탈출극을 벌였
던 듯하다. 그리고 다시 농가에 들러, 헌 저고리와 바지를
얻어 입고 짚신도 한 켤레 얻어 신고 남행길로 들어섰던
듯하다. 위의 시에서 진술했듯이 '꿈같은 일'이었고 김수
영의 생애에서 보자면 더욱 더 '꿈같은 탈출극'이었다.

박계주나 박영준, 김용호도 비슷한 지점에서 비슷한 방

법으로 자유인이 되었다. 유정도 같았다. 유정은 순천 부근의 농가에 숨어 있다가 주민들이 내준 한복으로 갈아입고 밀짚모자를 얻어 쓰고 평양으로 들어가, 대동강 하류를 걷다가 미군 수색에 걸렸다. 그때 미군에게는 1인당 5명의 포로 생포 책임이 내려져 있었기 때문에 10여 세의 소년이건 60~70세의 노인이건 닥치는 대로 체포하였다. 유정도 미군에 체포되었다.

6

김수영은 평양에 들르지 않고 곧장 서울로 직행하였다. 10월 21일 이승만 대통령은 능라도 비행장에 내려, 인산인해를 이룬 환영인파를 향해,

나의 사랑하는 동포 여러분, 만고풍상을 다 겪고 39년 만에 처음으로 대동강을 건너 평양성에 들어와서, 사모하는 동포 여러분을 만날 적에 나의 마음속에 있는 감상은 목이 막혀서 말하기가 어렵습니다.

라고 바이브레이션이 심한 목소리로 연설한 직후여서, 평양은 자유의 천지인 듯 감격과 흥분으로 싸여 있었지만, 김수영은 평양의 감격과 흥분에 조금도 들뜨지 않고 남행

길을 재촉했다. 그에게는 여전히 '의용군'과 '도망병'이라는 이중의 공포가 가슴을 짓누르고 있었다. '꿈같은 탈출극'이 눈앞에 어른거렸다. 그리하여 그는 될 수 있는 대로 많은 군인들이 북상하고 있는 길을 피해 샛길로 걸었다. 유엔군이나 한국군의 체포극은 주로 샛길에서 이뤄지고 있었지만 그것을 모른 김수영은 샛길로, 샛길로 내려갔다.

길가 논밭에는 노인과 아녀자들이 옥수수를 거두어들이고 있었다. 벼를 베는 곳도 있었다. 그들은 전쟁에 관심이 없어 보였다. 아니 관심이 없는 것이 아니라 전쟁이 그들을 무관심한 인간으로 만들어버린 셈이었다. 그는 그들의 호의로 농가에서 자기도 하고 짚더미 속에서 밤을 새우기도 했다. 밭도랑가에서 농부들 몰래 고구마를 캐 먹기도 하고 옥수수를 훑어 먹기도 했다. 밥을 언제 먹었는지는 기억에도 없었다.

주위 산들은 어느새 겨울 색으로 바뀌고 있었다. 바람이 매섭게 찼다. 김수영이 사리원을 지나 개성 근교에 이르렀을 때는 추위와 굶주림에 지쳐 한 걸음도 더 이상 발을 떼놓을 수 없었다. 주저앉고 싶었다. 그때 북쪽에서 쓰리쿼터(미군 소형트럭 M37.적재중량이 3/4톤이라 쓰리쿼터로 불렸음.-편집자) 한 대가 달려오는 것이 보였다. 쓰리쿼터를 피해야 하나, 손을 들어야 하나 한참 동안 망설이다가 이판사판으로 길 가운데로 나아가 두 손을 들었다. 흑인 병사가 브레이크를 밟았다. 그는 서울로 가는 길인데 태워줄 수 없겠느냐고 영어로 물었다. 흑인 병사는 "오케이" 했다. 조금 술에 취한 목소리인 듯했다. 흑인 병사는 액셀러레이터를 밟았다. 김수영을 태운 스리쿼터는 '부웅' 소리를 내면서 남행하는 사람들—그때 서울 평양 간에는 남행하는 사람들이 많았다—의 곁을 전속력으로 스쳐지나갔다. 턱이 덜덜 떨렸다.

7

서울 근교에서 김수영은 흑인 병사와 헤어져 미아리 고개를 넘었다. 저녁 무렵이었다. 돈암동 언덕배기에서는 여기저기 작은 불빛이 켜져, 이 도시에도 사람이 살고 있다는 사실을 알려주듯 주위를 비추고 있었다. 김수영은 아내가 있는 집으로 먼저 들를까 했으나, 그녀가 아직도 그곳에 살고 있을 것 같지 않아 충무로로 발길을 돌렸다. 그는 원남동을 지나고 종로5가를 거쳐 충무로4가로 들어섰다. 파출소 앞을 돌아서는데 "누구야" 소리와 함께 경찰이 문을 밀고나왔다. 김수영이 머뭇거리자 경찰이 뒷덜미를 잡고 끌고 들어갔다. 파출소로 들어선 경찰은 덮어놓고 의자를 들어 내리쳤다. 김수영은 책상다리에 부딪치며 넘어졌다. 그는 책상을 오른손으로 붙잡고 일어섰다. 다시 경찰이 의자로 내리쳤다. 김수영이 피를 흘리며 바닥에 쓰러졌을 때야,

경찰은 "어디서 도망 오는 길이야, 이 빨갱이 새끼! 어서 말해, 어디서 오는 길이야!" 소리쳤다. 김수영이 의용군으로 끌려갔다가 순천에서 탈출하여 오는 길이라고 사실대로 말했음에도 경찰은 다시 의자를 들고 내려치기 시작했다. 김수영이 숨을 헐떡거리다 못해 정신을 잃었다. 그렇게 정신을 잃고 깨어나고를 거듭한 뒤에 중부경찰서로 넘겨졌다.

중부서에서 김수영은 다시 쇠 의자로 두들겨 맞았다. 아무리 자신이 강제로 의용군에 끌려갔으며, 집이 바로 옆에 있는 유명옥이라고 해도 들은 체 만 체했다. 머리가 터져 피가 솟아오르고 정강이가 으깨졌다. 그곳에서도 피투성이가 되어 숨도 제대로 못 쉴 때에야 유치장으로 던졌다. 유치장에는 그와 같이 피투성이 사나이들이 십수 명 엉겨 있었다. 김수영은 얼마 동안 중부서에 갇혀 있다가 다른 사람들과 함께 3톤 트럭에 실려 인천으로 옮겨졌다.

중부서 유치장에서 김수영이 얼마 동안 갇혀 있었던지 정확히 알 수 없다. 그의 어머니도 김현경도 이 부분에 대해서는 불확실한 진술을 하고 있으며 친구들이나 문인들도 구체적인 이야기를 들은 적이 없다고 한다. 그러고 보면 김수영은 밖에서는 물론이요 집안에서도 이 시기의 일들을 입에 담으려 하지 않았던 듯하다. 실제로 포로수용소 출신들은 모두 그 시기를 말하려 하지 않는다. 그들은 잊으려고 한다. 그리고 상당히 많은 기억들을 잃고 있다. 그러나 앞에서 살핀 대로, 김수영이 북원훈련소를 탈출하여 순천으로 가다가 중서면 내무성에 붙들렸던 일들을 유정의 경우에 대입해 보면 김수영의 서울 진입은 빨라야 10월 중이 되고 중부서 유치기간은 10일에서 15일 정도가 된다. 유정은 10월 22, 23일경에 평양에서 미군에게 체포되었고 11월 중순경에 LST(landing ship tank:미군 상륙 작전용 함정-편집자)로 인천에 도착하였다. 그러니까 유정이 포로가 되어 인천에 이르기까지는 약 25일이 걸린 셈이다. 따라서 김수영이 순천에서 중부서 유치장을 거쳐 인천에 이른 것도 25일 정도로 보지 않으면 안 된다.

김수영은 인천 교외에 세워진 천막에 수용되었다. 옆 사람이 어디서 들었는지 중공군이 공격해 들어왔다고 했다. 인민군 출신인 듯했다. 하지만 김수영은 중공군의 공격이고 후퇴고 관심이 없었다. 쉬고 싶었다. 실컷 먹고 마시며 쉬고 싶었다. 그것뿐이었다. 언제 내렸는지 천막 밖에는 하얗게 눈이 내려 땅을 덮었다. 어디쯤 북실북실한 삽살개가 뛰어놀고 있을지 모른다. 삽살개의 모습이 눈을 파고들었다.

미군 한 사람이 천막 문을 밀고 들어왔다. 영어회화를 할 줄 아는 사람이 있으면 나오라고 했다. 김수영은 망설이다가 일어섰다. "컴 히어." 하고 미군이 왼손을 들어올렸다. 김수영은 절뚝거리며 따라갔다. 으깨진 정강이에서 구더기가 기어 나오는 판이었으므로 한 발짝 옮기기가 힘들었다. 그는 터져 나오는 비명을 참으며 한 발짝 한 발짝 걸음을 옮겼다. 미군은 그의 상처를 보고 놀란 듯, 눈이 휘둥그레지면서 그를 곧장 의무실로 데려갔다.

며칠 뒤 김수영과 포로들은 다시 LST에 실렸다. 그들은 며칠 동안인지 모를 긴 항해를 했다. 어떤 사람은 제주도를 거쳐 거제도로 갔다고 하고, 어떤 사람은 곧장 거제도로 향했다고 하나 어느 것이 정확한 것인지 헤아리기 어렵다. 김수영이 타고간 LST 외에도 여러 대가 인천에서 거제도로 갔으므로 제주도를 거쳐 갈 수도 있고 곧장 갈 수도 있는 일이다. 어쨌든 김수영은 요나의 고래 뱃속과 같은 어두컴컴한 LST 선실 속에서 파도가 뱃전을 치는 소리를 들었고, 그가 포로로 취급되고 있다는 사실을 서서히 깨달아갔다. 이제 그는 미군의 명에 따라 움직여야 하는 피동적인 인간으로 살지 않으면 안 되었다.

거제 포로수용소

1

　김수영이 거제도에 도착한 것은 1951년 1월경이었다.(50.11.11 부산 거제리 제14야전병원 수용-편집자) 산과 들에서는 눈이 내리자마자 녹아내리고 남향의 산자락에는 여기저기 키 작은 야생화들이 피었다. 1월이라고 해도 겨울을 느낄 수 없었다. 포로들은 군용지로 수용된 섬의 북쪽 논밭에 천막을 치고 가마니를 깔았다. 40인용 천막이었는데 80명 이상이 수용되었다. 그런 천막이 산 아래 평원에는 새까맣게 들어섰다.

　기록에 따르면, 당시 거제도에는 원래 살고 있던 주민이 약 11만 8천 명, 6·25 뒤로 서울과 북한 등지에서 피난 온 사람들이 10만여 명, 미8군 제2병참사령부 관리하의 포로들이 13만 2천 명쯤 되었다. 포로수용소 소장은 미군 장교였고 중요 직책도 모두 미군들이 담당했으며 경비만 한국군 경비대가 맡았다.

수용소가 자리한 곳은 섬의 북쪽 평원으로, 처음엔 바다와 푸른 산이 어울려 거제도 특유의 운치를 자아냈으나, 포로들의 천막과 시멘트 건물들이 들어서고 수용인원이 늘어가자 돈버짐이 핀 아이들의 머리와 같이 흉한 몰골로 변해갔다. 더욱이 천막 안에는 인민군 출신의 포로들과 김수영의 경우같이 강제로 의용군에 끌려갔다가 붙잡힌 이질 집단이 섞여 있어서, 한동안의 정착기간이 지나자 트러블이 일어나기 시작했다. 미군은 처음 트러블을 해소할 양으로 15일 간격으로 포로들의 막사 배치를 이동했으나 그것도 여의치 못했다. 오히려 그것이 프락치를 집어넣을 수 있는 틈을 만들어주었다.

경비대와 짜거나 경비대의 눈을 피해 막사를 탈출하는 포로들도 있었고, 부산의 친지들에게 연락하여 비공식적으로 철조망을 빠져나가는 경우도 있었다. 유정도 일본으로 건너가려고 몇 번 시도했으나 실패했다. 그가 남도 북도 아닌 일본을 선택한 것은 남도 북도 싫었기 때문이었다. 국민을 기만하고 대전으로 피난 간 정부, 그러면서도 뻔뻔스럽게 '존경하는 동포 여러분!' 하고 말하는 그런 정부를 그는 따를 수 없었으며, 그렇다고 남에 화포를 겨누고 내려오는 김일성 정부를 믿을 수도 없었다. 더군다나 피난 수도 부산은 사람들로 홍수를 이루고 있어서, 부산에는 먹을 것도 입을 것도 없다는 소문이 수용소 안에는 자자했다. 그에 비하면 수용소는 먹을 것도 충분했고 입을 것도 걱정 없었다. 수용소는 의식주가 해결되는 곳이었다.

신록이 우거진 5월이 되자 수용소는 회오리가 일기 시작했다. 9호 막사 안에 소위 조선노동당 거제지부란 것이 조직되고, '용광로'라 이름한 '해방동맹'이 각 막사에 생겨나면서 거제 포로수용소는 용틀임을 하기 시작했다. 친공 포로들은 각 동에 적기(赤旗)를 올리고 노동가를 부르며 막사 안을 행진했다. 반공포로들도 가만있지 않았다. 그들도 반공청년단을 결성해 가지고 대한민국 군가를 부르며 막사를 돌아다녔다. 한밤에 린치가 행해지고 사상자가 발생했다. 이렇게 친공 반공으로 포로들이 양분되어 극한투쟁을 전개하자 미군 당국은 포로들을 이념별로 재배치하였는데, 그 재배치 과정에서 적극적으로 역할을 한 것이 한국군 통역과 경비대들이었다. 그들은 반공포로들을 돕기 위하여 하루 종일 분주하게 뛰어다녔다. 그리하여 거제 포로수용소는 74동과 81동, 82동, 83동이 반공포로 진지가 되었고 62동이 친공포로 진지가 되었다. 밤이면 양 진영은 서로 적대 막사의 철조망을 부수고 습격하였다. 하루에 15명의 포로들이 인민재판의 형식으로 처형되어 시체가 토막토막 잘려지는가 하면 미군측이 15일 간격으로 실시하여 온 포로들의 성향 선별 심사를 거부함에 따라 미군에 의해 친공포로들이 77명 사살되고 140명이 부상당한 대불상사가 일어나기도 했다. 매일 타살자가 생겨나고 자살자가 나타났다. 친공포로들이 수용소 소장 도드 준장을 납치하여 세계적인 물의를 빚기도 했다.

그러나 이것은 공식적인 기록에 지나지 않는 면이 있다. 습격과 린치와 난자 살인은 더 극심했고 이 같은 사건은 5월 이전부터 발생했던 듯하다. 김수영의 「조국에 돌아오신 상병포로 동지들에게」라는 시를 보면,

> 누가 거제도 제61수용소에서 단기 4284년 3월 16일 오전 5시에 바로 철망 하나 둘 셋 네 겹을 격하고 불 일어나듯이 솟아나는 제62적색수용소로 돌을 던지고 돌을 받으며 뛰어들어갔는가

라는 구절이 나온다. 여기서 '뛰어들어갔는가'는 습격을 의미하고 충돌을 뜻한다. 그리고 충돌은 1951년 3월 16일, 시간은 오전 5시이다. 3월의 오전 5시는 새벽어둠이 아직 풀리기 전이다. 김수영은 새벽의 미명 속에서 제61수용소와 제62수용소 포로들이 돌을 던지며 싸우는 것을 보고 있다. 그는 어느 편도 들지 않는다. 이 시기에 대한 진술은 아니지만, 포로수용소의 철조망에 대해 「삼동유감(三冬有感)」이라는 산문에서 김수영은 다음과 같이 쓴 적이 있다.

여편네와 어린놈을 데리고 「25시」의 영화를 구경하기도 했다……. 「25시」를 보고 나서 포로수용소를 유유히 걸어나와서 철조망 앞에서 탄원서를 들고 보초가 쏘는 총알에 쓰러지는 소설가를 생각하면서 나는 몇 번이고 가슴이 선뜩해졌다. 아아, 나는 작가의—만약에 내가 작가라면—사명을 잊고 있는 것이 아닌가. 나는 타락해 있는 것이 아닌가. 나는 마비되어 있는 것이 아닌가.

물론 이때의 '사명의 망각'과 '타락'과 '마비'는 자신의 포로수용소 시절을 가리킨 것이 아니고, 이후의 자신의 문학적 행동에 대한 반성으로 쓰인 것이다. 그러나 우리는, 이 글을 쓰면서 김수영이 자신의 과거를 떠올리지 않았으리라고 생각하기 어렵다. '포로수용소를 유유히 걸어나오면서 철조망 앞에서 탄원서를 들고 보초가 쏘는 총알에 쓰러지는 소설가를……' 쓸 때의 그의 눈에는 거제 포로수용소에서의 자신의 모습이 명멸했을 것이고, 장용학의 단편소설 「요한시집」이 생각났을 것이다. 거제 포로수용소를 테마로 하고 있는 그 소설에서 주인공은 '철조망에 몸을 던져 자살하는 누에'라는 시인 기질 사나이의 두 눈을 손에 들고 동쪽 바다에서 해가 떠오르기를 기다리는 벌을 친공포로들에게 받는다. 누에의 두 눈은 친공포로들이 뽑은 것이다. 친공포로들은 노래한다.

뽕뽕 뽕잎이 떨어진다

뽕뽕 뽕잎이 떨어진다

　김수영은 거제 포로수용소에서 두 눈이 뽑힌 '누에'의 죽음보다도 더 비극적인 경험을 수두룩하게 하였으며 이데올로기라는 명분에 의해 인간이 짐승보다 더러운 존재로 타락해 가는 것을 보았다. 그는 한 막사의 포로 시체가 토막 친 채 변소에 던져져 있는 것을 보았다. 이렇게 잔인한 짓을 하고서도 이데올로기가 정당성을 가질 수 있는 것인가, 회의하지 않을 수 없었다. 그는 한 시에도 썼듯이 '유자철망(有刺鐵網)을 탈출하려는 어리석은' 꿈을 꾸기도 했다.

　그러나 그것은 어리석은 꿈만이 아니었다. 얼마 뒤에 그 '꿈'은 현실로 변해 왔다. 포로수용소 사무실에서 '미군 야전병원 근무'라는 명이 내리고, 그와 함께 근무 지역도 거제도에서 부산시 거제리에 있는 야전병원으로 옮겨졌다. 김현경의 증언으로는, 브로큰 잉글리쉬가 아닌, 제대로 된 영어회화의 덕으로 야전병원 근무령을 받게 되었으리라 한다. 아마도 이 증언은 사실일 것이다. 당시엔 통역요원이 절대부족했다. 그런 터에 슬랭까지 소화할 수 있을 정도로 영어에 능한 포로가 있었으니 '영'을 받지 않을 수 없는 일이었다.

　거제리 야전병원에서 김수영은 외과병원 원장의 통역을

도맡는 한편 틈틈이 간호사들을 도와 환자의 뒤치다꺼리도 하고, 간호사들과 거즈를 개기도 했다. 어느 날 한 정보원(아마도 그는 통역요원이나 경비요원 직위를 가지고 있었을 것이다)이 "사내새끼가 거즈를 개고 있다니." 하면서 포로 경찰이 되라고 권유했다. 그는 그 권유를 거절했다. 그는 경찰이나 정보원보다 간호사와 함께 환자를 돕고 거즈를 개는 편이 좋았다. 거즈를 개는 일에 서툴기 짝이 없었음에도 그는 그 일들에 생각을 집중할 수 있었다. 또 간호사들과 가까이 살 수도 있었다. 간호사들은 그를 미스터 김이라고도 하고 미스터 수라고 부르기도 했다. 그들은 지치고 얼뜬 시인에게 오랜만에 인간적인 정 같은 것을 보여주었다. 그 중에서도 키가 작고 말수가 적은 간호사가 특히 그런 편이었다. 이후에 시인이 '미스 노' 혹은 '미스 로'라고 부르게 되는 이 여자는 단순한 통역 포로와 간호사 사이를 점점 넘어서서, 무어라고 하면 좋을까, 시인의 '마음속의 노'가 되어버렸다.

미스 노를 만나는 일이 김수영의 기쁨이 되어갔다. 그녀의 작은 몸짓, 작은 말소리, 웃음소리 하나하나가 그에게 감정의 물결을 일게 했고 설레게 했다. 미스 노가 그를 보고 웃을 때면 김수영은 바보처럼 히죽거렸다. 그렇게 그들 두 사람의 사랑은 잔잔하고 따뜻하게 깊어져갔다. 김수영의 성격과는 아주 딴판인 이런 식의 사랑이 가능했던 것은 포로라는 그의 한계에서보다 미스 노의 성품에서 연유되었다고 보아야 할 것이다. 썩 잘생기지도 않았고 못생기지도 않았던 그녀는 그때 김수영에게 모성적인 역할을 해주고 있었다. 만나서 조용히 웃어주는 사람, 그러고 나면 그 홀로 생각해야 하는 사람. 이런 두 사람의 사랑의 관계 양식은 포로수용소를 벗어나 서울에 와서도 같은 모양으로 이어졌다. 남들에게는 짝사랑으로 보일 만도 했다. 김수영에게는 걸맞지 않았던 그 사랑이, 그러나 그때에는 무한히 따뜻하게 김수영의 상처를 쓰다듬어 주고 잠재우는 약이 되고 있었다는 것을 우리는 알아야 한다.

야전 병원에서 김수영은 또 한 여자를 만났다. 해방 직후 이봉구, 최재덕, 양병식 등과 어울려 다니며 시를 쓴다고 하였던 서울의과 전문학생 김은실이었다. 그날도 김수영은 미스 노를 보려고 외과병동 쪽으로 가고 있는데 시야에 낯익은 얼굴이 나타났다. 흰 가운을 입고 있었지만 옛날의 왈가닥 김은실이 분명했다. 김수영은 '닥터 리!' 하며 기쁨을 가득 실은 목소리로 불렀다. 김은실은 부르는 소리를 따라 고개를 돌렸다. 그녀는 김수영의 큰 눈을 보았다. 그리고 포로 복장을 보았다. 그리고 복장에 붙어 있는 'prisoner of war (P.W.)'라는 영자를 보았다. 그녀는 얼굴이 새빨갛게 달아오르더니 "이 빨갱이 새끼!"하고 소리쳤다. 김수영은 벼락을 맞은 듯, 그 자리에 서 있다가 뒷걸음처 달아나기 시작했다. 그 사건은 그것으로 끝이 났다. 김수영은 그다지 충격을 받지 않는 듯했다. 그 병동 쪽으로 잘 가지 않았을 뿐이었다.

야전병원에서 김수영의 활동 영역은 점점 넓어져갔다. 병원장의 통역 일 뿐만 아니라 군의관 피스위치, 간호장교 윌리암스의 통역도 전담했으며, 그들과도 친하게 지냈다. 윌리암스 대위는 흑인이었다. 피스위치는 그가 정기적으로 받아보는 《타임》과 《라이프》를 읽고 난 뒤 꼭꼭 김수영에게 전해 주었다. 김수영이 보이지 않으면 이질에 장질부사, 늑막염, 야맹증, 동상, 영양실조 등 각종 병을 앓으며 병상에 누워 있는 장희범에게 전해 주라고 《타임》과 《라이프》를 맡겼다. 헤밍웨이의 『노인과 바다』를 전해 줄 때도 있었다. 피스위치는 미국인의 우월감을 거의 보이지 않았으며, 목소리도 배에서 올라오는 소리 같지 않게 투명했다. 장희범을 만나러 병실로 올 때도 다른 미 군의관들과 달리 마스크를 쓰지 않았다. 《타임》과 《라이프》 때문에 장희범은 김수영을 알게 되었다 해도 된다. 그때 그는 스물한 살의 소년티를 막 벗은 청년이었다. 그는 1931년생이었다. 그러나 얼굴과 온몸이 뼈만 남아 스물한 살 티를 찾아볼 수 없었다. 장희범은 말했다.

나는 고등학교 3학년 때 의용군에 입대했어요. 인천과 서울이 수복됐다는 말을 듣고 우리는 지리산을 거쳐 덕유산, 소백산으로 들어갔지요. 지리산에서 소백산으로 가는 동안 나는 밥을 먹었다는 기억이 없습니다. 우리는 모두 먹어야 한다는 생각도 없었고 먹을 것도 없었습니다. 그저 걸어갔죠. 눈 속을 걸어가고, 또 걸어갔어요. 우리는 앞사람을 놓치지 않아야 했어요. 아마도 그 시기에 산을 타고 북으로 가는 의용군이나 인민군이나 빨치산들은 모두 나와 같았다고 생각합니다. 나는 소백산 언저리에서 붙잡혔던 것 같습니다. 내가 거제리 수용소에 수용됐을 때는 발가락이 모두 썩어가고, 각종 병에 걸리고 체중이 30kg에 불과했습니다. 심장이 정지되어 시체실로 옮긴 적도 있었습니다. 내가 이 말을 하는 것은, 그때의 나를 드러내기 위해서가 아니고, 그 고통이 그해 겨울산을 타고 북행했던 모든 사람들의 것이었다는 것을 증언하기 위해서입니다. 김수영 선생도 북으로 끌려가고, 서울로 내려오는 과정에서 그런 참상을 겪었을 겁니다.

그는 여기서 잠시 말을 멈추었다. 감정이 격한 것 같았다. 침묵으로 호흡을 달랜 그는 다시 말을 이었다.

거제리 야전병원에 누워 있는데 발가락이 하나둘 떨어져 나가더군요. 그리고 서서히 건강이 회복되더군요. 건강이 회복되어 가자 그림을 그리고 싶다는 욕구가 치밀어 올랐습니다. 그

욕구는 살고 싶다는 욕구였던 것 같아요. 나는 고등학교 때 미술 지망생이었습니다. 나는 목포고등학교 때 미술반이었습니다. 나는 목포가 고향이었습니다. 고향에 가고 싶었습니다. 어느 날은 엑스레이 필름을 쌌던 종이가 있길래 스케치를 했는데, 김수영 선생이 보셨던지 미술 지망생이었느냐고 묻더군요. 그리고는 백지 다발을 수차 갖다 주셨어요. 나는 속으로 울었던 것 같아요. 그때 나는 김 선생님이 시인인지 몰랐어요. 하지만 눈빛이 보통 사람 같지는 않았어요. 나는 존경할 수 있는 사람을 가지게 된 것만으로도 김 선생님께 고마웠어요. ……참, 그때 김 선생님은 수용소 내의 한 천막에서 포로들에게 영어를 매주 가르쳤습니다. 조각하는 분도 있었는데, 그분도 때때로 그림을 가르치고요. ……나는 김 선생님과 그다지 많은 말을 나누지는 못했지만, 굉장히 많은 말을 나누었던 느낌이에요. 따뜻하게 감싸주었기 때문일 거예요. 그분은 그때 나나, 다른 포로들이나 간호원들, 잡역부들에게도 따뜻한 마음을 무언으로 베풀었죠.

말을 마치고 그는 침묵 속으로 들어갔다. 침묵 속에서 그의 얼굴은 살아 오르고 서정적인 분위기가 감돌았다.

해가 겹치면서 거제리 수용소에는 그런대로 안정이 찾아오고, 군의관과 포로 사이, 포로와 포로 사이에서 이해의 통로가 뚫어져갔다. 일요일과 수요일 밤에는 찬송가 소리도 들렸다. 1952년 봄에는 가족들의 면회도 허용되었다. 흰

떡을 담은 대바구니를 이고, 과일을 싼 보자기를 손에 들고 면회 온 어머니들의 행렬이 이어졌다. 철조망가에서 어머니들과 아들들은, 웃고 울고를 계속했다.

초여름 김수영의 어머니도, 김수영이 거제리 수용소에 있다는 소식을 접하고 헐레벌떡 찾아왔다.

철조망 너머로 어머니의 얼굴을 처음 본 순간 김수영의 온몸은 떨렸다. 그는 억제된 소리로 "어머니!"하고 불렀다. 어머니도 무어라고 말을 하려 했으나 말이 입 밖에 나오지 않았다. 한참 뒤에 그녀는,

"네가, 꼭 죽은 줄만 알았다."라고 말했다.

실제로 그녀는 그 불같은 성질로 보아 김수영이 미아리 고개도 못 넘고 죽었으리라고 생각했다.

"저도 식구들이 모두 죽은 줄 알았어요. 그래서 소식을 전하지 않았어요."

"……."

"……."

"얼굴색은 좋다마는…… 그래, 먹을 것은 어떠냐?"

"괜찮아요. 걱정 안하셔도 돼요."

김수영은 김현경의 소식을 물으려다가 참았다. 어머니가 말하지 않는 데는 까닭이 있을 수 있다. 그녀는 말하고, 말하지 않아야 할 것들을 구별할 줄 아는 사람이었다.

그녀는 먹을 것을 싸가지고 온 보자기를 풀었다. 어머니

와 아들은 철조망가에 앉아 음식을 먹었다. 햇빛은 쨍쨍하고 금용산 기슭에서는 매미들이 울었다.

"무엇을 함께 먹으면서 이야기를 했는데, 무슨 이야기를 했던지 통 생각이 안 나."

그의 어머니는 말했다.

"여러 번, 곰곰이, 생각해 봤는데……."

그의 어머니는 기억력이 뛰어난 편이었다.

　내가 그때 수강이랑 수경이가 학도 의용군으로 끌려갔다는 말을 했든가, 안했든가, 안했기가 쉬웠을 게야. 그 사람이 그 말을 들으면 괴로워했을 테니…… 혹시 했다면 그 사람이 물어서, 거짓말을 할 수 없어서 했겠지. 그 사람은 거짓말을 비상으로 여겼으니까.

어머니가 돌아간 뒤 김수영은 조병화에게 엽서를 썼다.

　나 이곳에 있다. 포로수용소이지만 무섭지는 않은 곳이다. 한 번 찾아와다오.

조병화는 그때 서울고등학교 교사로 재직하고 있었다. 김수영이 수신지를 적어 보낼 수 있는 것은 조병화뿐이었다.

조병화는 김수영의 엽서를 받고 곧장 다방으로 가 박인
환에게 보였다. 박인환은 엽서를 빼앗듯 낚아챘다. 그는 자
못 흥분한 목소리로 '찾아가야겠다, 찾아가야겠다.'를 되
풀이하면서 다방을 뛰쳐나갔다.

바람 많은 거리에서

1

　김수영이 부산 거리에 나온 것은 그로부터 6~7개월이 지난 한겨울이었다. 일설에는 그가 통역으로 있던 외과 원장의 호의로 풀려났다고도 하고 반공포로 석방 때 언양에서 풀려났다고도 한다. 반공포로로 풀려났다면, 반공포로 석방 날짜가 53년 6월 18일이므로, 석방 이후 그가 영등포에 있었던 어머니를 만나고 부산으로 온 것은 적어도 6월 말경이 넘어야 될 것이다. 그런데 '반공포로 석방설'을 의심스럽게 한 것은 상병포로(傷兵捕虜) 교환이 완료된 5월 13일에 쓴 「조국에 돌아오신 상병포로 동지들에게」(미발표 시)라는 시이다. 그 시에는 다음과 같은 구절이 나온다.

　일전에 어떤 친구를 만났더니 날더러 다시 포로수용소에 들어가고 싶은 생각이 없느냐고 정색을 하고 물어봅니다.

나는 대답하였습니다.

내가 포로수용소에서 나온 것은

포로로서 나온 것이 아니라,

민간억류인으로서 나라에 충성을 다하기 위하여 나온 것이

라고.

그랬더니 그 친구가 빨리 삼팔선을 향하여 가서

이북에 억류되고 있는 대한민국과 유엔군의 포로들을 구하여

내기 위하여

새로운 싸움을 하라고 합니다.

나는 정말 미안하다고 하였습니다.

이북에서 고생하고 돌아오는

상병포로들에게 말할 수 없는 미안한 감이 듭니다.

이 시에 따르면 김수영이 포로수용소를 나온 것은 상병
포로가 석방된 5월 13일 이전이 되며, 석방이유는 민간억
류인 신분으로 '나라에 충성을 다하기 위하여'가 된다. 그
러니까 그는 포로로서 불법으로 나온 것이 아니라 민간억
류인으로서 정정당당하게 나온 셈이 된다. 실제로 그는 민
간억류인 신분으로 '나라에 충성을 다하겠다.'는 각서를
쓰고 나왔는지도 모른다. 하지만 이 설에는 몇 가지 의문이
따른다. 그가 5월 13일 이전에 석방되었다면 그 시기는 대

충 언제이며 어떤 경로로 나오게 되었는가. 증언자들의 말이 엇갈리고 있어서 종잡을 수 없기는 하지만 그들의 말 가운데 일치된 면을 찾아보면 다음과 같다(김수영은 1952.11.28 충남 온양 국립구호병원에서 민간억류인으로 석방된다-편집자).

첫째로 김수영이 석방되어 영등포로 온 것은 겨울(어머니)이었다는 설과 아이젠하워 방한보다 일주일쯤 뒤였다는 설(김현경)이다. 미국 대통령 당선자인 아이젠하워가 우리나라에 온 것은 1952년 12월 2일이다. 따라서 12월 2일보다 일주일쯤 뒤인 9일설은 어머니의 겨울설과 일치하며, 「조국에 돌아오신 상병포로 동지들에게」가 쓰인 날짜인 5월 13일과도 부합된다. 김수영은 시를 완성하고 나서는 반드시 정서를 하고 그 아래 날짜를 쓰는데, 「상병포로」 아래는 분명히 '5월 13일'이라고 명기되어 있다. 또 종합잡지 『자유세계』 53년 4월호에 김수영은 「달나라의 장난」을 발표하고 있는데, 우리나라 잡지들이 대개 한 달 혹은 보름 먼저 간행되는 것이(발행날짜보다) 관행이고, 수록원고는 그로부터도 한 달 전에 청탁하고 원고 마감을 하게 된다는 사실을 감안하면, 이 시는 2월 중순경에 『자유세계』 편집자에게 건네졌으리라는 가정이 나온다. 그러니까 2월경에 이미 김수영은 자유인이 되어 부산에 있어야 되는 것이다.

둘째로, 석방경위도 (1) 미군 야전병원 외과원장의 호의로 풀려났다. (2) 반공포로 석방 때 함께 풀려났다. (3) 민간억류인 신분으로 풀려났다는 설들이 있는데, 반공포로 석방 때보다는 미군 야전병원 외과원장의 호의에 의한 비공식적인 석방이거나 민간억류인 신분의 석방이 훨씬 설득력을 가진다. 특히 (3)항은 김수영의 시가 입증해 준다. 시는 거짓일 수 없다. 그것은 진실이다. 그렇다면 김수영은 52년 12월 초순에서 53년 2월 말 사이에 석방되었다고 추측할 수 있다.

김수영이 포로수용소에서 나왔다고 여겨지는 12월 초순, 영남 일대에는 폭설이 내렸다. 십 년 만의 폭설이라고들 했다. 산과 들이 눈 속에 묻히고 좀체 눈이 쌓인 적이 없는 부산 거리도 눈 세상으로 변했다. 아이들이 한길로 나와 소리 질렀다. 개들도 껑충껑충 뛰었다. 그러나 아이들과 개처럼 피난 수도 부산은 편치 않았다. 그 무렵 부산에서는 날마다 굵직굵직한 사건들이 봇물 터지듯이 터져 나왔다. 그해 5월에는 백골단들이 대낮에 거리를 부수며 이승만 지지를 외치는 세칭 부산정치파동이 일어났고, 김성수가 부통령직을 사임했고, 12월에는 봉암도로 격리 수용된 친공포로들이 폭동을 일으키다가 대량 살상되었다. 또 국제시장에서 대형 화재가 나기도 했다. 김수영은 자유인이 되었으면서도 자유가 느껴지지 않았다. 자유가 오히려 그를 더욱 옥죄었다. 답답하고 두려웠다. 그를 묶고 있던 구속의 사슬이 풀려버린 후유증인지도 몰랐다. 김수영은 광복동

거리며 영도다리로 하릴없이 걸어다니며 나날을 보내다가 어머니가 살고 있다는 영등포로 올라갔다.

여기서 우리는 잠시 김수영 일가가 겪은 6·25를 요약해 둘 필요가 있으리라 생각된다. 그래야 김수영이 포로수용소에서 풀려나, 부산에서 영등포로, 영등포에서 다시 부산으로 가는 정황을 이해할 수 있을 것이기 때문이다.

김수영 일가가 조암리로, 보다 정확히 말하면 경기도 화성군 발암면 조암리로 피난 간 것은 50년 12월 26일이었다. 다섯 아들 가운데 세 아들을 한달 새를 두고 의용군에 보낸 김수영의 어머니는 중공군이 몰아온다는 소문을 듣고 더 이상 서울에 머물러 있을 수 없었다. 하나 남은 아들(수성)은, 자영하던 인쇄소 시설들을 트럭에 싣고 부산으로 떠난다는 막내여동생 편에 딸려 보내고, 남은 네 식구를 거느리고 김수영의 어머니는 조암리로 떠났다. 조암리에는 연고를 찾아 김현경이 먼저 피난 가 있었다. 그의 가족이 도착하던 날 밤 김현경은 아들을 낳았다. 김수영과 김현경에게는 첫아들이었고 어머니에게는 첫 손자였다.

그로부터 1년여 동안 그의 가족은 가지고 온 패물과 옷가지들을 팔고 마을의 밭일과 논일을 거들며 근근이 연명하다가 서울이 수복된 그해(2차 수복된 51년-편집자)섣달, 김현경을 그곳에 두고 서둘러 상경했다. 세 아들의 소식을 들을 수 있을까 해서였다. 아직 도강(渡江)이 허락되기 전이

었으므로 그들은 영등포에 방을 얻고, 막내딸을 제외하고
는 모두 생활 전선에 나섰다. 피난민들이 모두 그랬던 것
처럼 그들 가족은 시장과 거리를 누비며 물건들을 팔았다.
김수영이 거제리 수용소에 포로로 있다는 말을 들은 것도
시장 바닥에서였다(그녀는 그때 김수영이 '가야수용소'에 있다
고 들었다―거제도 수용소 이전에 부산의 거제리와 가야에 수용소
가 설치되어있었다-편집자). 그녀는 그때 김수영의 소식을 들
은 것이 '횡재 같았다.'고 했다. 그녀는 부랴사랴 먹을 것
을 만들어가지고 부산행 열차를 탔고, 역에서 내려 포로수
용소로 가 아들을 면회했고, 반 년 뒤쯤에는 김수영이 자유
의 몸으로 영등포로 와서, 그들 가족은 모두 얼싸안고 감격
의 눈물을 흘렸다. 그러나 그들 가족은 그렇게 오래도록 울
지는 않았다. 그들 가족은 비교적 냉정을 지킬 줄 아는 성
미들이었다. 특히 어머니가 그랬다.

2

　일주일 정도 가족들과 지낸 김수영은 다시 부산으로 내
려갔다. 그는 초량동의 비탈에 있는 수성의 성냥갑만 한 하
코방(판잣집 쪽방-편집자)으로 들어갔다. 기어들어 가고 기
어 나가는 방이었다. 그들은 그 방에서 약 8개월 동안 함께
살았다. 이렇다 할 말이 서로 없었다. 말할 틈도 없었다. 수

성은 아침 일찍 직장에 나가고, 수영은 늦게 나갔다가 통행 금지 시간이 임박해서 돌아왔으므로 일요일을 제외하고는 형제가 얼굴을 마주할 틈이 없었다. 일요일에도 형제는 해가 중천에 뜰 때까지 늦잠을 잤다. 그리고 오후에는 집을 나가 각각 다른 길로 헤어져 갔다.

그때 나는 그런 식으로 수용소의 아픔이 덜 가신 그 양반을 이해해 주려고 했던 것 같아요. 그에게 말하지 않고 지낼 수 있도록 말이에요. 그 양반은 원래 말이 없는 데다, 나도 말이 많은 편이 아니었어요. 또 그 양반을 별로 좋아하는 편도 아니었고요. 다만 어떻게 나날을 지내는지, 그게 마음에 늘 걸렸어요.

김수영은 밖에 나가서도 말이 없었다. 명동에서 함께 거리를 활보했던 박인환과 김경린, 양병식이 부산에 와 있었고, 조병화도 학교 수업(그는 그때도 서울고등학교 교사로 있었다)이 끝나는 대로 다방에 나와 파이프를 물고 버티고 있었는데도, 김수영은 그들과 이야기를 하지 않았다. 유엔잠바속에 두 손을 찌르고 가만히 의자에 앉아 있었다. 박인환이한참 재담을 늘어놓다가 "야 수영아, 너는 그에 대해 어떻게 생각하니?"하고 물을 적에도 그는 눈만 껌벅거렸다. 박인환이, 네가 없는 동안에 '후반기'라는 동인이 결성됐다면서, '후반기'는 '신시론'의 후신이므로 너도 마땅히 들어야 한다고 했으나 김수영은 여전히 대답하지 않았다. 그는 문학 같은 것을 생각하고 싶지 않은 사람 같았다. 아니 작품을 쓰는 일로써의 문학보다 그것을 발표하고 그룹을 지어 운동을 벌이는 일을 두려워하고 있는 것 같았다.

당시 '후반기' 동인들은 피난 수도 부산의 모든 시민들이 먹을 것과 입을 것, 잠들 곳에 괴로워하고 있는데도 상당히 활발한 움직임을 보였다. 그들은 '신조치고 동요되지 아니한 것이 없고, 공인되어 온 교리치고 결함을 노정하지 않는 것이 없다.'(박인환)고 주장하는가 하면 '과거는 아무 데서나 실재가 아니다.'고 역설했다. 그들은 전통을 부정하고 현대를 불안하게 조망하려고 했다. 매우 관념적인 언사들이었지만 그러나 그들에게는 열렬한 것이기도 했다. 그 열렬함이 수용되어, 한 일간지에서는 '후반기 동인 특집'을 몇 회에 걸쳐 연재해 주었다. 동인지 하나 내지 못한 동인이었으되 피난 수도 부산에서 '후반기'는 실제로 존재했다. 동인은 '신시론' 동인이었던 박인환, 김경린에 김규동, 조향, 이봉래, 김종문, 김차영 등이 가담했다. 앞에서도 말했듯이 김수영은 '후반기'에 들어가려고 하지 않았다. 그는 조병화, 장만영, 조지훈 등과 종종 어울리는가 하면 조연현과 술을 마시기도 했다.

박연희와 김중희를 만난 것도 그때였다. 정치가 조병옥의 비서이자 『자유세계』주간이었던 문학평론가 임긍재는

어느 날 "그런 놈은 우리 편으로 끌어들여야 해."하고, 박
연희에게 김수영을 데려오라고 했다. 박연희는 김수영을
『자유세계』 사무실로 데리고 왔다. 당시 임긍재는 김동리,
조연현을 주축으로 한 구(舊)청년문학가파와 김광섭, 이헌
구를 핵으로 하는 구 문필가파와 그 위에다 도강파, 잔류파
등으로 사분오열된 문단 파벌 가운데서 조병옥의 권력과
자금을 배경으로 보스연(然)하는 표정을 지으며 지팡이를
짚고 다녔다. 그는 6·25가 일어나자 김종문의 지프를 타고
부산으로 피난 가다가 영등포 부근에서 차가 전복되는 바
람에 한쪽 다리를 잃고 말았다. 그러나 그는 다리 없는 것
에 조금도 구애받지 않고 정력적으로 조병옥의 연설문을
작성하고, 잡지사 일을 보고, 밤이면 소대병력을 이끌고 술
집 순례를 했다. 소대원은 박연희, 조영암, 김종문, 김중희,
김종삼 등이었다. 술이 취하면 김종삼에게 "야 도깝아, 네
성놈 땜에 다리가 달아났단 말야."하고 소리 질렀다. 김종
삼은 김종문의 동생이었다.

   그날도 임긍재는 박연희, 김중희, 김종삼, 김수영을 이끌
고 술집으로 갔다. 박연희가 임긍재의 장광설을 제치고 김
수영에게 말했다.

   "김형, 의용군에서 포로수용소까지 체험기 하나 쓰면 어
때. 대한민국을 의식하지 말고 말야. 지드의 소비에트 기행
스타일로, 작가적 양심을 가지고 말야."

김수영은 숨이 차서 술잔을 입으로 가져갔다.

"너무 눈치를 볼 것 없어요. 우리 시대에서 의용군으로 나가는 거야, 일종의 운명이야. 문학은 그런 것을 딛고 넘어서야 해요. 넘어서지 않으면 더 걸려요."

김수영이 여전히 대답을 않자 임긍재가 화제를 돌렸다. 그는 이봉래가 어깨를 재고 다방을 제 집인 양 하는 게 아니꼽다고 했다. "그가 문단에 언제 등단했다고 모더니스트냐 말이야. 그놈 시가 시야? 문맥이 통해?" 박연희가 되받았다. "다 제멋에 사는 게 인생 아녜요. 일본에서 동인지 운동도 했다고요." 박연희의 말은 사실이었다. 전후 일본에서 전위시 운동을 하다 뒤늦게 귀국한 이봉래는 어깨가 벌어지고 걸음걸이가 되바라진 품이 야쿠자의 보스 같았다. 돈도 어디서 나는지 차값, 점심값을 전담하다시피 했다. 그래서 그의 주위에는 젊은 시인들이 모여들었을 뿐 아니라 레지들의 인기도 대단했다. 임긍재의 말에 따르면 임긍재와 이봉래는 적수인 것 같지만, 이봉래에게는 임긍재가 안중에 들어오지도 않았다. 그에게는 김동리와 조연현이 주적이었다. 이봉래와 '후반기' 동인들은 김동리와 조연현 파들이 앉아 있는 '밀다원' 다방으로 시위 비슷하게 몰려가는가 하면 신문에 그들의 우두머리 격인 박종화의 소설들을 두들겨 패고 문단 해체론을 역설했다. 김동리, 조연현 파의 집결지가 '밀다원'이었다면 이봉래와 후반기 동인의 아지트는 '온달다방'이었다.

밀다원에서는, 김수영이 포로수용소에서 P.W. 낙인이 찍힌 작업복을 입고 있을 때인 51년 8월, 젊은 시인 정운삼이 다방 구석 의자에서 페노바르비탈과 세코사나움을 먹고 잠들 듯이 숨을 거두었다. 그가 앉아 있던 탁자에는 '고별'이라는 메모가 놓여 있었다.

나는 미리 준비하고 있었던 페노바르비탈 60알과 세코사나움 5알을 한꺼번에 먹었다. 나는 진실로 오래간만에 의식의 투명을 얻었다. 나는 지금 편안하다. 나는 지금 출렁거리는 바다 저편에서 나를 향해 웃음을 보내는 나의 애인의 얼굴을 본다. 그리고 나의 앞에는 나의 친애하는 벗들이 거의 다 모여 있음을 본다. 나는 그들이 나를 지켜주고 있는 이 시간 이 자리에서 더 나의 생애를 연장시키고 싶지 않다.

잘 있거라, 그리운 사람들

51년 8월 1일 정운삼

그때 건너편 의자에는 김동리, 조연현, 허윤석, 김말봉 등이 둘러앉아 식은 엽차를 마시며 주위가 떠들썩하게 이야기를 주고받고 있었다. 그리고 밀다원의 그 의자에는 2년 뒤에도 여전히 그 사람들이 자리에 앉아 떠들거나, 자리에서 일어나 거리로 나갔다.

어느 날 '후반기' 동인들이 모인 온달다방에서였던지 김동리—조연현의 밀다원에서였던지 '김수영을 취직시켜야 한다.'는 이야기가 돌았다. 그 말은 가을 들판에 던져진 불길처럼 삽시간에 문학 동네로 퍼져나갔다. 누가 앞장을 섰던지는 모르지만 박태진을 찾아갔다. 어쩌면 박태진 스스로 나섰는지도 모른다. 박태진은 그의 아버지나 장인이 상당한 사회적 영향력을 지니고 있었으므로 한자리쯤은 구할 수 있었다. 박태진은 교통부 고위직에 있는 장인에게 부탁하여, 그야말로 하늘의 별따기 같은 미8군 수송관 통역 자리를 마련했다. 그것이 김수영 연보에 나오는 R.O.T.C이다.

당시 교통부와 미8군은 군수물자수송 건으로 밀접한 관계를 가지고 있었다. 화차(貨車)를 배정해야 하고, 물자를 싣고 내려야 하며, 인부들을 책임 관리해야 했다. 일들이 산적했다. 더군다나 그때는 전시 체제였고, 작전권이 미8군에 있었으므로, 관할권이 교통부이기는 했지만 미군이 좌지우지했다. 교통부나 철도청에서는 미군의 지시를 따르고 편의를 돌봐주는 수밖에 없었다. 그런 불평등 관계에서 김수영은 통역 일을 해야 했다. 해방 직후 E.C.A 때와는 다른 마음가짐으로 일하려 했으나 잘 되지 않았다. 그는 미군들의 천한 말씨와 행동이 싫었다. 궁둥이를 책상 위에 올려놓고 씨부렁거리는 것이 싫었고, 쩍쩍 추잉검을 씹는 것이 싫었고, 어깨를 흔들며 노래를 흥얼거리는 것도 싫었다. 변소에 가는 것도 싫었고, 점심을 먹는 것도 싫었다. R.O.T.C의 미군들은 피스위치와는 다른 종족이었다. 그들은 관리건 통역이건 하역 인부건 가리지 않고 천대하고 홀시했다. 물론 그들의 태도가 전혀 이해되지 않는 것은 아니었다. 그들은 그들의 나라도 아닌 남의 나라, 그것도 극동의 끄트머리에 사마귀처럼 붙어 있는 코리아를 위해서 죽거나 상처받거나 젊음을 보내고 싶지 않은 것이다. 그들은 그들의 나라 아메리카에서 부모 형제와 살고 싶은 것이다. 아름다운 연인과 사랑을 속삭이고 싶은 것이다. 그들의 젊음을 즐기며 술을 마시고 사랑을 속삭이고 싶은 것이다. 따라서 그들의 한국인에 대한 우월감은 고향을 등지고 만리타향에 와서 고생하는 데 대한 보상이라 할 수 있었다. 그런 면은 지식층에 속하는 포로수용소의 군의관들도 마찬가지였다. 비교적 점잖은 말과 고상한 행동을 취하면서도 그들의 내면에는 그런 불만과 역겨움이 내재해 있었다.

　미국인의 입장에서는 그런 감정과 태도가 있을 수 있었다. 그러나 입장을 바꿔놓고 보면 그것이 반드시 정당한 일도 못 된다. 우리에게도 할 말이 있다. 38선을 그은 사람은 누군가. 38선은 그들의 국가 이익에 의해서 그들이 그었으며 6·25 참전도 그들의 국가 이익에 의한 극동 전략의 일환이 아닌가. 내가 청천강까지 말로 다할 수 없는 고생을 하며 올라가고, 포로로 거제 수용소에 수용된 것도 따지고 보면 38선이 그어진 때문이 아닌가. 38선이 그어졌기 때문에 나는 그들을 보며 통역을 하고 그들의 우월감에 저항하는 것이 아닌가……. 더욱 김수영을 견딜 수 없게 하는 것은 미군의 우월감보다도 오히려 그것을 당연하게 여기는 한국인의 비굴한 태도였다. 관리나 하역 인부들이 미군과 이야기를 나눈다거나 식사라도 나눌 때면 무슨 큰 영광이라도 입은 듯이 허리를 굽신굽신하고 눈웃음을 흘렸으며, 그런 기회를 잡으려고 발버둥 쳤다. 그때마다 미군들은 제법 호탕하게 두 팔을 벌리고 어깨를 젖히면서 웃었다. 김수영은 보아줄 수가 없었다. 당장에라도 사표를 던지고 싶었다. 그에게 생존이란 자존심의 싸움 이외에 아무것도 아니었다. 자존심을 짓밟는 자유도 평화도 그에게는 의미가 없었다. 정도의 차이는 있겠지만 그런 자유는 돼지우리 속의 자유요 평화였다. 그는 자리를 박차고 부산으로 가고 싶었다. 그러나 부산에 간들 무슨 뾰족한 수가 있을 것인가. 어떻게 박태진이나 박인환을 대하며, 어떻게 입에 풀칠을 할 것인가. 여기에 생각이 미치면 그의 엉덩이는 무거워질 수밖에 없고 그의 의식도 납덩이처럼 차고 굳어질 수밖에 없었다.

김현경이 광복동에서 이종구와 동거하고 있다는 소문을 들은 것도 대충 그때쯤이었다.

　처음 그 말을 들었을 때는 뇌관에 불이 붙은 듯했으나 날이 가고 밤이 감에 따라 그럴 수도 있으리라 생각되었다. 김현경은 묵은 윤리 도덕을 붙들어 안고 괴로워할 여자가 아니다. 그는 자유스런 여자다. 자유 부인이라고 해도 된다. 그런 김현경이 의용군으로 끌려간 생사부지의 남편을 기다릴 리 없다. 그는 그의 젊은 삶을 새롭게 시작하고 싶었을 것이고 그 욕망을 실천했다. 하필이면 이종구냐라고 할 수 있겠지만 이종구는 수재이고 직장이 튼튼한 사람이다. 이종구만 해도 그렇다. 그는 일본 유학시절부터 편지를 보내고 이와나미문고를 보내며 김현경의 지적 성장을 도울 만큼 관심이 깊었고, 그 관심은 분명치는 않았지만 사랑과 같았거나 사랑으로 모습을 바꾸었을 것이다. 해방 직후만 해도 그랬다. 이종구는 먼 친척이라는 구실로 김현경의 주위를 그림자처럼 맴돌았다. '나는 그때 그것을 깨달아야 했다. 내가 김현경과 전격 결혼한 것이 이종구에게는 김현경을 탈취해 가는 배신행위처럼 느껴졌을지도 모른다. 그러나, 그렇다손 치더라도, 이종구가 왜 김현경⋯⋯.' 김수영은 술집으로 달려가 막걸리를 목구멍에 부었다. 그는 술상을 주먹으로 치면서 갓댐! 갓댐!을 방향 없이 외쳤다.

　통역 자리를 그만두고 부산으로 가자고 그의 내면에서

가래 끓는 소리가 들리기 시작한 것도 그때쯤이었다. 그는 괴롭다 못해, 어느 일요일 휴가를 얻어 초량동 언덕배기를 올라갔다. 수성을 만나기 위해서였다. 수성은 방에 있었다. 현경의 이야기를 할까 했으나 말이 입에 나오지 않았다. 엉겁결에 그는 '통역은 더러운 직업'이며 머잖아 그만두어야겠다고 했다. 수성의 눈이 등잔만 해지더니(그도 눈이 큰 편이었다) 고개를 벽 쪽으로 홱 돌려버렸다. 낯짝도 보기 싫다는 투였다. 오랜만에 이 작자가 자리를 잡아가나 하고 안도하는 마음이 들었는데 통역을 그만두겠다니 부아가 치밀지 않을 수 없었다—눈만 감으면 코도 베간다는 세상에 취직이 어디 쉬운가. 그것도 미군 통역이 아닌가—김수성은 군수물자수송 관계 통역이라면 이만저만한 자리가 아니라는 것을 알고 있었다. 머리만 잘 굴리면 한밑천 잡을 수 있는 자리였다. 물론 형이 머리 굴릴 수 있는 위인이 못된다는 것을 알면서도, 그만큼 고생을 했으니 문학이나 사상 같은 것은 잠시 접어두고 자리를 지킬 수 있으려니 생각했다. 더 이상 어머니와 형제들에게 의지하지 않고 자기 입은 자기가 책임질 수 있으려니 생각했다. 그런데 '통역은 더러운 직업'이며, 그만두어야겠다니. 피난 수도 부산에서 직장을 그만두다니! 그것도 미군 통역 자리를! 수성은 벽력같이 소리를 내지르고 싶었다. 수성은 수영과는 달리 리얼리스트였다.

형과 동생이 갖는 꿈과 현실의 거리는 이후에도 좁혀지지 않고 불화와 미움의 긴장 관계가 계속된다. 그것은 김수영이 아버지를 닮고 수성이 어머니를 닮은 데서 연유되는 일인지도 모른다. 그의 집안은 동대문에서 지물상 문을 닫은 뒤로 거의 어머니가 맡다시피 했다. 아버지가 무슨 일을 한다고 나서면 망했다. 김수영이 「아버지의 사진」이란 시에서 아내 몰래 유명을 달리한 아버지의 사진을 꺼내보면서 눈물짓는다고 하는 것은 그 사진 속에 아버지의 비참이 있고 자신의 비참이 서려 있기 때문이다.

어쨌거나 김수영은 수성과 그런 대화를 나눈 얼마 뒤에 '통역 자리'를 박차고 부산으로 내려왔다. 그는 초량의 동생 방으로 다시 들어갔다. 겉으로는 무관심한 듯하면서도 증오와 연민에 가득 찬 형제의 생활이 정부가 환도하는 8월까지 계속되었다.

그 사이 신문에서는, 판문점에서 휴전협정이 조인되었다는 사실과 이북에서 박헌영, 이강국, 임화가 숙청되었다는 뉴스가 보도되었다. 박헌영과 이강국이 숙청되었다는 사실에는 무관심할 수 있었지만 임화가 숙청되었다는 사실에는 아무렇게나 보아 넘길 수 없었다. 임화의 숙청에는 문학과 정치 혹은 이념과 문학이 어떻게 조화를 이루고 어떻게 불화, 파탄을 가져오는가를 보여주는 것이었기 때문이다. 특히, 임화는 그의 의용군 지원과도 많은 상관관계가 있었다. 휴전회담도 그랬다. 그렇게 그 자신과 전 민족에게 고통을 가하였던 전쟁이 아무런 결실도 변화도 없이 종지부를 찍는 일이었다. 전쟁은 장난처럼 그와 많은 사람들에게 흙탕물을 끼얹고 사라진 것이다. 그 무렵, 수성은 형에게 용돈 한 번 준 적 없다고 회고한다. 그의 월급으로는 남에게 용돈을 줄 수 없었다. 방값과 식비, 그리고 담뱃값을 내고 나면 주머니가 비었다. 다행스럽게도 그가 정부의 환도를 따라 상경할 때 그의 형은 선린상고 영어강사로 취직되었다. 그는 가벼운 마음으로 부산을 떠날 수 있었다.

수성이 서울로 올라간 뒤 수영은 김현경을 찾아가기로 했다. 한 번은 만나야 할 사람이다. 그의 아들의 어머니다. 그는 그간에 김현경의 거처를 대충 알아두었다. 몇 번이고 망설인 끝에 어느 날 그는 광복동으로 그들의 보금자리를 찾아갔다. 마침 이종구와 김현경이 방에 있었다.

김수영이 문을 열고 들어서자 두 사람은 벼락 맞은 것처럼 벌떡 자리에서 일어섰으나 입을 열지는 못했다. 김수영도 입이 열리지 않았다. 숨소리만 거칠게 헐떡였다. 영화에서 이런 장면을 이전에 본 적이 있었던가. 그래서 남자가 주먹을 휘둘렀던가, 두서없이 그런 생각이 떠올랐으나 그뿐이었다. 머릿속에서는 계속 천둥 번개가 내리치는 것 같았다.

"자넨 그래선 안 돼."

김수영은 자신도 모르는 새에 한마디 내뱉었다. 이종구는 대꾸가 없었다.

"자넨 나를 위해서라도 그래선 안 되는 거야."

한마디 더 했다. 그런 다음 김수영은 손을 뻗어 김현경의 팔을 잡았다. 감정대로라면 머리채를 잡아 내치고 싶었지만 그렇게는 되지 않았다.

김수영은,

"일어서, 가지."

했다. 김현경의 팔이 반항했다.

"가지 않을 거야?"

"갈 수 없어요."

"그래."

그는 무어라고 한마디 해야 한다고 생각됐으나 말이 나오지 않았다. 문을 차고 나왔다.

광복동 골목을 빠져 방파제로 갔다. 갈매기들이 날았다. 물결이 방파제를 철썩철썩 때렸다. 그는 다시 광복동 자갈치시장을 지나 『자유세계』로 갔다. 이전에도 그는 학교에서 수업이 끝나고 갈 곳이 없으면 『자유세계』로 갔다. 그곳에는 언제나 임긍재와 박연희, 김종삼, 김중희 등이 있었고 안수길이 주름살이 깊이 파인 얼굴에 웃음을 가득 싣고 의자에 앉아 있을 때도 있었다. 김수영은 안수길이 좋았다.

그의 웃음은 그의 학 같은 인상과 어울려 높은 정신미를 보여주고 있었다. 오늘도 안수길이 있었으면 좋겠다고 생각했다. 그러나 그날은 안수길은 없고, 언제나 같은 얼굴들이 의자에 앉아 있었다.

유리창이 어두워지기를 기다려, 사람들은 임긍재의 뒤를 따라 단골 술집으로 향했다. 이번에도 거의 혼자서 임긍재가 화제를 독차지했다. 누구는 어째서 죽일 놈이고 누구는 어째서 못돼먹었다는 식이었다. 그런 말을 하는 임긍재가 얼마나 돼먹은 놈이냐는 문제는 차치하고 그날은 임긍재의 욕지거리가 김수영의 가슴에서 끓어오르는 감정들을 어느 정도 시원하게 씻어 내주는 것 같았다. ─문학구국대 항공구락부 해군작가단이 뭐냔 말이야. 그 단체의 주요 포스트들이 의용군에 나갔던 사람들이 아니냔 말야. 그들은 언제 내가 의용군에 다녀왔느냐는 듯 활개치고 있는데, 우리가 그걸 용인할 수 있느냔 말야. 박연희가 김수영을 의식한 듯 임긍재의 옆구리를 쳤으나, 임은 멈추지 않았다.─ 그래, 용인할 수 없겠지. 용인할 수 없는 것들과 용인할 수 있는 것들이 이 부산에서는 함께 썩은 시체처럼 부풀어 영도 앞바다를 흘러간다. 냄새나고 혼탁한 것들이 흘러간다. 땃벌떼와 백골단과 민중자결단이 몽둥이를 들고 달려가는 바다…… 갈매기들이 날고, 기름이 둥둥 뜨고, 온갖 배들이 쓰레기를 버리는 바다…… 그의 자유와 창조력을 앗아갔

으며 김현경까지도 앗아가 버린 바다…… 물론 저 악취와
혼탁은 근본적으로 정치적 비리와 부패 독선에 기인한 것
이겠지만, 또 그것들을 가능케 한 것은 6·25이겠지만……
6·25가 한국 민주주의를 타살하고 국민을 짐승적인 존재
로 떨어뜨리고 김수영을 처용아비로 만들어버렸다. 낙동강
(소주이름)을 마시며 속으로 울고 있는 처용아비……박연희
가 때때로 가여운 듯한 눈초리를 하고 김수영을 바라보았
다. 포로수용소 시절을 소화하기 어려워 저러는 것이리라.
이 어려운 시대에 그런 경험을 했으니 죽을상을 지을 만도
하지. 박연희는 술잔을 비워 김수영에게 잔을 내밀었다.

"김형!"

하고 그는 말했다. 그 목소리가 김수영의 마음을 울렸다.
박연희는 "학생 때 사회주의 안 해본 놈 어딨어. 그런 놈이
있다면 나와 보라고 해. 그건 바보야." 했다. 김종삼도 가슴
이 답답한지 특유의 안짱걸음으로 어기적어기적 술집 밖
으로 나갔다. 그가 좋아하는 음악 속의 곡예사 흉내라도 내
듯 오른발을 들어 올려 허공을 찼다. 번개같이 빠르고 기묘
한 동작이었다.

　내가 시를 쓴다는 걸 아무도 몰랐지. 나도 내가 시인이 될 줄
몰랐으니까. 그놈은 죽을 때까지 나를 시인으로 인정치 않았을
거야. 음악을 좋아하는 건달쯤으로 여겼을 거여.

김종삼의 푸념이 섞인, 그러면서도 회상의 감미로움이 흐르는 말이다. 박연희도 그때가 그리운 듯, 그는 그때 역사나 현실보다 자신을 어떻게 주체하느냐는 문제로 괴로워하고 있었던 것 같았다고 했다. 서른두세 살에 그런 경험을 했으니 고통스럽지 않을 수 없는 일이었다.

직장을 따라 수성이 서울로 올라간 뒤, 김수영은 숙소를 김중희의 하숙방으로 옮겼다. 군장교 출신이었던 김중희는 당시 모 군기관에 나가고 있었다. 그들은 아침에 헤어졌다가 저녁에 만나 거의 매일 술을 마시고 돌아왔다. 그날도 어제 마신 술 때문에 백태가 낀 듯한 입안을 혀로 씻어 내며 광복동을 지나가는데, 통술집 주인이 "보이소, 보이소" 하며 문을 박차고 나왔다. 무슨 일인가 싶어 들어갔더니 신문지에 싼 물건을 내주었다. 김수영의 의치였다. 포로수용소에 있을 때 미 군의들이 해준 요새처럼 튼튼하고 번쩍번쩍한 의치였다. 김중희는 의치를 싼 신문지를 옆구리에 끼고 직장으로 갔다. 동료들이 무엇이냐고 물었으나 대꾸하지 않고, 그것을 서랍에 넣었다. 퇴근 때는 다시 서랍을 열고 의치를 싼 신문지를 들고 하숙방으로 돌아왔다. 아직 김수영은 방 안에 누워 있었다. 김중희는 의치를 싼 신문지를 바닥에 내던졌다. 김수영이 놀라 벌떡 일어났다.

"자네는…… 내가 무어라고 욕지거리를 퍼부어야 되겠나?…… 자네, 내가, 저 의치 때문에 얼마나 괴로운 줄 아나? 의치를 넣은 주전자 물을 아침에 꿀컥꿀컥 마시지 않나, 그놈의 의치를 끼고 출근하고 퇴근하지 않나…… 자네, 저 의치에서 나를 좀 해방시켜 줄 수 없겠나?"

김수영은 더 참지 못하고 클클클 웃음을 터뜨렸다. 김중희도 웃을 수밖에 없었다. 김중희가 말한, 그를 괴롭게 한 주전자 물이란, 의치 한 사람들이 잠자리에 들 적에 의치를 빼내어 담가두는 물을 말한다. 물에 담가두어야 다음 날 아침에 아프지 않게 의치를 잇몸에 끼워 넣을 수 있다. 김중희는 김수영이 머리맡에 놔두고 자는, 의치에 절인 주전자 속의 물을 수십 차례 마셨으며, 그때마다 화를 벌컥벌컥 냈다. 그날도 김중희는 화를 벌컥벌컥 냈으며, 오랜만에 시원하게 웃었다. 피난 수도에서의 드문 소극(笑劇)이었다(그 뒤로도 김수영은 의치에 관한 소극을 곳곳에서 수없이 만들어냈다).

그런 틈서리에서도 김수영은 양병식을 찾을 생각을 하지 않았다. 양병식은 김은실과 결혼한 뒤 병원에 취직했다고 했다. 박인환을 찾을 생각도 하지 않았다. 박인환이 환도했는지 부산에 있는지도 몰랐다. 김수영은 저녁마다 김중희와 만나 술을 거나하게 마시며 클클클 웃던지 『자유세계사』로 가 임긍재의 장광설을 듣곤 했다.

폐허의 도시에서

1

1953년도 거의 저물어가는 10월 어느 날 김수영은 서울로 돌아왔다. 폭격을 맞아 부서진 건물들이 거리의 여기저기 서 있는 서울 하늘에는 검은 구름이 납덩이처럼 드리워져 흡사 잿빛 동굴에 들어선 느낌이었다. 어디에나 제복과 거지와 행상들이 넘쳤다. '신문사려우, 신문사려우.' 외치고 가는 소년들의 목소리도 차가웠다. 명동도 폐허처럼 황량했다. 성당의 붉은 벽만이 옛날의 정취를 간직하고 있을 뿐, 젊은이들이 밤마다 드나들던 술집이나 다방은 간 곳이 없었다. 이 거리에서 김수영은 이봉구라든지 박인환과 저녁이면 어울려 술을 마시고 노래를 불렀으나, 이제 그 거리에는 노래도 흥분도 객기도 다시는 살아나지 않았다. 이봉구와 박인환이 때때로 영화를 보고 와서 흥분하여 떠들었을 뿐, 그뿐. 그것이 온밤을 새우며 술을 마시고 노래하는 도취와 광태로 이어지지는 않았다. 도취와 광태가 소중한 것이라기보다 생명의 열기라고 할 수 있는 그런 것들이 전쟁으로 사라져버린 것이 그에게는 슬펐다. 그런 김수영의 마음은 환도 직후에 쓴 「낙타과음」이란 산문에 잘 나타나 있다.

Y여, 내가 어째서 그렇게 과음을 하였는지 모르겠다. 예수교 신자도 아닌 내가 무슨 독실한 신앙심에서 성탄제를 축하하기 위하여 술을 마신 것도 아니고, 단순한 고독과 울분에서 마신 것도 아니다. 어쨌든 근 두 달 동안이나 술을 마시지 않다가 별안간에 마신 과음이 나의 마음과 몸을 완전히 허탈한 것으로 만들고 말았다.

나는 지금 낙타산이 멀리 겨울의 햇빛을 받고 알을 낳는 암탉 모양으로 유순하게 앉아 있는 것이 무척이나 아름다워 보이는 다방의 창 앞에서 이 글을 쓰고 있다.

Y여, 어저께는 자네집 아틀리에에서 춤을 추고 미친 지랄을 하고 나서 어떻게 걸어나왔는지 전혀 기억이 없다.

어떤 자동차 운전수하고 싸움을 한 모양이다. 눈자위와 이마와 손에 상처가 나고 의복이 말이 아니다.

오늘 아침에 일어나 보니 내가 누워 있는 곳은 나의 집이 아니라, 동대문 안에 있는 고모의 집이었고 목도리도 모자도 어디서 어떻게 잃어버렸는지 기억이 전혀 없다. 머리가 무거웁고 오장이 뒤집힐 듯 메스꺼워서 오정이 지나고 한참 후까지 누워 있었다.

옷이 이렇게 전부 흙투성이가 되었으니 중앙 지대의 번화한 다방에는 나갈 용기가 아니 나고 나가기도 싫고 몸도 피곤하여 여기 이 외떨어진 다방에나 잠시 앉았다가 집으로 들어갈 작정이다.

인제는 궁둥이를 붙이고 있는 데가 내 고장이라고 생각한다. 어디를 가서 어떻게 앉아 있어도 쓸쓸하지 않다. 그러면서도 이렇게 몹시 쓸쓸하다.

B양의 생각이 난다. B양이 어떻게 무슨 까닭으로 참석하지 않았는지? 그러고 보니 나는 어제 억병이 된 취중에도 B양을 보러 갔던가? 그렇다면 이렇게 이 외떨어진 다방에 고독하게 앉아서 넋없이 글을 쓰고 있는 것도 B양에 대한 그리움이 시키는 것인지도 모른다. B양의 눈맵시, 그리고 유니크하게 생긴 입에 칠한 루즈가 주마등과 같이 나의 가슴을 스쳐간다.

Y여, 그리고 자네의 애인인 림양이 춤을 추다 말고 나와서 외투와 핸드백을 집어들고 B를 부르러 간 것도 아주 먼 옛날에 일어난 일같이 술이 완전히 깨지 않은 이 머리 안에서 마치 안개 속에 숨은 불빛같이 애절하게 꺼졌다가는 사라진다.

나는 지금 무엇에 홀린 사람 모양으로 이 목적없는 글을 쓰고 있다.

이 무서운 고독의 절정 위에서 사람들의 모습이 얼마나 아름다운지 알겠나?

김수영은 계속해서 자신이 사랑에 기갈을 느끼고 있으며 눈이라도 내릴 듯이 마음이 서럽다고 고백한다.

이것은 내가 '안다는' 것보다도 '느끼는' 것에 굶주린 탓이라고 믿네.

즉 생활에 굶주린 탓이고 애정에 기갈을 느끼고 있는 탓이야.

그러나 나는 이 고독의 귀결을 자네에게 이야기하지 않으려네.

거기에는 너무 참혹한 귀결만이 기다리고 있는 것만 같아!

내 자신에게 고백하기도 무서워. 이를테면 죽음이 아니면 못된 약의 중독 따위일 것이니까.

자네는 나를 「잊어버린 주말」에 나오는 레이 미란드 같다고 놀리지만 정말 자네 말대로 되어가는 것 같애.

운명이란 우스운 것이야.

나도 모르게 내가 빠지는 것이고 또 내가 빠져 있는 것이고 한 것이 운명이야.

실로 운명이란 대단한 것이 아니야. 그것은 말할 수 없이 가벼운 것이고 연약한 것이야.

Y여, 자네의 집에서 열린 간밤의 성탄제 잔치는 화려한 것은 아니었지만 단아하고 구수한 것이었어.

나는 이대로 죽어도 원이 없을 것 같으이. 이것은 결코 단순한 비관이 아닐세.

낙타산에 붙어 있던 햇빛이 없어지고 하늘은 금시 눈이라도 내릴 것같이 무거우이.

Y여, 나의 가슴에도 언제 눈이 오나?

새해에는 나의 가슴에도 눈이 올까?

서러운 눈이 올까?

이 산문에 나오는 Y가 누구이며 림양이나 B양이 누구인지 알 길이 없다. 그리고 아틀리에에서 춤을 추며 보내는 크리스마스이브 풍경이 김수영의 절망과 어떤 연관을 가진 것인지 분간하기 어렵다. 하지만 우리는 Y나 림양, B양의 존재에 대해 지나친 신경을 쏟을 필요가 없을지도 모른다. 우리가 관심하는 것은 김수영의 삶의 양상이기보다는 슬픔의 질에 있기 때문이다.

그 무렵 김수영은 어머니와 동생들과 함께 신당동에 있는 막내 이모네 인쇄소에 딸린 두 칸짜리 방을 빌어 살고 있었다. 환도해 보니 충무로4가 집은 흔적도 없이 불타버리고 없었다. 생활은 수성의 월급과 수명이 출판사에 나가 벌어오는 돈으로 그럭저럭 메워가고 있었으나 생활의 틀이 잡히지 않았다. 생활의 틀이 잡힐 리 없었다. 전쟁이 종결됐다고 해도 사람들의 마음에는 전쟁의 상흔이 그대로 남아 그들의 마음을 아프게 했다. 더욱이 김수영의 어머니는 두 아들의 생사를 알 수 없었고 집도 없었다. 지금 살고 있는 방도 이모네가 내놓으라 하면 내주고 거리에 나앉아야 했다.

그 같은 현실 속에서도 김수영은 거의 매일 술에 취해 들어왔다. 박연희와 김중희를 데리고 올 때도 있었고, 너무 취해서 친구인 김동빈의 등에 업혀 들어올 때도 있었다. 부산 생활의 재판인 것 같았다. 하지만 그의 삶을 자세히 뜯어보면 부산 시절보다 더욱 깊은 절망의 구렁텅이에 빠져드는 듯했다. 그는 그의 영원한 여인인 어머니에게조차 욕을 하고 행패를 부리고 가재도구를 집어던졌다. 방 안에 부서진 가재도구들이 어지러이 널린 적이 한두 번이 아니었다. "Y여, 새해에는 나의 가슴에도 눈이 올까?"라는 「낙타과음」의 결구는 그와 같은 김수영의 내면 심리에서 읽혀져야 한다. 그는 그때 어머니를 부정하고 형제를 부정하고 자기 자신을 부정했다. 그는 자살을 수없이 생각했고, 자살 직전에까지 달려갔다. 포로 출신으로서의 불안과 김현경과의 별거! 그것들이 가져다주는 절망감이 그로 하여금 어머니에게 욕을 퍼붓게 했고 가재도구를 집어던지며 자기 자신의 내면을 물어뜯게 했다. 어느 날은 머리털을 박박 깎고, 어느 날은 거울을 들여다보고, 어느 날은 "소순아, 소순아"하고 골목에서부터 이모 이름을 부르며 왔다. 안소산

은 어의동소학교 때 그의 보디가드 역을 했던 여학생이었
다(안소산은 그때 김수영네와 함께 살지 않고 다른 곳에서 살았다).
그런 날엔, 그의 어머니와 동생들은 김수영 달래기에 바빴
다. 수명은 "오빠, 오빠, 오빠"를 연거푸 부르며 의치를 담
가둘 냉수를 떠오고, 수성은 새 내의를 꺼내오고, 어머니는
부드러운 목소리로 "왜 이러니, 왜 이러니."를 되풀이하며
아들을 진정시켰다. 김수영의 숨소리가 가라앉으면 수명
은 오빠의 주머니에서 만년필을 꺼내 머리맡에 놓고 가만
가만 방을 나왔다. 식구들은 그제야 긴장을 풀었다.

2

53년 12월부터 다음 해 12월 사이에 쓴 9편의 시를 보면
위와 같은 절망의 숨소리가 배어 있다. 그 9편에는 '설움'
이라는 단어가 무려 15번 등장하고, 울음소리, 애처로움, 부
끄러움과 같은 절망과 슬픔의 유사어들이 널려 있다. 「구라
중화(九羅重花)」를 비롯하여 「도취의 피안」, 「방 안에서 익
어가는 설움」, 「나의 가족」, 「너를 잃고」, 「거미」 등이 그런
작품이다. 그 중에서도 「너를 잃고」는 거의 직설적이다.

　늬가 없어도 나는 산단다

　억만 번 늬가 없어 설워한 끝에

억만 걸음 떨어져 있는

너는 억만 개의 모욕이다.

나쁘지도 않고 좋지도 않은 꽃들

그리고 별과도 등지고 앉아서

모래알 사이에 너의 얼굴을 찾고 있는 나는 인제

늬가 없어도 산단다

— 「너를 잃고」에서

시인은 '너'를 잃고 살기 위하여 '너'가 준 모욕을 씹고 씹는다. 그리하여 '너'가 준 모욕은 억만 개의 모욕이 되고, 억만 개의 꽃이 되고, 억만 개의 별이 된다. 모욕이 억만 개로 무한 배가 되고 있다는 것은 시인이 불철주야 그 모욕과 대면하고 있다는 것이며, 그것을 시로 쓰고 있다는 것이다.

누가 무엇이라 하든 나의 붓은 이 시대를 진지하게 걸어가는 사람에게는 치욕.

물소리 빗소리 바람소리 하나 들리지 않는 곳에

나란히 옆으로 가로 세로 위로 아래로 놓여 있는 무수한 꽃송이와 그 그림자

그것을 그리려고 하는 나의 붓은 말할 수 없이 깊은 치욕.

위의 시에서 김수영은 분명히 '치욕을 그리려고' 한다고 말한다. 그는 그것을 그림으로써 그것과 싸우고 그것을 밖으로 밀어내어 객관화시키려 한다. '이 시대를 진지하게 걸어가는 사람의 치욕'으로, 사회적 치욕으로. 그러나 치욕을 객관화시킨다고 해서 그것이 남의 것이 되는 것은 아니다. 치욕이 가한 상처는 여전히 그의 가슴에 남아 있다. 그 상처 때문에 그는 술을 마시고 가재도구들을 집어던지며 감상적인 면모를 드러낸다. 「도취의 피안」이나 「방 안에서 익어가는 설움」에 그런 흔적은 역력히 남아 있다.

내가 사는 지붕 우를 흘러가는 날짐승들이
울고 가는 울음소리에도
나는 취하지 않으련다

사람이야 말할 수 없이 애처로운 것이지만
내가 부끄러운 것은 사람보다도
저 날짐승이라 할까

라고 김수영은 비감스런 어조로 말하는가 하면,

흐르는 시간 속에 이를테면 푸른 옷이 걸리고 그 위에

반짝이는 별같이 흰 단추가 달려 있고

......

이 밤이 기다리는 고요한 사상마저

나는 초연히 이것을 시간 우에 얹고

어려운 몇 고비를 넘어가는 기술을 알고 있나니

누구의 생활도 아닌 이것은 확실한 나의 생활

마지막 설움마저 보낸 뒤

빈 방 안에 나는 홀로이 머물러 앉아

어떠한 내용의 책을 열어보려 하는가

　라고, 의문형 종결 어미를 거듭 사용한다. 지붕 위로 날아가는 날짐승들의 울음소리라든지 벽에 걸린 푸른 옷, 별같이 반짝이는 흰 단추, 마지막 설움마저 날려 보낸 뒤에 읽어야 할 책 등은 설움의 장치들이자 설움의 풍경이다. 시간의 풍경 속으로 치욕의 기억들은 흘러가고 책들의 페이지는 넘겨진다. 그것들은 흘러가면서 상처를 씻어주고 상처를 치유해 준다. 김수영의 내면에는 밖으로 밀어내어 '객관화시키려는 치욕'과 '씻어 내려는 치욕'이 뒤엉켜 있다. 그 혼효 상태를 잘 보여주는 것이 「나의 가족」이다.

조용하고 늠름한 불빛 아래

가족들이 저마다 떠드는 소리도

귀에 거슬리지 않는 것은

내가 그들에게 전영(全靈)을 맡긴 탓인가

내가 지금 순한 고개를 숙이고

온 마음을 다하여 즐기고 있는 서책은

위대한 고대조각의 사진

그렇지만

구차한 나의 머리에

성스러운 향수(鄕愁)와 우주의 위대감을

담아주는 삽시간의 자극을

나의 가족들의 기미많은 얼굴에

비하여 보아서는 아니될 것이다.

제각각 자기 생각에 빠져 있으면서

그래도 조금이나 부자연한 곳이 없는

이 가족의 조화와 통일을

나는 무엇이라고 불러야 할 것이냐

차라리 위대한 것을 바라지 말았으면

유순한 가족들이 모여서

죄 없는 말을 주고받는

좁아도 좋고 넓어도 좋은 방 안에서

나의 위대의 소재(所在)를 생각하고 더듬어보고 짚어보지 않
았으면

거칠기 짝이 없는 우리 집안의

한없이 순하고 아득한 바람과 물결—

이것이 사랑이냐

낡아도 좋은 것은 사랑뿐이냐

—「나의 가족」에서

이 시를 산문으로 옮기면 다음과 같다. 저마다의 일거리
를 찾아나갔던 가족들이 집으로 돌아와 전등불 아래서 이
야기꽃을 피우고 있다. 김수영은 옆방에 앉아 '성스러운
향수와 우주의 위대함'이 담긴 고대조각 사진이 실린 책을
보고 있다. 가족의 이야기는 볼륨이 높아가기도 하고 웃음
소리가 터져 나오기도 한다. 여느 때 같으면 조용히 하라
고 소리 질렀을 법도 하건만 오늘따라 김수영은 웃음소리
가 거슬리지 않는다. 그리고 '위대한 고대조각 사진'보다
도 기미가 낀 어머니의 얼굴과 동생들의 얼굴이 훨씬 그의
마음을 잡아끈다. 그는 고대조각이 지시하는 위대하고 고
독한 길보다 '유순한 가족들이 모여서 죄없는 말을 주고받

는 좁아도 좋고 넓어도 좋을' 길을 가족과 함께 갔으면 싶다. 그것은 범속하되 '한없이 순하고 아득한 바람과 물결' 같은 것이다. 엘리엇의 「칵테일파티」의 한 대사를 연상시켜 주는 이 범속한 사랑을, 김수영은 "이것이 사랑이냐, 낡아도 좋은 것은 사랑뿐이냐"고 강조하며 결구를 맺는다. 김수영은 그 범속함 속에 참 위대함이 있으며, 그와는 많은 거리를 두고 있기 때문에 빛난다는 사실을 안다. 그리고 그 거리 사이에 김현경과의 이별의 아픔이 흐르고 있다는 사실도 그는 안다. 부산에서의 한 번의 만남 이후 그들은 얼굴을 대면한 적이 없다. 그들은 '이혼'과 같은 상태에서 지냈다. 아니 '같은 상태'가 아니라 이혼상태라 해야 한다. 언제 그들이 식을 올리고 결혼했던가. 마음이 맞아 함께 살았으니, 마음이 멀어지면 헤어지는 것이 아닌가. 박인환은 어느 날 정색을 하고 충고했다. "부부란 자식 때문에 사는 거야. 여기 성냥갑이 있지. 이 성냥갑 사이에 성냥개비를 하나 갖다 놓자. 이 성냥개비는 두 쪽의 성냥갑에 실을 동여매고 있어. 그래서 한쪽 성냥갑이 멀어지면 이 성냥개비가 실을 잡아당기는 거야. 너무 멀리 가면 안 된다고." 김수영은 또 시시껄렁한 소리를 하는구나 하고 대수롭지 않게 넘겼으나 시간이 지날수록 그 말이 이상스럽게 옆구리를 잡아당겼다. 그의 애가 자신을 잡아당기는 것 같았다. 그런 느낌이 싫어 김현경을 부정하고 또 부정하는 것이었으나 여의치 않았다.

1954년 12월 어느 날의 일기에 보면 여의사와의 혼담 건이 적혀 있다. 그는 여의사가 있는데 결혼하지 않겠느냐는 C중위의 말에 다소 호의적인 반응을 보였던 듯하다. 집으로 돌아와 불을 끄고 방바닥에 누워 있는데, 갑자기 그의 뇌리에 그 생각이 살아나, 왜 여의사한테 장가가고 싶어했을까? 탐욕이 생긴 것일까? 시를 쓰려면 최소한의 경제적 배경이 필요하다고 생각했는가? 그렇게 내가 오염된 것일까? 물음에 물음을 거듭한 뒤, 다시는 그런 유혹의 말에 귀기울이지 말자고 다짐한다. 일기에는 김현경에 대한 언급이 일체 없으므로, 이 다짐이 김현경과 연결된 것인지 어떤지 알 수는 없다. 그러나 김현경에 대한 언급이 일체 '없다'는 '있다'의 반증일 수 있다. 그는 김현경의 생각을 의도적으로 일기에서 제해버린 것일 수 있다.

박연희의 주선으로 《주간 태평양》에 취직하여 출근하게 된 뒤에도 김수영의 절망의 행동 양식은 바꾸어지지 않았다. 그는 방 안의 기물들을 여전히 집어던지고 고래고래 소리치며 식구들을 들볶았다. 김수명은 그때마다 오빠가 악마 같았다고 했다.

하긴 《주간 태평양》에 나간다고 해서 그 잡지가 김수영의 마음을 재워주거나 바꿔놓을 수 있는 요소를 가지고 있지는 않았다. 초기 이승만의 비서실장을 지낸 윤치영의 정치 행태와 밀접한 관계를 가지고 있는 그 잡지는 편집책임자인 박연희의 말마따나 협잡꾼들의 집결지였다. 누구 하나 잡지의 내용이나 스타일에 관심을 가진 사람이 없었다. 박연희도 김수영도 날마다 보신각 옆의 '분홍신' 다방에 가 살았고, 밤이면 술집을 거쳐, 폭격으로 잿더미가 된 관철동 일대의 판잣집들을 더듬었다. 일대가 사창굴로 변한 관철동 골목들을 김수영은 자주 드나들었다. 시민증을 잡히고 잠을 자고 오는 때도 있었다. 그런 사실은 포주들이 시민증을 들고 잡지사로 찾아와 곧 알려졌다. 이때 김현경이 이혼 문제로 김수영을 잡지사로 찾아왔다는 소문이 있지만 확인되지는 않는다. 김현경이 이혼서류에 도장을 받으려고 와서, 김수영이 목도장을 내주었다고 하지만, 그것이 사용되었던 흔적이 없고, 그럴 만한 정황도 인정되지 않는다.

3

이때, 김수영이 신경을 기웃거리고 있는 것은 명동 뒷골목에서 헌 외국 신문과 잡지를 뒤지는 일이었다. 그는 《주간 태평양》을 서너 달 다니고 집어치웠으므로 주머니가 늘 비었다. 찻값과 담뱃값은 벌어 써야 했다. 날마다 어머니에게 손 내밀 수 없는 일이었다. 그래서 생각해 낸 것이, 헌 외국 신문이나 잡지들을 뒤져 번역거리를 구해가지고 신문사나 잡지사의 주문을 받는 것이었다. 김수영의 영어실력은 소문나 있었으므로 내용이 좋거나 흥미롭기만 하면 응해 주었다. 그는 일주일에 한두 번씩은 명동 뒷골목의 외서점들을 뒤졌다. 그리고 번역거리를 찾아들고 신문사와 잡지사를 돌아다녔다. 번역거리가 신문이나 잡지에 실린 다음에도 몇 번씩 신문사나 잡지사를 찾아다녀야 했다. 원고료를 받기 위해서였다.

포로수용소에서 그에게 따뜻한 온기를 느끼게 했던 '미스 노'가 김수영 앞에 다시 나타난 것도 이 무렵이었다. 그때 그녀는 간호사를 그만두고 미도파백화점에서 상점 일을 보고 있었다. 키가 자그마하고 평범한 그녀는 광적인 외로움에 싸여 있었던 김수영의 마음을 금세 빨아들여 시인으로 하여금 미도파 주변을 맴돌게 했다. 이때의 '빨아들여'라는 표현은 '노 선생'의 여성적 매력이라든지 그와 유사한 종류의 흡인력을 뜻하지 않는다. 그녀는 그런 흡인력이 거의 없는 사람이었다. 작고 조용한 여자들이 대개 가지고 있는 잔잔하고 여유로운 분위기를 그녀는 아주 자연스럽게 거느리고 있는 편이었다. 김수영은 그 분위기가 좋았다. 그리고 암흑시기에 그에게 따뜻한 불빛이 되어 주었던 그녀에 대한 추억을 결코 잊을 수 없었다.

일기를 보면 그는 50년대의 풍경답지 않게 휘황찬란한

불빛 아래 작은 여자가 분주하게 왔다 갔다 하는 것이 싫었던 모양이다. 문을 연 지 몇 달 되지 않는 미도파백화점은 기존의 신세계백화점이나 신신백화점과는 규모에 있어서나 내부 시설에 있어서 전혀 달랐다. 미도파는 백색 불빛이 천장에서 쏟아지고 있었으며, 유리 진열장에 그 불빛이 반사되어 눈부셨다. 바닥도 티 한 점 없이 미끌미끌했다. 그 밖에도 외제 화장품과 외제 유리그릇, 외제 넥타이, 외제 넥타이핀, 외제 와이셔츠들이 토해내는 눈부신 빛……그는 침이라도 뱉어주고 싶었다. 그러나 그는 침을 뱉을 수 없었다. 그곳에는 미스 노가 있었다. 미스 노가 있는 곳이라면, 그에게는 어느 곳이라도 좋았다.

김수영은 월간지가 새로 나오면, 그것을 사가지고 가는 날이 많았다. 새 월간지는 컬러 표지부터 그녀를 기쁘게 해줄 수 있을 것이며, 그리하여 기쁘게 그녀를 만날 수 있을 것이라는 계산에서였다. 미스 노도 그런 김수영의 마음을 헤아린 듯 "아유, 고맙습니다." 했다. '감격 아닌 감격'의 표정이었다. 김수영은 그것이 못마땅했다. 그러나 참았다. 그는 그녀의 '벽'을 무너뜨리고 싶었지만, 그래서는 안 된다고 생각했다. 그녀는 남편이 있는 여자였고, 그의 남편은 건축 기사였다. 그러나 그녀는 남편 월급에 의지하지 않고 6·25 전부터 고등학교 양호 교사로, 간호사로 자리를 옮겨다니면서 조용히 살림을 꾸려나갔다. 그녀의 이름도 '내실의 연인'답게 노봉실(盧鳳實)이었다. 김수영은 그 이름도 싫지 않았다.

한번은 김수명에게 "노 선생의 본명은 노봉실이란다."하면서 미도파백화점으로 심부름을 한 번 갔다 와 주지 않겠느냐고 했다. 그는 어색하고 면구스러울 때 두고 쓰는 '큼큼큼'을 되풀이했다.

오빠가 가르쳐 준 대로 미도파 1층이었던가 2층에 가서 미스 노를 찾았지요. 미스 노는 진열장 안에 있었어요. 키가 작고 눈이 큰 '아줌마'였어요. 나는 실망했어요. 오빠가 좋아하는 사람이 저런 아줌마라니…… 그래서 아마 말도 더듬었던 것 같아요. 그 분은 무척 친절하게 대해 주었던 것 같아요. 나이가 얼마냐? 어느 학교에 다니냐? 그런 것을 물었던 것 같아요. 돌아갈 때는 와이셔츠에 넥타이, 내복을 포장해서 오빠에게 전해주라고 했어요. 그 뒤로도 서너 번 오빠 심부름으로 만났댔죠. 우리는 가까웠어요. 오빠는 '나는 손 한 번 안 잡았다.', '입에서 말도 잘 안 나온다.'고 했어요. 그럴 때 오빠 얼굴은 조금 붉어졌던 것 같아요.

김수영은 유정에게도 '손 한 번 안 잡아봤다.'면서 여러 차례 그를 미도파에 데리고 가려고 했다. 한 번은 미도파 후문까지 끌려간 적이 있었다. 김수영은 유리창 너머로 "저기 저, 저 여자야, 저기 저, 저 여자" 하고 서른 살쯤 되어 보이는 여자를 가리켰다. 단정한 모습이었다. 그러나 유정은 더 이상 나아가지 않았다. 남편이 있는 여자를 만난다는 것은 바르지 못하다는, 그렇고 그런 생각이 그 발을 막았다.

　아마도 유정과 미도파에 갔던 그 직후였던가 직전이었을 것이다. 김수영은 월간지 『청춘』에서 원고료로 7백 원을 받았다. 당시 7백 원이라면 적지 않은 돈이었다. 김수영은 걸음을 재촉하여 미도파 문을 밀고 들어갔다. 그의 표현대로 '장사에 분주'한 미스 노는 그를 보더니 가만히 웃었다. 김수영도 웃었다. 그러고는 두 사람은 한참 말없이 서있었다. 잠시 후 미스 노는 길 건너 상원다방으로 가서 기다리라고, 곧 따라가겠다고 했다. 김수영은 미도파를 나와, 길을 건너 상원다방으로 갔다. 초겨울이라 카운터 앞에 무쇠 난로가 있었고, 난로에서는 톱밥이 타닥, 타닥, 소리를 내며 타고 있었다. 난로 주변으로 손님들은 둘러앉아 마담과 웃고 떠들었다. 김수영은 웃음소리를 피해 서쪽 창가의 구석 의자로 가 앉았다. 백양을 꺼내어 불을 붙였다. 담배연기가 가슴속을 따갑게 자극했다. 레지가 엽차를 가지고 왔다. 그는 호주머니에서 문고본 『킬리만자로의 눈』(영문판)을 꺼냈다. 오른 팔꿈치를 창 쪽에 기대고 비스듬히 몸을 기울인 다음 그는 책장으로 시선을 옮겼다. 순수한 시간이었다. 애인은 오지 않았지만 애인을 만나고자 기다리는시간 속에서 활자들은 그의 마음을 설레게 했다. 활자들이 알아서 꿈틀거렸다. 킬리만자로의 표범은 왜 그 높은 산꼭대기로 올라갔는가? 사람들은 왜 킬리만자로의 표범과 같은 외롭고 힘든 길을 가는가? 나는 내 길을 가려고 하는가? 가족이, 벗들이, 애인이 비웃고 백안시하는 이 길을 왜? 책을 3분의 1쯤 넘겼는데도 미스 노는 나타나지 않았다. 3분의 2쯤 넘겼을 때도 미스 노는 나타나지 않았다. 책장을 다 덮고 났을 때도 나타나지 않았다.

그날 노 선생은 끝내 나타나지 않았다. 그는 어지러운 머리를 서너 번 흔든 다음 의자에서 일어섰다. 가슴이 서늘하게 아팠다. 그날은 그의 귀빠진 날이었다. 1954년 11월 24일(음력 10월 24일), 34년째의 귀빠진 날.

그날, 노 선생은 왜 나타나지 않았을까, 그리고 그에 대해 김수영은 왜 그다지 화를 내지 않았을까, 기다리고 바람맞는 일이 그에게는 관성이 되었기 때문일까, 아니다. 그렇게 말해서는 안 된다. 왜 화를 내지 않았는지 알 수 없는, 그런 일들을 가능케 하는 것이 두 사람의 독특한 사랑이라고 봐야 한다.

어느 날 김수영은 일기에 적었다. 〈인생유전〉이란 프랑스 영화를 보고 나서였다. 그는 그 영화가 도대체 마음에 들지 않았다. 제목부터 고색창연하고 내용도 신파였으며, '바티스트'라는 주인공의 이름까지 비위를 상하게 했다. 여러 면에서, 예술이란 가면을 쓴 프랑스적 협잡 영화라 할 수 있었다. 그런데도 영화관의 문 앞에는 며칠째 사람들이 줄을 지어 섰으며, 노 선생도 보고 나서 김수영에게,

"참 좋지요."

했다. 그는 서슴없이,

"네 좋지요."

하고 대답했다. 그는 그것이 사랑이라고 일기에 썼다. 유치하고 변덕스럽고 거짓스러운 것도 사랑하므로 좋은 것이 되어 우리에게 돌아오는 것이다.

4

김수영이 《평화신문》 문화부에 취직된 것도 그해 겨울 11월 말경이었다. 해방 직후부터 명동에서 더불어 술을 마셔온, 술친구라면 술친구일 수 있는 이봉구가 대여섯 달 전부터 여러 차례 신문사에 들어와 함께 일하자고 했다. 외지 번역만 하면 된다는 것이었다. 국내 인사들의 원고청탁은 자신이 맡고 외지 번역을 김수영이 담당하면 다른 신문 문화면들을 앞지를 수 있다는 것이었다. 이봉구는 《평화신문》 문화부장이었다. 김수영은 번역거리를 찾아다니고 번역료를 받으러 다니기도 지겨워 함께 일하기로 했다. 포스트는 문화부 차장, 월급은 외지 번역료로 하고, 출근은 10시 경.

내일이면 출근해야 되는 11월 27일 아침, 김수영은 외출하려고 구두끈을 매다가 어머니께 먼저 알리는 것이 좋을 것 같아서 "내일부터 평화신문사에 나가기로 했습니다." 하고 말했다. 어머니는 반색을 했다.

"무슨 일을 하니?"

"뭐어, 별것 다아 하지요. 번역두 하구, 청탁두 하구, 내가 못하는 것이 있나요."

"너야 뭐, 그것만 있으면 어딜 가도 굶지는 않지."

말이 길어질까 싶어 김수영이 일어서는데, 어머니는 재빨리 말을 이었다.

"너는 나하고 같이 살면 안 된대, 너 왜 수성이 하고 가서 본 점쟁이 있지? 거기서 그러지 않았니? 너는 집을 떠나야지 잘살고 출세한다고⋯⋯."

이것은 어머니가 한두 번 한 이야기가 아니었다. 다음 이야기도 김수영은 알았다. 수강이와 수경이를 이번 총선거 뒤에는 만나볼 수 있겠냐는 바람이었다. 김수영은 인사도 하는 둥 마는 둥 하고 부리나케 집을 나왔다.

다음 날 아침 김수영은 넥타이를 매고 상의를 걸치고 평화신문사로 나갔다. 이봉구는 먼저 와 기다리고 있었다. 이봉구의 뒤를 따라 김수영은 편집국장, 정경부장, 사회부장, 외신부장의 데스크를 차례로 돌고, 또 사장실과 전무실에도 들러 인사했다. 《평화신문》은 생각보다 작고 어수선했

다. 동아일보나 조선일보와 같이 편집국이 분주하게 돌아
가지 않았다. 간이역 같았다. 그 점이 그의 마음에 들었다.
첫날은 의자에 앉아 기자들이 큰소리로 전화하고, 들락날
락하는 모습을 신기한 듯 살펴보았다. 이국 풍경처럼 흥미
로웠다. 점심때가 되자 이봉구가 등을 쳤다. "점심이나 먹
지, 뭐." 이봉구를 따라 일어서는데, 어느새 빠져나갔는지
편집국 안은 썰렁했다. 한두 기자가 전화기를 붙잡고 있을
뿐이었다. 이봉구를 따라 길을 건너 식당으로 들어갔다. 편
집국을 빠져나간 기자들은 거의 모두 그 식당에 자리 잡고
있었다. 첫날은 그렇게 스름스름 지나갔다. 다음 날, 그 다
음 날도 3~4매짜리 번역물을 한두 건 만들어 넘기고, 오후
에는 번역거리를 찾으면 되었다. 별로 할 일이 없었다. 교
사 자리에 비해서는 자유직이라 할 수 있었다. 오후 서너
시가 지나면 편집국 문을 열고 나가 이 다방에서 저 다방
으로, 이 술집에서 저 술집으로 돌아다니면 되었다. 돌아다
니는 것이 일이었다. 더욱이나 김수영은 번역거리를 찾아
명동 뒷골목의 외서점들을 뒤져야 했으므로, 밖으로 나갈
수밖에 없었다. 그렇게 밖으로 나돌다 보니 술자리를 찾게
되었고, 술을 마시다 보니 말을 많이 하게 되었다. 이봉구
는 고전적인 소년처럼 단정히 앉아 낮고 부드러운 목소리
로 상대방으로 하여금 말을 하게 하는 분위기를 연출하는
데 달인이었다. 그래서 그런지 그의 주변에는 술친구들이

날마다 대여섯 명은 모여들었다. 박인환은 단골이었다. 박
인환과 이봉구는 주연에 연출가였다. 그날은 이봉구와 김
수영 두 사람만이 단출하게 자리를 마주했다. 여러 차례 잔
이 오고 갔다. 취기 때문인지 김수영의 입에서 불쑥 김은실
의 이야기가 튀어나왔다. 의용군이나 포로수용소 시절은
어머니에게조차도 말하지 않는데 어인 일인지 그날은 김
은실의 이름이 불쑥 튀어나왔다.

"거제 포로수용소에서 어느 날 김은실을 만났지 뭐예
요."

"뭐, 김은실을 만났다고?"

이봉구가 놀라 소리쳤다.

"그렇다니까요."

"포로수용소에서?"

"그렇다니까요."

"백주 대낮에?"

"대낮에."

"어떻게?"

"은실이 의사 아녜요?"

"그래, 의사지."

김수영은 이봉구의 휘둥그런 눈과 놀란 목소리가 우스
워 웃었다. 이봉구도 허허허 웃었다.

김수영은 점점 《평화신문》 생활이 마음에 들었다. 밖에

나와 일한다는 사실도 좋고, 뉴스의 가운데 산다는 일도 즐거웠으며 술을 마실 수 있다는 것도 흡족했다. 번역료는 정확하게 매수를 계산해서, 누런 봉투에 담아주었다. 번역거리를 찾는 일이 귀찮았다. 매일 찾아보니 내용도 없는 것들까지 손대야 했다. 그러나 그것이 내게 주어진 내 일인데 어떡하랴! 김수영은 그렇게 자위했다.

거기까지가 이봉구와 김수영의 '허니문 기간'이었다. 그 기간이 지나자 두 사람 사이는 조금씩 조금씩 벌어지기 시작했다. 첫째로 번역료가 나오지 않았다. 다음으로 이봉구의 허위의식이 한 꺼풀, 한 꺼풀 벗겨지기 시작했다. 예전에도 이봉구가 진지한 사람이라고 생각해 본 적이 없었지만 가까이 보니 그는 허위투성이였다. 모르는 것이나 모르는 사람들을 그는 모른다고 하지 않았다. 모든 것을 적당히, 우물쭈물 넘겼다. 토씨 하나에도 집착하는 김수영과는 너무 달랐다.

두 달째 번역료는 나오지 않았다. 담뱃값도 버스값도 구하기 어려웠다. 어머니에게 돈을 달라 할 수도 없었다. 수명에게 또 손을 내밀 수도 없었다. 할 수 없이 다시 명동 뒷골목을 뒤져 번역거리를 찾아가지고, 이번에는 잡지사만을 돌았다. 번역한 글이 잡지에 실리고 나서도 원고료를 빨리 지불하지 않기는 예전과 마찬가지였다. 번역료를 받아내려 하고 그것을 지연시키려는, 자신과 편집자의 실랑이

를 어느 날 김수영은 다음과 같이 〈일기〉에 기록하였다.

　그냥 구걸을 하러 갔다 해도 이렇게 실랑이를 받지 않을 것이다. 일해다 준 돈 받기가 하늘의 별따기보다 더 어려웁다. 시월달 원고료가 아직 미불된 것이 있다는 둥, 당신이 일해 오는 것은 무서운 생각이 든다는 둥 편집자는 별의별 이야기를 하면서 돈 재촉을 하러 온 나를 압박한다.

　시재 구두 고칠 돈도 없으니 달래러 오는 것이며, 돈 재촉을 하러 다니지 않으면 아니되는 것이 국문(鞠問)을 받는 것보다 더 싫다. 그러나 세상은 이러한 양심을 알아줄 리가 없는 것이다.

　쓰고 싶은 글을 써 파는 것이라면 또 모른다. 순전히 담뱃값 벌기 위하여 어쩌다가 얻어걸리는 미국잡지의 번역물을 골라 파는 일이다. 은행 뒷담이나 은행 길 모퉁이에 벌여 놓은 노점 서적상을 배회하여 다니며 돈이 될 만한 재료가 있는 잡지를 골라 다니는 것은 고달픈 일이 아닐 수 없지만 그래도 구하려던 책이 나왔을 때는 계 탄 것보다도 더 반가웁다.

　책은 있는데 호주머니에 가지고 있는 돈이 한푼도 없을 때는 하는 수 없이 돈을 꾸러 누이를 찾아가서 사정을 하고 회사돈이라도 꾸어다가 살 수밖에 없었다.

　이제는 일만 하면 된다, 돈이 생긴다, 생각하면 적이 불안한 마음이 줄어든다. 그래도 곧 일을 시작하게 되는 것이 아니다. 우선 이 책을 들고 잡지사 편집자한테로 찾아가서 의논을 하여야 한다.

"어느 것이 좋을까요?"

하고 의논을 하는 것인데 이것이 재판을 받는 죄수 모양으로 맘이 조바심이 나고 입술이 타는 일이다.

"이것은 이십 매 가량 하여 주시고, 이것은 기사가 퍽 재미있을 것 같으니 이십오 매만 하여 주시고……."

하면서 잡지를 뒤적거리고 있는 편집자는 동대문 시장의 포목상이 자질을 하는 것과 조금도 다름이 없이 인색하고 더러워 보인다.

마음이 약한 나는 편집자의 심판이 내리기 전에 미리 앞질러서,

"이것은 재미가 없으니 그만두지요. 이것은 십오 매로 줄이지요."하고 오히려 자기가 감독자의 입장이 되어 있는 것처럼 될 수 있도록 적게 매수를 지정하여 말하기도 한다.

그러면 이러한 소심한 태도가 가엾다는 듯이 편집자는 빙그레 웃어 보인다. 이러한 편집자를 나는 무척 인간적이라고 생각하면서 서글픈 생각이 든다.

그러면 편집자는, "참 딱하오, 형도……딱한 사정이야."하고 한숨을 쉰다.

그러나 이 한숨이 진정 나를 위한 한탄이 아니라는 것을 나는 곧 즉각 알 수 있다.

비록 나를 위한 동정의 한숨이라손 치더라도 나는 조금도 고

마웁게 생각할 이유가 없다. 내가 사서 하는 고생이기 때문이다.

이 책을 무슨 보물처럼 소중하게 안호주머니에 넣고 나와서 나는 다방으로 간다. 안국동 뒷골목에 있는 쓸쓸한 다방을 찾아 가서는 앉는다.

다방 창 밖에는 무슨 아름다운 풍경이 있는 것이 아니다. 검은 기왓장 위에 앉은 뿌연 먼지를 바라보고 있는 것이 일이다. 이것이 나에게는 유일한 낙이기도 한 것이다.

자기 자신을 죽이는 시간이 계속된다. 창 밖에 보이는 뿌연 하늘과 기왓장 위에 보이는 먼지와 그리고 나밖에는 없다. 축음기 소리도 없는 다방에는 동쪽 벽에 투계 한 쌍을 그린 큰 동양화 한 폭이 있고 난로 가장자리에는 불량학생들이 앉아서 하루 종일 잡담을 하고 있는 매우 쓸쓸한 다방이다.

카운터는 남쪽 구석에 ㄱ자로 붙어 있으며 그 뒤에 걸린 기둥시계는 언제고 깜깜히 졸고 있다.

카운터 바른편에 변소 문이 달려 있으며 그 문을 열고 나가면 맞은편에 인가가 보이고 그 앞으로 골목길이 가로놓였으며 저쪽으로 붉은 벽돌로 된 교회당 머리가 높다랗게 솟아오른 것이 주위의 평범한 풍경에 조화와 무게를 주고 있다. 소변을 보러 나가서는 잠시 동안 넋 없이 이 특색없는 인가의 위치와 사람들의 왕래를 보고 들어오기도 한다. 이렇게 함으로써 나는 내 몸이 조금이나마 위대하여지는 것같이 느껴지는 것이다.

책을 끼고 집으로 와서도 곧 일을 시작하는 것이 아니다. 적어도 일을 시작하기까지는 이삼 일의 시간이 경과하지 않으면 아니된다. 돈을 버는 일에 게을러야 한다는 것이 하나의 의무와 같이 생각이 드는 것이다.

책을 책상 위에 놓는 것도 불결한 일같이 생각이 되어서 일부러 선반 위의 외떨어진 곳에 격리시켜 놓고 시간이 오기를 기다리는 것이다.

일을 시작하는 시간은 제일 불순한 시간이어야 한다. 몸과 머리가 죽은 사람 모양으로 기운이 없어지고 생각이 죽은 기계같이 돌아갈 때를 기다려서 시작하여야 한다. 나는 이것을 세상에서 제일 욕된 시간이라고 단정하고 있다. 이렇게 마지못해 하는 일이라 하루에 서른 장(이백자 원고지)을 옮기면 잘 하는 폭이다. 그것도 날이나 추워지고 하면 더 하기가 싫다.

'언제나 이 일을 그만두나! 어느 날에나 의무로 하는 이 답답한 일을 그만둘 수 있을까'하는 불평과 바람이 잠시도 머리에서 떠날 사이가 없다. 그래도 스무 장이고 서른 장이고 일이 끝이 나면 두 발에 엔진이 달린 것보다도 더 바쁘게 잡지사로 뛰어간다. 그러나 돈 받아내기는 일하는 것의 몇 배나 더 어렵고 고통스러운 일이다. 하늘의 별따기보다도 더 어려운 일이다. 돈을 받아가지고 물끄러미 들여다보고 있으면 웃음이 나온다. 그리고 그 다음에는 전연 무감각한 상태로 돌아간다. 무엇에 돈을 써야 할지 얼른 생각이 나지 않는다.

어쩌다가 다정한 친구와 술을 마시게 되어서 흥이 나돌라치

면,

"나는 돈이 반가운 줄 몰라. 남이 돈을 벌어야 한다고 날뛰니까 나도 덩달아서 날뛰어 보는 것이야."

하고 껄껄 웃는다. 이것은 날이 갈수록 늙어가는 나 같은 사나이들이 누구나 한 번쯤은 생각하여 보았을 서글픈 회의일 것이다.

김수영의 번역 일은 그 뒤로도 계속되었고, 번역료 받아내기도 계속되었다. 소설을 써봐야겠다는 생각이 구체적으로 들기 시작한 것이 그때였다. 그는 의용군에서 포로수용소까지의 뼈아픈 일들을 꼭 써보고 싶었다. 그것은 그의 자전이자 6·25전쟁 소설이 될 터이다. 그리고 그 소설은 번역료 이상의 수입을 그에게 가져다줄 것이다. 김현경은 「임의 시는 강변의 불빛」이라는 김수영의 회상기에서 "환도 후 생활의 질서가 잡히지 않는 가운데서…… 그는 소설을 써보려고 무던히도 노력했다."고 적었다. 실제로 김수영은 53년말경에 30~40매씩 두세 차례 썼으나 불태워버렸다. 마지막으로 손을 댔던 것이 지금 남아 있는 「의용군」이었다. 그것은 장편소설의 서두였다.

그 즈음에 군산에 있는 옛 친구(송기원)에게서 문학 강연차 군산에 한번 내려오지 않겠느냐는 연락이 왔다. 답답했던 때였으므로 이봉구에게 메모를 남기고, 승합차를 타고 군산으로 향했다. 한강철교를 넘어서자 막혔던 숨구멍이 트이면서 큰 숨이 내쉬어졌다. 차는 삼례를 지나 만경평야를 외로 끼고 달렸다. 만경평야는 우리나라 들녘이라 할 수 없을 정도로 넓고 넓었다. 만(萬)의 경(頃, 백 이랑)이라 할 만했다. 바람도 부드럽고 달콤했다. 저절로 콧노래가 나왔다. 자연이 사람을 만든다는 옛말이 실감되었다.

김수영은 그날 밤 바닷가 술집에서 싱싱한 광어회와, 바다장어회를 안주 삼아 소주를 실컷 마셨다. 다음 날 아침에는 쓰린 속을 달랠 겸 변소에 들어가 오후의 강연 일을 생각하려니, 갑자기 서울에서 적어 가지고 온 강연 메모가 하잘것없는 것 같았다. 적어온 대로 말한다는 것은 원숭이짓에 지나지 않는 것 같았다. 그 자리에서 사람들과 더불어 생각하며, 그 자리에서 말해야 될 것 같았다. 그는 가지고 온 메모를 꺼내어 밑을 씻고 똥통에 던져버렸다. 그날 어떤 말을 어떻게 했는지 모르지만 김수영은 기분이 상쾌했다. 대엿새 놀고 돌아가는 길에는 가람 이병기 선생과 신석정 선생을 찾아뵈었다. 가람은, 예술의 힘으로 큰 사람은 인간으로도 큰사람일 수 있다는 표본을 본 듯했다. 가람은 정지용과 이태준을 칭찬했다. 그 어조도 마음에 들었고 그 겸손도 무릎을 꿇게 했다. 꾸밈이 별로 없고, 꾸며도 꾸밈이 드러나지 않는 크나큰 겸손이었다. 술잔이 돌자 가람의 겸손은 '청춘'과 '인간'으로 변했다. 그의 목소리는 굵어져 갔다. 돌아오는 길에 김수영은 어느 돌다리에서 '옥야명건(沃野明健)'이라는 각자(刻字)를 보았다. 마음에 새겨둘 만한 것이었다. 다시 한강을 건너면서는 고병조라는 청년에게서 들은 이야기가 번뜩 떠올랐다. 죽도(竹島)라는 섬에 있는 '씹골'이라는 곳에서는 '보지값'이 선박의 출입에 따라 오르내린다는 것이었다. 웃음이 피식 나왔다.

집에 돌아와서는 일기에 메모를 해두었다.

①독서와 생활을 혼동해서는 안 된다. 전자는 받아들이는 것이고 후자는 뚫고 나가는 것이다.

②확대경을 쓰고 생활을 보는 눈을 길러야 할 것이다.

그리고 그 다음 날, 그는 또 머릿속을 오가는 생각들을 정리하려고 〈일기장〉을 꺼내어 기록했다. 뷔엔나 다방의 구석의자에서였다.

'서울에 들어오면 서울의 풍습을 따라야 한다'하고 집을 나왔지만 아직도 나는 서울이 무엇인지 모르겠다.

슈우바아를 벗어 버리고 텁텁한 미군복 겨울바지 대신 구레파아 회색바지를 입고 저고리도 엷은 여름것을 걸치고 나왔는데 마음이 암만해도 서먹서먹하다.

단 일주일 동안 서울을 떠나 있었던 것이고, 그것도 멀리나 간 것인가, 불과 군산 항구까지 왕복 열네 시간밖에 걸리지 않는 조그만한 여행을 하고 돌아온 것인데 이다지도 서울이 서먹

서먹하다.

내가 난 서울, 내가 자라난 서울은 이모저모 위로 아래로 혹은 옆으로 구멍이 뚫지라 하고 보아도, 몇 번씩 다시 보고 하여도 도무지 남의 것만 같다.

집을 나와서 버스를 잡아타고 언제나 내리는 을지로 입구에서 차를 내린다. 여전히 명동 쪽으로 가기가 싫어서 종로 네거리를 돌아서 '뷔엔나'로 왔다.

'뷔엔나'에 오기까지 나는 나의 걸음걸이와 나의 눈초리에 극히 조심하였다. 그리고 구태여 남을 보지도 않으려고 하였으며 남의 눈에 뜨이지 않으려고 극히 평범한 걸음걸이로 걸어왔다.

서울 사람들, 서울 거리를 걷는 사람들의 표정, 당초에 마음이 놓이지 않는 그 표정들이 몹시 마음에 걸린다.

그래서 나의 눈은 나도 모르게 그들의 하나하나의 지나가는 모습 위로 가는 것이다.

놀란 눈, 초조한 눈, 독에 맺힌 눈, 그리고 가늘고 섬세한 발, 무표정한 얼굴, 무색한 피부…….

어젯밤에 서울역에서 기차를 내려서 마지막 버스를 타고 그 안에 앉아 있는 루즈를 바른 매춘부 같은 계집을 보고 제일 처음 내가 느낀 인상은 '서울 여자들은 기운이 없다'는 것이었다. 이러한 여자들은 규방에서의 인생 최대의 쾌락과 행복까지도 빼앗긴 사람들이다. '못난년들 같으니!'하고 나는 속으로 그들을 저주하였다. 그러나 그 다음 순간에 출입구편에 서 있는 술이 취한 양복쟁이들이 서너 명 작당을 하여 차장과 싸움을 하고 있다.

"이 자식아, 손님더러 ×같은 자식이 무엇이냐? 응 너 이놈아!"

하고 소리소리 지르면서 차장을 꾸짖는다.

차장은 이따위 술주정쯤이야 아무렇지도 않다는 듯이 도무지 대꾸가 없다. 나는 이러한 차장의 얼굴 표정을 보지 않아도 짐작할 수 있었다. '이것이 서울인가? 그러면 서울이란 무엇인가? 커다란 집인가? 서로 스스럼도 없이 싸우는 곳, 가장 체면을 존중하는 듯한 서울은 사실은 체면 같은 것은 전혀 무시하고 있는 곳. 이것이 서울인가?' 이렇게 속으로 혼자 생각하여 보았지만 나는 역시 서울이 알 수 없다.

'뷔엔나'에 들어와서는 언제고 내가 앉는 동편 구석 외떨어진 자리에 가서 앉는 수밖에 없었고, 그래도 그 동안 서울을 떠나고 있었다는 기쁨이 조금쯤은 가슴속에서 불길을 일으키고 있었기에 차를 나르는 소녀에게 고개를 숙이어 인사를 하니 의외하게도 소녀의 표정은 냉담하였다. 그럴 성싶은 일이다. 여기는 서울이다. 내가 지금 소녀에게 한 인사는 서울의 풍습이 아니었고 이것은 군산 항구에서 가지고 온 것이다.

서울의 풍습은 다방에 들어오면 그냥 묵묵히 돌부처처럼 앉아 있는 것이다. 일 주일 전의 내가 이 자리에서 하듯이 눈살을 찌푸리고 소가 풀을 씹는 듯이 고민을 씹고 앉았으면 되는 것이다.

'서울은 차디찬 곳이다.'

나는 새삼스러이 느끼면서 홀로 지그시 웃어보려 하였으나 끝끝내 웃음은 나오지 않았다.

서울, 서울, 서울에 오래 살면서 나는 서울이 무엇인지 모른다. 내가 소설을 써보려는 것도 이 알 수 없는 서울을 알려고 하는 괴로운 몸부림일 것이다. 알 듯 알 듯하면서도 도저히 이해할 수 없는 이 서울은 무엇인가? 이 결론이 없는 인생 같은 서울, 괴상하고 불쌍한 서울, 이 길고 긴 '서울'에까지의 숨가쁜 노정에서 잠시 땀이라도 씻고 가기 위한 짧고 안타까운 휴식 같은 것이 나의 소설일 것이다.

김수영은 신문사나 번역 일을 집어치우고 이제는 소설을 써야겠다고 작정했다. 그는 그가 경험했던 일들을 바탕으로 이야기를 꾸며나갔다. 별로 막힘없이 이야기들이 술술 풀려나갔다.

그럴 즈음 돌연한(?) 일이 벌어졌다. 점심을 먹고 신문사로 돌아와 의자에 앉아 있으려니 번역료 생각이 새삼 떠올라 부아가 끓어올랐다. 자리에서 벌떡 일어나 총무국으로 갔다. 그는 여자 경리에게 왜 번역료를 두 달이나 주지 않느냐, 이 신문사가 내게 월급 주는 곳이냐, 따졌다. 경리는 의외라는 듯한 눈으로 김수영을 올려보았다. "김 선생님 무슨 말씀을 하시는 거예요. 두 번 다 이봉구 부장님이 찾아가셨잖아요?" 김수영은 할 말이 없었다. 멍청히 경리 앞에 서 있다가 총무국 문을 밀고나왔다. 그는 사표를 던졌다. 이봉구가, 우리가 그간에 점심을 먹고 술 마신 것이 그 돈이 아니냐고, 내가 무슨 돈이 있느냐고, 말하지 않았던 것이 큰 잘못이었다고 누누이 사죄했으나 김수영은 더 이상《평화신문》에 나가고 싶지 않았다. 그 시간에 책을 읽고 소설을 써야 되겠다고 생각했다. 그러나 직장을 그만둔다는 일이, 그렇게 쉽게 결행되지는 않았다. 첫째로 "당신이 그렇게 평화신문을 나가 버리면 내 꼴이 뭐가 되느냐."는 이봉구의 애원을 거절할 수 없었고, 둘째로는 가족의 얼굴을 뿌리칠 수 없었다. 김수영은 다음 날 오후 늦게《평화신문》의 문을 밀고 들어갔다. 하지만 이봉구에 대해서는 다시 마음이 열리지 않았다. '이봉구는 선량한 사람이다.' 라고 원고지에 써도 잘 되지 않았다.

그 즈음 김수영은 노트장에 다음과 같이 큰 글씨로 써넣었다.

①나는 협량하다.

한강이 내려다보이는 언덕

1

김현경이 김수영을 찾아와, 그들의 불화 시기를 끝내고 성북동으로 이사한 것은 54년 말이든지 55년 초쯤이었다. 그들이 세든 집은 백낙승의 별장으로, 귀머거리 한 사람이 집을 지키며 살고 있을 뿐이어서, 독채를 쓰는 것이나 마찬가지였다. 더욱이 북한산의 산음(山陰)이 저녁이면 내려 덮이고 골짜기의 울창한 숲과 바위와 뻐꾸기와 딱따구리 울음소리들이 어울려 피난살이에 시달린 그들의 마음을 씻어 내 주고도 남았다. 마당의 철쭉꽃도 집안의 생기를 더했다. 그들은 솔방울로 밥을 지어먹고 약수터에서 물을 길어다 마셨다. 얼마 뒤에는 그의 어머니와 동생들까지 별장에서 그리 멀지 않은 곳으로 이사 오게 되어, 오랜만에 김수영 가족은 한곳에 모인 셈이었다.

6·25둥이 준(儁)이도 이제 여섯 살. 그는 별장의 구석구

석을 뒤지며 다녔다. 휴일이면 수명은 별장으로 자주 올라와 준이의 손목을 잡고 다니며 노래를 가르쳤다. 수명이 "아이들이 산보가다 우연히 만나"하면, 준이도 따라 "아이들이 산보가다 우연히 만나"했고, 수명이 "인사하고 악수하며 춤을 출 때에"하면 준이도 "인사하고 악수하며 춤을 출 때에"하면서, 꾸벅꾸벅 인사하고 손을 내밀었다. 김수영은 마루에서 고모와 조카가 노래 부르는 모습을 보며, 고통의 조건으로 신과 시간은 저만한 행복을 가져다주는 모양이라고 홀로 중얼거렸다. 눈시울이 뜨거워졌다. 김수영은 마루에 주저앉았다.

이곳은 어려서부터 그와 인연이 있는 곳이었다. 어의동 소학교 6학년 때 뇌막염에 걸려 아버지와 함께 요양을 왔던 곳이었다. 그리고 그가 아는 문인과 예술가들이 모여 살던 곳이었다. 「돌다리」의 작가 이태준과 『문장』 발행인 김연만은 나란히 저 골짜기에 살았으며, 그 옆에 화가 김용준, 이한복, 손재형 등이 이웃해 살았다. 회고적이며 예술지상주의적 색채가 농후했지만, 그 '회고' 속에는 생각해 보아야 할 것들이 많은 것 같았다.

그 무렵 김수영의 시작(詩作)의 열도 뜨겁게 끓어올랐다. 이 시기의 그의 심정을 잘 반영해 주고 있는 듯한 「휴식」을 비롯하여 「금지의 날」, 「영사판」, 「서책」, 「수난로」, 「거리(1)」 등 10여 편이 지어졌다. 또 그해 1월에는 순문예지 『현대문학』이 창간되었고 5월에는『문학예술』이 나와 발표 지면이 넓어졌다. 편집 진영과 편집 스타일로 볼 때『현대문학』은『문예』후신이었고『문학예술』은 피난 수도 부산에서 오영진이 문단의 파벌을 초월한 무색투명한 문학지를 표방한다고 하면서 낸『주간 문학예술』의 속간인 셈이었다. 전자는 조연현(주간), 오영수(편집장), 서정주, 유치환, 김동리 등이 중심이었으며 후자는 오영진, 원응서, 박남수 등 월남 문인들이 핵을 이루고 있었다.

김수영은『현대문학』지에 시「일」(55년 7월)과「병풍」(56년 2월)을 발표했고,『문학예술』에는 박태진의 소개로 시와 번역 작품들을 실었다. 평양 출신 김이석을 만난 것도 미도파 건너편에 있던『문학예술』사무실에서였다. 그는 풀이 죽은 회색빛 라글란 오버에 거무죽죽한 회색 중절모를 쓰고 창문 앞 의자에 앉아 있었다. 아무도 그에게 말을 걸지 않았고, 그도 말하려 하지 않았다. 묵묵히 창밖을 보고 있을 뿐이었다. 김수영은 '저 치도 나만큼 가난하고 나만큼 고독하고 나만큼 울분이 많고 나만큼 뗑깡이 심한 치겠구나.'라고 생각했다.

얼마 뒤 그들은 자유시장 부근에서 다시 만났다. 김이석은 어떻게 그 많은 사람 속에서 알아보았는지 달려와 다짜고짜로 김수영의 팔을 붙잡고 술집으로 들어갔다. 소주를 불렀다. 그는 숨도 쉴 틈이 없이 잔을 권했다. 어지간히 병을 비운 뒤에 다방으로 가서는 김수영의 입에다 미친 듯이 키스를 퍼붓고, 창가에 늘어놓은 화분의 꽃들을 모조리 뽑아 내동댕이쳤다. 문득 김수영은 '복쌍'(朴一英)이 생각났다. '복쌍'과 김이석은 닮은 데가 한두 군데가 아닌 것 같았다. 남을 지극하게 위해 주는 것이 그랬고, 깔끔한 것이 그랬고, 말이 적은 것이 그랬다. 지금쯤 복쌍은 어디 있을까. 이북에 있을까. 전쟁통에 행방불명되어 버렸을까. 어쨌든 복쌍이나 김이석 같은 마음씨 곱고 깨끗한 사람들은 이종(移種)하기가 힘든 존재였다. 그들의 배양토는 그들이 태어난 '고향'이지 서울이 못 되었다.

2

그해 6월 김수영은 성북동에서 다시 서강으로 이사했다. 김현경의 기록에 따르면 귀머거리 영감이 하루 종일 틀어대는 라디오의 삑삑 소리가 견딜 수 없어서 안착지를 찾아다니다가 서강에 자리 잡게 된 것이라고 했지만, 그보다는 그들 형편에 맞는 싼 집을 구하다 보니 마포 구석의 서강 언덕으로 가게 된 것이라고 보아야 할 것이다.

그들이 이사한 집은 이웃집들과 백 미터나 떨어져 있는 언덕 아래 있는 외딴집이었다. 집 뒤쪽으로 난 언덕 아래 길을 돌아오면 허름한 대문이 있고, 대문 아래 시멘트 블록으로 지은 기역자집이 있고, 그 아래 서남쪽으로 넓은 마당이 있고(안방, 부엌, 마루, 건넌방) 마당에서는 한강이 내려다보였다. 대지는 5백여 평, 건물은 26평으로 주위에는 잡초가 우거져 모기가 들끓었고 마당 아래 시금치 밭에서는 인분으로 거름을 하는 바람에 똥냄새가 아침저녁으로 코를 찔렀다. 그러나 해지는 시각에는 노을을 받은 한강물이 붉다가, 푸르다가, 잿빛으로 변해 가면서 보는 이의 마음을 미묘하게 긁었다. 김수영은 저녁마다 한강을 내려다보았다.

나중에 안 일이지만 일대는 모두 무허가 주택이었다. 김수영의 집도 마찬가지였다. 2년인가 3년 뒤에는 시청에서 철거령이 내렸다. 마을이 벌집을 쑤셔 놓은 듯했다. 김수영은 마을 사람들과 함께 시청 건설과로 동생(수성)을 찾아갔다. 동생은 담당직원과 한참 동안 귀엣말을 주고받더니 돌아가 기다리라고 했다. 2개월 뒤 마포구 구수동(舊水洞) 41번지 일대 건물들을 양성화해 준다고 동회를 거쳐 통지가 왔다.

처음 김수영 부부가 구수동으로 이사했을 때는 마을 사람들이 이상한 눈으로 그들 부부를 주시했다. 눈이 크고 번들번들한 사람이 홑저고리, 홑바지 바람으로 잡초들을 헤치며 당인리 쪽으로 갈 적이면 실성기가 있어서 저러는 것이려니(그때 김수영은 최정희네 집을 찾아간 듯했다. 최정희가 당인리에 살았다), 그래서 이곳으로 이사한 것이려니 생각하는 것 같았다. 그런데 서울 시청으로 함께 몰려가고, 건물들이 양성화되자 서로 인사를 먼저 하려고 했다. 김수영도 만나는 사람마다 고개를 숙였다. 그런 과정을 거쳐 김수영은 '떡집아저씨'라는 사람과 아주 가까워졌다. 김수영보다 열 살쯤 위일까 아래일까, 어쨌든 마을 사람들보다 얼굴이 희고 순한 사람인 듯했다.

'떡집아저씨'는 김수영의 산문에도 등장하는데, 그것은 떡집아저씨에 대한 김수영의 관심 때문에 등장하는 것이 아니고, 그집 며느리 때문이었다. 그 며느리는 20대 후반으로 워커힐 댄서였으며 화장을 너무 짙게 해서 비장미가 감돌 정도였다. 당시에는 그런 화장이 보기 어려웠다. 댄서직도 귀했다. 김수영 부부는 밥을 먹다가도 떡집 며느리가 지나간다 하면 수저를 놓고 마루로 뛰어나왔다. 그 여자의 남편도 장동휘(배우)처럼 챙이 좁고 깃털이 달린 모자를 쓰고 굽 높은 구두를 신고 다녔으며, 초등학교에 다니는 키가 작은 딸도 눈이 반짝반짝하고 호기심이 컸다. 김수영 부부의 떡집 사람들에 대한 관심은 두 집을 더욱 가깝게 했다. 나중에 김수영네가 닭을 기를 때, 김수영은 닭이 시들하다 싶으면, 닭의 어깻죽지를 잡아들고 떡집으로 달려갔다.

마을 사람들과의 이 같은 따뜻하고 열린 관계는 「휴식」을 노래하게 했고, 「여름 뜰」과 「눈」을 쓰게 했다.

위에서 김수영 부부가 닭을 기르게 되었다고 쓴 바 있다. 그런데 닭을 기르기 전에 그들은 먼저 돼지를 길렀었다. 가을 어느 날 김현경은 돼지 한 마리를 사가지고 왔다. 그들 부부는 돼지우리를 짓고, 돼지를 우리 속으로 밀어 넣었으며, 또 돼지우리 옆에 닭장도 지어 닭을 열 마리쯤 사서 넣었다. 뒤에 안 사실이지만, 돼지는 봄에 사서 살이 투실투실해진 가을에 팔아야 수익성이 있었다. 겨울에 사서 봄에 팔면 고생 값도 나오지 않았다. 그들 부부는 닭을 본격적으로 길러 보자는 데 합의를 보았다. 김수영은 일본 서점으로 나가 양계 책들을 사가지고 왔으며, 김현경도 양계장을 찾아가 병아리는 어떤 길로 구하고 사료는 어떻게 사며 어떤 점을 조심해서 길러야 하는지 알아가지고 왔다. 그리고 며칠 뒤에는 병아리 1백 마리를 사왔다. 마침내 병아리 기르기가 시작되었다. 김현경은 건넌방에 적당히 불을 지펴 냉기를 쫓아낸 다음 병아리들을 풀어놓았다. 작은 상자에 갇혀 있던 병아리들은 삐악삐악 방을 휘젓고 다녔다. 그들은 시간마다 방문을 열고 보았다. 두 볼에 웃음꽃이 절로 피었다. 준이도 병아리가 생기자 신이 난 듯했다.

'언덕 아래 집'에서는 방에다 불을 지펴 병아리를 기른다고 마을에서는 웃었고 유정과 김이석도 '김수영이 양계를 개시했다.'고 문단에 소문내고 다녔다. 그런 말들 속에서 병아리는 닭이 되고, 닭은 알을 낳고, 알에서는 병아리들이 나왔다. 닭과 병아리는 기하급수적으로 늘어갔다. 이렇게 말하면 김수영이 양계 산업의 대주주로 이해될지 모르지만 결코 그렇지는 않았다. 그 대주주는 김현경이었다. 그는 그녀의 조수에 지나지 않았다. 이런 점은 그의 「양계변명」에 선명하게 드러난다.

날더러 양계를 한다니 내 솜씨에 무슨 양계를 하겠습니까. 우리 집 여편네가 하는 거지요. 내가 취직도 하지 않고 수입도 비정기적이고 하니 하는 수 없이 여편네가 시작한 거지요. 그걸 세상은 내가 양계를 하는 줄 알게 되고, 나도 어느 틈에 정말 내가 양계를 하느니 하고 생각하게 되었지요. 이걸 시작한 게 한 8년 가까이 되나 봅니다. 성북동에서 이곳 마포 서강 강변으로 이사를 온 것이 그렇게 되니까요, 먼저 우리들은 돼지를 기르면서 닭을 한 열 마리 가량 치고 있었지요. 몇 마리 되지 않는 닭이었지만 마당 한귀퉁이에 있는 돼지우리간 옆에 집을 짓고 망을 쳐주었지요. 그놈이 한 마리도 죽지 않고 잘 자랐어요. 겨울에는 망사간막이 밑에서 자는 닭 등에 아침이면 눈이 소복이 쌓여 있었습니다. 그래도 알을 잘 낳았어요. 하루 8, 9개는 꼭 낳은 것 같아요. 그런데 돼지는 되지 않았어요. 돼지는 단념하고 닭을 시작했던 것입니다.

내가 닭띠가 돼서 그런지 나는 닭이 싫지 않았습니다. 먼첨에는 1백 마리쯤 길렀지요. 부화장에서 병아리를 사다가 안방 아랫목에서 상자 속에 구공탄을 피워넣고 병아리 참고서를 펴보면서 기르는데, 생각한 것보다 훨씬 힘이 들더군요. 그래도 되지 않는 원고벌이보다는 한결 마음이 편하지요. 나는 난생 처음으로 직업을 가진 것 같은 자홀감을 느꼈습니다. 아시다시피 병아리에는 백리(白痢)병이 제일 고질입니다. 흰 설사똥을 싸다가 똥구멍이 막혀 죽어 버립니다. 사람으로 치면 이질 같은 것인데 병아리의 경우에는 유전성에다 전염성이 겸해 있고, 똥을 밟던 발로 모이를 밟고 다니는 동물이라 만연도(蔓延度)가 아주 빠릅니다. 심할 때면 하룻밤에 10마리도 더 넘어 죽어 나갑니다. 약이 없는 것도 아니지만 한번 걸린 놈은 약이 소용이 없습니다. 이 백리병이 끝나면 콕시듐이란 병이 또 옵니다. 이 병은 피똥을 깔기다가 죽는 병입니다. 이것은 유전성은 아니지만, 역시 전염성이라 백리만큼 애를 먹입니다. 그뿐이겠습니까. 또 압사라는 게 있습니다. 이것은 병이 아니라 문자 그대로 눌려 죽는 것입니다. 구공탄불이 꺼지거나 화력이 약해지거나 해서 갑자기 온도가 내려가게 되면 병아리들은 서로 한군데로 몰키게 되고 눈깜짝할 동안에 희생자가 즐비하게 생깁니다. 기막힌 일이지요. 그런데 이런 사고가 날 때마다 경험없는 우리 부부는 네가 잘못했느니 내가 잘못했느니 하고 언성을 높이고 싸움을 합니다. 더욱 기가 막힌 일이지요.

그래도 어제가 다르고 오늘이 다르게 자라나는 병아리를 보고 있으면 시간가는 줄 모릅니다. 병아리는 희망입니다. 이 노란 병아리들의 보드라운 털빛이 하얗게 변색을 하는 것은 성장하는 모습입니다. 여편네도 기분이 좋고 나도 기분이 좋습니다. 이런 때의 기분은 백만장자도 부럽지 않습니다.

닭을 기르는 일은 생각했던 것 이상으로 어렵고 힘들었다. 제때에 먹이를 주고 닭장을 청소해 주어야 했으며 사료를 구해오고 물을 길어 와야 했다. 그뿐이 아니었다. 위의 글에서도 보이듯 그들 부부는 백리라든지 콕시듐 같은 전염병을 막기 위해 정기적으로 예방 주사를 놓아주어야 했고, 그러고도 미심쩍어 늘 시들부들한 병아리가 없는지 살펴야 했다. 집짐승들은 병에 약하다. 인디언들이 백인 사회에 적응하지 못하고 멸종해 가는 것이나 에스키모인들이 아파트를 버리고 북지로 떠나는 것은 무엇보다도 문명인의 병에 대한 저항력을 가지지 못한 탓이다. 그들의 자연에 가까운 순결한 육체는 성병이나 결핵 바이러스균 등을 이기지 못하는 것이다. 병아리들도 마찬가지다. 백리병이나 콕시듐에 약한 것은 물론 장마가 져서 습도가 높아지거나 갑자기 기온이 떨어져도 날개가 처진다. 양계인은 그런 점을 정확히 파악하고 대처해야 한다. 따라서 그들은 밤이고 낮이고 닭과 더불어 살아야 한다. 김수영은 해만 뜨면

닭장 앞으로 갔다. 그것만이 아니었다. 닭들의 수가 늘어나
자, 많은 닭들을 먹이기 위한 사료비를 구하려고 더욱 열심
히 번역 작업을 해야 했다. 김수영은《평화신문》도 그만두
고 닭장과 번역 일에 매달렸다. 견디다 못한 그들 부부는
닭을 기르는 아이를 구하기로 했다. 전라남도 담양이 고향
인 만용이라는 아이가 들어왔다. 그는 닭을 기르면서 그 집
에서 야간 중고등학교를 졸업하고 야간 대학까지 마쳤다.
그만큼 그는 힘껏, 그의 열과 성을 다하여 병아리들을 돌보
았다. 김수영도 노동의 신성함과 즐거움을 몸에 느낄 정도
로 열심히 병아리와 돼지들을 돌보았다. 술이 억병으로 취
한 어느 날은 사과를 한 부대 사다가 돼지우리에 부어주었
다. 그런 점은 그 무렵의 그의 시에도 생생하게 드러난다.

⑴ 도야지우리에 새가 날고

　　국화꽃은 밤이면 더 한층 아름답게 이슬에 젖는데

　　올 겨울에도 산 위의 초라한 나무들을 뿌리만 간신히 남기
고 살 살이 갈라갈 동네 아이들……

　　손도 안 씻고

　　쥐똥도 제멋대로 내버려두고

　　닭에는 발등을 물린 채

　　나의 숙제는 미소이다

　　밤과 낮을 건너서 도회의 저편에

영영 저물어 사라져버린 미소이다

—「꽃」에서

(2) 보석 같은 아내와 아들은

　　화롯불을 피워가며 병아리를 기르고

　　짓이긴 파냄새가 술취한

　　내 이마에 신약(神藥)처럼 생긋하다

—「초봄의 뜰 안에」에서

　위의 두 시는 57년 11월과 58년 초봄에 지은 것으로, 시인과 시인의 아내의 모습이 구체적으로 투영되어 있다. (1)은 돼지우리와 국화꽃의 대비를 통해서 짐승을 기르는 일의 아름다움이 묘사되고 있으며, (2)는 화롯불을 피우고서 병아리를 기르는 시인 가족의 모습이 도미에의 그림처럼 선명하게 그려져 있다. 그것은 통역이나 기자 생활의 부정적인 모습과는 달리 긍정적인 것이고 조화로운 것이다. 그의 시를 통해 설명하자면 '밤과 낮을 건너서 도회의 저편'으로 '영영 사라져버린 미소'가 '술취한 내 이마에 신약처럼 생긋 웃으며 오는' 그런 것이다. 그는 미소를 회복한 것이다. 그는 그의 가족과 세계를 '생긋' 미소 지으며 바라볼 수 있는 여유를 얻은 것이다. 그것은 지금까지 그가 주로 불러왔던 '첨단의 노래'(序詩)와는 다른 '정지의 미'에 속한 것이며, 영혼의 나무에 잠시 피곤한 몸을 쉬이는 휴식의 모습이다. 이 휴식 혹은 휴식할 수 있는 안정이 닭을 기르고 텃밭의 채소를 가꾸는 농업적인 생활 방식에서 오고 있다는 것은 두말할 필요도 없다. 닭과 새와 꽃과 야채에 둘러싸여 있는 김수영의 이 새로운 삶은 땀을 뻘뻘 흘려 일함으로써 자연과 인간의 대립적인 요소를 극복하고 비로소 자신의 모습을 자연 배경 속에서 바라볼 수 있는 거리를 획득하게 했으며, 그의 시를 단순 명료하게 유도했다. 그는 머리에 수건을 두른 아주머니들과 바짓가랑이를 걷어올린 농군들 가운데 있었다. 오랜만에 그는 넉넉한 자연의 품에서 고적감을 느꼈다. 그의 삶에 기운을 북돋아주고 가치를 부여해 주는 고적감이었다. 고적해지면 별들이 예사로워 보이지 않고 채소들도 예사로워 보이지 않는다. 보이지 않은 그런 변화의 기운을 그는 「채소밭가에서」라는 시에 다음과 같이 그렸다.

기운을 주라 더 기운을 주라
강바람은 소리도 고웁다
기운을 주라 더 기운을 주라
달리아가 움직이지 않게
기운을 주라 더 기운을 주라
무성하는 채소밭가에서

기운을 주라 더 기운을 주라
돌아오는 채소밭가에서
기운을 주라 더 기운을 주라
바람이 너를 마시기 전에

이 시에서의 '기운'은 「달나라의 장난」의 팽이가 돌아가는 기운이라든가 도시생활의 역동성과 같은 것이 아니라 '정지의 미'와 연계되는 기운이다. 달리아가 움직이지 않게 고요히 부는 바람의 기운인 것이다. 그런 고요한 지열의 기운이 채소를 키우고 인간의 정신과 육체를 살찌게 한다고 이 무렵의 김수영은 믿고 있었던 듯하다.

4

닭을 기르며 사는 서강 생활이, 일제 말에서 6·25를 통과하여 온 동안에 피폐해진 김수영의 몸과 마음을 회복시키고 오랜만에 안정을 누리게 했다는 것은 새삼 강조할 필요가 없는 일이다. '생긋'이라는 단어가 상기시켜 주는 바처럼 그의 삶은 생성의 싱싱하고 유연한 기운을 띠게 되고, 가족을 대할 때나 한강물을 바라볼 적에도 그의 표정에는 전에 없이 미소가 떠올랐다. 그는 희망을 가지게 된 것이다.

그 즈음 그의 마음을 매우 즐겁게 해준 일이 있었다. 병아리를 천 마리 길러 그의 어머니에게 드린 일이었다. 노모는 어느 날 '나도 이제 집에 들어앉아 병아리나 기르며 살고 싶다'고 했었다. 그 말이 김수영에게는 매우 실감있게 받아들여졌던 듯하다. 그다지 힘을 주지 않고 한 그 한 마디에는 어머니의 고난에 가득한 삶이 스며 있고, 그 고난을 이제 면하고 싶다는 소망이 스며 있었다. 김수영은 곧 병아리 칠백 마리를 사들였다. '이 병아리 칠백 마리'에 대해서는 김수영 스스로 매우 흐뭇하게 기술한 일이 있으므로 그 글(「양계 변명」)을 인용하기로 하자.

내가 양계를 시작한 지 2년인가 3년 후에 나는 노모에게 병아리 천 마리를 길러 드린 일이 있습니다. 생전 효라고는 해본 적이 없는 자책지심에서 효자 흉내라도 한 번 내보아야지 될 것 같았습니다. 그때도 돈 때문에 병아리를 철늦게 구입해 왔고, 공교롭게도 장마철에 병아리들이 콕시듐을 치르게 됐습니다. 콕시듐이란 병은 습기나 냉기와는 상극입니다. 이 병은 날이 궂기만 해도 만연도가 빨라지는 병으로서 뉴캣슬과 티푸스와 함께 양계의 3대 병역 중의 하나에 들어가는 무서운 병입니다. 양계가들은 이 병의 발병기가 장마철과 더불되지 않게 하기 위해서도 3월 초순쯤 해서 일찌감치 병아리를 시작합니다. 그러나 그때만 해도 나는 콕시듐이란 병이 얼마큼 무서운 병이라는 것을 실제로 체험해 보지는 못했습니다. 게다가 나는 천 마리라는 어마어마한 숫자의 병아리를 처음으로 시작해 보는 것입니다. 어설픈 효의 욕심이 시킨 일이라고 생각됩니다. 노모도 물론 양계를 업으로 하기는 처음입니다. 그때까지 시내에서 가게를 하시던 노모는 남 볼썽도 흉하고 세금도 많다고 하시면서 교외로 나가서 불경이나 읽으면서 한적하게 살기를 원했고 이런저런 궁리를 한 끝에 내가 권하는 양계를 해보기로 했던 것입니다. 창동에다 양계장을 새로 짓고, 병아리는 40일 동안만 내가 길러서 보내기로 했습니다. 나는 내 일보다도 더 힘이 났습니다. 판에 박은 듯한 난관을 치러 가면서 40일 동안을 길러내고 보니 약 1할의 사망률을 낸 좋은 성적을 거두었습니다. 40일이 지난 병아리는 어른 주먹보다도 더 크게 자랐습니다. 이 병아리의 대군을 바테리째 트럭에 싣고 우리들은 개선장군 모양으로 창동의 신축 양계장으로 입성했습니다. 그러나 새로 진 계사는 미비한 점이 많았고, 비가 오자 지붕이 새는 곳이 많았습니다. 짚을 깔고 보온을 철저히 하느라고 집안 식구들이 총동원이 되어서 밤잠도 못 자고 분투했지만 아침이면 3, 40마리의 희생자가 나왔습니다. 양계장에서 닭이 죽어갈 때는 상가집보다도 더 우울합니다. 약을 사러 다니는 일에만 꼭 한 사람이 붙어 있었습니다. ……나는 노모와 둘이서 약 20일 동안 눈코 뜰 새 없이 싸웠습니다. 어머니는 나보다 강했습니다. 나는 곧잘 신경질을 냈지만 노모는 한 번도 신경질을 내지 않았습니다. 내가 계사 바닥을 삽으로 긁다가 팔이 아파서 쉴 때도 노모는 여전히 일을 계속하면서 내 삶이 불편할 것이라고 당신 삶과 바꿔주었습니다. 어머니는 언제나 여유가 있어 보였습니다.

　장마를 치르고 나니 겨우 남은 것이 7백 마리밖에 안 됩니다. 그래도 그나마라도 건진 것이 다행이라고 노모는 기뻐했고 나의 수고를 위로해 주었습니다.

그 7백 마리로 시작한 양계를 김수영의 어머니는 김수영이 세상을 떠날 때까지 계속했다. 그것이 그에게 커다란 기쁨을 가져다주었다. 한 번도 효도한 적이 없었던 그는 그런 식으로나마 어머니를 돕고 형제들에게 마음을 보일 수 있었다는 사실이 흐뭇했다. 사실 그는 어머니와 형제들에게 거의 한 번도 혈연의 정을 따뜻하게 드러낸 적이 없었다. 정을 나타낸다는 것이 그에게는 쑥스러웠다. 그래서 그는 부드럽게 할 수 있는 말도 곧잘 퉁명스럽게 내뱉곤 했다.

　시민회관 회전 무대 설계를 맡은 수성이가 회전 무대 설계에 대한 외서를 구해 가지고 와 번역을 부탁했을 때도(그때 회전 무대에 관해서는 한국의 기술자들은 전혀 무지했다), 그가 이해할 수 없는 전문 용어들이 너무 많다고 거절했다. 동생이 노여워하리라는 것을 알면서도 그는 그가 모르는 단어들을 얼버무릴 수가 없었다. 그것은 타협이고 사기였다.

　김수명이 현대문학사에 취직했다면서 '오빠 그곳은 어때요'하고 물었을 때 그는 큰 눈을 끔벅거리다가 '괜찮은 곳이다' 했을 뿐이었다. 어쩌면 그는 '좋은 곳이다. 그곳에서는 공부할 수도 있을 것이다'라고 말하고 싶었을지도 모른다. 당시 박재삼은 현대문학사에 근무하면서 고려대학에 다니고 있었다. 그는 수명도 그렇게 대학에 진학할 수 있게 되기를 바랐을지도 모른다.

그는 그때 서강에 살면서 한 달의 반 이상을 어머니 곁에서 보냈다. 닭을 길러 준다는 명분도 있었지만, 그보다는 노모의 주위를 그렇게 버릇처럼 맴돌아야 마음이 안정되는 모양이었다. 그런 면에서 그의 어머니는 그의 태양이었으며 그는 그 태양 속의 섬이었다. 한자의 해(海) 모양으로 그의 바다에는 어머니(母)가 있었다.

김수영의 한 산문에도 그런 내용이 나온다. 그는 어머니를 찾아가는 날을 '지일(至日)'이라고 했다. 동지와 하지가 일 년의 두 축이듯이 그의 어머니는 그의 삶의 중심축인 것이다.

도봉산에 가면 그의 어머니는 특별한 날을 제외하고는 언제나 닭장에 있거나 농장에서 일을 하신다. 그의 어머니가 일하는 농장의 흙은 그의 마음을 부드럽게 쓰다듬어 준다. 그 흙은 궁벽한 곳의 촌부들처럼 거칠면서도 순박하고 향기로운 내음이 지열과 함께 풍겨왔으며, 배추나 무꽃의 색감이 도시의 잿빛에 짓눌린 그의 정서를 살려주었다. 그것은 하늘 아래 있음으로써 자연스럽고 조화로운 색이었다. 하나 그 흙이 자연이라든가 조화에 그치는 것이라면 그는 그저 그런 것이려니 하고 보아 넘겨버렸을 것이다. 그런데 어머니의 농장의 흙은 자연의 흙만이 아니었다. 그의 어머니의 흙이었다. 어머니의 마음을 노상 바쁘게 하고 소란스럽게 한 흙이었다.

그런 면에서 그 흙은 시인의 상상력의 기초가 되는 현실과 비슷한 의미를 지닌다고 볼 수 있다. 김수영이 어머니의 손만 한 문학을 하고 싶다고 말했던 것도 그런 까닭이었다. 그의 어머니와 같이 침착하고 꾸준하게, 허영심이 없이 말을 갈고 키우고 싶었다. 김수성은 그 무렵에 와서 형이 비로소 형답게 느껴졌다고 한다.

형은 우리 집에서는 생산적인 존재가 아니라 소비하는 사람이었습니다. 그런데 병아리를 기르면서는 어머니보다 더 지극한 정성을 쏟았어요. 어머니와 형은 서로 이제 그만 쉬어라, 어머니가 먼저 들어가 누우세요 하고 말했지요. 그때 우리는, 밤에는 산란이 떨어지니까 밤에 불을 켜놓고 닭을 길렀는데, 직장에서 돌아와 밥을 먹고 닭장으로 나가면 형은 열이면 열 꼭꼭 내 뒤를 따라나와 도와주었어요. 그것도 나보다 몇십 배 꼼꼼하고 정성스럽게…… 저분은 글과 양계를 위해 태어났나 생각이 들 정도였댔습니다. 57년인가 6년 무렵인데, 하루는 형이, '나 오막살이 방 하나 지어줄 수 없겠니' 하더군요. 부탁하는 것을 싫어하는 사람인데 오죽하면 그러랴 싶어서 좀 떨어진 서쪽 끝에다 방을 하나 지어드렸죠. 평소에는 수명이 쓰다가 형이 오면 비워주었죠. 그래서 형편이 허락하면 도봉산이 훤히 보이는 증조부 산소 아래에다 초가집 같은 서재를 꼭 하나 지어드리려고 했더랬는데…… 그만, 그 생각을 이행할 수가 없게 되어버렸죠…….

형제들의 말에 따르면 김수영은 선산이 있고 어머니의 농장이 있는 도봉산 골짜기를 굉장히 좋아했다 한다. 그래서 글을 쓸 적이면 언제나 쓸거리를 보자기에 싸가지고 왔다 한다. 그래서 수성은 6·25 때 타 없어진 문서들을 새로 작성할 때 선산 명의를 형의 이름으로 해주었다. 글쓰는 사람이 저만한 산이라도 소유하고 있으면 그 산이 그의 마음으로 들어와 정서를 보다 풍부하게 하고 윤택하게 하리라는 생각에서였다. 그 선산은 수성이 큰아버지에게 양자 갔으므로 그의 소유로 되어 있는 땅이었다.

5

그 무렵 김수영에게는 닭을 기르고 농사를 짓는 외에도 즐거운 일이 몇 가지 있었다. 그 하나는 둘째아들 우(瑀)가 태어난 일이요, 둘째는 「눈」을 비롯한 「폭포」, 「여름밤」 등이 시단의 주목을 받아 제1회 한국시인협회상을 받게 된 일이었다.

　김수영에게 커다란 감동과 샘솟는 듯한 사랑을 가져다 준 우는 서강 일대가 녹음으로 우거진 6월 12일에 태어났다. 큰애와는 달리 그 애는 눈이 크고 턱이 튼튼한 것이 꼭 자신의 어렸을 때 모습을 빼어다 놓은 듯했다. 그는 그 아이에게 곧 반해버렸다. 그 아이의 뒹구는 몸짓이라든가 꼬무작거리는 손가락에서 그는 지금까지의 어떤 사람이 발휘한 것보다도 더 큰 견인력을 느꼈다. 이것이 사랑이거니, 이것이 낳은 정이거니 느껴졌다. 자기가 없을 때 태어난 큰 아이에게서는 느껴보지 못한 신비한 감정이었다. 그는 아들에게 주는 「자장가」를 지었다.

　　아가야 아가야
　　열발구락이 다 나와 있네
　　엄마가
　　만들어준 빨간 양말에서

　　아가야 아가야
　　기저귀 위에는 나이롱종이까지 감겨져 있네
　　엄마는
　　바지가 젖는 것이 무서웁단다

아가야 아가야

돌도 아니된 너는 머리도 한 번 깎지를 않고

엄마는

너를 보고 되놈이라고 부르지

아가야 아가야

네 모양이 우스워서 노래를 부르자니

엄마는

하필 국민학교놈의 국어공책을 집어주지

  한국시인협회상이 수상되었다는 소식이 전해진 것은 우
가 태어난 지 4개월쯤 되는 10월 중순경이었다. 수상작은
「눈」, 「폭포」, 「꽃」, 「봄밤」 등이 열거되었는데, 「눈」과 「여
름뜰」은 59년에 지은 것이고 「폭포」, 「봄밤」 등은 57년 지
은 것이었으며, 상을 받은 그때에는 「초봄의 뜰안에」, 「비」,
「사치」, 「밤」, 「동맥(冬麥)」 등 6편을 발표했었다. 하나같이
그의 마음에 차지 않는 것들이었다. 그러나 김수영을 놀라
게 한 것은 그해의 시들이 수작이 아니라는 사실이 아니라
그에게 상을 준 시인협회의 면면들이었다. 당시 시협 대표
간사는 유치환이었으나 실제로 그 단체를 리드해 간 사람
은 조지훈과 박목월이었다. 보수적 색채가 물씬한 시인들
이었다. 보수적인 시인들이 비보수적인 시인에게 제1회 시

협상의 영예를 안겨준 것이다. 고맙다면 고마운 일이고 아이러니컬하다면 아이러니컬한 일이기도 하였다. 하나 어머니와 아내와 동생들은 그 같은 시단의 이면을 모르고 있었으므로(알 필요가 없는 일이기도 하다) 그 수상을 매우 기뻐했다. 실은 그도 기뻤다. 그의 시가 시단의 공인을 받는다는 사실이 흐뭇했다.

59년에는 첫 시집 『달나라의 장난』이 상재되었다. 48년에서 59년에 이르는 12년 동안에 쓴 시들 중 40편을 골라 넣었다. 『민경』지에 실렸던 「거리」와 『민생보』에 실렸던 「꽃」을 꼭 넣고 싶었지만 구할 수 없었다. 출판사는 시협의 중요 멤버였으며 한때 모더니스트이기도 했던 장만영이 경영한 춘조사로서, 새로 기획한 '오늘의 시인선집' 제1권으로 간행했다. 제2권은 김춘수의 『부다페스트의 소녀의 죽음』이었고 제3권은 전봉건의 『사랑을 위한 되풀이』, 제4권은 김윤성의 『바다가 보이는 언덕』이었다. 제5권과 제6권은 김경린과 조향의 시집이 예정되어 있었으나 출간되지 못했다. 30~40년대에 나온 정지용, 김영랑, 오장환의 시집들에 비교하면 초라하기 그지없었지만, 전후의 궁핍한 현실에서는 그런대로 아담하고 핸섬한 편이었다. 그는 인세 대신 받은 책들을 보자기에 싸서 옆구리에 끼고 친구들을 찾아다니면서 기증했다. 첫 시집을 교도소에 뿌렸다는 릴케의 경우가 이해될 듯도 싶었다.

시인들, 다시 명동으로

1

어머니에게 병아리를 길러주고, 아들을 낳고, 상을 받고, 시집을 내는 측면에서 김수영을 보면 오랜만에 그가 '문제 인간'으로부터 벗어나 안정된 삶을 찾은 것 같다. 하지만 그것은 피상적인 관찰에 불과하다. 여전히 그는 불평과 불만 속에서 살았다. 그의 불평불만은 첫째로, 살기 어렵다는 데서 비롯된다. 양계는 어느 한 해, 그들이 바라는 만큼의 수입을 올려준 적이 없다. 사료값은 계속 오르고 달걀과 닭값은 현상 고정 상태였다. 그런데다 사료를 구하는 일도, 달걀이나 닭을 파는 일도 수월치 않았다. 사료와 달걀은 공급 및 수요가 대부분 주한 미군이었는데, 그들은 사료값은 올리면서 달걀값은 본국의 값이 변동이 없다는 이유로 몇 년 동안 십 원 한 장 올려주지 않았다. 결과적으로, 기르는 값은 뛰면서 파는 값은 떨어지는 역현상이 벌어졌다. 그가

에머슨의 논문집을 번역하다 과로로 쓰러진 것도 이때의 일이었다. 부인은 '몇 달만 고생합시다. 닭이 알을 많이 낳게 되면 당신도 그 지긋지긋한 원고료 벌이를 하지 않아도 돼요' 하고 격려했으나, 그 말이 말에 지나지 않는다는 것을 김수영은 잘 알고 있었다. 그러나 그는 '말에 지나지 않는' 그 말에 힘을 얻어 다시 번역일에 착수했다. 번역하다 지치고 울적할 적이면 시내로 나가 술을 마셨다. 하긴 그는 울적할 때만 술을 마시는 것이 아니라 기분 좋을 때도 술을 마셨다. 그는 술을 좋아하는 편이었고 친구들을 좋아하는 편이었다. 술과 친구는 그에게 주어(主語)와 동사(動詞)처럼, 현실과 이상처럼 서로 떨어져서는 존재할 수 없는 것으로 느껴졌다. 술값은 대개 친구들이 낸다. 그가 내는 경우는 거의 없다고 해도 된다. 그에게는 돈이 없다. 원고료를 받은 돈이 있다고 해도, 그 돈은 아내에게 가져다주어야 한다. 한 집안의 가장으로서 생활을 주도해 나가지 못한 그였기에 그만한 성의는 아내에게 보여주어야 했던 것이다. 그 때문에 김수영은 노랭이니 짠돌이니 하는 별명을 받았다. 문학은 현실과는 다른 순수한 세계의 것이며, 원고료는 그러므로 순수한 세계의 문인들끼리 술을 마시거나 오입을 하는데 써야 된다는 문단의 50년대적 통념을 깨뜨리고, 그것을 안호주머니 깊숙이 넣어가지고 아내에게 가져다주는 김수영의 이례적인 행위는 당시로서는 문인들의 지탄의 대상이 될 법도 했다.

박연희는 어느 날 신문사(동아일보 문화부)를 찾아온 김수영이 백양담배 새 갑을 꺼내는 것을 보고 '김형, 돈 생겼구면. 안호주머니에 2천8백 원 있는 것 같애' 하고 농담을 건넸다. 김수영은 '아니야, 아니야' 하고 손을 내저었다. 당시 시 한 편엔 3천 원, 백양은 2백 원이었다. 백양을 사느라고 2백 원을 썼으니 2천8백 원이 남았으리라는 계산이었다. 그날 저녁 술집으로 가, 서너 차례 잔을 나눈 뒤 김수영은 '박형! 어떻게 그렇게 내 호주머니 속에 든 돈을 딱 알아맞추었지?' 하고 말했다. 박연희는 웃었다.

유정도, 김수영이 술값을 낸 적은 극히 드물었다고 한다. 모처럼 목돈이 생겨 술을 사겠다고 왔을 적에도 그는 김수영의 기분이 상하지 않게끔 자신이 먼저 술값을 지불했다. 수영보다는 언제나 그가 돈이 많았던 때문이었다. 김수영은 마다하지 않았다. 친구들이 술을 사는 일이 상례가 된 탓도 있었겠지만 그보다는 원고료를 많이 탔으므로 내가 사야 된다는, 그의 내부에 도사리고 있는 전근대적 속성을 두들겨 부숴버리고 싶은 면도 얼마쯤은 작용했으리라 생각된다. 그는 글 쓴다는 일이 세속사하고 구별되는 것이 아니라 바로 현실 생활 그것이어야 한다고 생각했다. 그에게 글을 쓴다는 일은 노동에 속한 것이었고, 노동에 따른 정당한 대가가 있어야 하는 것이었다. 그가 작품을 발표한 잡지사나 신문사를 찾아가, 당시로서는 이례적으로 원고료 재촉을 하였던 것도 창작이 곧 노동이라는 인식 위에서였다. 잡지사 편집자들과 김수영의 갈등은 거기서 비롯된다. 앞에서 인용한 바 있지만, 1954년 12월 30일의 일기를 보면 모 잡지사 편집자는 '당신이 일해 오는 것은 무서운 생각이 든다'고 했다. 김수영의 논리에 따르면 편집자는 마땅히 원고료를 준비하지 못해서 죄송하다고 사죄해야 마땅한데 적반하장으로 지난달 원고료도 지불하지 못한 상태에서 이달 원고료를 내놓으라고 재촉하는 당신은 몰염치하다고 하는 그 잡지사를, 이렇게 되면 김수영은 불신할 수밖에 없어진다. 그 잡지사를 불신하지 않으면 그 자신을 불신해야 한다. 하나 그는 그럴 수 없었다. 번역을 그만두면 그의 용돈이 없어질 뿐 아니라 닭의 사료를 적기에 사들일 수 없는 일이 생길지도 모른다. 그리하여 그는 편집자들의 불쾌한 일을 없었던 양으로 하고 또 번역거리를 찾아 헌책방을 돌아다녀야 했으며, 마땅한 책을 찾으면 누이(김수명)에게로 가서 돈을 꾸어야 했다.

술값 때문에 누이를 찾아갈 때도 많았다. 그는 술 외상값을 약속한 날에 어김없이 갚는 '주의자'인데 어쩌다 잊었거나 기억하더라도 돈이 없을 적엔 누이를 찾아가 손을 내밀었다. 술을 마시다 통금 시간이 지나 여관에서 자고 여관비 때문에 전화를 걸 때도 있었으며, 통금 위반으로 즉결

재판소에서 전화할 때도 있었다.

술자리에서 김수영은, 처음엔 말이 없다가 잔이 돌고 술기운이 오르기 시작하면 말이 터져나온다. 시 얘기, 문단 얘기, 근간에 읽은 외국작품 이야기, 그리고 현실 이야기. 중간쯤엔 언제나 현실 이야기가 화제를 차지한다. 그 무렵이면 김수영의 입에서는 침이 튀고 눈동자가 커지고 손이 동원된다.

그는 자유당 욕과 이승만 욕을 퍼붓고 6·25 때 배운 인민군 노래를 목청껏 부른다. 세상 돌아가는데 비교적 민감한 편인 유정이 그런 노래를 부르면 안 된다고 제지한다. 정부 욕도 지나치면 지성인의 태도가 못 된다고 충고한다. 김수영이 퉁명스럽게 맞받는다.

"인민군 노래도 못 부르고 정부 욕도 못 한다면, 그럼 유형은 무슨 말을 하겠다는 게요. 불쌍한 문인들의 흉이나 보라는 게요. 유형의 시가 예술지상주의적인 건 순전히 그 조심조심 때문이에요."

여기서 두 사람의 대화는 갈림길에 들어선다. 김수영이 유정의 사고를 계속 거부할 경우에는, 유정의 불뚝골이 나타나 그들의 예술론은 팽팽히 맞서다가 끝내는 술상을 뒤엎는 주사로 발전하게 되고, 김수영이 유정의 말을 받아들이고 '그런 면도 있는 것이 사실이다'고 말할 경우, 그들의 주흥은 도도해져 뽕짝에 엔카에 전우가까지 갖가지 노래들이 실꾸리처럼 풀려나오다가, 끝내는 김수영이 벌떡 일어나 그가 만주에서 무대에 올렸던 연극 대사나 무성영화의 변사 흉내를 장장 몇십 분씩 읊어대는 사태에 이른다. 그는 배우 같은 마스크로 손을 내밀고 치켜올리면서 제스처를 쓴다. 막판에는 그것도 모자라 술상 위로 올라가 그의 십팔번인 '대동강 부벽루에……'를 읊어댄다. 술상이 튼튼한 경우에는 별일 없지만 부실한 경우에는 그의 큰 키(178cm)와 동작의 힘을 이겨내지 못하고 찌부러뜨려져 술도 안주도 박살이 나버린다.

술에 취하면 그렇게 감정의 끝을 달리는 김수영이지만 싫어하는 사람이나 낯선 사람들 앞에서는 좀체 자신의 모습을 드러내지 않았다. 이야기도 사람에 따라 달랐다. 평생 좋은 관계를 유지했던 김종삼(金宗三)은 '그는 한 번도 나와 시에 관해 논한 적이 없다'고 말했다. 술자리에서 시나 문학을 이야기하기 싫어한다는 것이다. 박태진(朴泰鎭)의 증언은 그와 다르다. 그들은 그때(그가 영국으로 가기 전에) 오든이라든가 스펜더를 비롯한 영국 시인들에 대해 늘 진지한 토론을 벌였으며 『새터데이 리뷰』, 『엔카운터』 등 신간 외국문학 서적들을 나누어 보았다고 했다. 술 매너도 그랬다. 술기가 오르기만 하면 목소리가 커지는 그였으나 안수길 앞에서는 무릎을 꿇을 정도로 정중했다. 이병기에 대해서도 몇 번이고 풍도와 멋이 있는 사람이라고 했다. 그러

나 싫어하는 사람에 대해서는 선후배를 가리지 않고 우라
질 놈, 개놈의 새끼라고 욕설을 퍼부었다.

2

김수영이 미워한 대표적인 존재로는 아마 박인환도 한
자리 차지할 것이다. 앞에서도 언급했듯이 박인환은 미남
배우 타이론 파워 같은 형에다 재치와 시재를 겸비한 사람
으로 50년대 모더니스트의 챔피언이라 해도 되었다. 그는
김기림, 김광균의 원호를 받았으며 이봉구, 이봉래, 유두
연, 이진섭, 유정, 송지영, 조병화, 김경린, 김규동의 따뜻한
이해 속에서 명동을 주름잡고 다녔다. 박인환이 영화감독
유두연과 방송인 이진섭과 나란히 거리에 나타나면 명동
의 다방과 술집 여자들은 모두 그쪽으로 눈길을 돌렸다. 그
런 인기와 재치가 넘치는 말들 때문에 입방아에 오르는 경
우도 종종 있었다. 어느 날은 문인들이 십여 명, 명화라고
소문난 프랑스 영화를 보려고 시공관으로 갔는데, 영화가
클라이맥스에 들어서자, 갑자기 박인환이 일어서서 소리
쳤다. "백철 씨! 이거예요! 영화란 이런 것이에요! 백철 씨
도 알아야 돼요!" 백철은 소리나는 쪽으로 고개를 돌렸으
나, 박인환이 말한 '이것'이 무엇인지 알 수 없었다. 그는
박인환에게 영화를 말한 적도 '저것'을 말한 적도 없었다.

그 무렵 명동에는 장 콕토가 아카데미 회원이 되었다는 것이 화제가 되었다. 그들에게는 사르트르가 공산당에 입당했다거나 메를로 퐁티가 폭력을 휘두르는 정부가 문제가 아니고, 무엇을 위한 폭력이냐가 더 문제라고 하면서 소련을 지지하고 나선 일들은 귀에 들어오지 않았다. 그들은 이데올로기의 일면성에 억압당하고 있음에도, 그것이 그들로서는 도저히 이겨낼 수 없는 것이기 때문에 외면했다. 명동의 예술가들은 모두 멋쟁이고 예술지상주의자, 허무주의자들이었다. 그 대표적인 시인이 박인환이었다. 그런 박인환이 김수영은 마음에 들지 않았다. 그는 한 산문에서 다음과 같이 박인환에게 공격을 가한 적이 있었다.

"인환! 너는 왜 이런 신문기사만큼도 못한 것을 시라고 쓰고 갔다지? 이 유치한, 말발도 서지 않는 후기(김수영은 박인환의 『선시집』을 보고 이 산문을 썼던 것 같다―필자). 어떤 사람들은 너의 「목마와 숙녀」를 너의 가장 근사한 작품이라고 생각하는 모양인데, 내 눈에는 '목마'도 '숙녀'도 낡은 말이다. 네가 이것을 쓰기 20년 전에 벌써 무수히 써먹은 말들이다. '원정(園丁)'이 다 뭐냐? '베꼬니아'가 다 뭣이며 '아쁘롱'이 다 뭐냐.

이런 말들을 너의 유산처럼 지금도 수많은 문학청년들이 쓰고 있고, 20년 전에 너하고 김경린이 하고 같이 낸 『새로운 도시와 시민들의 합창』이라나 하는 시화집 속에서 나도 쓴 일이 있었다. 종로에서 '마리서사'를 하고 있을 때 너는 나한테 이런 말을 한 적이 있었다. ―'초현실주의 시를 한 번 쓰던 사람이 거기에서 개종해 나오게 되면 그 전에 그가 쓴 초현실주의 시는 모두 무효가 된다'는 의미의 말이었다. 그 말을 듣고, 프로이트를 읽어보지도 않고 모더니스트들을 추종하기에 바빴던 나는 얼마나 오랫동안을 너의 그 말을 해석하려고 고민을 했는지 모른다.

그리고 그후, 네가 죽기 얼마 전까지도 나는 너의 이런 종류의 수많은 식언의 피해에서 벗어나려고 너를 증오했다. 내가 6·25 후에 포로수용소에 다녀나와서 너를 만나고, 네가 쓴 무슨 글인가에서 말이 되지 않은 무슨 낱말인가를 지적했을 때, 너는 선뜻 나에게 이런 말로 반격을 가했다. ―"이건 네가 포로수용소 안에 있을 동안에 새로 생긴 말이야." 그리고 너는 눈 하나 깜짝하지 않았고, 물론 내가 일러준 대로 고치지를 않고 그대로 신문사인가 어디엔가로 갖고 갔다. 그처럼 너는, 지금 내가 이런 글을 너에 대해서 쓴다고 해서 네가 무덤 속으로 안고 간 너의 선시집을 교정해 내보내지는 않을 것이다. 교정해 가지고 나올 수 있다 해도 교정하지 않을 것이다. 그런 생각을 해본 일이 없다고 도리어 나를 핀잔할 것이다.

실제로 박인환은 주위에서 흘기는 시선들에 개의치 않고, 걸음도 가볍게 사람들을 헤치고 다니면서 "나는 지나 롤로브지다보다 명물이 되었다"는 콕토의 프랑스 아카데

미 당선소감을 되풀이 되풀이 외쳤다. 그런 박인환도 얼마 뒤 죽었다. 아침도 먹지 못하고 거리에 나온 박인환은 세탁소에 맡긴 코트를 찾을 돈이 없어 벌벌 떨며 이 다방 저 다방 돌아다니다가, 밤 9시경, 집으로 가는 길에서 숨을 거두었다. 1956년 3월 20일. 그의 나이 서른한 살. 박인환이 죽었다는 소식을 전해 들은 김은성은 곧바로 조니워커 한 병을 들고 가서 박인환의 입에 부어주고는 대작하듯이 그도 마셨다. 송지영도 같은 동작을 반복했다. 친구들의 슬픔 속에서 그는 망우리 공동묘지에 묻혔다. 김수영은 장례식에는 참석치 않았고, 묘비를 세우는 날에만 모습을 보였다. 그는 그의 시적 동반자였으며, 경쟁자이기도 했던 박인환의 묘비를 보면서 무슨 생각을 했을까. 사람은 어느 때고 한 번은 죽는다는 것, 죽으면 어떤 표정도 지을 수 없다는 것, 조병화가 쓴 조시(弔詩)처럼 죽으면 멋도 흥분도 사라지고 남는 것은 싸늘한 죽음뿐이라는 것, 김수영은 그런 생각을 하고 있었을까.

박인환을 싸고돌았던 많은 사람들은 조사를 쓰고 조시를 발표했다. 이봉구의 회고에 따르면 명동의 술집주인들, 바 걸들도 슬퍼했다. 그러나 김수영은 조사다운 어떤 글도 남기지 않았다. 박인환이 땅에 묻힌 지 몇 달 뒤, 그는 극동해운 영국지점 책임자로 런던에 가 있는 박태진에게 편지를 썼다. '인환이가 죽었다. 잘 마시지도 못하는 술을 마시

고 죽었다. 그러고 보면 그는 허약한 친구였던 모양이다.'

　박인환은 분명 허약한 친구였다. 그의 내면의 상은, 화려한 수사에 가려 잘 보이지 않았지만, 내면의 그는 '한잔의 술을 마시고 버지니아 울프의 생애와 목마(木馬)를 타고 떠난 숙녀를 생각'하는 센티멘털리스트였다. 그런 면에서는 김수영 또한 마찬가지였다. 그도 감상적인 시대(50년대)에 발을 붙이고 있는 설움의 인간이었다. 그들은 비정하게 흘러가는 역사의 격랑 속에 휩쓸리면서 자신을 견지하려는, 견지하기가 힘들어 눈물 흘리는 인간군상이었다. 박인환이 먼저 뿌리 뽑히어 휩쓸려갔고, 김수영은 아직도 그곳에 완강히 버티고 서 있다는, 그 정도의 차이밖에 없었다.

그는 이렇게 자유를 말하였다

1

　박인환이 죽은 뒤로 김수영은 명동으로 나가는 날이 드
물었다. 시내에 나갔다가 비라도 주룩주룩 내리면 명동으
로 가 지하 술집에서 막걸리 잔을 들이켰지만 해가 쨍쨍할
때면 어쩐지 그곳으로 발길이 옮겨지지 않았다. 명동은 그
에게 별로 회상하고 싶지 않은 과거와 같은 곳이 되어갔다.
이따금씩 유정이 "명동으로 가 소주나 한잔 하지"하고 버
릇처럼 말할 뿐이었다. 명동은 습기가 묻어나는 지하에서
철제 의자에 궁둥이를 내리고 막걸리를 마시는 것도 좋았
지만 '도라무깡'을 술탁으로 한 주점으로 들어가 연탄불에
곱창을 구우며, 그 부연 연기 속에서 소주를 입에 퍼붓는
것도 일품이었다. 쓰레기와 잡초에 싸여 행인들에게 전쟁
의 상처를 말해 주고 있는 공원 앞을 지날 적이면, 곱창에
소주를 마시던 사람들의 떠드는 소리가 들리는 듯했다. 그

시절이 정이 흐르는 인간적인 시절이었던 듯했다. 인간적인 것이란 불안한 것이고 불안정한 것이란 생각이 들었다.

김수영은 명동에만 아니고 시내에도 일주일에 한 번쯤 나갔다. 그는 거의 모든 날들을 집안에서 닭모이를 주고 돼지우리를 치우고 토끼장을 만들어 닭장 옆에 세우는 일들을 했다. 그의 마당에는 집짐승들이 늘어가고, 그의 일들도 따라 늘어갔다. 그는 노는 날이 별로 없었다. 집짐승을 돌보거나 글을 쓰거나 책을 보거나, 그것도 하지 않을 때는 들을 거닐었다. 노모는 "그 사람은 돈을 벌지 못해서 그렇지, 게으른 사람은 아니야"라고 몇 차례 말한 적이 있다. 실제로 그는 잠자는 때 말고는 가만히 있을 때가 드물었다. 서강으로 이사한 뒤에는(55년부터 59년까지) 시도 「폭포」, 「사령(死靈)」, 「눈」 등 55편을 썼으며 번역도 상당량 했다. 시나 번역을 마치고 난 오후는 「채소밭가에서」에 드러나 있듯이,

　　기운을 주라 더 기운을 주라
　　강바람은 소리도 고웁다
　　기운을 주라 더 기운을 주라
　　달리아가 움직이지 않게

라고 속으로 뇌며 절두산 쪽으로 가거나 당인리 쪽으로

발길을 옮겼다. 특히 당인리 쪽으로 걷노라면 오후의 햇빛과 바람이 한강 물결에 어울리고 얼비치면서 미묘한 색조를 자아냈다. 그 색조가 그의 심신을 어루만지는 듯했다. 그는 종종 강둑길로도 나갔다. 강은 독특하게 그의 목소리로 웅얼거렸다. 한낮에는 이따금씩 배들이 하품하듯이 지나갔다. 어떤 때는 비와 바람에 얼룩진 언덕 아래 바위에 기대어 망연히 서 있을 때도 있었다. 여전히 김현경은 채근하듯 번역거리를 맡아오라고 잔소리했지만 그 채근이 그의 마음을 흐트러지게 하지는 않았다. 오히려 그 채근이 그의 마음에 인간적인 생기를 불어넣어 주었다. 그는 잡초가 우거진 바위벽에 기대어 "기운을 내라, 기운을 내라"고 자신에겐지 바람에겐지 모르게 중얼거렸다. 하지만 기운을 내라고 되풀이한다고 해서, 그 자신이 구수동 사람들처럼 소박해지거나 강건해질 수는 없는 일이었다. 여전히 그의 시는 도시적이었으며 비판적이었다. 그는 도시에서 진행되고 있는 문명의 양상과 속도—더 구체적으로 말하자면, 민주주의라는 이름으로 이승만 정부가 진행시키고 있는 일련의 비민주적 행위들에 대해 입을 다물고 순응할 수 없었다.

이승만 정부는 1955년 '사사오입 개헌'을 스타트로 하여 56년에는 장면부통령 저격사건, 58년에는 조봉암 제거를 목적으로 하는 진보당간첩사건 조작, 보안법 제정, 59

년 경향신문 폐간 등 영구집권을 위한 반민주적 행위들을 잇달아 일으켰으며, 1960년 정부통령 선거에서는, 이승만의 러닝 메이트인 이기붕을 부통령으로 당선시키기 위하여 모든 행정력을 동원한 관권선거를 자행했다. 국민의 기본권을 짓밟고 유린한 이 같은 비민주적이며 반민주적인 사건들을 보면서, 김수영은 안정과 휴식에 취한 자신의 서강생활을 자책하면서 괴로워했다.

이 시기의 김수영 시들을 꼼꼼히 살펴보면 우리의 흥미를 자극시키는 두 개의 주제를 만날 수 있다. 그 하나는 서강생활을 여유롭게 노래하는 「채소밭가에서」, 「초봄의 뜰안에」, 「봄밤」, 「여름뜰」, 「여름밤」, 「자장가」, 「달밤」 등이며, 다른 하나는, 안일을 자책하는 「사령」, 「눈」 등이다. 자책의 시가 안일의 시보다 태부족이다. 그렇다고 그 동안 김수영의 비판정신이 잠자고 있었다는 말은 아니다. 여전히 비판 정신은 서강시의 저류에 흐르면서 때로는 은밀하게, 때로는 직설적으로 튀어나온다. 「사령」이 그 대표적인 예에 속한다.

……활자는 반짝거리면서 하늘 아래에서

간간이

자유를 말하는데

나의 영(靈)은 죽어 있는 것이 아니냐

벗이여

그대의 말을 고개 숙이고 듣는 것이

그대는 마음에 들지 않겠지

마음에 들지 않어라

모두 다 마음에 들지 않어라

이 황혼도 저 돌벽 아래 잡초도

담장의 푸른 페인트빛도

저 고요함도 이 고요함도

그대의 정의도 우리들의 섬세도

행동이 죽음에서 나오는

이 욕된 교외에서는

어제도 오늘도 내일도 마음에 들지 않어라

그대는 반짝거리면서 하늘 아래에서

간간이

자유를 말하는데

우스워라 나의 영은 죽어 있는 것이 아니냐

  첫 연에서 '자유'와 '영'은 대립하고 있는 것처럼 보인
다. 그런데 그것은 대립이 아니다. 나는 '간간이' 자유를

말하고 있을 뿐이고 나의 영도 '죽어 있는 것이 아니냐?' 고 자문하고 있을 뿐이다. 자유에 대한 반응의 정도를 나타내는 '간간이'라는 부사는, 따라서 의식적인 것이라고 보기 어렵고, '죽어 있는 것이 아니냐'고 묻는 나의 영도 '우스워라'를 동원하고 있는 것을 보면 자탄형 의문사에 지나지 않는다. 문제는 2, 3연에 있다. 시인은 '그대의 말을 고개 숙이고 듣는 것이 그대는 마음에 들지 않겠지'라고 한다. 그런데 이때의 '그대'는 누구이며, 왜 '~겠지'라고 굳이 선어말어미형 어법을 사용하고 있는 것일까. 그것은 '그대'가 나의 앞에 있는 존재가 아니고, 없는 존재거나 가정적 존재이기 때문이 아닐까. 내게는 그렇게 해석된다. 그렇게 본다면 이 시구는 시인의 독백이 되며, 그대=벗도 부재의 존재가 되는 셈이다. 3연도 마찬가지다. 시인이 마음에 들지 않는다고 하는 것은 서강의 황혼도, 돌벽 아래 잡초도, 시인이 칠했거나 김현경이 칠했을 담장의 푸른 페인트도, 이미 불화가 진행되고 있는 시인의 내면 풍경을 그린 것이 된다. 해석상에서 난제가 되고 있는 4연의 '행동이 죽음에서 나오는 이 욕된 교외에서'라는 구절도 '언어가 죽음의 벽을 뚫고 나간다'(「설사의 알리바이」)라는 용례를 대입하고 보면, 모든 행동은 죽음을 전제로 한 것이거나 자신이 죽음의 벽을 뚫고 나가 행동하지 못하기 때문에 교외가 욕되어진다는 지극히 범속한 풀이가 가능해진다. 즉 자유에 올바로 응하지 못하기 때문에 서강의 자연이 마음에 들지 않게 되는 것이며, 집이 마음에 들지 않게 되는 것이며, 우리들의 섬세도, 어제도 오늘도 마음에 들지 않게 되는 것이다. 그리하여 시인은 그런 자신에게 '우스워라 나의 영은 죽어 있는 것이 아니냐'라고 부정어법을 동원한 자조를 하게 되는 것이다. 해석자들은 이 시를 죽음의 이미지로 읽는 경우가 있는데, 그것은 잘못이다. 김수영의 시는 시차가 있을 뿐 모두 그의 자유, 그의 시대의 자유와 관계하고 있다. 그의 시는 그가 살고 있는 현실과의 관계 속에서 읽어야 한다. 그의 시가 이미지나 시적 정조보다 드러냄의 형식인 산문성의 침투를 심하게 받고 있는 것도 그 때문이다. 따라서 우리는 이 시기, 보안법이 제정되고 경향신문이 폐쇄되고 3·15부정선거가 치러지는 정치상황을 예사로 보아넘겨서는 안 된다. 그는 그 일들 때문에 술을 마시고 서강의 아름다운 황혼보다도 진한 피를 흘리면서 시를 쓴다. 우리 역사가 처음으로 꽃다운 피를 흘렸다고 해도 되는 4·19혁명은 그런 밤들을 지나서 온다.

2

　김수영이 어느 시간, 어느 장소에서 4·19를 어떤 형식으로 맞아들였는지 우리는 모른다. 그러나 그가 4·19를 들었고, 보았을 적에, 그의 피는 뛰어 자리를 박차고 일어섰을 것이고, 흥분과 기대, 불안, 초조가 물결치는 가운데서 거리로 달려갔을 것이다. 그는 학생시위대와 한 물결이 되어 종로로, 광화문으로 나아갔을 것이다. 그는 이미 함성이었고, 화살이었고, 자유의 불기둥이 되어 하늘 높이 솟아 올라가고 있었을 것이다.

4월 19일 정오 무렵, 종로와 을지로, 청계천은 학생들의 물결로 완전히 뒤덮였다. 몇 군데서 투석전이 벌어지기는 했으나 대체로 경찰들은 바리케이드를 치고 경계태세만을 취하고 있었다. 경찰들은 만약의 경우를 생각해서 경무대 쪽 경비를 강화해 갔다. 시위대는 경찰의 '만약의 경우'를 때려부수기라도 하려는 듯이 점점 광화문 쪽으로 밀고들어왔다.

1시 30분경, 학생들의 시위 물결은 갑자기 꿈틀거렸다. 그들은 중앙청에서 경무대로 향하는 제1저지선을 넘어 제2저지선, 제3저지선, 제4저지선을 뚫고, 제5저지선으로 돌진해갔다. 제5저지선은 경무대 정문 앞에 쳐진 바리케이드로서, 그 뒤에는 완전무장한 경무대경찰서(현 청와대 경호실-편집자) 경비대가 지키고 서 있었고, 그 뒤에는 육군헌병들이 도열해 있었다.

1시 40분, 갑자기 파열음이 하늘을 울렸다. 뒤따라 경찰의 카빈총이 일제히 불을 뿜었다. 앞에 섰던 학생들이 픽픽 쓰러졌다. 학생들은 오던 길로 줄달음쳤다. 경찰들은 추격하였다.

2시 50분경. 청계천3가 무기고 앞에서도 총소리가 고막을 찢었다. 경찰들의 무차별 사격으로 학생들이 수없이 쓰러졌다. 내무부 앞에서도 총소리가 고막을 찢었다. 을지로입구에서도, 동대문경찰서 앞에서도 총소리가 울렸다. 서울신문사와 반공회관이 불타올랐다. 경비계엄이 내려졌다는 소문이 돌았으나 학생들은 개의하지 않고 거리를 누비고 다녔다. 다시 경비계엄이 비상계엄으로 바뀌고, 서울 근교에 있던 육군 제15사단이 탱크를 앞세우고 중량천을 거쳐 시내로 진입해 오고 있었다. 밤 8시, 계엄군이 시내 요소요소를 완전 장악했다. 변두리에서는 학생들과 시민들이 공포가 서린 얼굴로 발길을 재촉하는 모습이 보였으나 중심가에는 그림자 하나 없었다. 군인들의 군홧발 소리와 착검 소리가 정적을 울릴 뿐이었다.

그 시간, 김수영은 도봉동에 있는 어머니 곁으로 가 있었다. 그는 데모 소식을 접하고 광화문으로 나가, 학생들이 피흘리며 달리는 모습을 보았고, 쓰러지는 모습을 보았고, 경찰들에게 끌려가는 모습도 보았다. 그날 낮, 종로와 광화문 거리에는 수십만 인파가 스크럼을 짜고 달려가는가 하면 부서진 소방차를 타고 달리기도 했다. 그들은 '4월 19일'이라는 시간을 넘어서서 우리의 근현대사로부터 달려가고 있었으며 내일을 향하여 달려가고 있었다. 그들은 경찰들로부터 빼앗은 카빈총을 오른손에 들고 하늘로 쳐올리기도 했다. 김수영은 그들의 뒤를 따라 오후 내내 돌아다니다가 계엄령이 내려졌다는 소문을 듣고 부리나케 도봉동으로 돌아갔다. 그의 레드 콤플렉스가, 포로수용소에서의 공포가 살아나 발길을 재촉하지 않을 수 없었다.

방으로 들어오는 김수영을 보고 "밖에 나갔댔니?"하고 어머니가 물었으나 그는 대꾸하지 않고 라디오 앞으로 가 스위치를 틀었다. 라디오에서는, 국군이 입성했으니 학생과 시민들은 집으로 돌아가 동요하지 말고 계엄사에서 내리는 지시를 따르라고 한밤 내내 반복해 방송했다. 북괴의 간첩이 날뛰고 있으며 시위는 그들의 선동에 놀아난 것이라고도 했다. 김수영은 "우라질 놈들"이라고 큰소리로 욕을 퍼부으면서 스위치를 껐다가는 1분도 못 참고 다시 켰다. 행진곡 풍의 음악 속에 계엄사의 말들이 계속 흘러나왔다.

다음 날 저녁때쯤, 이승만 대통령이 허정과 변영로를 경무대로 불렀다는 소문이 돌았다. 장면 부통령이 사임했다는 소문도 돌았고, 이기붕 일가족이 헬리콥터를 타고 군부대로 도망쳤으며, 부통령직을 사임할 것이란 소문도 돌았다. 김수영이 도봉동에 틀어박혀 있던 며칠 동안엔 별의별 소문이 다 돌았다. 심지어 미국이 이번 시위를 배후에서 조종했다고도 했다. 미국이 한일협상을 위해 이승만 정권을 무너뜨리려고 매카나기를 대사로 임명했다고도 했다. 매카나기는 쿠데타공작전문가라고도 했다. 이같은 밑도 끝도 없는 소문들이 날개를 달고 춤추던 사나흘이 지나고, 24일이 되자 라디오에서는 이기붕이 부통령직을 사임하고 허정과 이호, 권승렬이 참여한 거국내각이 조직되었다는 뉴스를 전했다. 사람들은 이제 정국이 가닥을 잡아나가는 것 같다고 했다. 부정에 의해 당선된 부통령이 사임하고 거국내각이 들어섰으니 시위는 역할을 다한 것이 아니냐고도 했다.

그러나 한번 터진 시민의 분노는 거기서 멈추지 않았다. 개각이 발표된 다음 날 오후 3시, 27개 대학교수 4백여 명이 서울대학교에 모여 시국 선언문을 낭독하고 거리로 나섰다. 계엄군 장병들이 에스코트했다. 학생과 시민들이 모여들어 후미를 이었다. 그 후미 대열은 이내 수만 명으로 늘어나 '부정선거 다시 하라', '구속 학생을 무조건 석방하라', '발포 책임자를 구속, 처단하라'는 구호를 외치면서 야간 데모로 들어갔다.

26일, 피의 화요일인 4월 19일로부터 일주일이 지나간 날 아침, 국회의사당 앞에서 농성하던 학생 30여 명은 트럭을 타고 8시부터 데모에 나섰다. 출근길의 샐러리맨들과 학생들이 삽시간에 모여들었다. 계엄군의 전차들이 앞

뒤에서 둘러쌌으나 그들은 무서워하지 않고 '대한민국 만세', '국군장병 만세'를 부르면서 전차 위로 기어올라갔다. 신촌에서, 서울역에서, 동대문에서, 혜화동에서 학생들이 장강처럼 밀려들어 광화문 네거리에서 중앙청에 이르는 길은 십만 군중으로 꽉 들어찼다. 이따금씩 총소리가 울리고 계엄군의 마이크가 울어댔으나 아무도 놀라지 않았고 그 소리에 귀 기울이지도 않았다. 그들은 서서히 중앙청 쪽으로 나아갔다. 11시 6분, 이승만은 하야 성명을 발표했다. 국민이 원한다면 물러가겠다고 그는 떨리는 목소리로 말했다. 자유와 정의를 외치던 학생들이 드디어 12년 간의 독재 정권을 무너뜨린 것이다.

이승만의 하야 성명을 들은 김수영은 목이 메어 무어라고 말할 수가 없었다. 그는 노대통령의 하야에 감격한 것이 아니었다. 그는 잡초와 같이 보잘 것 없는 국민의 승리에 감격한 것이었다. 그는 허상이 사라지고 참다운 민중이 역사의 장에 비로소 등장한 것을 그의 눈으로 똑똑히 본 것이다. 마법과 같은 그날의 분위기 속에서 그는 사람들이 어깨동무를 하며 노래부르고 이야기를 주고받고 더불어 술집으로 들어가는 것을 보았다. 낯선 사람들의 낯설지 않은 친애의 정을 보았다. 그들은 그들이 쟁취한 자유 속에서 서로 형제이며 자매로 새로이 관계를 맺고 있었으며, 하늘과 땅이 하늘로 통일됨을 느꼈다.

3

그 무렵 김수영은 거의 매일 술을 마시고 노래부르고 다음 날 아침엔 시를 썼다. 그에겐 술을 마시고 난 다음 날 시를 쓰는 습관이 있었다. 쓰린 가슴을 달래면서 시에 집중하노라면 가슴의 쓰림이 시로 전화(轉化)되는 듯싶고, 시의 아픔이 또한 가슴으로 전달되어 오는 듯싶었다. 그 무렵 그가 쓴 시는 「우선 그놈의 사진을 떼어서 밑씻개로 하자」, 「하…… 그림자가 없다」, 「기도」, 「육법전서와 혁명」, 「푸른 하늘은」, 「만시지탄은 있지만」, 「나는 아리조나 카우보이야」, 「거미잡이」, 「가다오 나가다오」, 산문은 「김병욱에게 보내는 편지」, 「문화인의 제언」 등으로, 다른 해의 1년에 가까운 양을 몇 달 새에 지었다. 더욱이 그 시들은 과거의 시와는 달리 시적 집착이 현저하게 줄어들었다. 오랫동안 그가 희구해 마지않았던 시적 자유를 그의 시는 얻고 있는 셈이었다. 그의 표현을 빌면 놀랄 만치 산문적이 되어간 것이다. 시가 산문적이 되어간다라는 말은 시를 버린다는 뜻이 되고, 시가 아닌 새로운 시를 얻으려고 한다는 뜻도 된다. 그는 시적 혁명을 성취하려 한 것이다. 창 너머 언덕 아래로 도도하게 흘러가는 황갈색의 강물을 보고 있노라면 세상을 바르게 산다는 일과 시를 참답게 쓰는 일이 동시적이며, 동시에 어렵다는 것을 실감하게 했다. 표면적으로는 강물이 흘러가듯이 삶도 막힘이 없이 흘러가면 될 것이다. 막힘이 있기 때문에 반대가 있고 시위가 있고, 혁명이 있으며, 혁명적 사고가 있는 것이다. 시도 마찬가지일 것이다. 현대시는 전위시가 되지 않으면 안 된다. 그런데, 전위시인이라면 막힘을 뚫고 나갈 수 있어야 된다, 현실의 막힘과 시의 장애논리를 더불어 깨부숴야 한다. 그런 생각 아래 쓴 시들이「우선 그놈의 사진을 떼어서 밑씻개로 하자」와「하…… 그림자가 없다」였다. 다소 분량이 긴 감이 있지만, 김수영의 4·19 감정을 이해한다는 면에서「우선 그놈의 사진을 떼어서 밑씻개로 하자」를 읽어보도록 하자.

우선 그놈의 사진을 떼어서 밑씻개로 하자
그 지긋지긋한 놈의 사진을 떼어서
조용히 개굴창에 넣고
썩어진 어제와 결별하자
그놈의 동상이 선 곳에는
민주주의의 첫 기둥을 세우고
쓰러진 성스러운 학생들의 웅장한
기념탑을 세우자
아아 어서어서 썩어빠진 어제와 결별하자

이제야말로 아무 두려움 없이

그놈의 사진을 태워도 좋다

협잡과 아부와 무수한 악독의 상징인

지긋지긋한 그놈의 미소하는 사진을―

대한민국의 방방곡곡에 안 붙은 곳이 없는

그놈의 점잖은 얼굴의 사진을

동회란 동회에서 시청이란 시청에서

회사란 회사에서

××단체에서 ○○협회에서

하물며는 술집에서 음식점에서 양화점에서

무역상에서 개솔린 스탠드에서

책방에서 학교에서 전국의 국민학교란 국민학교에서 유치원

에서

선량한 백성들이 하늘같이 모시고

아침저녁으로 우러러보던 그 사진은

사실은 억압과 폭정의 방패이었느니

썩은놈의 사진이었느니

아아 살인자의 사진이었느니

너도 나도 누나도 언니도 어머니도

철수도 용식이도 미스터 강도 류중사도

강중령도 그놈의 속을 모르는 바는 아니었지만

무서워서 편리해서 살기 위해서

빨갱이라고 할까보아 무서워서

돈을 벌기 위해서는 편리해서

가련한 목숨을 이어가기 위해서

신주처럼 모셔놓던 의젓한 얼굴의

그놈의 속을 창자밑까지도 다 알고는 있었으나

타성같이 습관같이

그저그저 쉬쉬하면서

할말도 다 못하고

기진맥진해서

그저그저 걸어만 두었던

흉악한 그놈의 사진을

오늘은 서슴지않고 떼어놓아야 할 날이다

밑씻개로 하자

이번에는 우리가 의젓하게 그놈의 사진을 밑씻개로 하자

허허 웃으면서 밑씻개로 하자

껄껄 웃으면서 구공탄을 피우는 불쏘시개라도 하자

강아지장에 깐 짚이 젖었거든

그놈의 사진을 깔아주기로 하자……

민주주의는 인제는 상식으로 되었다

자유는 이제는 상식으로 되었다

아무도 나무랄 사람은 없다

아무도 붙들어갈 사람은 없다

군대란 군대에서 장학사의 집에서

官公吏의 집에서 경찰의 집에서

민주주의를 찾은 나라의 군대의 위병실에서 사단장실에서 정

훈감실에서

민주주의를 찾은 나라의 교육가들의 사무실에서

4·19 후의 경찰서에서 파출소에서

민중의 벗인 파출소에서

협잡을 하지 않고 뇌물을 받지 않는

관공리의 집에서

역이란 역에서

아아 그놈의 사진을 떼어 없애야 한다.

우선 가까운 곳에서부터

차례차례로

다소곳이

조용하게

미소를 띄우면서

영숙아 기환아 천석아 준이야 만용아

프레지덴트 김 미스 리

정순이 박군 정식이

그놈의 사진일랑 소리없이 떼어 치우고

우선 가까운 곳에서부터

차례차례로

다소곳이

조용하게

미소를 띠우면서

극악무도한 소름이 더덕더덕 끼치는

그놈의 사진일랑 소리없이

떼어 치우고—

이 시에는 우선 우리 시가 좋아하는 이미지라든지 시적
정조가 없다. 그는 그것들은 모두 버렸다. 뒤에 김수영이
강조하게 되는 '의미(혹은 산문성이라 해도 된다)를 껴안고
들어가서 의미를 구제함으로써 무의미에 도달'하려 한다.
거짓의식을 타파하고 새로워지려 하는 김수영의 변모해
가는 과정 속에서 보자면 그것은 분명 성취물이자 이후의
그의 시에 진정성을 부여해 주는 힘이었으며, 힘의 몸부림
이었다. 과장스런 것일지 몰라도 그것은 해방공간에서 임
화가 걸어갔던 길과도 방불한 것이었다. 해방공간에서 임
화는 '민족'과 하나가 되어 민족의 소리로 시를 썼다. 그는

시를 버리는 시를 썼다. 『현해탄』을 쓸 때와는 판이하게 달랐다. 김수영의 4·19 시들도 『달나라의 장난』의 시들과는 달랐다. 그의 시는 외치는 시는 아니었으되 몸으로 외치는 시였다고 할 수 있다. 그는 전국 방방곡곡에 걸려 있는 이승만 대통령의 사진을 떼어 밑씻개로 하자고 외쳤다. 대통령의 사진을 떼어서 밑씻개로 하자는 것은 상징의 철저한 부정이었으며, 짓밟음이었으며, 관존주의적 사고의 파괴였다.

박연희의 회상에 따르면 4·19가 지난 어느 날, 김수영이 귀거래다방에서 만나자고 전화를 걸어왔었다고 한다. 귀거래는 비각 아래 2층 다방으로, 동아일보 기자들의 단골이었다. 박연희가 의자에 앉자 김수영은 시 한 편을 내밀었다. 도저히 발표할 수 없는 시였다. 그래서 박연희는,

"김형, 4·19가 혁명이라고 생각해?"

물었다. 김수영은 눈을 굴렸다.

"4·19는 극우보수가 온건보수에게 밀려난 정치변동에 불과한 것이 아닐까?"

물론 김수영이 그런 점을 모를 리 없었다. 김수영은 4·19의 한계를 너무나도 잘 알고 있었다. 혁명으로서의 4·19는 혁명을 수행해 나갈 주체가 없었다. 4·19를 인수할 사람들은 해방 후 한국정치를 오늘과 같은 상황으로 만들어버린 보수층이었고, 따라서 4·19 이후의 현실이 이전

보다 자유롭다 할지라도, 그 자유는 이미 한정되어 있는 것이었다. 그런 점은 학생들의 선언문에도 간접적으로 입증된다. 선언문은, 4·19가 절정에 달한 이승만 독재정권의 횡포와 부정부패라는 일련의 정치사건들에 의해 촉발된 사건으로서, 이승만과 그 하수인들을 소리 높이 규탄하면서도 구조적 권력에 대한 인식과 규명에는 이렇다 할 말을 하지 않았다. 그 점에서 4·19는 국가와 사회, 문명과 인간 존재가 무엇이며 자유민주주의의 원리가 무엇인가를 그들의 사회에 대해 되묻는 60년대 프랑스 학생혁명과는 본질적인 차이가 있었다. 프랑스 학생혁명은 원리로서의 자유와 민주주의를 위해 끝없는 이의(Contestation)제기를 하고 있으되 4·19는 현상적이고 윤리적인 차원에서 그치고 있다. 4·19를 혁명이라 부르지 못하고 '의거'라든지 운동론적 시각으로 보려는 논자들의 망설임이 여기에 있다.

김수영은 그런 4·19의 한계를 알고 있으면서도, 그 한계 속에 머무르려고 하지 않았다. 그 한계를 뛰어넘고 싶었다. 포로수용소에서 자유의 소중함을 너무나도 절감했던 시인은, 아직도 올가미로 작용하고 있는 수용소의 이력을 넘어서고자 했으며, 그것을 끝까지 밀어가고자 했다. 자유가 없으면 선택도 없고 행동도 없다. 어떤 사람이 다른 사람으로부터 받은 명령이나 강제에 의해 취해진 행동은 행동이 아니다. 참다운 행동은 스스로 선택하고 책임지는 행동이다.

그런 면에서 김수영의 자유는 부르주아지가 그들의 이익을 위해서 봉건군주를 타도하고, 새로운 사회계층으로 등장하는 프롤레타리아트가 부르주아지와 투쟁하는 역사적인 것이라기보다는 문학적인 것이라 할 수 있다. 그의 자유는 인간의 가장 높은 본성과 관계되는 것이기 때문에 완전하게 주어지지 않으면 안 된다. 물건이 위에서 아래로 떨어질 때의 낙하의 자유와도 같이 낙하를 가로막는 걸림돌이 있어서는 안 된다. 1백 분의 1의 38선이 있어서도 안 되고 1백 분의 1의 반공이 있어서도 안 된다. 이런 그의 논리는 「창작자유의 조건」이라는 그의 산문에 잘 나타난다.

창작의 자유는 백 퍼센트의 언론 자유가 없이는 도저히 되지 않는다. 창작에 있어서는 1퍼센테지가 결한 언론자유는 언론 자유가 없다는 말과 마찬가지다. 이 정권하에서는 8할의 창작의 자유가 있었지만 장 정권하에서는 9할의 자유가 있으니 얼마나 나아졌느냐고 말하고 싶은 국회의원이 있을 성싶다. 아니 국회의원뿐 아니라 필자 자신 역시 그러한 망상과 유혹에 빠지기 쉬운 요즈음이다. 솔직히 말해서 간첩방지주간이나 오열(五列)이니 국시(國是)니 할 때마다 나는 옛이나 다름이 없이 가슴이 뜨끔뜨끔하고 또 내가 무슨 잘못된 글이나 쓰지 않았나 하고 한결같이 염려가 된다. 간첩이 오고 있으니까 간첩방지선전도 하는 것이겠지만 문제는 간첩방지선전이 나쁘다는 것이 아니라 그러한 선전의 압력과 동일한 압력이 창작활동 위에까지 부당하게 뻗칠 것 '같은 불안'이 아직까지도 존재하고 있는 것이 나쁘다는 것이다. '보장된 자유'란 무엇인가? 이러한 불안을 없애주는 것이다. 그리고 이러한 불안의 제거책임은 누구보다도 위정자한테 있다.

이 무렵 김수영의 흥분과 환희는 하늘을 찌를 듯했다. 그의 사고는 모든 금기와 제약을 뛰어넘어 달리고 있었으며, 시적인 면에서도 한국시의 고질적인 병폐라 할 수 있는 시적 정조를 버리고 직설법을 사용하고 있었다.「하……그림자가 없다」라든지「우선 그놈의 사진을 떼어서 밑씻개로 하자」를 보면 알 수 있듯이, 그는 과감하게 카크 다글라스, 리차드 위드마크 같은 미국 영화배우의 이름을 들먹이는가 하면 도둑놈, 깡패, 포주 등의 거칠고 사나운 단어들을 마구 사용하고 있다. 그리하여 그의 시는 사나우면서, 사나운 가운데서 생기는 힘과 속도를 가지게 되었다. 힘과 속도라는 면에서는 김수영이 첫 주자는 아니었다. 한국시에서 속도는 김기림이 30년대에 이미 사용한 바 있다. 그는 그것을 장시「기상도」를 통하여 구현했었다. 그러나 김기림의 속도가 박래품이었던 반면에 김수영의 속도는 4·19의 환희와 불온한 것같이 보이는 그의 자유로부터 얻은 것이었다.

이 시기, 김수영은 매양 흥분하고 환희작약했던 것만은 아니었다. 그는 속으로 시대와 시인, 시와 양심, 시와 진실 같은 문제를 꼼꼼히 따져 들어가고 있었다. 그런 면은 해방 공간에서 그와 가까이 지냈던 김병욱에게 보낸 공개편지 에서 어느 정도 드러난다(이 편지는 4·19 직후의 통일 열기 속 에서 민족일보의 청탁으로 쓰인 것이었다). 수신지도 적을 수 없 는 그 편지에서, 그러므로 그 자신에게 보내는 방백에 지나 지 않는 그 편지에서 김수영은 4·19에 대한 감동과 민족통 일, 시, 자유 등등을 차분하게 개진하고 있다. 그 편지는 그 의 시와 더불어 이 시기, 김수영의 사고를 나타내주는 좋은 자료가 된다고 생각되므로, 다소 긴 감이 있지만 일부를 인 용하여 보겠다.

김형(金兄)! 형과 헤어진 지도 인제 십 년이 넘소이다. 십 년이 면 산천도 변한다는데 형 역시 많이 변하였을 것 같소. 어떻게 변했을까? 무엇을 하고 있을까? 여전히 시를 쓰고 있을까? 시 를 쓰고 있다면 어떤 시를 쓰고 있을까? 마야코프스키 같은 전 투적인 작품을 쓰고 있을까? 파스테르나크 같은 반항적인 것을 쓰고 있을까? 또 형이 지금 내가 쓰고 있는 작품을 읽어 본다면 무엇이라고 할 것인가? 아직도 딱지가 덜 떨어졌다고 할까? 말 하자면 부르주아적이라고 꾸짖을까? 아무래도 칭찬은 들을 것 같지 않소.

그래도 지난 십 년 동안 내 자신이 생각해도 용하다고 생각하리만큼 나는 현실에 굴복하지 않고 내 자신만은 지켜왔고 지금 역시 그렇소. 그러니까 작품의 호오(好惡)는 고사하고 우선 내 자신을 잃지 않고 왔다는 것만으로 나는 형의 후한 점수를 받을 것 같은데 어떠할지? 여기서는 그 동안 이북의 작품이라곤 한 편도 구경할 수 없는 형편이니 나는 그쪽 작품에 대해서 아무런 이야기도 할 자격이 없소. 다만 소련의 작품은(파스테르나크의 것은 제외하고는) 그 동안 외국 잡지를 통해서 소설을 두 편 가량 읽은 것이 있고, 폴란드 시인의 시를 네댓 편, 중공 시인의 시를 한 편 읽은 것이 있는데(요만한 지식을 가지고 그쪽 사정을 속단하기는 어려우나, 그 밖의 비교적 공정한 입장에서 쓴 논평들을 중심으로 생각해 볼 때) 소련에서는 중공이나 이북에 비해서 비판적인 작품을 용납할 수 있는 컴퍼스가 그 전보다 좀 넓어진 것 같은 게 사실인 것 같소. 무엇보다도 에렌부르크가 레닌 상(賞)을 받았다는 사실로 미루어보아도 그것은 사실인 것 같소. 우리는 이북에도 하루바삐 그만한 여유가 생기기를 정말 기도하고 있소. 형은 어떻게 생각할지 모르지만 나로서는 그에 대한 여유가 다소나마 생겨야지 통일의 기회도 그만큼 열려질 것 같은 감이 드오.

형, 나는 형이 지금 얼마큼 변했는지 모르지만 역시 나의 머릿속에 있는 형은 누구보다도 시를 잘 알고 있는 형이오. 나는 아직까지도 '시를 안다는 것'보다도 더 큰 재산을 모르오. 시를 안다는 것은 전부를 아는 것이기 때문이오. 그렇지 않소? 그러니까 우리들끼리라면 '통일' 같은 것도 아무 문제거리가 되지 않을 것이오. 사실 4·19 때에 나는 하늘과 땅 사이에서 통일을 느꼈소. 이 '느꼈다'는 것은 정말 느껴본 일이 없는 사람이면 그 위대성을 모를 것이오. 그때는 정말 '남'도 '북'도 없고 '미국'도 '소련'도 아무 두려울 것이 없습디다. 하늘과 땅 사이가 온통 '자유 독립' 그것뿐입디다. 헐벗고 굶주린 사람들이 그처럼 아름다워 보일 수가 있습디까! 나의 온몸에는 티끌만한 허위도 없습디다. 그러니까 나의 몸은 전부가 바로 '주장'입디다. '자유'입디다……

'4월'의 재산은 이러한 것이었소. 이남은 4월을 계기로 해서 다시 태어났고 그는 아직까지도 작열하고 있소. 맹렬히 치열하게 작열하고 있소. 이북은 이 '작열'을 느껴야 하오.

'작열'의 사실만을 알아가지고는 부족하오. 반드시 이 灼熱을 느껴야 하오. 그렇지 않고서는 통일도 안 되오. 나는 이북의 정치에 장점이 있다는 것을 인정하는 사람이지만 그것만 가지고 통일을 할 수는 없소. 비록 통일이 된다 할지라도 그 후에 여전히 불편한 점이 해소되지 않고 남아 있을 것이오.

'4월' 이후에 나는 시에 대해서 여러 가지로 생각해 보았소. 늘 반성하고 있는 일이지만 한층 더 심각하게 반성해 보았소. '통일'이 되어도 시 같은 것이 필요할까 하는 문제이오. 거기에 대한 대답은 '더 필요하다'는 것이었소. 우리는 좀더 좋은 시를 쓰기 위해서도 통일이 되어야겠소. 정신상의 자유 독립을 이룩한

후에 시가 어떤 시가 되는지 나는 확실히는 예측할 수 없소. 그러나 아마 그것은 세계적인 시가 될 것이고, 세계 평화와 인류의 복지를 위해서 이바지하는 시가 될 것이오. 좀더 가라앉고 좀더 힘차고 좀더 신경질적이 아니고 좀더 인생의 중추에 가까웁고 좀더 생의 희열에 가득찬 시다운 시가 될 것이오. 그리고 시인 아닌 시인이 훨씬 줄어지고 시인다운 시인이 더 많이 나올 것이오.

그러나 아직까지도 통일 이후의 것을 예측하기보다는 통일까지의 일이 더 다급하오. 우리는 우선 피차간의 격의와 공포감 같은 것을 없애고 이북이 생각하는 시에 대한 관념과 이남이 생각하는 시에 대한 관념을 접근시켜 봅시다. 그래서 형들이 십여 년 동안을 두고 생각하고 실천해 온 시관(詩觀)이 우리가 그 동안에 생각하고 실천해 온 그것과 6·25 전에 비해서 어느 정도의 여과작용을 했는지, 어느 정도의 변동이 생겼는지 이야기해 보는 것도 재미있을 것 같소.

그러나 형, 내가 형에게 시에 대한 이야기를 하고 있는 이 자체부터가 벌써 어쩌면 현실에 뒤떨어진 증거인지도 모르겠소. 지금 이쪽의 젊은 학생들은 바로 시를 실천하고 있기 때문이오. 그들이 실천하는 시가, 우리가 논의하는 시보다도 암만해도 먼저 앞서갈 것 같소. 그렇지만 나는 요즈음처럼 뒤따라가는 영광을 느껴본 일도 또 없을 것이오. 나는 쿠바를 부러워하지 않소. 비록 4월혁명은 실패로 돌아갔지만 나는 아직도 쿠바를 부러워

할 필요가 없소. 왜냐하면 쿠바에는 카스트로가 한 사람 있지만 이남에는 2천만에 가까운 더 젊은 강력한 카스트로가 있기 때문이오. 그들은 어느 시기에 가서는 이북이 10시간의 노동을 할 때 반드시 14시간의 노동을 하자고 꾸중하고 나설 것이요. 그들이 바로 작열하고 있는 사람들이오.

김수영이 이 공개편지를 쓰려고 할 적에(민족일보로부터 공개편지의 청탁을 받았을 적에) 그의 머리에 일차적으로 떠오른 이름은 누구였을까. 독자의 공감을 쉽게 자아내기 위해서는 오장환이 택해질 수 있었을 것이고, 신뢰도로 택한다면 임호권을 택할 수도 있을 것이다. 그러나 김수영은 편지에도 썼듯이, 그들이 무엇보다도 잘 아는 시를 통한 것이기 때문에 김병욱을 택할 수밖에 없었을 것이다. 김병욱은 그가 치질로 골방에 누워 있을 적에 벽에 쓴 시를 보고, 이런 시를 열 편만 쓰라고 했었고, 시는 온몸으로 쓰는 것이라고도 했었고, 6·25 때는 지금이 어느 때인데 이봉구와 돌아다니며 술타령이냐고 질책도 했었다. 김병욱은 그때 벌써 문학적인 것보다 공동선에 관심하고 있었을지 모른다. 그리고 지금도 그는 그때 그 자신이 서성거리고 있는 지점에서 벗어나 저만큼 앞서가고 있을지 모른다. 김병욱은 한곳에 오래 머뭇거릴 만큼 정적인 인간도 아니었고 회의적인 인간도 아니었다. 그는 느끼고 알면 쓰고 행동하는 사람이었다. 아마도 그가 4·19 때 광화문 네거리에 있었다면 김수영 이상으로 시위행렬에 끼여들고 하늘과 땅이 맞닿는 환희를 느꼈을 것이다. 바로 그런 확신 때문에 김수영은 공개편지의 대상으로 김병욱을 택했을 것이고, 통일이 되어서도 시는 필요한 것인가라는 질문을 던졌을 것이고, 좋은 세상에 살기 위해서는 좋은 시가 계속 필요하다는 결론을 얻게 되었을 것이다. 왜냐하면 그에게 시는 정신상의 자유를 검증해 주는 안테나이자 투창 같은 것이고 방패 같은 것이기 때문이다.

김수영에게 자유는 적절한 것이 아니었다. 완전한 것이어야 했다. "이 정권 아래서는 80%의 자유가 있었지만 장 정권 아래서는 90%의 자유가 있으니 나아진 것이 아니냐"고 말해서는 안 되었다. 1할의 부자유는 10할의 부자유를 낳을 수 있는 개연성을 얼마든지 가질 수 있는 것이다. 국가기밀을 적에게 알려줄 수 있다는 이유로 작가들에게 가하는 접근금지는 얼마든지 창작행위를 위축시키고 표현의 자유를 망가뜨릴 수 있는 것이다. 70년대에 발생하는 김지하의 오적사건이나 양성우의 겨울공화국 노예수첩사건이 그러한 것이다. 부패권력을 오적으로 몰아세웠다고 해서, 유신시대를 자유가 없는 동토라고 빗댔다고 해서 반공법의 올가미로 씌운다는 것은 그 밖의 자유도 얼마든지 마음먹기에 따라 올가미 씌울 수 있다는 사실을 작가들에게 보여준 것이다. 그 사건들이 뒤에 사직당국에 의해 올바르게 판정내려졌다 하더라도 결과는 마찬가지다. 문제는 판결의 유무죄가 아니다. 문제는 '만일'의 고려가 끼치는 창작과정상의 감정이나 꿈의 위축이다. 이것이 자유의 문제이며, 완전한 자유가 요구되는 까닭이다. 이러한 완전한 자유, 100%의 자유를 위해서는 작가는 밖에다 대고 자유가 없다고 늘상 불평을 해야 하는 것이고, 그런 자유의 성취로 통일이 성취된 뒤에도 작가는 보다 열린 세계, 자유로운 세계를 위해 계속 자유를 부르짖어야 하는 것이다.

이 같은 '자유가 요구되는 까닭'이라는 배경 속에서, 이 편지는 쓰여졌고, 그 중에서 가장 중요한 부분이라고 여겨지는 '나의 몸은 전부가 주장입디다. 자유입디다' 하는 구절이 나온다고 우리는 봐야 한다. 이 시기 김수영이 '적당히'라는 중간사가 없는 자유를 바라고 있었다는 것은 앞에서 말한 바 있다. 그러나 나의 몸이 주장이며 자유라고 했을 때의 그것은 중간사 없는 자유를 넘어선다. 몸이 주장이며 자유라는 말은 이후에 김수영이 마련하게 되는 '시는 온몸으로 동시에 밀고 가는 것'이라는 유명한 명제의 싹이 된다.

김수영이 온몸으로 밀고 나간다는 것은 무엇인가. 자유가 아닌가. 그 자유는 우리가 육체를 통하여 실현할 수 있으며, 주장할 수 있는 것이 아닌가. 따라서 자유와 육체, 자유와 주장, 자유와 실현은 서로 분리될 수 있는 것이 아니라 광화문 네거리 학생들의 경우처럼 하나로 작열하고 있는 것이며, 하나로 느끼고 있는 것이다. 그러한 작열, 그러한 느낌은 시인이 말하고 있다시피 광화문에서 경무대로 향하여 가는 학생들에게서나 볼 수 있는 것이다. 그 시위 속에는 남도 북도 없고, 미국도 소련도 없고, 헐벗음도 굶주림도 없다. 이 몸의 작열함과 작열함의 느낌은, 1960년이라고 하는 특별한 시기에서의 정치적 사건이면서 동시에 매우 시적인 것이었다. 적어도 김수영에게는 그러하였다. 작열한 의식으로 밀고 가는, 내용과 형식을 분간하지 않고 밀고 가는 거기에 김수영의 시가 있고 시론이 있었다. 4·19 때 김수영은 학생들이 온몸으로 시=자유를 밀고 가고 있다고 보았다. 그는 그들의 뒤를 따라가고 있다고 보았다. 거기서 그는 그의 시, 더욱 구체적으로 말하자면 이제까지 그가 써왔던 시적 방법과 기교를 버리고, 온몸으로 밀고 가는 시를 찾아나서지 않으면 안 되게 되었고, 그리하여 그는 「하……그림자가 없다」와 같은 직설적이고 산문적인 시를 쓸 수밖에 없게 되었다.

시와 시위를 하나로 보고 있는 이와 같은 인식방법이 가능해지기 위해서는 시와 시위를 동일하게 볼 수 있는 요소를 가져야 한다. 그 요소를 김수영은 사랑이라고 본다. 편지와는 다른 글에서 쓰고 있는 것이기는 하지만, 김수영은 자유와 사랑의 관계를 다음과 같이 말한 적이 있었다.

> 사랑은 호흡입니다. 사랑은 눈에 보이지 않습니다. 그것이 행동으로 나타날 때에는 오늘과 같은 복잡한 사회환경에서는 여간 조심해서 보지 않으면 분간해 내기가 어렵습니다. 사랑이 순결하면 할수록 더 그렇습니다. 기도가 눈에 보이지 않듯이 사랑도 눈에 보이지 않습니다. 그러한 의미에서 자유의 방종여부를 판단하는 기준을 세우기란 대단히 어려운 일입니다. 그리고 우리 사회에서는 백이면 백이 거의 다, 사랑을 갖지 않은 사람들의 자유가 사랑을 가진 사람들의 자유를 방종이라고 탓하고 있습니다. 이러한 사회에서는 자유가 없습니다.

사랑의 마음에서 우러나온 자유는 방종일 수 없다는 김수영의 말은 매우 신선하며 래디컬하다. 그리고 그것은 사랑에서 우러나오는 것이라고 보는 그의 시와, 혁명의 원천은 사랑이라는 면에서는 동일하다. 그러나 사랑이기 때문에 방종일 수 없다는 그의 논리는 사랑이기 때문에 어떠한 방종도 허락되며, 사랑이기 때문에 어떠한 비논리도 허용될 수 있다는 무서운 독단을 낳을 수 있다. 그러나 김수영의 독단은 4·19를 성취하고 완성하기 위한 독단이라는 사실을 우리는 알아야 한다. 그 점에서 김수영의 관점은 서울대학교 교수였으며 사상계의 고정필자였던 김붕구 교수의 다음의 글과 좋은 대조가 된다.

4·19학생봉기는 위대한 민주승리의 기록을 남기고 내각책임
제의 민주당 정권이 들어섰다. 그런데 4·19의 후유증이 나타나
기 시작했고 그것도 너무 심한 증세를 보이기 시작했다. 위대한
민주혁명의 학생데모가, 그토록 온갖 찬양과 아첨을 받던 젊은
사자들이 어느덧 대학에 대하여 불손한 글을 작품에 썼다고 어
느 작가 개인에 대한 항의 데모로, 또는 어느 특정한 정치인에
대한 규탄데모로 전락하는가 하면, 데모가 마치 일과인 양 여기
저기에서 터져나오고 있었다(중략). 어느 정도 필연적인 추세이
기는 하지만(중략) 이 정권에 의하여 강화되고 또 독재체제 연장
에 이용되기도 한 반공경각심이 이 정권 붕괴와 함께 정신적 풍
화작용을 일으키기 시작하고, 그것도 삽시간에 만연되어 가는
것이었다. 남북중립통일을 부르짖는 학생들, 그것도 판문점에
서 북한학생들과 얼싸안고 함께 아리랑을 부르고 함께 울겠노라
는, 철부지랄까, 천진난만하다고 할까, 참으로 어처구니없이 순
진한 주장을 내걸고는 많은 동조학생(당시 학생의 말로 처음에는
약 90%)을 유인하고, 지프차를 몰고 다니면서 스피커를 교문에
들이대고는 자기네의 중립통일을 따르지 않는 자는 반동분자이
며 민족반역자라는 무시무시한 협박까지 퍼붓는 판국이었다.

이와 같은 견해는 김붕구 교수의 독자적인 것은 아니었

다. 그 무렵 대부분의 지식인들은 거의 같은 생각을 하고 있었다. 반공 이데올로기에 길들여지고, 그 이데올로기에 의해 사회적 기반을 다진 기득권 세력은 학생들이 민족통일을 부르짖으며 판문점으로 가겠다는 소리를 들을 때마다, 그것이 구상유취한 소리로 들리기보다 닭살이 돋아올랐다. 이 같은 거부감은 기득권 세력만이 아닌, 서민들도 그다지 다르지 않았다. 시위가 미치는 사회불안이 물가에 연동되고 있었으므로 하루 살기 어려운 서민들은 데모를 좋아할 리 없었다. 그런 면에서 보면 학생들의 주장도, 그리고 김붕구 교수의 주장도 모래 위의 성이 되고 만다. 당시에는 이상론도 현실론도 거의 지반을 가지고 있지 못했다. 어떤 논자를 옳다고 할 수 없었다. 주장은 과격해지고 감정적이 될 수밖에 없었다.

그러나 김수영의 정서는 현실과 관계없이 하늘을 찌를 듯했다. 그가 얼마나 내면적인 감정의 고양상태에 있었는가는 「푸른 하늘을」이라는 시를 보면 알 수 있다.

푸른 하늘을 제압하는

노고지리가 자유로왔다고

부러워하던

어느 시인의 말은 수정되어야 한다

자유를 위해서

비상하여 본 일이 있는

사람이면 알지

노고지리가

무엇을 보고

노래하는가를

어째서 자유에는

피의 냄새가 섞여 있는가를

혁명은

왜 고독한 것인가를

혁명은

왜 고독해야 하는 것인가를

노고지리가 자유로웠다는 말은 수정되어야 한다고 말할 만큼 김수영은 그 무렵, 노고지리 이상으로 하늘 높이 솟아오르고 있었다. 아무도 그의 자유를 막거나 무찌를 수 없었으며, 그의 자유에 따라갈 수도 없었다. 그 자유 때문에 김수영은 점점 외톨이가 되어가고 있었다. 김수영은 박연희로부터도 멀어져 갔고 김붕구 교수와 같은 주장을 하는 사람들과는 벽이 만들어졌다. 「푸른 하늘을」 쓰고 나서(6월 15일) 50일이 지난 뒤에 쓴 「가다오 나가다오」를 보면, 우리는 김수영이 외톨이일 수밖에 없었던 정황을 이해할 수 있다.

　이유는 없다—
　나가다오 너희들 다 나가다오
　너희들 미국인과 소련인은 하루바삐 나가다오
　말갛게 행주질한 비어홀의 카운터에
　돈을 거둬들인 카운터 위에
　적막이 오듯이
　혁명이 끝나고 또 시작되고
　혁명이 끝나고 또 시작되는 것은
　돈을 내면 또 거둬들이고
　돈을 내면 또 거둬들이고 돈을 내면
　또 거둬들이는
　석양에 비쳐 눈부신 카운터 같기도 한 것이니

　반미를 입 밖에만 내도, 그 말의 전후 문장을 살피지 않고 구속해 버리는 때에 '양키 고 홈'을 외치는 이 시는, 뒤에 그 자신이 쓴 표현대로 서랍에나 넣어두어야 할 불온시였다. 당시에는 그랬다. 그는 미국인들에게 이제는 세상이 바뀌었으니 짐을 싸들고 나가라고 한다. 동아시아에서의 거점을 확보하기 위해 한 세기를 땀 흘려 발붙인 한반도에

서 이제는 소련인들과 함께 하루빨리 퇴장하라고 한다. 이
유는 한 가지—이 나라는 그들의 나라가 아니고, 우리나라
이므로. 우리는 여기서 무한자유를 요구하는 급진주의자
였으며 문학적으로는 초현실주의자였던 김수영이 정치적
으로는 민족주의적 모습을 띠고 나타나는 것을 유감없이
볼 수 있다. 그것이 한국현대의 정신적 저층구조였다. 8·15
이후 전국토를 불태웠던 한국민족주의가 또다시 머리를
들고 일어나기 시작한 것이다.

　김수영은 거의 매일 시내로 나갔다. 술을 마셨다. 세종로
를 걸으면서도, 어스름이 달려오는 서강 들을 보면서도, 잠
을 자면서도 그는 4·19와 자유를 꿈꾸었다. 그때는 그것이
그의 시였으며, 그의 모든 것이었다.

그 방을 생각하며

1

우리는 김수영이 4·19가 가져온 열광과 환희로부터 배반과 좌절의 구렁텅이로 떨어지게 된 과정을 설명하기 위해서는— 그러니까 「우선 그놈의 사진을 떼어서 밑씻개로 하자」를 쓸 때로부터 「그 방을 생각하며」를 쓰기까지를 설명하기 위해서는 그간의 정치적 전개과정을 살펴볼 필요가 있다.

1960년 8월 19일, 민주당 신파의 수장이었던 장면은 새로 문을 연 국회에서 민주당 구파가 미는 김도연을 물리치고 제2공화국의 국무총리로 선출되었다. 대한민국 역사상 최초의 내각책임제하의 총리가 된 장면은, 한편으로는 4월 혁명세력에 대한 부채를 짊어지고, 다른 한편으로는 민주당 신구파 분열이라는 실추된 이미지 속에서 권위주의적 통치체제를 민주적 체제로 이행하는 과도기 지도자로 등장한 것이다. 과도기를 사전적으로는 이 단계에서 저 단계로 넘어갈 때의 불안한 시기라는 시간적 의미를 갖는다. 그러나 여기서 저기로 넘어가는 정치적 과도기란 정치세력들의 교체만을 뜻하지 않고 한 사회를 구성하고 있는 사상이나 제도, 질서, 관습 등이 변동되는 시기로 보아야 한다. 그런 의미로 과도기를 볼 때, 과도기의 지도자란 사회의 변동상황을 읽고 그에 따르되, 그 변화의 소리들을 모아 주도적으로 이끌어가는 리더십과 다이너미즘을 갖지 않으면 안 된다. 리더십과 다이너미즘이 결여되었을 때 지도력은 사회의 격동하는 조류에 마모되고 질질 끌려다니게 된다. 장면 총리는 주도적으로 다이너미즘을 발휘하는 편이라기보다 그것을 잃고 끌려다니는 편이었다고 보아야 한다. 민주적 자질은 갖추고 있었으나, 민주적 과정을 거쳐 결정된 사항을 강력하게 집행하는 지도력이 모자랐던 그는 재임기간 내내 학생 세력의 요구와 시위에 시달려야 했으며, 정치적 술수가 능한 구파 정치인들의 반대에 부딪혀 우왕좌왕해야 했다. 한 정치학자가 지적했듯이 장면 총리는, 그를 정치의 길로 들어서게 했던 초대 주미한국대사직도, 부통령직도, 총리직도 그 자신의 야망과 노력에 의해 얻어진 것이 아니었다. 주위에서 밀어주고 떠올림으로써 지도자의 반열에 오르게 되었다. 일부에서는 장면의 초대 주미대사 임명을 미국의 선호에 의한 것이라고 보는데, 그것은 사실과 다르다. 장면의 야심없는 듯한 인품과 가톨릭세력과 서북인맥을 고려하여 이승만이 그를 임명한 것이었다. 6·25가 일어나자 트루먼 정부가 신속하게 미군을 파견한 것도 장면의 활약 때문이라기보다는 미국의 세계 전략에 따른 것이었다. 어쨌든 장면은 한반도를 강타하고 있는 풍속에 의해서 총리가 되었고, 이제 그 풍속을 맞받아야 하는 그의 정치운명은 순탄할 수 없었다. 집권 270여 일이 시련의 연속이었다. 거의 매일 데모가 벌어지고 성명서가 뿌려졌다. 제2공화국은 데모공화국이라는 말이 돌았다. 그러나 그 데모 속에 도사린 장면 정부에 대한 불만과 불신은 한쪽의 것이 아니라 모든 사람들의 것이었다는 데 문제가 있었다. 학생을 중심으로 한 4·19세력은 장면 정부의 반혁명성에 초점이 맞추어지고 있었으며, 기존세력은 반공국가의 이념과 현실을 무시한 학생들에 불만을 느낀 나머지 그 불만을 장면 정부에 돌렸다. 물론 학생들의 행위에 과한 면이 없는 것은 아니었다. 그들은 걸핏하면 거리로 나와 그들의 설익은 주장을 조급하게 관철시키려 하였다. 그리하여 정치와는 무연해 보였던 대학교수와 문인, 언론인들까지도 그들의 자제와 이성의 회복을 호소하고 나설 정도였다. 그러나 다른 면에서 4·19정신을 이어받아 민주국가의 기반을 다지고 민족의 통일을 앞당기려는 학생세력과 사리사욕이나 정권욕에 눈이 먼 기존세력과를 대비해 보면 학생들의 과격성은 이해되고 남는다. 학생들은 기존세력을 신뢰할 수 없었다. 기존세력들도 마찬가지로 학생들을 믿을 수 없었다. 그리하여 기존세력들은 그들의 상대역으로 등장한 젊은이들의 성급하고 과격한 행위를 막기 위하여 반공법과 데모규제법을 강화시켜야 할 필요성을 느꼈으며, 그러한 방향으로 손을 잡고 은밀히 작업을 진행중에 있었다. 그런 틈바구니에서 그 작업을 눈치채고 일어난 것이 3·22 횃불데모였다.

학생들과 진보적 인사들이 중심을 이룬 이날 집회는 3월 22일 오후 2시 시청 광장에서 만여 명이 운집한 가운데 열렸다. 그들은 4시간에 걸쳐 반공법과 데모규제법 제정을 반대 성토한 다음 8시부터 횃불데모로 들어갔다. 이날 김수영은 그 데모에 참가했던 듯하다. 그것은 그 데모가 있었던 얼마 뒤에 쓴 산문에서, 문인, 학자들이 자유를 규제하려는 움직임에도 방관하고 있다며 지탄하고 있음을 보아알 수 있다. 자신이 참가하지 않았더라면, 결벽증세가 있는 김수영이 그렇게 격한 어조로 규탄할 수는 없었을 것이다. 김현경의 증언에 따르면, 그날 억수로 취해 돌아온 김수영은 장면 정부와 구정치인들의 욕을 퍼붓다가 대상이 없는 싸움에 신명이 나지 않았던지 김현경에게로 화살을 돌렸다 한다. 당신의 소유욕과 과시욕이 이 나라를 이 지경으로 만들었다는 것이었다. 그 무렵엔 날마다 그런 주정과 싸움이 되풀이되었다. 술을 마시지 않을 때는 적당히 자포자기에 빠져 '혁명이고 민주주의고 간에 될 대로 되라지' 식이었으나, 술이 목구멍으로 들어가면, 눈을 부라리고 입술을 실룩이는 김수영 특유의 격정이 끓어오르는 것이었다. 그는 혁명을 모독하는 구정치인들, 건달과 진배없는 혁신당원들, 얼빠진 문사들을 욕하다 못해 재떨이를 집어던졌다. 그 바람에 문창살이 두 번이나 산산조각 나버렸다.

때마침 그의 분노를 자극하는 조그만 사건이 벌어졌다. 날이 따뜻할 때 안방 뒤 빈터에 목욕탕을 들인다고 김현경이 공사를 벌였는데, 그것이 무허가 공사라고 소방서와 지서, 동회에서 와라가라 시비했다. 성가셔서 정식수속을 밟으려고 했더니 허가비가 2만 5천 원이라 했다. 총공사비 5만 원에 허가비가 2만 5천 원이라는 것이었다. 김수영은 그런 일이, 국민을 염두에 두지 않는 정부와 공무원들의 비민주적 형태로 이해되고 혁명을 오도하는 일로 여겨져 속이 똥창까지 뒤집혀지는 것이었다. 그는 4월 이후에 무엇이 달라졌는가를 묻고 싶었다. 아니 무엇이 달라졌는가를 따지는 것은 표면적인 것이고, 무엇이 달라져야 할 것인가부터 물어야 한다. 이 시점에서 달라져야 하는 것은 장면이 물러나야 하는 것이 아니다. 비록 작은 일이라 할지라도 국민의 편익을 위하는 조처들이 내려져야 한다. 국민들은 정치적 대변혁 속에서 만족을 얻지 않는다. 그들은 한 잔의 술과 끊이지 않고 나오는 수돗물, 포장된 도로, 구청 호적 부계장과 파출소 소장들의 정다운 눈인사 같은 데서 만족을 얻는다. 개인의 작은 감정이 존중되지 않는 사회에서는 민주주의도 개뿔도 없다. 그것이 존중되지 않는 정의란 빛좋은 개살구다. 그런 면에서 개인의 자유와 언론을 규제하여 효율적인 통치를 하겠다는 장면 정부의 반공법과 데모규제법 제정은 반민주적이며 반혁명적 처사라 하지 않을 수 없으며, 허가비를 건축비의 반 이상 받아먹으려는 행정은 반국민적인 것이라 매도하지 않을 수 없다.

그 즈음 김수영은 혁명이 완전히 실패했다고 보았던 듯하다. 10월 30일 쓴 「그 방을 생각하며」라는 시를 보면 '혁명은 안 되고 방만 바꾸어버렸다'고 단정적으로 진술한다. 그러나 '방만 바꾸어버렸다'는 진술은 자조적인 것만은 아니다. 그것은 '싸우라 싸우라 싸우라' 하는 소리와 맞서면서 4·19 횃불이 스러져 가는 밤거리를 울린다. 그 울림이 혁명과업의 완수를 부르짖는 학생들의 간절한 소리로 이어져가고, 남북회담 및 남북학생회담을 부르짖는 소수 시민과 학생 세력들의 염원에 실린다. 실제로 1961년 5월 3일 학생들은, 북한학생들에게 남북학생회담을 제의하고, 5월 13일에는 남북학생회담 환영 및 통일촉진궐기대회를 범국민적 차원에서 연다. 이승만 정권에서는 상상도 할 수 없었던 이와 같은 성명이 학생 차원을 넘어서서 범국민적으로 발표되고 추진되었던 것은 두말할 것도 없이 4·19의 혁명성에 의해서였으며, 그 점에서 4·19는 시인의 소중한 재산이자 역사적 비전이 되었다. 김수영은 「그 방을 생각하며」 후반부에서 말했다.

방을 잃고 낙서를 잃고 기대를 잃고
노래를 잃고 가벼움마저 잃어도

이제 나는 무엇인지 모르게 기쁘고
나의 가슴은 이유없이 풍성하다

혁명은 실패하였으되 불씨는 사라지지 않았다. 제2공화국은 혁명을 왜곡하고 짓밟아버렸지만 그러나 제1공화국의 부정과 부패, 불법, 폭압을 무너뜨린 정신이 그곳에 면면히 흐르고 있었다. 김수영은 그 정신을 보고 있었다.

2

4·19의 1주년을 맞는 어느 날, 김수영은 다음과 같이 한 산문에서 썼다.

하여간 세상은 바뀌었다. 무엇이 바뀌었느냐 하면 나라와 역사를 움직여가는 힘이 정부에 있지 않고 민중에게 있다는 자각이 강해져 가고 있고, 이러한 감정이 의외로 급속도로 발진해 가고 있다는 것이다.

실제로 장면 정부는 국민이 데모할 수 있는 자유를 터놓았으며, 정치적 민주주의가 무엇인가를 국민에게 보여주었다. 얼마 안 된 것이기는 하지만, 이 기간에 우리 국민이 경험한 민주주의는 우리가 나아가야 할 민주주의의 방향에 대한 지표가 되어주었다. 그러나 이와 같은 장면 정부의 긍정적인 면모는 한국국민의 정치의식의 성장과 관계된 한국민주주의의 발전선상의 것이지 장면 정부와 장면 개인에 대한 것이라고 볼 수 없다. '의회민주주의의 발전'이나 '언론의 자유'는 장면의 정치사상에서 도출된 것이 아니고 민권이 얻은 것이었다. 장면 정부는 그 물결에 따라가고 있는 조각배에 지나지 않았다. 그 조각배와 같은 면모는 장면 정부의 마지막 장이 되는 5월 16일 새벽의 행적에 여실히 드러난다.

5월 16일, 박정희 소장이 이끄는 쿠데타군이 한강을 넘어 서울에 진입한 것은 새벽 2시. 장면 총리는 그때 그의 숙소인 반도호텔 809호에서 부인과 함께 막 잠이 들었다. 전화 벨이 요란하게 울렸다. 장면은 침대에서 일어나 수화기를 들었다. 장도영 육참총장이 한강철교에서 해병대와 육군헌병 사이에 싸움이 벌어졌으나 곧 해결되었다고 보고해 왔다. 새벽 3시, 다시 전화 벨이 울렸다. 역시 장도영 총장의 전화였다. 그는 "쿠데타군이 시내로 진입하고 있으니 빨리 피하십시오." 했다. 다급한 목소리였다. 그는 겁이 더럭 났다. 침대에 누울 수가 없었다. 장 총장의 전화가 다시 걸려 오기를 기다렸으나, 전화 벨은 더 이상 울리지 않았다. 먼동이 부옇게 터오를 무렵에야 장면 총리는 부인과 함께 차를 타고 수녀들만이 사는 혜화동의 갈멜수녀원으로 숨어들었다.

만약 장면 총리가 책임성이 강한 지도자였다면 개인의 안위를 위하여 수도원으로 피신할 것이 아니고, 군통수권자인 대통령에게 연락해야 했을 것이고, 그의 각료와 자신을 지지하는 장성들에게도 연락하여 사태를 저지하는 방향으로 노력해야 했을 것이다. 그리고 그를 신뢰하는 미대사관측과 주한미군사령부와 연락을 취하여 보다 높은 차원에서 사태해결책을 찾았어야 했을 것이다. 그러나 장 총리는 어떤 곳에도 연락하지 않았고 대응책을 구하지도 않았다.

그런 면에서 15일 밤부터 새벽까지, 갖가지 위험을 무릅쓰고 쿠데타군을 독려 지휘한 박정희와 장면은 좋은 대조가 된다. 박정희는 장면에게는 유리하였으되 그에게는 불리했던 조건들을 두려워하지 않고 적극적으로 대응함으로

써 역사를 그의 편으로 바꾸어 놓았고, 20년 강압통치의 신화를 만드는 장을 열었다.

5·16에 대해 당시 김수영이 어떻게 받아들이고 격분했던가를 구체적으로 적시하기는 힘들다. 20여 년의 세월이 흐른 뒤여서, 그가 어떻게 그 소용돌이를 헤쳐갔던가를 기억하는 사람들이 드물 뿐 아니라 그 자신도 이렇다 할 기록을 남긴 것이 없다. 「물부리」라는 산문에서 김현경이 '팔말' 다섯 갑을 사가지고 와 국법을 어기면서 피웠다는 대목과, 5·16이 일어난 지 27일 만에 쓴 시 「격문(檄文)」에서 '마지막의 몸부림도 마지막의 양복도 마지막의 신경질도, 그리고 증오도 굴욕도 깨끗이 버리고 나니 시원하다' 정도가 보일 뿐이다. 「격문」의 '시원함'은 싸워서 얻은 것이 아니고 버려서 얻은 것이다. 도피의 안식과 진배없다. 「격문」에는 그런 자학적인 안식이 도사리고 있으며, 시인은 그 자학을 '격'하고 있다. 그 자학의 배후에는 어쩌면 5·16이 일어난 뒤 대엿새 동안 온데간데 없었던 김수영의 행방과 관련이 있을지도 모른다. 김수영의 행방불명은 서정주와 조지훈이 쿠데타군에게 연행돼 간 직후에 일어난 일이라서 가족들은 두려움에 덜덜 떨었다. 가족들은 김수영이 갈 만한 곳을 모두 찾아가 봤다. 처가의 사돈네 팔촌까지 연락해 봤다. 그러나 김수영이 왔다든지 왔다갔다는 곳은 없었다.

그런 일주일 뒤쯤 김수영은 머리를 빡빡 깎은 채로 나타났다. 그는 그 동안에 어디에 있었는지 밝히지 않았다. 김현경도, 어머니도, 형제들도 묻지 않았다. 그 자신이 말하려 하지 않는 일을 알려고 하지 않는 것이, 김수영과 가족간의 불문율이었다. 그는 그때 군인들에게 연행되어갔을 수도 있고, 종삼이나 청량리 뒷골목에 며칠 묵어 지낼 수도 있었을 것이다. 4·19 이후의 그의 시나 행동은 군인들에게 연행되어 갈 소지가 있었으며, 사창에 4, 5일 묵을 수도 있을 만큼 그는 종삼 같은 곳에 자주 드나드는 편이었다. 어떤 때는 친구들과, 또 어떤 때는 후배시인들과 그는 종종 그곳을 찾았다. 뒤에 알려진 사실이지만, 그는 그때 군인들에게도 연행되어 가지 않았고 사창굴에도 숨어 있지 않았다. 그는 쿠데타가 일어났다는 소문을 들은 즉시로 집을 나서 김이석의 집으로 갔다. 김이석의 집이라면, 그리고 김이석의 부인인 박순녀라면 몇날 며칠이고 그를 숨겨줄 수 있는 사람들이라고 판단되어서였다. 아니 그 순간, 김수영은 판단이고 예단이고를 할 틈이 없었을지도 모른다. 라디오를 통해 「반공을 국시로 하고……」라고 외치는 5·16의 공약을 듣는 순간, 거의 무의식적으로, 김이석의 집으로 달렸을지도 모른다.

어쨌든 김수영은 김이석의 집으로 5월 16일 피신했고, 그 집에 숨어든 뒤로 쿠데타군이 눈이 시뻘개가지고 찾는 사람이라도 되는 듯 밖에 얼굴을 내밀지 않았다. 김이석과 박순녀가 시내로 나가 동정을 살펴왔다. 그들 부부가 쉽사리 돌아오지 않을 때는 김이석의 어린 아들에게 밖에 누가 없는지 살펴오게 했다. 김이석의 아들은 바빴다. 그는 대문 밖에 군인이 없는지 보아야 했으며, 담배를 사러 나가야 했으며, 부모들이 오는지도 보아야 했다. 김수영은 하루 종일 담배를 뻑뻑 피웠다.

밤이 되면 김수영의 표정은 달라졌다. 김이석이 사들고 온 진로소주잔을 몇 잔 비우고 나서는 레드 콤플렉스에서 풀린 듯 쿠데타 이야기를 입에 올리지 않았다. 그는 술에 취해 파리로 가야겠다고 했다. 파리에 가서 현대문학과 현대예술이 무엇인지 본격적으로 공부해야겠다고 했다. 우리 문학에는 '현대'가 없다는 것이었다. 무의식도 없으며 앙가주망도 없다는 것이었다. 그러더니, 그의 말은 또 뛰어서,

"김형! 내가 의용군으로 나갔다가 반공포로로 석방돼 왔을 적에, 우리 어머니가 무어라 한지 알아요? 너도 사람을 죽였냐고 물었어요. 사람을 죽였냐고?"

"……"

"김형! 내가 무어라 한지 알아요?…… 나는 이렇게 말했어요. 어머니, 전쟁에서는 남을 죽이지 못하면, 내가 죽어요. 내가……."

김수영은 입을 다물었다. 그는 턱으로 흐르는 침을 닦고 푸, 푸, 소리를 몇 번 내더니 모로 쓰러졌다. 김이석은 홑이불을 꺼내어 덮어주었다.

일주일쯤 뒤 집으로 돌아온 김수영은 또 닭장 앞을 어슬렁거렸다. 오후에는 팔을 걷어붙이고서 닭장을 치우고 돼지우리를 청소했다. 땀을 흘리며 일하고 나자 몸에서는 닭똥내에 돼지똥 냄새가 섞여 묻어났으나 머리는 한결 맑아지는 듯했다. 담장 넘어 한강물도 어느 때보다 푸르게 유유히 흘러갔다. 그날 김수영은 한강물은 내려다보며 오후를 보냈다. 마음이 안정되어 갔다. 하지만 그의 시는 여느 때와 다르게 단문체로 흘러나오고 같은 말을 반복했으며 모습이 보이지 않는 불안이 심연에서 모락모락 피어올랐다. '반복'과 '불안'은 동류인 듯했다. 이 점은 「격문」과 「이놈이 무엇이지?」에 잘 나타난다. 앞에서도 잠시 언급했지만 「격문」 중에서 김수영은 몸부림도, 신경질도, 증오도, 굴욕도 깨끗이 버린다고 말한다. 그는 '버린다'를 강조하기 위해 버리고를 7번 반복하고 나서, 다시 땅도, 하늘도, 집도, 물도, 앉아도, 서도, 누워도 편편하다고 '편편'을 또 7번 반복한다. 이때의 '편편하고'는 평화롭고 평안하다는 뜻을 함유한다. '버리고'와 '편편하고'를 반복하고 있는 김수영의 소시민적 자의식은 마침내 '바람아 먼지야 풀아 나는 얼만큼 적으냐(「어느 날 고궁을 나오면서」)'라고 자신에게 슬프게 묻는다. 정신이 이토록 쇄미해져 가고 있을 때였으므로 김수영은 거의 사회적 반응을 하지 못한다. 탱크가 동숭동 거리를 누비고 간 6·3사태 때에도 김수영은 보고만 있었으며, 1965년 6월 한일협정 반대시위가 전국을 휩쓸고 있을 때에도 선뜻 나서지 못했다. 김수영은 어느 날 일기(1961년 2월 10일)에 일본어로 다음과 같이 적었다.

2월 10일

僕ハ 僕ニ 死ネトダケイヘバ 死ヌナトイヘバ 死ナナイコトモ 出來ル ソウイウ 馬鹿ナ 瞬間ガアル.

ミンナガ 夢ダ.

コレガ 「疲レ」トイフモノカモ 知ラナイシ, コレガ 狂氣トイフモノカモ 知ラナイ.

ボクハ 語ニナラナイ 低能兒ダシ, ボクノ詩ハ ミンナ 芝居デ, 嘘ダ. 革命モ, 革命ヲ 支持スル 僕モ ミンナ 嘘ダ. タダ コノ 文章ダケガ イクラカ 眞實味ガ アルダケダ. 僕ハ 「孤獨」カラ 離レテ 何ト長イ 時間生キタンダラウ. 今 僕ハ コノ 僕ノ部屋ニ居リナガラ, 何處カ 遠イトコロヲ 旅行シテイルヤウナ 氣ガ スルシ, 鄕愁トモ 死トモ 分別ノ ツカナイ モノノナカニ 生キテヰル. 或ハ 日本語ノナカニ生キテヰルノカモ 知レナイ.

ソウテ 至極 正確ダト 自分ハ 思ッテイル コノ 文章モドコカ 少シハ 不正確ダシ 狂ッテイル.

マサニ 僕ハ 狂ッテイル. ガ 狂ッテイナイト 思ッテ 生キ
テイル.
　僕ハ シュルリアリズムカラ アマリニ 長イ間 離レテ 生キ
テイル. 僕ガ コレカラ先(何時カ) 本當ニ 狂フトシタラソレ
ハ 僕ガ シュルリアリズムカラ アマリ 長イ間離レテイタ セ
イダト 思ッテ呉レ. 妻ヨ, 僕ハ 遺言狀ヲ 書イテヰル 氣分
デ イマ コレヲ 書イテヰルケレドモ, **僕ハ 生キルゾ.**

우리말로 옮기면 아래와 같다.

　나는 내가 죽으라고만 하면 죽고, 죽지 말라고 하면 안 죽
을 수도 있는 그런 바보 같은 순간이 있다.
　모두가 꿈이다.
　이것이 '피로'라는 것인지도 모르고, 이것이 광기라는 것인지
도 모른다.
　나는 형편없는 저능아이고 내 시는 모두가 쇼이고 거짓이다.
혁명도 혁명을 지지하는 나도 모두 거짓이다. 단지 이 문장만이
얼마간 진실미가 있을 뿐이다. 나는 '고독'으로부터 떨어져 얼
마나 긴 시간을 살아온 것일까. 지금 나는 이 내 방에 있으면서,
어딘가 먼곳을 여행하고 있는 듯한 기분이 들고 향수인지 죽음
인지 분별이 되지 않는 것 속에서 살고 있다. 혹은 일본말의 속
에 살고 있는 건지도 모른다.
　그래서 나 자신은 지극히 정확하다고 생각하고 있는 이 문장

도 어딘가 약간 부정확하고 미쳐 있다.

정말로 나는 미쳐 있다. 허나 안 미쳤다고 생각하면서 살고
있다.
      . . . . . .
나는 쉬르리얼리즘으로부터 너무나 오랫동안 떨어져서 살고
있다. 내가 이제부터 앞으로(언젠가) 정말 미쳐버린다면 그건 내
가 쉬르리얼리즘으로부터 너무 오랫동안 떨어져 있었던 탓이라
고 생각해다오. 아내여, 나는 유언장을 쓰고 있는 기분으로 지
금 이걸 쓰고 있지만, **난 살 테다!**

3

박두진과 조지훈이 문인들의 한일협정 반대성명서를 기
초하고, 이의 서명운동을 나설 즈음에야 김수영은 안수길,
박경리, 신동엽 등과 이에 동조하였다. 문단에 등단한 지
얼마 되지 않는 젊은 시인과 소설가들이 앞장섰다. 그들은
이 시인 저 소설가를 찾아다니며 서명을 얻어냈다. 당시에
는 그런 서명을 얻는다는 일이 쉬운 일은 아니었다. 한일국
교 정상화가 동아시아의 평화를 위해서는 달성돼야 하는
것이지만 그것은 호혜평등원칙에 입각해서 이뤄져야 하
고, 두 나라를 오늘과 같은 수원관계로 빠뜨린 일제의 조선
강점을 일본이 먼저 사죄한 뒤에 해야 한다는 문인들의 성
명서는 기독교 교역자 성명서, 대학교수단 성명서와 더불

어 지식인의 의사를 대변하는 중요한 문건의 하나였다. 그러나 한일협정반대성명은 박정희 정권의 한 정책을 비판하는 체제내 비판이었을 뿐 박정희 군사정권 자체를 비판하는 소리는 아니었다. 군사정권 아래서 비판이나 반대의 소리를 내지 못했다.

지식인들은 진보적인 신문이었던 《민족일보》가 폐간되고, 그 사장인 조용수에게 사형이 언도되고, 형이 집행되었을 때도 침묵했으며, 박정희 최고회의 의장이 대통령불출마를 선언했다가 이를 뒤집고 군정연장 국민투표를 실시하겠다고 했을 때도 아무 소리 하지 않았다. 박 정권에 대해 반대의 소리를 한 사람은 함석헌(咸錫憲) 한 사람뿐이었다. 흰 머리와 흰 수염, 회색 두루마기를 입고 있는 '사야(史野)의 정신'의 소유자인 함석헌은 「3천만 앞에 울음으로 부르짖는다」에 이어 「세번째 국민에게 부르짖는 말」을 썼다. 그는 그 글에서 나라가 오늘 이 꼴이 된 가장 큰 책임은 5·16을 일으킨 사람들에 있다고 했다.

어째서 그렇습니까? 정신이 죽었기 때문입니다. 자유당이나 민주당은 악을 행하기는 하나 그 주체 되는 것을 다치지는 못했습니다. 그러나 5·16에서는 헌법을 아주 짓밟고 국민의 정신을 꺾어버렸습니다. 하나는 정책이나 기술 문제요 하나는 건국이념, 국민정신의 문제입니다. 그들은 말하기를 부패한 정치를 그냥 참을 수 없어 그랬다 했지만, 이들은 부패에다가 횡포를 하나 더했습니다. 그들은 참다참다 못해서 했노라 했지만 민주당의 여덟 달을 못 참은 그들이 자기네에게는 이태 이상을 참으라 했고, 이태 후에도 형태를 달리할 뿐이지 사납기는 마찬가지입니다.

김수영은 한 산문에서 침묵하는 지식인들에게 '오늘이라도 늦지 않으니, 썩은 자들이여, 함석헌 씨의 잡지(『씨얼의 소리』를 말함 : 필자)의 글이라도 한 번 읽어보고 얼굴이 뜨거워지지 않는가 시험해 보아라. 그래도 가슴속에 뭉클해지는 것이 없거든 죽어버려라!'고 했다. 그렇다고 김수영이 함석헌처럼 '외치는 소리'를 용감하게 내질렀던 것은 아니다. 그도 침묵하기는 매일반이었다. 그러나 그는 그 침묵이 아팠다.

그 무렵 김수영은 시내에 잘 나가지 않고 집에 틀어박혀 열심히 책을 읽었다. 그는 조르주 바타유의 『문학과 악』, 모리스 블랑쇼의 『불꽃의 문학』, 수잔 손태그의 『스타일론』 등 문학이론서들을 일본어 번역본으로 읽었으며, 자코메티의 조각론도 읽었다. 그는 자코메티에 매우 큰 감동을 받았던 듯하다. 시 「눈」의 시작메모에서 그는 자코메티의 말을 영어로 행을 갈라 배치했다. 자코메티의 조각이 사물의 본질을 파헤치는 과정에서 축소되고 축소되어 마침내는 성냥개비만 해지는 것과 같이, 언어도 난도질에 난도질을 거듭하다 보면 깨알만해지게 된다. 그 깨알만해지는 언어를 그는 자코메티적 발견이라고 했다. 그러나 이 시기, 김수영을 놀라게 하고 긴장시킨 것은 자코메티보다도 하이데거의 한 시론이었다. 그는 그 시론도 일본어로 읽었다. 이와나미문고의 문고본이었다. 그는 책장을 씹어먹듯이 읽고 읽었다. 다 읽고 나자 책장들이 너덜너덜했다. 시를, 우리가 영위하는 가운데 가장 무책임한 것이며 위험한 재보(財寶)라고 전제하고서 펼쳐나가는 하이데거의 시론은, 4·19 이후 암중모색해 왔던 그의 '시를 버리는 시론'을 크게 손질해 주었다.

김수영은 영미의 소설들과 시들도 읽었다. 마야코프스키의 시도 읽었다. 책을 읽다가 마당으로 나가면 햇빛은 밝고 강물은 번쩍였다. 그날도 마당으로 나가 강물을 보고 있는데 오른쪽 눈에 무엇이 어른거렸다. 고개를 돌렸더니 언덕 위 석벽에 한 소녀가 서서 내려다보고 있었다. 떡집 막내딸이었다. 열두어 살 되어 보였다.

'아이가 날 보고 있다!'

김수영은 무슨 계시라도 받은 듯했다.

"꼬마야!"

김수영은 불렀다.

소녀는 부리나케 사라져버렸다.

아이들은 자란다

1

그 즈음 김수영은 마루에 맨발로 걸터앉아 한강을 내려다보며 보내는 날이 많았다. 장마가 지난 뒤라 한강에는 황갈색 물이 앞서거니 뒤서거니 흘러갔다. 수천 마리 사자떼가 갈기를 날리며 달리는 것 같았다. 쾌감 같은 것이 일었다. 사람은 바빠야 산다고 어머니는 수백 번도 더 말하곤 했는데, 풍경도 바빠야 묘미가 나는 모양이었다. 그러고 보면 박정희도 최근 대통령이 되고 나더니 힘이 솟아 언론윤리법에다 통제장치들을 강화하고 나섰으며, 김현경도 공사를 벌이느라 걸음이 분주했다. 그녀의 공사는 거의 무허가공사였다. 일없이 지내는 것은 김수영뿐이었다(김수영에게 언제 일이 있었던가!). 그는 일주일 전쯤 도착한 『엔카운터』지도 봉투째로 책상 위에 던져두고 거들떠보지 않았다(그는 그때 『엔카운터』를 정기구독 했다). 근간에 들춰보는 것은 외서보다도 국내 문학잡지들이었다. 읽고 나면 시간이 아깝다는 생각이 들면서도 그것이 우리 현실이었고 우리 문학의 수준이었다. 우리 현실과 우리 문학을 들여다보는 일이 예전처럼 무의미하게 여겨지지는 않았다.

두어 달 전, 석벽 위에 잠깐 비쳤다가 사라졌던 여학생이 학교에서 돌아오는 오후쯤이면 자주 그의 앞에 나타났다. 이름은 김경옥, 중학교 1년생쯤? 떡집아저씨네 막내딸이었다. 얼굴이 까무잡잡했다. 경옥이 마당에 들어오기만 하면 경이는 옷자락을 붙잡고 따라다니다가 마침내는 그의 등에 업혔다. 준이도 보던 책을 내동댕이치고 줄줄줄 따라다니며 꽈리를 붙였다. 할아버지를 닮아선지 허우대가 있는 준이는 공부에 흥미가 없었다. 틈만 나면 대문을 빠져나가 아랫마을로 가서 또래들과 소리 지르며 다녔다. 준이의 목소리가 그중 크게 울렸다. 김현경은 더 이상 방치해서는 안 되겠다고 생각했다. 그는 내년이면 중학교에 들어가야 하는 6학년이었다. 김현경은 고등학교를 졸업하고 놀고 있는 그의 여동생을 과외교사로 데려 왔다. 여동생은 한 가지 조건을 내세웠다. 피아노를 가지고 들어가게 한다면 준이를 맡을 수 있다는 것이었다. 김수영과 김현경은 쾌히 승낙했다.

그런데 막상, 김수영에게는 처제가 되는 과외선생이 집으로 들어오자 문제가 터지기 시작했다. 과외선생은 건넌

방을 차지하고서, 김수영이 글을 쓰려고 책상 앞에 앉으면, 기다렸다는 듯이 딩동댕동 건반을 쳐대는 것이었다. 성북동에서는 귀머거리 별장지기의 라디오 소리에 시달렸는데, 이제는 바로 부엌 하나를 사이에 두고 처제의 건반 소리가 그의 청각을 두드리는 것이었다. 마누라에게는 냅다 소리를 지르든가 주먹을 휘두르면 되었지만 처제에게는 소리나 주먹을 들 수가 없었다. 이를 악물고 참아야 했다. 그 위에 더욱 그의 신경을 자극한 것은, 피아노 소리와 밀접한 관련을 가지고 있는 준의 성적이었다. 처제의 과외를 받으면서 준의 성적은 올라갔다. 이에 힘입은 그들 부부는 경기중학에 들어가려면 서강국민학교 실력으로는 어림없다면서 덕수국민학교로 전학보내기로 합의를 보았다. 김현경은 교장을 찾아다니고 동회를 찾아다닌 끝에 '덕수'로 전학시키는 데 성공했다. 당시 '덕수'는 우리나라에서 첫손 꼽히는 국민학교였다. 그들 부부는 한시름 덜어낸 듯이 두 다리를 뻗었다. 그러자 또 다른 사건이 벌어졌다. 준이가 '덕수'에서 첫 시험지를 받아왔는데 산수가 52점이었을 뿐 국어나 자연, 역사는 50점 아래였다. 꼴찌 다음이었다. 화가 머리끝까지 뻗쳐오른 김수영은 준의 얼굴에 주먹을 날렸다. 그러나 주먹질로 문제가 해결될 수는 없는 일이었다. 마침내 처제는 "나는 능력없어요"하고 손을 들었다. 시인이 아들의 과외를 떠맡을 수밖에 없었다. 처제의 피아노 소리는 밤낮없이 딩동거리고, 아이의 성적은 오르지 않고, 김수영의 속은 끓었다. 그러나 김수영은 참고 아이가 학교에서 돌아오는 것을 기다려, 그날 배운 것을 복습시키고 내일 것을 예습시켰다.

과외 덕이었는지 다음 해 준이는 보성중학교에 무난히 들어갔다. 보성이라면 경기에는 미치지 못했지만 일류였다. '배재', '휘문'과 어깨를 겨루는 전통 있는 사립이었다. 김수영은 더욱 준이의 과외에 매달렸다. 어떤 때는 시를 쓰는 일보다 아이를 가르치는 일이 소중하게 생각될 때가 있었다. 특히 시험이라도 잘 보고 오는 날이면 무슨 대단한 일이라도 성취하고 난 뒤처럼 가슴이 뿌듯했다. 어떤 날은 도시락을 보성까지 갖다주기도 했다. 그렇다고 김수영의 교육방법이 조금이라도 개선된 것은 아니었다. 김수영은 여전히 열을 올려 동사와 비동사를 가르쳤으며 준이가 이해하지 못하면 주먹이 계속 날아갔다. 어떤 때는 준이가 화장실로 들어가 나오지 않을 때가 있었으며, 어떤 때는 부자가 웃음꽃을 피우며 명사와 대명사를 가르치고 배울 때도 있었다. 그리고 또 어떤 때는 부자가 함께 밥을 짓고 고등어를 졸이기도 했다. 김현경이 신수동에 미장원을 차린 뒤부터는 그런 경우가 많았다. '부자가 함께'라고 했지만, 김수영은 그저 보고 있을 뿐이었다. 밥도, 고등어 졸이기도 준이 혼자서 다 했다. 준이의 고등어 졸이는 솜씨는 보통이 아니었다. 냄비가 그의 손안에서 노는 것 같았다.

"야, 너, 고등어 졸이는 솜씨, 일품이다. 너 그 길로 나가도 되겠다."

김수영은 감탄했다.

"생물 선생님이 그러셨는데, 사람은 자기가 하고 싶은 것을 하되 좋은 일을 해야 한다고 했어요. 선생님은 남을 돕는 일을 많이 하세요."

"그래, 사람은 그렇게 살아야 한다. 공부보다도, 먼저 사람이 돼야지."

그날 부자는 모처럼 기분이 좋았다. 그들은 저녁을 잘먹고 공부도 잘했으며, 할머니 이야기, 고모 이야기, 마을 아이들의 이야기도 나누었다. 그러나 그날 이후, 두 사람 사이는 점점 냉랭해져 갔다. 공부를 가르치는 날도 드물었다. 김수영의 마음은 준이에게서 경이에게로 쏠렸다. 경이는 준이와 달리 저 혼자 한글을 깨우치더니 아침마다 십 원씩 타가지고 만화가게로 갔다.

어느 날 김수영은 경이가 십 원으로 무엇을 하는지 알아보고 싶어 눈치채지 않게 슬금슬금 뒤를 따라가보았다. 아이는 골목을 빠져나가 방울빵 집에서 방울떡 열 개를 사가지고 만화가게로 들어갔다. 가게 주인에게 방울떡을 사고 남은 9원을 주고는 그 돈만큼 만화를 뽑아들고 의자로 가앉아 읽기 시작했다. 김수영이 호기심에 끌려 문을 밀고 들어갔다. 한 아이가 김수영을 보고는 "우야" 불렀다. 경이의 호적 이름은 우(瑀)였다. 아이는 만화에 팔려 꿈쩍도 않았다. 다시 옆 아이가 "우야, 느네 아빠야"하고 말했다. 역시 꿈쩍도 않았다. 할 수 없이 김수영은 문을 닫고 나올 수밖에 없었다. 그날 저녁 "왜 9원어치를 몽땅 빌리지? 한 권한 권 빌리지 않고" 물어보았더니 처음에 몽땅 빌리지 않으면 다른 애들이 뽑아가 버리므로 보고 싶은 만화를 볼수 없게 된다고 했다. 김수영의 입에서는 절로 웃음이 새나왔다. 어느새 저 꼬마에게도 슬기가 길러지는가, 대견했다.

63년인지 64년 여름에도 그런 흐뭇함을 김수영은 경이에게서 맛보았다. 그날 유정이 찾아왔다. 마당에서 이웃애들과 뛰어놀고 있는 경이를 보고 유정이 "경아, 아빠 계시냐?"

하고 물었다. 방 안에 있던 김수영에게도 유정의 굵은 목소리가 들렸다.

"안 계셔요."

경이 의외의 대답을 했다.

"아빠, 아침에 시내에 나갔어요."

유정은 잠시 머뭇거리더니 "경이야, 네 연필하고 종이좀 빌리자" 했다. 김수영은 나갈까 말까 망설이다가, 아이가 또 어떤 대응을 할지 궁금하여 숨을 죽이고 있었다. 경이는 건넌방으로 들어가 종이와 연필을 가지고 나왔다. 유정이 종이에 메모를 하고는 대문을 밀고나갔다. 경이가 안 방문을 밀고 달려왔다.

"아빠, 아빠, 나 잘했지?"

김수영은 퉁명스럽게,

"뭘 잘해."

하고 일부러 목소리를 높였다.

"아빠가 글 쓰는데 손님 오면 방해되잖아. 그래서 내가 없다구 그랬는데…… 그럼 내가 잘못한 거야?"

"……"

"아빠, 그럼, 달려가서 오라 할까?"

"아니야, 아니야, 경이가 아빠 글 쓰라고 참 잘했다."

김수영은 경이를 두 팔로 번쩍 안아 올렸다. 아이의 부드 럽고 작은 입술에 입술을 비볐다. 목에도 손에도 발바닥에 도 입술을 비볐다.

'아이는 그이의 종교였어요. 아이들을 제외한 모든 것, 나나 어머님이나 형제들이나 친구간에도 그이는 얼마쯤 적대 의식 을 갖는데, 아이들에게만은 그런 '벽'이 없었어요. 우리 애들만 이 아니라 조카들에게까지도…… 도봉동의 조카들이(수성의 아 이들) 밥먹는데 등에 올라타도 그이는 얼굴 하나 찌푸리지 않고 '누구니, 이놈 누구니'하고 애들과 장난을 칠 정도였지요. 특히 경이는 그이의 천국이었다 해도 지나친 말이 아닐 거예요. 64년

경복 국민학교에 보내놓고는 종종 학교로 가서 이놈이 어떻게 공부하나 몰래 유리창 밖에서 살피고는 했었죠. 한 번은 선생님이 칠판에 문제를 쓰고 있는데, 글쎄 그놈이 선생님 몰래 아이들을 향해 트위스트를 추고 있더래요. 준이에게도 보통 아버지와는 다른, 절제없다 할지 시인적이라 할지 그런 사랑을 베풀었지요. 폭포 같은 사랑이었어요.

하지만 거짓말을 한다든지 약속을 안 지키는 건 아무리 사랑하는 아이들이라 할지라도 용서하지 않았어요. 한 번은 이런 일이 있었어요. 그이는 준이에게 활자체와 같은 글씨로 또박또박 연습 문제를 내주었어요. 그런데 그 녀석이 글쎄 밖에 나가 놀 양으로 그걸 아무렇게나 쓱쓱 하고 나가버렸어요. 저녁에 그걸 그이가 보았지요. 아이를 반 죽일 듯했어요. 너무너무 무서워서 아이를 도봉동 큰고모에게 보내버렸지요. 한동안 그앤 큰고모와 살았죠. 전집에 실린 준에게 보낸 편지는 아마 그때 것이었던 것 같아요. 그이는, 준이는 나를 닮고 경이는 자기를 닮았다고 했어요. 경이가 그이를 닮은 건 사실이지만—지적 허영심이 강하고 병약한 것이라든가 야구에 미친 것이라든지가—준이가 나를 닮았다는 건 사실과 다를지도 몰라요. 나도 공부를 잘한 편이었지 처진 편이 아니었으니까요. 그래서 준이는 당신 선대를 닮은 것 같다고 대들었죠.

김현경이 '전집에 실린 준에게 보낸 편지'란 다음의 것을 말한다.

    지금 현대문학사에 와서 큰고모를 만나고 나서 한두 가지 느
낀 점이 있어서 적어보낸다.

    1. 고모의 말과 대조해 보니, 그 동안에 — 시험준비하는 동
안에— 이틀 동안이나 밤을 새웠다고 하는데, 사실에 어긋나는
것 같으니 차후에는 그런 사소한 거짓말도 하지 않게 했으면 좋
겠다.

    잘보았든 잘못 보았든 참말을 듣는 것이 좋지, 거짓말로 아무
리 잘 보았다는 말을 들어도 아버지는 반갑지 않다. 오히려 화
만 더 난다. 좌우간 평상시 때 공부 좀더 자율적으로 열심히 하
고, 누구에게나 거짓말은(혹은 흐리터분한 말은) 일절 하지 않도
록 수양을 쌓아라.

    2. 저고리에 단 배지에 대한 일. 아무리 생각해도 푸른빛—책
받침을 오려댄— 밑받침을 댄 것은 좋지 않다. 학교에서도 보면
좋아하지 않으리라. 정 나사가 맞지 않거든 하얀빛 책받침을 구
해서 오려 달거나 그렇지 않으면 하얀 헝겊을 밑에 받치도록 해
라. 색깔이 있는 것은 피해라. 순경의 견장 같기도 하고 인상이
좋지 않다. 조그마한 일이니까 어떠랴 하지만, 그게 그런 게 아
니다. 복장은 어디까지나 학교의 규칙대로 단정히 해라. 모자를
부디 꼬매 써라. 농구화도 앞이 떨어지거든 꼬매 신어라.

    3. 하모니카 연습을 한다고 그러던데, 고모 얘기를 들어보니

한 번도 부는 것을 들어본 일이 없고, 하모니카가 있는지조차도 모르는 모양인데 어찌된 얘기냐? 이것도 실없은 말이었으면 반성해서 고쳐라.

4. 버스 부디 조심하고 숲속을 다닐 때면 뱀 조심해라.

5. 이것저것 종합해 보니 암만해도 오늘 용돈을 너무 허술히 내준 것 같은데 엄마한테 지청구 듣지 않게 절약해 써라.

6. 시험 성적 발표되거든 정확하게 알려라.

7. 엄마 보고 가라고 했는데, 왜 안 보고 갔느냐.

8. 마음 턱 놓고 학업에 열중하고 집의 일도 간간이 도와드려라.

아버지

위의 편지로 보면 김수영과 김현경 사이에는 준의 일로 종종 말다툼이 있었던 것으로 보인다. 김수영의 산문에서도 그런 점은 감지된다. 「벽」이라는 글을 보면, 큰애는 제 어머니를 닮고 작은애는 자기를 닮았는데, 발만은 경이의 발이 어머니 발을 꼭 빼닮았다고 쓰고 있다. 그래서 그는 아내가 미울 때면 둘째의 발을 쭉쭉 빤다. 그리고 중얼거린다. "네 발을 이쁘게 보면 어멈 발도 이쁘게 보이겠지. 네 발을 이쁘게 보기 위해서 어멈 발을 이쁘게 보아야지. 어멈 발을 이쁘게 보면 네 발도 이쁘게 보이겠지"라고 뇌이면서…… 이런 감정은 한바탕 소동이 벌어졌거나 긴장이 고

조된 가운데서의 것일 수 있다.

　김수영이 김현경의 어떤 일면을 미워했고 그 때문에 수없이 충돌이 있었다는 것은 그를 조금이라도 아는 사람이면 대개 아는 사실이다. 그는, 거리에서 비닐우산으로 여편네를 내리쳤는데 여편네보다 부서진 비닐우산이 아까웠다는 내용의 시를 쓰고 있으며, 한 산문에서도 폭설이 내려 여편네가 들어오려면 애 좀 먹겠다고 고소해 한다. 그 밖에도 그는 부정한 여편네니, 돈밖에 모르는 여자, 나의 적이라고 공격의 화살을 퍼붓는다. 이런 문장들은 물론 가식도 아니고 과장도 아니다. 그의 글들이 거의 다 사실에 입각해서 씌어지고 있듯이 아내에 대한 공격 또한 그의 실제 감정에 바탕을 두고 있다. 하지만 이 공격은 단순한 공격이 아니라 세계를 그의 내부로 끌어들이고 구체화시키기 위한 문학적인 것이란 사실을 우리는 알아야 한다. 해방 뒤 모더니스트로 출발한 그가 현실의 뿌리를 얻고 60년대 저항시의 선두에 섰으면서도 당대 저항 시인들의 단순한 당위성을 벗어나 현실을 다양하고 심도있게 묘출할 수 있었던 것은 그의 시적 대상의 현실성, 구체성 때문이었다고 해도 된다. 그가 정직한 사람이 되기 위해서 그의 아내는 필요악의 존재로 그의 시 속에 등장하는 것이며, 그리하여 그들 부부는 적과 동지로 대자와 즉자로 그의 시 속에서 싸우고 화해하면서 다이내믹하게 운행되어 가는 것이다.

한 시작(詩作) 노트에서 김수영도 그런 말을 하고 있다. '여편네를 욕하는 것은 좋으나 여편네를 욕함으로써 자기만 잘난 체하고 생색을 내는 것은 치다', '시에서 욕을 하는 것이 정말 욕이 되는 것은 아니지만 하여간 문학의 악의 언턱거리로 여편네를 이용한다는 것도 좀 졸렬한 것 같은 감이 없지 않다. 이불 속에서 활개를 치거나 아낙군수 노릇을 하기는 싫다. 대개 밖에서 주정을 하는 사람이 집에 들어오면 얌전하고 밖에서 얌전한 사람이 집 안에 들어오면 호랑이가 되는 수는 많다고 하는데 내가 그 짝이 아닌지 모르겠다.' 이와 같은 준열한 자기 반성에도 불구하고 김수영이 시 속에 형제나 친구 혹은 그의 삶과 유관한 어떤 계층이 대상이 되지 않고 아내가 그 자리를 차지한 것은, 아내가 그와 가장 많은 관계를 맺고 있는 가장 확실한 존재이기 때문일 것이며, 그리고 그 아내가 세속인들의 속성—즉 돈에 집착하고 그것을 얻기 위해서는 적극성을 보이는 적자 생존의 법칙을 잘 따르고 있기 때문일 것이다. 실제로 그의 부인은 가정을 이끌어가기 위하여 갖은 일을 다했다. 닭을 기르고 미장원을 하고 돈놀이에까지도 적당히 관여했던 것 같다. 김수영의 원고료에 대해서도 무섭게 따졌다. 그래서 김수영은 잡지사나 출판사에서 원고료를 받을 적이면 이건 '여편네 몰래 쓸 내 몫'이라고 십 분의 일 정도를 따로 안호주머니에 넣어두었다.

2

하지만 김수영이, 원고료를 가지고는 술을 마셔야 한다는 당시 문인들의 일반적인 관습을 무시하고 술을 사지 않았다든가, 잡지사에 원고료 재촉을 무섭게 하였다는 점들은 반드시 부인의 성화 때문만은 아닌, 그에게도 돈을 따지는 일면이 있었다는 것을 우리는 염두에 두어야 할 것이다. 첫째로 그는 선린상고 출신으로 돈에 대한 근대적 인식을 지니고 있었으며, 둘째로는 다른 문사들과 달리 그는 글 쓰는 일이 정신적인 직업이 아닌 현실적인 직업이었다. 친구들이나 젊은 문인들이 집으로 찾아오는 것을 꺼리는 이유의 하나가 거기 있었다. 그들이 자꾸 오면 그는 원고를 쓸 수 없는 것이고, 원고를 쓰지 못하면 돈이 없는 것이다. 따라서 그들의 방문은 그의 수입원을 방해하는 일이 되는 것이다.

그런 면에서 김수영은 당대 문인들과는 생활 방식이나 사고가 다르다고 볼 수 있다. 폭주를 하고 실수를 하는 면에서는 다른 문인들과 동일했으나 그는 부지런히 외국서적을 읽고 시를 생각하고 시를 쓰는 편이었다. 쉬는 시간에는 음악과 그림을 감상하고 추리소설을 읽고 마루를 닦고 부인이 외출했을 때는 설거지를 하기도 했다. 한 번은 설거지를 하고 있는데 최정희가 찾아왔다. 부랴부랴 손을 씻고 나갔으나, 행주 냄새가 코를 찔렀다. 해방 뒤부터 친교가 두터운 최정희는 김수영을 볼 겸 달걀을 사러 간다는 명목으로 종종 서강을 찾아갔었다. 한 번은 김수영이 부인 몰래 달걀을 두 손 가득 들고 와 얹어주었다. 돈으로 치면 몇 푼도 안 되는 그 일을 김수영은 매우 어렵게, 그리고 큰일이나 되는 듯이 하는 것이었다. 그것이 최정희에게는 우습고 눈물이 날 만큼 아름다워 보였다. 김수영도 종종 마포 아파트로 최정희를 찾아갔다. 아니 김수영은 최정희만이 아니라 앞에서도 말한 적이 있지만 그가 정을 준 모든 친구들을 주기적으로 찾아가는 편이었다. 신동문의 회상에 따르면 그는 일정한 간격으로 유정, 김이석, 박연희, 안수길, 김중희, 박태진, 윤호영 등을 찾아다녔고 너무 자주 찾는다 싶으면 경복궁이나 덕수궁을 찾기도 했다. 한 번은 경복궁에 다녀오는 길에 한국일보 뒤편에 사무실이 있는 평론가 김우정(金宇正)을 찾아갔다.

그 여름에 두세 번 찾아왔었죠. 지나다가 들렀다면서…… 그도 나도 말이 없는 편이라 맥주만 마셨죠. 한 번은 술이 취했든지 내게 김우종 씨 김우종 씨 하더군요. 그의 시와 평론을 좋아하던 때라 개의치 않았죠.

신동문의 회고에 따르면, 김수영은 친구들을 만나고 와

서는, 그들이 어떻게 지내더라고 그 특유의 불분명한 어조로 말했다. 염려스런 투였다. 신동문 쪽에서 보면 염려스런 쪽은 김수영인데, 그는 사회에 적당히 발붙이고 사는 친구들을 염려하는 것이었다.

그 무렵 김수영은 시내에 나오는 날이면 거의 매일 신구문화사에 들렀다. 그곳에는 신동문이 편집주간으로 있었을 뿐 아니라 염무웅, 김치수가 편집 사원으로 근무하고 있었다. 따라서 그곳은 자연 신동문 주변의 문인들과 염무웅, 김치수 또래의 신진 문인들이 대거 모여들어 편집실이나 부근 다방은 그들로 늘 만원이었다. 그런 과정 속에서 이른바 '신동문 사랑방'이 형성되어 갔다. 그 사랑방의 단골 손님은 김수영, 유정, 안동림, 이호철, 유종호, 최인훈, 박재삼, 고은, 이병주 등으로, 그들은 신동문과 인간적으로 또는 문학적으로 교분이 깊든가 번역에 능한 사람들이었다. 그때 신구에서는 우리나라에서는 최초로 전국적인 서적 외판망을 구축하고 『전후세계문학전집』, 『한국현대문학전집』, 『세계의 인간상』, 『한국의 인간상』, 『현대세계문학전집』을 간행하여 번역거리가 대량 있었을 뿐 아니라 창작 원고료도 상당히 나가고 있는 편이었다. 따라서 유능한 번역자 및 창작인들이 모여들 수밖에 없었다.

김수영이 번역을 지속적으로, 그리고 번역료를 목돈으로 받게 된 것도 신구문화사와의 거래 이후로 보아야 한다.

물론 그는 그 이전에『주홍글씨』라든지『에머슨 논문집』 등을 번역한 일이 있었다. 하지만 그것들은 매당 얼마라고 도 산출하기 어려운 작은 것이어서, 진만 빠질 뿐 목돈은 되지 않았다. 자연 신동문의 사랑방에는 고정 멤버들이 모이게 되었고 저녁에는 술자리가 벌어졌다. 술값은 거의 다 신동문이 지불했다.

김수영이 젊은 문인들, 염무웅, 김현, 김치수, 김주연, 황동규, 김영태 등과 자주 어울리게 된 것도 그 즈음이었다. 신구문화사에 나오면 만나게 되는 그들과 자연스레 이야기가 나누어졌고, 술을 마시게 되었고, 그러다가 보니까 퇴영적이며 유미주의적인 그의 나이 또래의 문인들보다 젊고 활력에 넘친 젊은이들과의 만남이 즐거웠다. 적어도 그들에게는 김수영 연배와 같은 정치에 대한 소심증이 없었다. 미숙하기는 하지만 그들은 서정주나 김동리의 단순 차원을 넘어서서 보다 역동적인 어떤 것으로 그들의 문학을 성취시키고자 했으며 어느 정도 비판적인 태도까지도 견지하고 있었다. '이런 걸 쓰면 걸리지 않을까' 하고 두려워하는 김이석이나 시 월평에 대해 '그놈이 나한테 이럴 줄 몰랐는데'라고 감정적으로 받아들이는 소위 시단의 중견들과는 달랐다. 그런 점은「변한 것과 변하지 않는 것」을 비롯한 그의 시평들에서 잘 읽을 수 있다. 물론 그는 그의 시평에서 수차례 '안심하고 칭찬할 수 있는 젊은 작품이나 젊은 시인이 아직 없다'고 탄식한 바 있으며, '실질적인 변화나 향상이 박약한 젊은층의 시 활동에 비하면 그래도 기성층들은 표면상으로는 아무런 변화가 없는 것 같지만 사실은 완만하고 고요한 심화의 길로 정진하고 있는 흔적이 보인다'고 신진보다 기성을 두둔한다. 하지만 시를 예술적 차원만이 아니라 역사적 차원에서 보고자 하는 그의 평문은 기성에 대해서는 '원숙의 경지' '귀중한 재산'이라고 막연한 칭찬을 하고 있는데 반해 신진들의 참여와 순수 대립에 대해 상당한 페이지를 할애하여 그들의 의견을 정리하고 그에 대한 그의 견해를 덧붙이고 있다. '참여파의 평자(조동일, 구중서)들은 현실 극복을 주장하는 데까지는 좋으나 우리 사회의 암인 언론 자유가 없다는 것을 과소평가하고 있고, 예술파의 전위(전봉건, 정진규, 김춘수) 등은 작품에서의 내용 제거만을 내세우지 작품상으로나 이론상으로 자기들의 새로운 미학을 제시하지 못하고 있다'는 것이다. 그는 말한다.

사회 현실에 관심을 갖고 있는 시들이 새로운 시적 현실을 발굴해 나가는 것과 같은 비중으로 존재의식을 상대로 하는 시는 새로운 폼의 탐구를 시도해야 하는데, 우리 시단에는 새로운 시적 현실의 탐구도 새로운 시 형태의 발굴도 지극히 미온적이다. 소위 순수를 지향하는 그들은 사상이라면 내용에 담긴 사상만을 사상으로 생각하고 대기(大器)하고 있는 것 같은데, 시의 폼을 결정하는 것도 사상이라는 것을 잊어서는 안 된다. 이런 미학적 사상의 근거가 없는 곳에서는 새로운 시의 형태는 나오지 않고 나올 수도 없다. 그리고 이런 미학적 사상이 부르주아 사회의 사회적 사상과 얼마나 유기적인 생생한 연관성을 갖고 있는가 하는 것은 비근한 예가 뷔토르나 귄터 그라스를 보면 알 수 있다. 진정한 폼의 개혁은 종래의 부르주아 사회의 미(美)— 즉 쾌락 — 의 관념에 대한 부단한 부인과 전복에 의해서만 이루어진다. 우리 시단의 순수를 지향하는 시들은 이런 상관관계와 필연성에 대한 실감 위에 서 있지 않기 때문에 항상 낡은 모방의 작품을 순수시라는 이름으로 제시하고 있다. 이들이 추구하고 대치하고 있는 것은 어제까지의 우리들의 현실이나 미의 관념이 아니라, 이삼십 년 전의 —혹은 훨씬 그 이전의— 남의 나라의 현실과 미의 관념이다. 요즘 나오는 철없는 신진들은 이런 모조된 아류의 시를 진정한 새로운 시라고 생각하고 이것을 또다시 흉내내고 있다. 이를테면 허소라의 작품 「아침 시작(試作)」(『현대문학』) 같은 것은 언어의 참신한 구사력이나 작품의 구성면에 있어서 뛰어난 재치를 보이고 있음에도 불구하고 종말에 가서 타기할 만한 시대착오적인 유미적인 방향으로 흐르고 있다. 그리고 더 무서운 것은 이 작자 자신이 자기가 어디가 낡은지를 모르고 있다는 사실이다.

아침은 자본.

바다에서 건져온 손으로

날쌘 이웃들을 견제하며

깃을 치는 새.

와

비로소 눈을 뜨는 사태들과의

잔잔한 회유(懷柔).

노래하는 나뭇잎에

말씀이 걸리면

바위들도 서서히 하루의 발톱을

뽑고

신들린 나는

윤기 흐르는 여인의 머리 옆에서

사랑의 가위를

놀리고 싶어라.

정도의 차이는 있지만 소위 예술파 신진들의 거의 전부가 적당한 감각적인 현대어를 삽입한 언어조작이나 세련되어 보이는 이미지 나열과 구성만으로 현대시가 된다고 생각하는 과오를 범하고 있었다. 이와 대극적인 위치에 있다고 보아도 되는 참여파 시인들의 시 역시 일반이었다. 그들의 사회의식은 너무나 투박한 민족주의에 근거한 것으로 밖의 세계를 거부했다. 민족적 자존과 자립만을 부르짖었다. 그런데 민족적 자존과 자립만으로 오늘을 사는 독자의 마음을 울릴 수 없다. 민족적 자존과 자립은 세계 속에서의 보편성을 얻지 않으면 안 된다. 참여파의 한계가 거기 있었다. 민족적 자존과 자립의 한계 속에 조동일과 구중서가 서 있었으며, 그 반대편에 전봉건과 김춘수가 서 있었다. 내용을 제거한 형식이 사기로 떨어질 수 있다는 위험한 사실을 전봉건과 김춘수는 간과하고 있었다.

위와 같은 사고의 연속선상에서 김수영은 '나'와 '우리'라는 문제로 전진한다. 그는 '우리'를 신변 현실에서 비롯하는 자신의 시의 사적(私的) 현실에 대한 반발로 '우리'를 쓰고자 했다고 말하고 있으나, 4·19 이후의 그의 의식의 확대와 심화 때문에 '나'를 넘어선 '우리'는 필연적으로 대두되었다고 보아야 할 것이다.

이에 대한 논리를 그에게 구체적으로 보여준 것은 C. D. 루이스였고, 그것을 시에 드러낸 것이 「미역국」이었다. 그러나 그 시에 나타난 '우리'는 '나'의 다른 말이지 진정한 '우리'는 아니었다. 그는 이 '우리'의 문제를 좀더 시간을 두고 생각해 보아야겠다고 한 시작(詩作) 노트에 적고 있다. '좀더 시간을 두고 생각해 보아야겠다'라는 말은 그와 대척적인 위치에 서 있는 김춘수의 '우리란 없다. 나가 있을 뿐이다'라는 말과 좋은 대조를 이룬다. 김수영의 '나'가 '우리'에로 터져나오려는 꽃망울과 같다면 김춘수의 '나'는 관조하는 '나'이다. 그 점에서 김춘수의 심상은 당시(唐詩)의 연장선상에 있는 청록파에 이어지고 있을 것이며, 김수영은 서구시 및 젊은 시인들과 더 근접해 있다고 보아야 할 것이다. 젊은 시인들과 김수영의 친화감은 그런데서도 양성되고 있었을지 모른다.

여기서 우리는 김수영의 '나'와 '우리'의 사고 범위를 한 번 따져볼 필요를 느낀다. 김수영의 새로운 명제로 등장하는 '나'와 '우리'는, 오늘의 우리에게도 문제로 되고 있기 때문이다. 김수영은 시인이면서 시 밖으로 나가, 혹은 시와 함께 세상으로 나가 요한처럼 부르짖을 수 있는가. 예수처럼 빈자들과 더불어 고통의 시대를 걸어갈 수 있는가. 그러기에는 그는 너무 나약하고 개인적이 아닌가. 이때의 '개인적'이란 19세기 이후로 지나치게 발달한 자아가 타아를 억압함으로써 내면화되어 가는 현상을 뜻함과 동시에 그가 개인 생활을 버리지 못했다는 것을 의미한다. 그는 아들로서 아버지로서 남편으로서 마땅히 집안 살림을 꾸려가야 했음에도 불구하고, 그런 세속의 길을 택했었음에도 불구하고, 반대로 가족의 짐이 되었다.

그는 자신을 희생시키지 않음으로써 아무것도 희생시키지 않았다. 김수영의 표현대로 쓰자면 그는 '나'를 넘어선 '우리'에로 넘어가지 못한 것이다. 여기서 김수영과 이후의 참여론자들과의 거리가 생기게 된다. 김수영이 그 자신을 포기하지 못했고, 그러므로 아무것도 포기하지 못했다는 논리의 바탕에는, 그의 '나'에 대한 집착이 도사리고 있다. 물론 이 '나'는 세계라든지 민족의 기본단위다. 세계라든지 민족은 '나'를 상정하지 않고서는 성립될 수 없다. '나' 없는 세계는 존재할 수 없다.

　　이런 사실들을 고려할 때 세계를 위하고 민족을 위한다고 할 때의 선행조건은, 내가 무엇이며 나의 고통은 무엇이며 나의 행복은 어떤 것이어야 하는가의 인식과 그것에의 추구가 있어져야 한다. 김수영은 이 '나'에 대한 탐구를 끝까지 포기하지 않았다. 이후에 그가 쓴 「시여, 침을 뱉어라」에서, 시는 민족을 초월하고 인류를 초월해야 하며, 그럴 때 시는 민족을 내포하고 인류를 내포하게 된다고 했을 때의 '시'는 '나'의 다른 말에 지나지 않았다. '나'를 버리고 세계에로 투신하기에는, 그는 이기적이고 회의적이며 복합적인 인간이었다. 그의 의식이 세계로 우주에로 확산되고 있을 적에도 마찬가지였다. 외연적인 확산에 비례해서 그의 내연인 자아도 심연처럼 깊어져가고 있었다. 이 심연의 자아는 때때로 지식인으로서의 메이크업에 매우 불편하게 작용했다.

64년 어느 날, 김수영은 김규동과 남산육교를 지나가는데, 갑자기 김규동의 팔을 붙잡으며 "육교가 무너진다, 육교가 무너지면 내가 죽는다. 괜찮을까"하고 말했다. 김규동은 "너 무슨 말을 하고 싶은 거냐, 왜 평범하게 말하지 못하는 거냐, 이제는 그런 수사의 탈을 쓸 나이를 지난 것이 아니냐"고 말하고 싶었다. 그러나 그는 그렇게 직설적으로 말하지 못하고 "괜찮아, 다들 그렇게 사는 거지 뭐" 했을 뿐이었다.

김규동은 김수영이 자신이 말하지 않는 말을 능히 짐작하고도 남음이 있었을 것으로 보고 있다. 그의 지능은 그러고도 남을 만큼 빠르고 예리했다. 김규동이 김수영에게 직설적으로 말하지 않고 우회적인 화법을 취한 것은, 아마도 김수영에게 다음과 같은 회의를 가졌기 때문이었을지도 모른다. '김수영은 시의 허명성(虛名性)에 너무 매인 것이 아닐까. 허명성은 허무를 동반하고 있는 것이 아닐까. 인간이란 어떤 식으로든 허무를 경험해야 순수해지고 지혜로워지는 것이 아닐까, 평범의 슬기는 거기 있는 것이 아닐까?'

피아노와 시금치

1

60년대 중엽에 이르면서 가계는 어느 정도 안정되어 가고 있었다. 김현경의 지칠 줄 모르는 생활력에 기인한 것이기는 했지만 시인의 원고료(번역료)도 그에 상당한 보탬이 되어주었다. 김현경은 장롱을 사들이고 책장을 사들이고 책상, 의자, 화장대를 사들였다. 그녀는 세간을 사들이는 데 재미를 붙인 듯했다. 텔레비전과 피아노를 산다고 했을 적에는 두 손을 싹싹 비비면서 그것만은 사들이지 말라고 사정했다. 그러나 그것을 저지하는 데 그는 성공할 수 없었다. 욕심이란 고무풍선과 같았다. 텔레비전과 피아노를 사들이고 나면 텔레비전과 피아노에 어울리게 가재도구들을 바꾸어야 했으며, 그 방에 사는 사람들의 치장도 바꾸어야 했으며, 돈도 그만큼 호주머니에 담아야 했다. 욕심은 더 큰 욕심을 끌고 왔다.

김수영은 여전히 광목 저고리에 바지를 입고 시금치들
이 퍼렇게 자라는 밭둑을 돌아다녔지만 집 안은 보이게,
안 보이게 바뀌어갔다. 화장대가 바뀌니 화장품도 메이커
가 있는 것으로 바뀌고, 장판이 꽃무늬가 있는 비닐로 바뀌
고, 수저와 젓가락도 바뀌었다. 집 안의 이 같은 변화는 김
수영의 '메모'에도 나타났다. 요즘 그는 일기를 쓰는 대신
주로 담뱃갑에 메모를 했다. 담뱃갑에는 시상만을 적는 것
이 아니고, 잡지사나 출판사에 보낼 원고 매수, 마감 날짜,
원고료, 사야 할 책 이름, 아이들의 학비 내야 될 날짜와 액
수, 전화번호, 약 이름, 외상술값 등등 자질구레한 것들이
가득했다. 그의 삶의 축소판이라 할 수 있었다. 메모를 적
은 담뱃갑도 처음에는 '백양'에서 '아리랑'으로 '파고다'
로…… 필기도구도 '펜'에서 '만년필'로 '볼펜'으로……
메모에도 마침내 '욕심'이 등장했다.

　　— 욕심 욕심 욕심
　　— 슬퍼하되 상처를 입지 말고 즐거워하되 음탕에 흐르지 말
라. 마음의 여유는 육신의 여유다. 욕심을 제거하려는 연습은
긍정의 연습이다.

김수영은 욕심을 달래고 욕심과의 거리를 없애보려고
다음과 같은 논리를 펴기도 했다.

우리 집에는 올 겨울에 처음으로 마루에 난로를 놓았고, 몇십 년 만에 처음으로 나는 조선바지를 해입었고 조그만 통에 커피도 한 병 마련해 놓고 있다. 이만한 여유를 부끄럽게 여기는 부정의 잔재가 남아 있는 것은 나의 경우에는 너무나 당연한 일이다. 그러나 이 모순의 고민을 시간에 대한 해석으로 해결해 보는 것도 순간이나마 재미있는 일이라고 생각된다. 이런 여유가 고민으로 생각되는 것은 우리들이 이것을 고정된 사실로 보기 때문이다. 이것을 흘러가는 순간에서 포착할 때 이것은 고민이 아니다.

흘러가는 시간 속에서 보면 모순은 역사를 움직이는 동력이 된다. 모순은 나를 새로운 존재로 변모시킨다. 모순은 모순을 극복하는 것이다. 그러나 이것은 어디까지나 말장난이고 시간장난일 뿐 사실이 아니다. 욕심은 실제로 나를 태우는 그릇됨이다. 그리하여 김수영은 어느 날 술을 빌어, 그의 의식의 변화를 강요하는 그놈의 욕심을 산산조각 내버리려고 도끼를 들고 안방으로 쳐들어갔다. 그는 피아노를 부수어버리려고 했다. 김현경이 찢어지는 소리로 "사람 살려, 사람 살려" 외쳤다. 마을사람들이 달려왔다. 밤이었지만 김수영은 어디 숨어들 만한 곳이 없었다. 이번에는 김수영이 어쩔 줄 몰라 어둠속에서 발을 굴렀다. 또 어떤 날은 술에 취해 돌아와서는 "거지가 되겠다"고 소리소리 질

렀다. 잠을 자고 있던 경이가 눈을 뜨고 일어나,

"아빠 나는 거지 안 될래, 거지 싫어. 나는 거지 안 될 거야."

하며, 엉엉 울었다.

김수영은 당황했다. 물론 그의 거지는 경이의 거지가 아니었다. 그의 거지는 모든 것을 버리고 얻으려는 구도에 속한 것이었고, 일종의 사회적인 연대감에 속한 것이었다. 그의 대표적인 시론의 하나인 「반시론(反詩論)」에도 썼듯이 '거지가 안 되고는 청소부의 심정도 행인들의 표정도 밑바닥까지 꿰뚫어볼 수는 없다'. 해방 공간에서부터 오늘까지 김수영은 글을 썼고, 그 글로써 사회와 싸우고 사회를 사랑하려 했다. 하지만 그 싸움과 사랑은 일면에서는 자기만족에 급급한 것이 아니었던가. 나는 나를 사회에 한 번이라도 내던져 본 적이 있었던가. 사회에 나를 던지려면 먼저 나를 버리는 자세를 갖추어야 한다. 그는 누더기를 걸치고 집을 떠나 모든 사람들에게 용서를 빌어야 한다. 김수영의 '거지'는 그런 것이었다. 그러나 그것을 경이에게 설명해 줄 수가 없었다. 그는 아들에게 "그래 잘못했다. 아빠가 잘못했다. 거지가 되어서는 안 되지, 경이는 훌륭한 사람이 되어야지"라고 달랬다. 그렇게 술을 마시고 난장을 친 다음 날은, 김수영은 그가 도끼로 부수어버리겠다고 소리소리 치던 책상 앞에 앉아 시를 쓰거나 번역을 더욱 열심히 했다. 쓰던 글이 완료되면 아내를 불러 정서하게 했다. 글이 한 장이든 수십 장이든 관계치 않았다. 밥을 짓다가도 김수영이 '여보' 하고 소리 지르면 그녀는 밥솥을 내려놓고 방으로 들어가야 했다. 책상 위의 종이에 씌어진 것이 시일 경우에는 안도의 숨이 절로 나왔다. 시는 이내 끝마칠 수 있기 때문이다. 그러나 짧다고 만심해서는 안 된다. 콤마 하나 맞춤법 하나 또박또박 틀리지 않게 써나가야 했다. 그러지 않고 대충대충 끝낼 생각으로 임하다가는 그의 호흡이 점점 가빠지고 드디어는 빽 소리가 터지고 원고지가 날아가는 사태에 이르게 된다. 그래서 김현경은 아무리 바쁘고 밥솥에 구멍이 뚫어지더라도 거기엔 신경이 없이 작품에 열중하는 포즈를 취한다. 그런 포즈로 그녀는 김수영의 모든 작품을 거의 다 정서했다.

작품정서를 끝내고 나면 김현경은 김수영에게 작품원고를 넘겨야 한다. 김수영은 한자 한자 씹어먹듯이 읽는다. 시를 마음에 들어 하는지 않는지를 김현경은 이내 안다. 마음에 안 들 경우 김수영의 입에서는 욕과 불평이 튀어나오고, 들 경우, 숨소리가 쥐죽은 듯 가라앉았다가 서서히 높아져 나중에는 주전자에서 김이 오르는 소리처럼 변한다. 그런 날은 예외없이 시내로 나가 신동문을 찾거나 유정에게 전화를 건다. 또 어떤 날은 광화문이나 종로거리를 무한정 걷는다. 그날도 마음에 드는 시를 쓰고 났던지 김수영은 종로2가에서 3가로 팔을 내저으며 가고 있었다. 국일관 골목을 지나갈 때쯤이었다. 해방 직후부터 친교가 두터웠던 김종문이 억센 손으로 김수영의 어깨를 잡았다.

"어이, 시인, 어데 가는 게야."

"동대문으로……."

"용무가 뭐야."

"가는 게지, 뭐."

"그렇다면 나랑 가지."

김종문은 김수영의 손을 끌고 목욕탕으로 들어갔다. 정오가 조금 지난 무렵이어선지 욕탕에는 사람이 없었다. 두 사람은 곧장 탕 속으로 뛰어 들어갔다. 때를 적당히 물에 불린 다음에 탕 밖으로 나온 두 사람은 근대화의 찌꺼기를 씻어내 버리겠다는 듯 힘껏 때를 밀어냈는데, 허연 때가 어떻게나 많이 김수영의 몸에서 밀려나왔던지 김종문은 "어이, 시인, 언제 목욕한 거야."하고 물었다. 김수영은 "작년, 겨울쯤" 했다가, 다시 그 기억도 아슴푸레하다는 듯이, 손으로 입을 가리고 웃었다. 그들은 두 시간 이상 명동 시절 이야기, 시사 이야기, 우주개발 이야기를 늘어놓다가 '유레카'로 이야기가 옮겨갔다. '유레카'는 '알았다' 또는 '발견했다'는 뜻을 가진 영어로, 그 어원(語源)을 희랍어의 '헤우리카'에 두고 있다. 당시 히에론왕은 아르키메데스에게 자신의 왕관을 주며 순금 여부를 감정하라고 명했다.

아르키메데스는 순금의 여부를 알아내기 위해 고민에 고민을 거듭하다가 어느 날 목욕탕으로 들어가던 순간, 탕 물이 넘치는 것을 보고 "헤우리카! 헤우리카!" 외쳐댔다. 금과 은은 무게가 다르므로 금관을 탕 속에 담글 때 넘치는 물의 양에 따라 순금 여부를 가려낼 수 있다는 원리를 알아낸 것이다. 그날 김수영과 김종문은 '아리키메데스의 헤우리카'를 연발하면서 희희낙락거리다가 목욕탕에서 나와 냉면에 소주를 곁들이면서도 '유레카'를 연발했다.

"유레카! 때가 벗겨지면 속살이 나오더군."

"유레카! 속살이 나오면 우리는 못 참지. 못 참으면 생산적이 되지."

"생산적이 되면 괴롭고."

"오오, 괴로운 자들이여."

"오오, 고독의 평온이여."

"오오, 자유여! 오오, 시여!"

그날 두 사람은 '유레카'를 수십 번도 더 연발했다.

2

그 무렵 김수영은 서울을 벗어나 지방으로 돌아다니고 싶은 흔적을 여러 곳에 남기고 있다. 아마도 서울을 벗어난다는 것은 욕심에서 벗어나는 것이었을 터이고, 허위로부터, 책들로부터, 말로부터 벗어나는 일이었을 터이다. 그런 '벗어남'에의 갈증을 강릉에 사는 누이가 풀어주었다. 적당히 사회적 안정을 누리고 사는 듯한 둘째누이(수연)는 오빠가 최근 신문에 자주 이름이 오르내리기 때문인지 혈육의 정 때문인지 언니와 함께 꼭 한 번 다녀가라고 소식을 전해 왔다. 김수영은 모처럼 양복을 다려입고 중절모를 쓰고 열차를 타고 강릉으로 떠났다. 강릉역에 내린 그들 부부는 누이 부부가 준비해 둔 차를 타고 경포대를 거쳐 바다가 한눈에 들어오는 해안도로를 달렸다. 그들은 소나무 숲을 지나 모래사장을 걸었다. 모래는 유난히 굵었고 먼 수평선으로부터 파도가 밀려와 포말을 일으켰다. 누이의 머리칼과 치맛자락이 바람에 사정없이 날렸다. 김수영은 누이의 머리칼을 보며 뒤따라 걸었다. 저녁에는 호텔 라운지에서 양식을 먹고 도리스 위스키를 마셨다. 모든 것이 싱싱했고 넉넉했다. 바다는 그런 힘을 가지고 있는 것 같았다. 결혼을 하고 십 년이 되는 매제의 얼굴에도 넉넉함이 흘렀다. 결혼식 때는 마른 편에 속했는데, 이제는 배에 살이 붙고 볼이 두툼했으며 말씨에도 여유가 있었다.

그날 김수영 부부와 누이 부부는 상당히 오랫동안 열심히 이야기를 나누었다. 김수영은 문학과 세상 돌아가는 이야기를 했고 매제는 강릉 이야기들을 했다. 누이와 김현경은 호호호 웃으며 듣는 편에 속했다. 함경도 태생인 매제는 함경도와 강원도 사투리가 혼합된 강릉 특유의 굴곡이 심한 말씨로, 강릉의 세태 속에 자신의 이야기를 섞어넣었다. 이야기 솜씨가 있었다. 장자(長者)다운 데가 있다고 생각하면서 귀를 기울였다. 귀를 기울여야만 했다. 그날 매제는 산으로 바다로 식당으로 그들을 데리고 다니면서 물같이 돈을 쓰고 환대했다. 서울의 때가 껍질까지 벗겨지는 기분이었다. 밤에는 누이의 집으로 갔다. 세 아이들이 와서 허리를 90도로 숙이고 인사를 했다. 첫째는 훈이, 둘째는 영이, 셋째는 승이. 영이는 슈만의 피아노 곡을 쳤고 승이는 "고이야, 고이야" 하며 어머니의 치맛자락을 잡고 떼를 썼다. 고이는 코카콜라의 승이 식 발음이었다. 승이는 세 살이었다. 김수영은 승이가 "고이야, 고이야" 할 때마다 입을 다물지 못했다. 서울에 돌아가서도 김수영은 한동안 마루를 어기적어기적 돌아다니는 승이의 작고 귀여운 모습이 눈에 어른거려 "고이야, 고이야" 혼자 뇌이곤 했다. 승이의 모습만이 어른거린 것은 아니었다. 영이의 얌전한 모습도 훈이의 늠름한 모습도 어른거렸다. 그리고 강릉의 바다와 하늘, 소나무, 새, 배, 명태들도 어른거렸다. 김수영은 강릉에 대한 인상이 깊었던지 신구문화사에 가자 신동문 더러 강릉에 한 번 가자고, 강릉에 가서 명태장수를 하자고, 동해바다에서 잡아올린 명태를 파는 일이 원고지에 시를 쓰는 일보다 얼마나 시적이냐고 늘어놓았다. 실제로 김수영은 강릉에 가서 명태장수를 하고 싶은 모양이었다. 말하는 가운데서 그런 기분이 더욱 간절히 솟아오르는 모양이었다.

김수영은 또 신동문에게 강남에 가서 복덕방을 하자고도 했다. 집이란 신의 거처에 속한 것이고, 그러므로 집을 사고 판다는 것은 신성업에 속한다는 것이었다. 그는 최근에 읽은 하이데거의 오두막과 강남의 집들을 혼합시켰다. 그런 혼합물이라면 번역 일이나 출판편집일보다 분명 나을 수 있었다. 그러므로 중절모를 눌러쓰고 밭은기침을 하면서 집을 사고 팔러 몰려다니는 돈 많은 여편네들의 눈퉁이를 간간이 후려치기라도 하자는 것이었다. 명태장수보다 복덕방이 신동문의 관심을 끌었다. 복덕방이란 동경이나 뉴욕 같은 곳에서는 이미 인기직종이었다. 현대사회에서 사람들은 도시로 몰려오게 되어 있으며, 집이 부족하므로 집값이 솟아오를 수밖에 없게 되었다. 더욱이 김수영과 둘이서라면 심심치 않게 집을 사고팔 수도 있을 것 같았다.

그 양반의 사고는 자유스럽고 저돌적인 것이 특징일 겁니다. 한번은 우리 사무실에 와서 이런 이야기를 해요. 자기가 얼마나 비현실적인 인간인지 며칠 전 절실하게 느꼈다는 거예요. 밤에 술이 취해서 버스를 타고 가는데, 운전수가 귀청이 터지게 유행가를 틀어놓고 있더래요. 참다못해 앞으로 나가, '이봐 운전수, 라디오 좀 꺼'하고 냅다 소리를 질렀대요. 이 차 안에는 당신 혼자 있는 것이 아니라 많은 사람들이 있다. 당신 혼자 좋아한다고 이렇게 크게 틀어놓으면 다른 사람들에게 실례가 되지 않느냐. 시내 버스가 서울 시민에게 없어선 안 될 필수 교통수단이기는 하지만 기본적으로는 서비스업이 아니냐. 당신이 우리에게 서비스를 해야 할 판인데 우리가 당신 기분을 맞춰야 되겠느냐…… 그러니까 운전수가 노래를 싫어하는 것은 손님뿐이다. 다른 손님들은 모두 좋아한다고 뻔뻔스럽게 말하더래요. 그래서 현실을 똑똑히 보라고 하면서 뒤를 돌아보았더니, 차내 손님들의 시선이 일제히 그에게 쏠려, 술을 마셨으면 좋게 삭힐 일이지 무슨 개지랄이냐는 비난의 눈초리들이더래요. 그런 유행가를 지겨워하지도 않고, 그런 횡포를 지적하는 사람을 오히려 아니꼬워하는 그 순응주의가 무서워지고, 얼마나 많은 세월이 지나야 그 순응주의에서 벗어나 자기의 권리와 의무를 떳떳하게 주장할 수 있는 시민 정신이 길러질 것인지 한심스러워, 술이 싹 깨더래요. 아마도 김수영은 그 거리를 어머니에게도 형제간에도 친구들에게서도 느끼고 있었을 거예요. 한 예로, 그 무렵 김수영은 「들어라 양키들아」를 쓴 라이트 밀스를 열렬히 찬양하고 다녔는데, 다른 사람들은 라이트 밀스를 읽어본 적도 없고, 관심도 없었어요. 김수영 혼자 앞으로 나갔죠…… 나하고도 그런 거리가 있었다고 봐야 할 거예요. 외롭고, 따뜻한…… 사람이었죠. 어느 날 우리 딸과 경이를 결혼시키자고 하더니, 그 뒤로는, 술취할 적이면 신 사돈 신 사돈 했죠.

마음 깊은 곳에서 우러나오는 신동문의 김수영에 대한 사랑과 이해는 듣는 이를 감동케 한다. 하지만 그 사랑도 미구에 난처한 입장에 빠지게 된다.《조선일보》지상을 통해 김수영과 이어령의 논전이 벌어지는 것이다. 그는 김수영과 이어령의 어느 편에도 서지 않고, 그런 데는 아무 관심도 없다는 듯이 중간적 태도를 취한다. 김수영이 때때로 "이어령은 맹꽁이 같은 소리를 하고 있어요. 우리가 당하는 부자유라든가 불안은 '에비' 같은 가상적이고 추상적인 것이 아니라 구체적인 것이에요. 38선이라든지 5·16 같은 것이에요"라고 했으나 신동문은 가타부타하지 않았다. 최근에는 소원해진 감이 없지 않지만, 그러나『새벽』잡지에서 일한 때부터 오늘까지 이어령은 그의 좋은 친구였다. 신동문은 그런 이어령을 몰아세우고 싶지 않았다.

신동문의 증언에서 엿볼 수 있듯이 김수영은 점점 외로워져 갔고, 그 외로움을 깊이 생각하지 않으면 안 되었다. 그는 어느 때나 다름없이 시내로 나와 여러 친구들을 만났고, 친구들과 술잔을 나누었으나, 문학인은 그의 문학을 통해 사회에 발언할 수밖에 없으며, 그 발언을 적극적으로 하려면 문학적 성과를 높여야 함은 물론 문학적 그룹을 형성해서 쿼터리를 만들어야 한다는 사실을 절감하고 있었다. 쿼터리를 가져야 사회에 대한 발언력을 강화할 수 있는 것이다. 그것은 김수영의 마음이, 시내로 나올 적마다 찾아다니는 친구들에게서 떠나고 있다는 사실을 뜻했다. 그 점이 신동문을 염려케 했고, 김수영도 그래서 더 자주 친구들의 사무실 문을 두드렸다.

3

『창작과비평』이 창간된 것은 그 즈음이었다. 계간인 이 잡지는 문학 속에서 문학을 보아온 이전의 문학지와는 다르게 사회 속에서 문학을 보려 하는 것 같았다. 그 점이 김수영의 마음에 들었으며, 편집진도 필진도 전부 30대 전후라는 것이 신선한 자극을 주었다. 적어도 그곳에는 김동리나 서정주 청록파의 내음이 없었다. 여러 면에서 이어령이 주도했던 계간『한국문학』과도 구별되었다.『한국문학』이 김춘수, 김수영, 박경리, 이범선, 이어령, 유종호 등이 동인으로 참가하여, 동인들의 작품만 싣는 순수문학지였다면 『창작과비평』은 젊은 세대에게 문이 열려 있음은 물론 정치, 경제, 사회에 관한 발언을 강화하고 있었다. 그런『창작과비평』에서 어느 날 전화가 걸려왔다. 시나 평론 중의 어느 것도 좋으니 한편 써 달라는 것이었다.「'문예영화' 붐에 대하여」라는 영화시평을 써보냈다. 석 달 뒤 또 같은 내용의 청탁이 왔다. 이번에는「참여시의 정리」라는 평론을 써보냈다.

이런 과정을 거쳐 김수영은 백낙청과 몇 사람의 편집진을 만나게 되었다. 그들은 의외로 젊고 건강했으며 유연했다. 특히 백낙청에게서는 유연한 면이 두드러져 보였다. '부'도 유용하게 쓰이면 저렇게 인간적이 될 수 있구나 생각되었다. 김수영은 원고 쓰는 선을 넘어 시 청탁에도 조언했다. 김광섭과 김현승이 중요한 시인들이니 시를 받아 실으라고 했다. 또 새로운 시인을 뽑는 데도 간여했다. 김지하의 「황토」를 비롯한 여섯 편의 시가 염무웅의 손을 거쳐 그의 손으로 들어갔다. 「황토」를 실으라고 해야 할지 말아야 할지 결단이 내려지지 않았다. 예전 같으면 "「황토」 같은 시를 왜 싣지 못한다는 거예요? 그런 자유가 없이 무슨 계간지를 내겠다는 거예요?"하고 분통을 터뜨렸을 김수영이었지만 이제는 단순하게 '자유'를 말할 수 없었다. 자신의 한 작품을 발표한다는 것과 한 잡지가 작품을 발표한다는 것은 달랐다. 『창작과비평』은 폐간되어서는 안 된다. 생존해야 한다. 이만한 의식을 가진 잡지가 우리 문단에 태어났다는 것은 뜻밖의 행운이라고 해야 한다. 김수영은 백낙청과 염무웅에게 「황토」의 제목을 바꿔 발표하면 어떻겠느냐고 했다. 예전에 김현경이 「잠꼬대」를 읽고 나서 발표해도 되겠느냐고 했던 것과 엇비슷한 말이었다.

『창작과비평』에 적절하게 간여하게 되면서 김수영은 문단친구들과 점점 더 거리가 멀어졌다. 물론 그 '거리'는

『창작과비평』 때문이라고 볼 수는 없었다. 그보다 신문과 잡지에 쓰는 월평 때문이었다. '월평이란 친구보다 적을 만드는, 결코 할 만한 것이 못 되는 것'이라고 누군가 말했는데, 그 말은 정곡을 찌른 것이었다. 월평을 쓰면서 김수영은 여러 시인들로부터 직간접으로 항의를 받았다. 전봉건은 정면으로 도전장을 보냈다. 김수영은 『사상계』 시 월평에 「난해시의 장막」이란 제목으로 그 달의 시들을 평한 끄트머리에 전봉건의 시에 대한 메모(당시에는 시 아래 메모를 흔히 덧붙였다)를 비판했는데, 이를 보고 전봉건이 「사기론」이란 제목으로 되받아 치고 나왔다. 김수영도 「문맥을 모르는 시인들」이라고 그에 대응했다. 김수영은 전봉건의 「사기론」의 어떤 부분들이 문맥도 돼먹지 않았는가를 낱낱이 밝혔다. 지면을 통한 것은 아니지만 젊은 평론가 김현과도 상당한 갈등을 보인 적이 있었다. 김수영은 《조선일보》 시 월평을 박두진, 김현과 반년간 담당한 적이 있었다. 세 사람은 일정한 장소에서 만나 각자가 뽑아온 시들을 놓고 난상토론을 벌이는 형식이었는데, 김수영과 김현은 번번이 충돌했다. 김수영이 'A가 좋다' 하면 김현은 '아니다' 했고, 김현이 'B가 좋다' 하면 김수영이 '아니다' 했다. 어느 날은 싸우다 못해 김수영이 "김현 씨는 조동일이 범한 과오를 반대쪽에서 범하고 있어요."하고 소리쳤다. 김수영은 더 이상 시 월평에 손을 대고 싶지 않았다. 시 월평은 실속을 거둘 수 없는 것이었다. 그럼에도 시단에서는, 김수영이 남을 때려서 유명해지는 권투선수이기라도 하는 듯이 비난이 쏟아졌다. "저 친구, 6·25 때 어디 있었지?" 하는 소리도 들렸다.

시여, 침을 뱉어라

1

60년대 한국문단에서 벌어진 논쟁 가운데 문단의 시선을 집중시켰으며 뜨겁게 불을 지폈던 것은 김수영과 이어령의 '문학의 사회참여' 논쟁이었다고 해야 할 것이다. 이 논쟁은 1968년 2월 28일부터 3월 28일까지 조선일보 지상을 통해 5회에 걸쳐 전개되었다. 그러나 이 논쟁의 뿌리를 더 캐자면 1968년 『사상계』 1월호에 실린 「지식인의 사회참여」에서부터라고 봐야 한다. 김수영의 「지식인의 사회참여」는 지난해 말 이어령이 조선일보에 문화시론으로 발표한 「에비가 지배하는 문화」를 공격한 것이었다.

이어령은 「에비가 지배하는 문화」에서 다음과 같이 말했다.

"에비라는 말은 유아(幼兒)언어에 속한다. 애들이 울 때 어른들은 '에비'가 온다고 말한다. 그러나 그 말을 사용하는 어른도, 그 말을 듣고 울음을 멈추는 애들도 '에비'가 과연 어떻게 생겼는지 모르고 있다. 즉 '에비'란 말은 어떤 구체적인 대상을 가리키는 명사가 아니다. 이것이 지시하고 있는 의미는 막연한 두려움이며, 꼬집어 말할 수 없는 불안, 그리고 가상적인 어떤 금제(禁制)의 힘을 총칭한다. 어렸을 때와 마찬가지로 인간들은 복면을 쓴 공포분위기로만 전달되는 그 위협의 금제감정에 지배되는 경우가 많다."

요컨대 이어령은, 한국문화에는 한국인의 무의식 속에 흐르는 막연한 불안이 도사리고 있으며, 그것은 문화의 문제로서 우리 문화의 허약성과 비겁성과도 연관이 있다는 것이다.

김수영은 이어령의 '에비론'이 동백림공작단사건의 직후에 '문화시론'으로 발표되었다는 데에 문제가 있다고 본다. 동백림공작단사건이란 1967년 말에 일어난 것으로서, 독일과 프랑스에 거주하고 있던 윤이상(작곡가)과 이응로(화가)를 비롯하여 학자, 유학생들을 간첩으로 몰아, 주재국과 협의도 없이 비밀리에 비행기로 납치해 온 사건을 말한다. 이 사건은 독일과 프랑스로 하여금 대한(對韓) 외교단절을 거론하게 했으며, 문화예술계에 말할 수 없는 위축을 가져왔다. 그런 때에 정치권력의 유상 무상의 압력을 말하지 않고 '에비'라는 막연한 두려움, 그것이 가져오는 허약성과 비겁성을 말한다는 것은 창조의 자유를 외면하는 처사에 다름아니라는 것이다.

이어령의 '에비론'을 정면에서 부정했다고 할 수 있는 김수영의 「지식인의 사회참여」가 발표되자 이어령은 발끈했다. 그는 곧 「누가 그 조종을 울리는가」라는 반격문을 조선일보에 발표했다. 이어령의 반격 요지는 다음과 같았다. (1) 창조란 말 속에는 필연적으로 외로움이나 싸움의 뜻이 내포된다. 그러므로 문화의 위기는 외부로부터의 위협보다 문화인 스스로의 응전력과 창조력의 고갈에 의해 비롯된다. (2) 김수영은 유상무상의 정치권력의 탄압에 의해 문화가 왜소해지고 문화인이 비겁해진다고 했는데, 8·15 직후나 4·19 직후에서 보듯이 문화는 스스로 자살하는 경우에 가장 심각한 위기에 봉착할 수 있다. 참여론자들은 8·15와 4·19 직후를 한국문화의 황금기라 하는데, 사실은 그때처럼 문화인들이 비굴하고 추악하고 무비판적이며 창조적 기능을 송두리째 거세당한 적이 없었다. 즉, 문화는 정치 사회적 요인이 배경이 될 뿐 스스로의 힘으로 창조되어야 하며, 때문에 문학적 가치를 정치 사회적 이데올로기로 평가하고자 하는 참여론자들은 자신의 무덤을 파는 결과에 봉착한다는 것이다.

김수영은 이어령의 「누가 그 조종을 울리는가」를 읽고 지난해의 선우휘와 백낙청 논쟁을 떠올렸던 듯하다. 그날 신문의 위쪽에 'Re 선우 對 백낙청 대담(『사상계』 2월호)'이라 적고, 그 위쪽에 'Re Writer and Politics(S. Spender)'라 쓰고 있다.

그는 8·15 직후나 4·19 직후 문학적 결실을 거두지 못했다고 해서 8·15나 4·19의 의미를 평가절하하는 논조에 충격을 받았던 듯, 8·15와 4·19를 언급하고 있는 부분에 언더라인을 그으면서 꼼꼼히 읽은 뒤(실제로 김수영의 스크랩에는 그 부분에 언더라인이 쳐져 있다), 김수영은 「실험적인 문학과 정치적 자유」라는 이름으로 반격문을 쓴다. '모든 전위문학은 불온하다. 그리고 모든 살아 있는 문화는 본질적으로 불온한 것'이라는 전제 아래 그는 다음과 같이 말한다. (1) 8·15직후나 4·19 직후의 문학이 정치삐라에 지나지 않는다고 해서, 문화와 정치 이데올로기를 동일시하는 일부 문화인에게 책임을 돌리려 하는 것은 소아병적 단견이다. 선진국의 예로 보면 문학의 위기는, 문화를 정치 이데올로기와 동일시하는 데서 생기는 것이 아니고 문화를 파시즘과 같이 하나의 이데올로기로 만드는 데서 일어난다. 김수영은 하나의 이데올로기만 강요하는 사회에서는 이어령이 말한 응전력과 창조력(김수영은 그것을 문학과 예술의 전위성 내지 실험성이라 부르고 싶다고 했다)이 올바로 순환작용을 할 수 없다고 본다. 따라서 (2) 오늘날 우리가 두려워해야 하는 것은, 이어령이 말한 '대중의 검열자'가 아니고 '획일주의가 강요하는 대제도의 유형무형의 문화기관의 에이전트'들이라고 했다. 그 에이전트들에 의해 문화의 파괴작업이 행해지고 언론자유가 위축된다는 것이다.

다시 논쟁은 계속된다. 이어령은 '모든 전위문학은 불온하며, 모든 살아 있는 문화는 본질적으로 불온한 것'이라고 김수영은 말했는데, 불온하므로 그 작품이 좋다는 김수영이나 불온하므로 그 작품은 나쁘다는 관(官)의 검열원들은, 주장과 시각이 다를 뿐, 문학작품을 문학작품으로 읽지 않으려는 면에서는 동일하다고 공격했다. 그는 문화의 창조적 자유와 진정한 전위성은 역사의 진보성을 추구하는 데 있는 것이 아니라 바로 인생과 역사, 그것을 보수와 진보로 칼질해 놓은 도식화된 이데올로기의 편견으로부터 벗어나는 데서 시작해야 한다는 것이다. 꽃을 꽃으로 볼 줄 알아야 한다는 것이다. 이에 대해 김수영은 또, 문학의 본질은 꿈꾸는 것이고 불가능을 추구하는 것이라고 자신은 분명히 '불온성'의 의미를 밝혔는데, 이어령은 그것을 정치적 불온성과 일치시키려 하고 있다고 비판했다. 이어령은 그 뒤에도 두 번에 걸쳐 김수영에게 비판의 화살을 퍼부었는데 김수영은 대응하지 않았다.

사회적으로는 동백림 간첩사건의 재판이 진행되고 무장간첩의 서울침투 사건이 벌어지는 등 냉전분위기가 고조되는 때에 벌어진 두 사람의 논전은 짧은 것이기는 했으되,

모든 전위문학(前衛文學)은 불온하다. 그리고 모든 살아 있는
문화는 불온한 것이다.

라는 명제를 얻었다. 이것은 한국근현대문학 100년사에
서 논쟁이 거둔 드문 성과라 할 수 있었다. 이제까지 우리
문학의 논쟁은 그것이 농민문학이든 민족문학이든 참여문
학이든 전통론이든 파벌주의와 말꼬리잡기 비방으로 얼룩
졌다. 왜 우리는 이 문제로 싸워야 하는가라는 물음과 답이
없었다. 김수영과 이어령의 논쟁도 처음 4회까지는 '문학
의 불온성'과 '문학의 내적 자유'를 말하면서 치열하게 전
개되었다. 냉전논리가 고조되고 있는 가운데서 말해진 김
수영의 '불온성'론은 문학의 전위성과 정치적 자유의 밀
착 관계를 확실히 까발린 것이었다. 즉 모든 진정한 새로운
문학은 기존의 문학형식에 대해서만이 아니고 기성사회의
질서에 대해서도 위협이 된다는 것으로, 기성사회의 질서
에 위협을 주지 못하는 전위문학은 가짜라는 말도 되고, 그
런 문학은 진정한 새로운 문학이 될 수 없다는 말도 된다

그러나 4회를 넘어가면서 두 사람의 논쟁은 치열성을 잃
어버리고 우리 문학의 논쟁의 관성에 빠져 들어간다. 이어
령은 서랍 속에 있는 불온시의 정체가 뭐냐고 물고 늘어졌
으며, 김수영은 불온성은 모든 진정한 문학의 본질에 속한

다고 개념의 수위를 낮추었다. 물론 불온성이 진정한 문학의 본질이란 것은 틀린 것도 아니고 비약적인 것도 아니다. 그러나 신문사의 응모작품에 불온한 작품들이 수없이 투고되고 있으며, 그런 응모에도 응해 오지 않은 보이지 않는 불온한 작품들이…… 땅을 덮고 하늘을 덮을 만큼 많다'는데는 상당한 거리가 있다. 김수영은 불안을 느끼기 시작했던 것 같다.

당시 이 논쟁은 문학을 하는 사람들이 두세 명 모이는 다방이나 술집에서 크나큰 화제거리가 되었다. 반론이 새로 나올 적이면, 문학인들은 가판을 사서 읽으며 '드물게 정치(精緻-편집자)한 논리다' '역시 이어령이다' '꽃을 꽃으로 볼 줄 아는 유일한, 그리고 최종적인 증인'이라고 탄성을 질렀다. '불온성'이라는 말에 어리둥절한 문인들도 있었다. 당시 나도 '불온성'을 잘 이해할 수 없어, 어느 평론가에게 불온성의 개념과 논쟁의 승패여부를 물어보았을 정도였다.

2

사건은 사건을 몰고 오는 성질이 있는 모양이었다. 이어령과의 논쟁을 끝내고 불안과 초조가 뒤섞인 찜찜한 것들이 뒷덜미를 잡아당기는 십여 일이 지난 뒤였다. 십여 명의

'사복'들이 서강 집으로 급습해 온 사건이 일어났다. 속옷 바람으로 자고 있었던 부부는 놀라고 겁에 질려 부들부들 떨면서, 옷을 주워 입고 마루로 나갔다. 김현경이 먼저 "무슨 일이예요?"하고 물었다. 사복들은 대답하지 않고 "함께 가주셔야겠습니다" 했다.

"조선일보 땜에 오셨소?"

김수영이 호흡을 조절하고 나서 물었다.

사복들은 역시 답이 없었다.

김수영은 우려했던 일이었기 때문인지 쉽게 마음이 가라앉았다. 사복들은 다시 동행을 요구했다. 김수영은 지프차에 올랐다. 지프차가 발진했다. 김수영이 연행되어간 건물의 한 사무실에는 놀랍게도 수성과 수명, 수환, 송자가 먼저 와 있었다. 뒤에 안 일이지만, 최근 남으로 넘어온 간첩 한 사람이 자수했는데, 그의 자술서에 남파간첩훈련소에서 훈련받고 있던 김수경을 잠시 보았다는 진술이 나왔다고 했다. 지금쯤 서울에 잠복중일 것이라고 했다. 그리하여 정보기관은 신속하게 김수경의 신원을 조사하고, 도봉동과 서강으로 기관원을 새벽 일찍 동시에 급파시킨 것이었다. 이날 김수영과 그의 형제들은 종일 조사를 받았다. 그러나 아무런 이상도 발견되지 않자 저녁 4시쯤 돌려보냈다. 집으로 돌아온 가족들은 탈없이 '그곳'에서 풀려났다는 사실에 안도의 숨을 내쉬었을 뿐, 김수경의 소식은 믿어지지 않았다. 기관원이 넘겨짚으려고 그런 말을 한 것 같았다. 남파간첩의 이야기로는 (수사관이 그 말은 전해 주었다) 수경은 이북에서 한 관현악단의 클라리넷 주자로 활동하고 있다고 했다. 수경은 경기고 시절에 취미로 클라리넷과 트럼펫을 불었다. 당시 경기고의 취주악은 전국적으로 이름을 떨쳤다. 노모는 틀림없이 그 애는 예술 같은 걸 했을 것이라고 남파간첩의 이야기를 믿고 싶어했다. 그 애는 큰형을 닮았으니 예술 같은 걸 했으리라는 것이었다. 그녀는 셋째가 예술가로 입신했다는 사실이— 아니 예술가로 그곳에서 살고 있다는 사실이 기뻤다. 하지만 김수영은 어머니처럼 동생이 살아 있다는 사실이 기쁘지만은 않았다. 그들 가족은, 그리고 자신은 수경 때문에 감시의 대상이 될 것이고, 시나 산문들도 보이지 않게 몇 겹으로 검열되어질 것이다. 그런 생각들이 검은 안개처럼 몰려왔다. 김수영은 '검은 안개' 때문에 또 십여 일 술을 마시고 다녔다. 그리고 20여 일쯤 뒤인 4월 13일, 김수영은 펜클럽 주최로 부산에서 열린 문학세미나의 발표 주제자로 백철, 모윤숙, 이헌구, 안수길과 함께 부산으로 내려갔다.

문학세미나가 드문 시절이라 장내는 초반부터 청중이 가득했다. 양병식이나 김정한과 같은 부산의 문인들도 보였지만 대부분 젊은 사람들이었다. 이날 김수영의 발표문 제목은 「시여, 침을 뱉어라」, 부제는 '힘으로서의 시의 존재'라는 원제목보다도 어려운 것이었다. 청중들은 여기저기서 "참 별스럽기도 하다! 시여 침을 뱉어라가 대체 뭐꼬. 말 그대로 시에다 침을 탁 뱉는다는 것이겠지만, 또 힘으로서의 시는 뭐꼬" 청중들은 여기저기서 낄낄거리고 소곤거렸다.

이날 세미나는 인사말과 감사의 말, 시 낭독 등 형식적인 의제를 거친 뒤 김수영이 단상에 올라왔다. 큰 키에 큰 눈을 굴리며 약간 쇳소리가 섞인 음성으로 김수영은 "나의 시에 대한 사유는 아직도 그것을 공개할 만한 명확한 것이 못 된다"고 했다. 그렇게 서두를 떼고 나서 김수영은 "이러한 나의 모호성은 시작(詩作)을 위한 나의 정신구조의 상부 중에서도 가장 첨단의 부분을 차지하는 것이고, 이것이 없이는 무한대의 혼돈에의 접근을 위한 유일한 도구……"를 상실하는 것이 된다고 난해하기 그지없는 말을 늘어놓았다. 청중들은 어안이 벙벙했다. 그럴 수밖에 없는 일이었다. 「시여, 침을 뱉어라」는 오늘에 와서도 쉽게 해독되어지지 않는, 김수영의 시론 가운데서도 가장 어렵고 테제로서의 품격과 강도를 갖는 독특한 시론이었다. 그런 시론을 활자로서 생각하면서 읽는 것도 아니고 강연으로 접하고 있으니 이해되지 않는 것은 당연했다. 청중들은 '정신구조'니 '상부'니 '첨단'이란 단어들이 쏟아질 때마다 서로의 얼굴을 쳐다봤다. 그런데 묘한 현상이 그 뒤에 일어났다.

청중들은 김수영의 강연을 들으려 하지 않고, 폭포수처럼 말들을 쏟아내는 김수영의 표정과 소리를 보려고 했다. 청중들은 모노드라마처럼 김수영의 열정적인 표정과 소리를 보았다. 몇 사람만이 귀를 모으고 강연을 들었다.

시작은 '머리'로 하는 것도 아니고 '심장'으로 하는 것도 아니고 '몸'으로 하는 것이다. '온몸'으로 밀고나가는 것이다. 가장 정확하게 말하자면 '온몸'으로 동시에 밀고나가는 것이다.

김수영의 후기 시론의 핵심적인 부분이면서 가장 난해하고 마력적인 힘을 가지고 있는 이 부분은 들어서 알 수 있는 것이 아니다. 눈으로 생각하면서 읽어야 한다. 위의 '온몸'은 여러 가지 해석이 가능하겠지만 김수영의 생애에서 보자면 4·19의 경험이 거기에는 짙게 그림자를 드리우고 있는 듯하다. '머리로 하는 것도 아니고, 심장으로 하는 것도 아니고, 몸으로 하는 시작이라는 것은 기존의 것을 파괴하고 새로운 형식과 내용의 시를 창조한다는 뜻이 된다. 4·19 때 학생행렬이 그랬듯이 시의 경무대로 경무대로 물결쳐가는 것이다. 이때의 행렬과 물결은 그림자도 없고 계산된 프로그램도 없는 것이다. 그것은 움직여가는 것이고, 온몸으로 동시에 밀고 가는 것이었다. '온몸으로'가 먼저도 아니고 '밀고'가 먼저도 아니었다. 그것은 '동시에'

이고 '하나로서'였으며, 밀고나가는 방향은 이어령과의 논쟁에서 한 초점이 되었던 '불온성'의 방향이라고 봐야 할 것이다. 실제로 「시여, 침을 뱉어라」의 배면에는 불온의 소리가 넘쳐 있다. 그러고 보면 '온몸으로의 사상'은 4·19 이후 김수영의 내면에서 오랫동안 숙성되어온 숙변이었다고 봐야할 것이다. 하긴 한 사람의 예술가의 사상이 자신의 생애 속에서 커온 것이 아니고 다른 것이 될 수는 없는 일이다. 4·19 때 김수영은 「하…… 그림자가 없다」를 썼는데, 그 시는 사회의 우상을 파괴하고 기존의 시에 대한 형식을 파괴했다. 그는 온몸으로 자유를, 자유의 시를 밀고나갔다. 우리는 이에서 시에 대한 기존의 사변을 모조리 파괴하고 새롭게 써야 새로운 시가 되며, 그러므로 온몸에 의한 온몸의 이행이 사랑이 된다는 까닭을 어느 정도 이해할 수 있게 된다.

김수영은 여기서 하이데거의 '세계의 개진(開陣)'으로서의 산문성을 끌고 온다.

산문이란, 세계의 개진이다. 이 말은 사랑의 유보(留保)로서의 '노래'의 매력만큼 매력적인 말이다. 시에 있어서의 산문의 확대 작업은 노래의 유보성에 대해서는 침공적이고 의식적이다. 우리들은 시에 있어서의 내용과 형식의 관계를 생각할 때, 내용과 형식의 동일성을 공간적으로 상상해서, 내용이 반 형식이 반이라는 식으로 도식화해서 생각해서는 아니된다. '노래'의 유보성, 즉 예술이 무의식적이고 은성적(隱性的)이기는 하지만, 그것은 반이 아니다. 예술성의 편에서는 하나의 시작품은 자기의 전부이고, 산문의 편 즉 현실성의 편에서도 하나의 작품은 자기의 전부이다. 시의 본질은 이러한 개진과 은폐의, 세계와 대지의 양극의 긴장 위에 서 있는 것이다.

시에 있어서의 산문성이 침공적이며 의식적이라는 것은, 은폐와 유보를 지향하는 노래와 상반된 개진과 해명의 성질을 가지고 있기 때문이다. 그래서 산문적인 것과 시적인 것, 둘 사이에는 긴장이 서리고 스토리가 만들어지게 된다. 그 긴장과 스토리가 김수영의 시를 파괴하고 새롭게 창조해 왔다. 산문적인 것과 시적인 것 사이에서만 긴장이 서리는 것은 아니다. 내용과 형식도, 예술성과 현실성도 반의 반인 평등관계에 있지 않고, 자기가 전부라는 긴장과 대립 속에 있다.

이것은 스스로의 시에 대한 진단이고 변호라고도 할 수 있다. 그의 시와 시론들은, 이 같은 '시 쓰기'와 '시 논하기'를 통해 전후좌우로 의미망을 만들며 미로와 같은 체계를 세운다. 그리하여 김수영은 산문적인 것과 시적인 것, 내용과 형식, 예술성과 현실성 등이 복잡하게 피를 흘리면서 쟁투를 벌이지만 분리될 수 없는, 분리되어서도 안 되는, 한몸의 것으로 되며, 한몸으로 밀고나가는 성과를 거둔다. 다음 부분이 그 과정을 잘 나타내준다.

지극히 오해를 받을 우려가 있는 말이지만, 나는 소설을 쓰는 마음으로 시를 쓰고 있다. 그만큼 많은 산문을 도입하고 있고 내용의 면에서 완전한 자유를 누리고 있다. 그러면서도 자유가 없다. 너무나 많은 자유가 있고, 너무나 많은 자유가 없다. 그런데 여기에서 또 똑같은 말을 되풀이하게 되지만 '내용의 면에서 완전한 자유를 누리고 있다'는 말은 사실은 '내용'이 하는 말이 아니라, '형식'이 하는 혼잣말이다. 이 말은 밖에 대고 해서는 아니될 말이다. '내용'은 언제나 밖에다 대고 '너무나 많은 자유가 없다'는 말을 해야 한다. 그래야지만 '너무나 많은 자유가 있다'는 '형식'을 정복할 수 있고, 그때에 비로소 하나의 작품이 간신히 성립된다. '내용'은 언제나 밖에다 대고 '너무나 많은 자유가 없다'는 말을 계속해서 지껄여야 한다. 이것을 계속해서 지껄이는 것이 이를테면 38선을 뚫는 길인 것이다. 낙숫물로 바위를 뚫을 수 있듯이 이런 시인의 헛소리가 헛소리가 아닐 때가 온다. 헛소리다! 헛소리다! 헛소리다!하고 외다 보니 헛소리가 참말이 될 때의 경이. 그것이 나무아미타불의 기적이고 시의 기적이다. 이런 기적이 한 편의 시를 이루고, 그러한 시의 축적이 진정한 민족의 역사의 기점이 된다. 나는 그런 의미에서는 참여시의 효용성을 신용하는 사람의 한 사람이다.

'너무나 많은 자유가 없다'고 내용이 밖에 대고 외침에 따라 확대되는 자유의 공간을 형식은 새롭게, 새로운 형식으로 담아내지 않으면 안 된다. 이와 같은 내용과 형식의 작용에 의한 부단한 시적 자유의 발전이 시의 기적으로 이어지고 진정한 민족사의 기점이 된다는 김수영의 변증법의 발견은 소중하다고 아니할 수 없다.

3

주제 발표를 마치고 김수영은 단에서 내려왔다. 얼굴이 벌겋게 상기되어 있었다. 양병식이 의자에 앉아 있다가 일어섰다. 두 사람은 반갑게 손을 붙잡았다. 실로 오랜만이었다. 15년도 더 넘은 세월이었다. 김수영이 부산을 떠난 뒤 처음이었다.

"방파제로 나가 소주나 한잔 하지."

"좋구말구."

그들은 입구로 걸어나갔다. 문 앞에서 기다리고 있던 젊은 시인 김철이 허리를 굽히고 인사했다. 김철은 서울공대 2학년 때부터 김수영의 집에 드나들었다. 눈이 많이 내린 어느 겨울밤에는 상계동에 있는 공대 기숙사로 돌아가기 어렵다며 그의 집에 재운 적이 있었다. "그날 밤 김 선생님은 책을 읽어라, 책을 읽어라, 계속 말씀하셨죠. 정에 넘친 말씀이셨어요."

서울공대를 졸업하고 삼호무역에 취직했던 김철은 잠시 고향(그 고향은 부산이었다)에 내려갔던 길에 김수영이 세미나 참석차 부산에 내려왔다는 소식을 들었다. 그는 세미나장으로 갔다. 그는 저녁을 모시고 싶다고 했다. 김수영은 김철의 손을 잡고 흔들면서 "함께 저녁을 하고 싶지만 친구와 가야겠다"고 했다. 그는 양병식과 가야 했다. 그는 양병식과 20년 회포를 풀어야 했다.

김수영은 김철에게 다음에 '서울에서 만나자' 하고는 양병식과 광복동 거리를 돌아 방파제로 나갔다. 부산 바다는 53년이나 68년이나 똑같이 깊고 맑았으며, 수심에는 그의 슬픔이 흐르고 있는 것 같았다. 두 사람은 시멘트 바닥에 앉아서 아나고 회를 안주로 소주를 마셨다. 양병식이 낯설지 않았다. 사르트르의 원서를 끼고 명동거리를 다니던 때가 엊그제 같았다. 그는 명동시절에 앙가주망밖에 모르던 젊은 시학도였다.

"요즘도 사르트르 읽나?"

"그저, 읽는, 거지."

"김은실은 잘 있고."

"잘, 있는, 편이야."

김수영은 소주잔을 입으로 가져가다 말고 "김은실을 부르지" 했다. 양병식이 공중전화박스로 갔다오더니,

"다음에, 시간이 더 지난 뒤에, 만나자더군."

포로수용소에서의 일이 걸린 듯했다. 그러고 보니 양병식의 억양에도 어느새 부산 냄새가 스민 것 같았으며, 의사 티도 흘렀다.

그날 5시 반경, 예약해 두었던 전세차를 타고 김수영과 일행은 불국사로 떠났다(백철은 개인 사정으로 부산에 남았다). 동래를 지나 울산을 빠져나가자 벌써 들녘에는 산그늘이 깔리고 경주 부근에 이르렀을 때는 사위가 캄캄해서 자동차의 헤드라이트만이 깨어 있는 의식처럼 길을 비췄다. 불국사에 도착한 것은 밤 10시가 지나서였다. 사찰 구내에서 비쳐 나오는 불빛이 노송들 새로 반짝일 뿐 사방은 고요했다. 아직 이른봄이라서 밤기운이 쌀쌀했다.

"어느새 불국사에 이르렀군."

하고 누군가 말했고,

"불국사는 역시 불국사야"

라고 누군가 받았다.

"우리가 지금 극락에 온 셈이군요."

라고 또 누군가 덧붙였다. 일행은 가가 대소했다.

그들은 여관에 들러 짐을 내려놓고 법주가 아닌 '바가리' 정종으로 저녁 겸 밤참을 한 뒤, 여관 아이에게 술주전자를 들리고 '청마시비(靑馬詩碑)'를 찾았다. 현대문학사 주관으로 세워진 그 시비는 그날(13일) 낮에 제막식을 가졌다. 일행에게도 참석해 달라는 초청장이 왔으나 세미나 일정관계로 시간을 낼 수 없었다. 불국사 경내에 있는 시비에 이르러 일행은 술을 한잔 붓고 눈을 감았다. 그들은 시비 건립 후 최초의 참배자로서 고인의 명복을 빌게 된 것이다. 바로 그때였다. 갑자기 김수영이 울음을 터뜨렸다. 안수길이 김수영을 회상한 글에서 쓴 바와 같이, 그것도 엉엉 소리를 지르면서…… 그는 감정이 극도로 격앙되었던지 주전자를 들어 비에다 술을 마구 뿌리더니 다시 비를 껴안고 절규에 가까운 소리로 울어댔다. 이헌구도 모윤숙도 비를 어루만지며 눈물을 흘렸다. 안수길도 눈시울이 뜨거워 안경을 벗고 눈물을 닦았다. 음력으로 3월 보름, 하늘에는 구름 한 점 없고 어느새 노송 사이로 달이 떠올라 있었다.

서울에 오는 길에 김수영은 그 여행이 몹시 즐겁고 인상 깊었던 듯 일행에게 몇 번이고, 이런 여행의 기회를 다시 꼭 갖도록 하자고 말했다. 안수길도 모윤숙도 이헌구도 맞장구쳤다. 서울에 도착한 직후에 쓴 소설가 전병순에게 보낸 편지에서 그는 그 여행에 대해 언급하고 있다.

난 그 동안 부산에 갔다가 불국사 구경을 하고 왔어요. 아주 딜럭스하게 놀았죠. 그 반동이 와서 요즘은 치질이 또 도져서 마음을 가다듬어 번역일을 하고 있지요. 역시 우리들에겐 고독과 가난이 무이(無二)의 약이군요. 게다가 수모까지 곁들이면 더 좋고.

4

부산에서 돌아온 김수영은 한동안 들뜬 기분에서 술을 마시며 보냈다. 5월 초순경에는 김현경의 친구인 하덕인의 초대로 김현경, 백낙청, 한남철, 염무웅, 유덕화와 함께 그녀의 집으로 갔다. 안방에는 진수성찬이 차려 있었다. 술잔이 화기애애하게 돌았다. 김수영이 유덕화에게 술잔을 건넸다. 유덕화는 시 「미인」의 주인공으로, 화식집에서 함께 식사를 하다가 김수영이 피운 담배 연기를 빠져나가게 하기 위하여 창문을 살그머니 열었다가 '하느님의 훈풍'을 김수영으로 하여금 떠올리게 한 여인이었다. 미인이었고 썩 우아한 여성이었다. 한남철의 재담도 유덕화의 미모에 못지 않았다.

한남철은 그날의 모임이 흡족했던지 김수영에게 그런 자리를 또 갖자고 졸랐다. 한번은 유덕화의 집으로 서너명이 찾아간 적이 있었는데, 먼저 온 사람들이 있어서 그들은 돌아서야 했다. 놀기를 좋아하는 한남철은 김수영의 여자친구들이 부러운 듯했다. 생각보다 김수영은 여자친구들이 많은 편이었다. 김현경의 친구들은 대개 그의 친구였으며, 해방 전후에 연극을 하던 여대생이나, 문학을 하던 여대생들 중에도 그의 친구가 된 이들이 많았다. 그는 그 시절 멋쟁이였다. 한때 그는 노란 캡을 쓰고 흰 양복에 흰 구두를 신고 명동을 활개치고 다녔다. 그는 대학시절에 연극을 했으며 뒤에 '자유극장' 대표가 되는 이병복과도 친구였고, 그의 동생인 디자이너 이병정과도 친구였다. 그는 시인 김영태에게 "이병정은 에로틱하고 엑센트릭한 여자에요"라고 했다. 그가 자유극장의 공연을 자주 보러 오는 것은, 연극이 끝난 뒤 이병정과 맥주잔을 부딪치기 위해서인 듯했다. 김영태의 눈에는 '사랑'에 가까운 것으로 보였다.

그 뒤로도 김수영의 술은 계속되었다. 거의 매일 친구, 술, 실수! 친구, 술, 실수!였다. 어느 날은 신동문과 2, 3차를 다니다가 눈을 떠보니 효창공원 부근의 전화박스에서 자고 있었다. 하지만 그는 술을 마시면서 범하는 그런 실수가 근대화에 물들여진 합리주의자들의 계산보다는 훨씬 인간적이며 사회적인 폐해가 없어 좋았다. 「시여, 침을 뱉어라」에서 소리친 것과 같이 서울의 술집에는 이제 인간적인 주정꾼들이 자취를 감추어갔다. 광화문 뒷골목의 '아리스'다방에 가도 검은 불독과 같은 김종삼이 눈을 말똥거리고 있는 것이 보일 뿐이었다. 문학 하는 사람들도 막걸리 몇 잔으로 입을 축이고는 자리에서 일어섰다. 그런 자들이 그는 싫었다. 그는 술이 좋았다. 술은 감정을 샘솟게 하는 약이었으며 혼란이었으며, 자유였고 불가능을 꿈꾸는 꿈과 같은 것이었다. 이렇게 말하면 김수영이 두주(斗酒)를 불사하는 대주가로 떠오를지 모르지만 결코 그렇지 않았다. 그는 술을 마셨다 하면 끝장을 보려는 폭주가였을 뿐 집에서는 술을 입에 대려하지 않았다. 술 취한 사람들이 집으로 오는 것도 좋아하지 않았다. 한번은 고은이 김현, 염무웅과 낮부터 술을 마시다가 "김수영네 집에 쳐들어가자"고 구수동으로 간 적이 있었다. 고은은 김현과 염무웅을 대문가에 세워두고 홀로 마당으로 들어갔다. 안방에서 나온 김수영은 고은을 어두컴컴한 마당에 세워두고 목소리를 높여 야단치기 시작했다. "밤내 공부를 해도 될까말까한 때에 머리에 피도 마르지 않은 사람이 술 마시러 선배집을 찾아다니느냐. 그래가지고 시를 쓸 수 있겠느냐. 우리 문학이 아직도 전근대적 탈을 벗지 못하고 헤매는 것은 끼리끼리 어울려 술 마시고 노는 병폐 때문이 아니냐." 반시간 가량 대문 밖에서 기다리고 있던 김현과 염무웅이 더 이상 서 있지 못하고 한걸음 한걸음 마당으로 들어서자 김수영은 다시 목소리를 높이기 시작했다. 그날 김수영은 엄격한 사부였다. 그는 그렇게 집에서 술을 마시는 것을 싫어했고 술 마시러 오는 사람도 싫어했다. 애초에 그는 술에 강한 사람이 아니었다. 폭음하고 난 다음 날은 종일 쩔쩔맸다. 그런데도 한 잔 술이 들어가고, 술기가 오르면 생각들이 공기의 입자와도 같이 그를 에워싸고 공중으로 솟아올랐다. 예술가 기질의 사나이들이 대개 그렇듯 그도 술을 술로 마시는 것이 아니라 기분으로 마시는 사람이었다.

6월 12일인지 13일에도, 김수영은 평론가 홍사중과 여동생(수명), 여동생의 친구인 소설가와 술자리를 가졌다. 홍사중의 단골인 미국 대사관 뒤편에 있는 '발렌타인'이라는 양주집에서였다. 그때 홍사중은 김수명을 사랑했고, 결혼하고 싶어했다. 김수영은 '그저 그런 평론가지' 하면서도, 누이가 홍사중과 결혼하기를 바라는 눈치였다. 그들은 술집마담 같지 않은 발렌타인 마담이 합석한 가운데 코냑을 두어 시간 흥겹게 마셨다. 그들은 2차로 북창동에 있는 '멕시코'로 갔다. 분위기가 그럴 듯한 곳이었다. 그만큼 술값도 비쌌다. 술을 마시고 나오다가 술값이 얼마라는 말을 들은 김수영은 놀랐다. "꼭, 강도에게 당한 것 같군. 강도에게 당한 기분이야." 그러나 김수영은 기분이 깨지지 않는지 다시 '발렌타인'으로 가자고 했다. 김수명이 집에까지 가려면 시간이 넉넉하지 못할 것 같아 "오빠, 전 이만 가봐야겠어요."라고 말했다. 김수영이 "야"하고 소리를 질렀다. "너는 그게 탈이야. 그게 틀렸어. 한번쯤 탈선하면 어때, 탈선도 해봐라. 저기 신도호텔 있더라. 그곳에서 오늘 밤 자 봐. 탈선할 줄 알아야 탈선하지 않을 수 있는 거다." 김수명은 오빠의 말을 뿌리치고 친구와 함께 돌아섰다. 그때 김수명의 집은 도봉산 기슭에 있었고, 12시 정각에는 통행금지 사이렌이 울렸다. 택시를 타고 가면서 김수명은 오빠의 말이 자꾸 걸렸다—탈선할 줄 알아야 탈선하지 않을 수 있는 거다 — 그렇다면, 탈선 안 한다면 탈선하게 되는 것인가 — 이것이 오빠의 역설적인 삶인가 — 얼마 전 막내동생을 따라다니던 젊은이가 집으로 찾아왔을 때가 생각났다. 마침 집에 와 있던 김수영은 오빠 노릇을 한답시고 그를 대문 밖으로 데리고 나갔다. 어떤 이야기들이 오갔는지 모르지만 한참 뒤에는 김수영의 고성이 튀어나오기 시작했다. "뭐, 뭐, 완전한 인간이 되어 오겠다구. 야 이 새끼야, 내가 똥구멍이 빠지게 책을 읽어도 완전한 인간은커녕 불완전한 인간도 못 되구 있는데, 네 놈이 완전한 인간이 되어 온다구? 건방진 놈 같으니라구." 집안식구들이 떠들썩한 소리를 듣고 일이 벌어졌다 싶어 뛰어나갔다. 김수영은 식구들의 얼굴을 보자 더욱 기승하여 길길이 뛰었고 젊은이는 슬금슬금 뒤로 물러났다. 오빠의 세상살이는 기승의 연속이었다. 한번은 이런 일도 있었다. 한밤중에 담을 넘어 도둑이 들어왔다. 도둑이 어리벙벙한 사람이었던지 "여보, 당신, 어디 사는 사람이야? 이 밤중에 남의 담을 왜 넘어?"하고 김수영이 물어댔으나 도둑은 대답하지 않고 허리만 굽신굽신했다. 참다못한 김수영은 "이거 보세요……"하고 존대말을 쓰기 시작했다. 누가 도둑이고 누가 주인인지 알 수 없었다. 나중에는 도둑이 "오늘 밤, 나 여기 잘 수 없나요?" 했고, 김수영이 짜증난 목소리로 "그만… 가시오." 했고, 이번에는 도둑이 "어디로 나가는 겁니까?" 하고 물었다. 오빠는 그런 사람이지. 달성할 수 없는 완전, 탈선하지 않으려는 탈선, 싸움, 더 큰 싸움, 더더 큰 싸움, 그래 오빠의 싸움은 그런 거겠지. 이런저런 오빠의 생각들을 기억 속에서 더듬다 보니 기분이 풀렸다. 김수명은 피식 웃었다.

다음 날, 김수영은 어제 일이 마음에 걸렸던지 현대문학사에 들러 "내가 어제 많이 취했지. 취했던 것 같다."라고 수명에게 말했다. 수명은 그 말에는 대꾸하지 않고 "오빠 유경환 씨한테서 전화왔던데 어떻게 된 거예요" 하고 물었다. 『사상계』 좌담회에 나가기로 하고 좌담료를 받아갔는데 오지 않았다며 유경환에게서 오전에 현대문학사에 전화가 걸려왔었다.

"나도, 이제 좀 그렇게 하고 살기로 했다."

"……"

"그놈의 좌담회, 구색에 불과한 거지, 그게 무슨 의미가 있겠니."

그들 남매는 이야기를 나누면서 음식점으로 들어가 설렁탕을 먹었다. 뜨거운 국물이 들어가서인지 김수영의 얼굴은 붉게 홍조를 띠면서 부드러워져 갔다. 옛날의 그를 본 것 같았다.

풀잎처럼 눕다

1

누이와 헤어진 뒤로 신구문화사에 들렀다가 집으로 돌아온 김수영은 번역 일에 다시 매달렸다. 번역 일은 '내 인생이 이것뿐인가' 자탄의 소리가 터져 나오게 지겹지만, 또 열중해서 사전을 찾고 문맥을 정리하다 보면 가슴이 따끈하게 스파크가 이는 곳도 있었다. 유명한 사람들의 문장 속에는 귀한 말들이 숨어 있었다.

요즘 그는 신구문화사의 번역을 주로 했다. 얼마 전에 뮤리엘 스파크의 『메멘토 모리』를 끝내고 아스투리아스의 『대통령각하』를 손에 잡았다. 아스투리아스의 소설은 라틴아메리카의 환상과 공포를 느끼게 해주었다. 밀림의 칙칙함이 그의 문장에는 감돌았다.

김수영은 사전을 뒤지다 말고 담배 생각이 나서 '파고다'를 꺼내 물었다. 불을 붙이고 길게 한 모금 빨아마셨다.

번역을 하다말고 담배를 한 대 피우는 맛이란 여자와 밤내 그 짓을 하고 난 뒤보다 상쾌했으면 했지 못하지 않았다. 수년 전에는 물부리를 하나 사서 물고 다닌 적이 있었다. 그것도 상쾌를 맛보는 일종일 것이라고 김수영은 생각했다. 상쾌는 자학과 동전의 안팎이었다. 한때 그는 깊이 자학의 함정에 빠져든 적이 있었다. 얼굴색까지 형형색색으로 바뀌었다. 한 친구는 시대에 뒤떨어진 철학이라고 비웃었지만 그 비웃음이 오히려 감미로웠다. 담배에도 그런 감미로운 맛이 있었다. 김수영은 '모두 옛날 일'이라고 넘기려다 말고, 며칠 전 김현경이 토요일에 돈 쓸 일이 있다면서 신동문 씨에게 부탁할 수 없겠느냐고 하던 말이 떠올랐다. 김현경은 요 몇 년 사이 계 때문에 생활범위가 넓어지고 바빠졌다. 김수영은 신동문에게 전화를 걸었다. 번역한 만큼 돈을 줄 수 없겠느냐고 했더니 좋다고 선선히 응했다. 김수영은 다시 전화로 김현경을 불러 번역한 원고들에 급히 넘버를 매기라고 이르고는 다시 유정에게 전화했다. 한껏 기분이 좋은 목소리였다.

"유형, 오늘, 한잔 안 하겠소?"

"오늘은 토요일이오. 일찍 들어가도록 합시다."

"아니, 오늘 내가 살게요. 방금 신동문한테 전화했는데, 원고료를 선불해 준다니…… 한잔 합시다."

"월요일에 만나요. 내일 하루 편히 쉬고, 월요일에 만나,

한잔 합시다."

"안 되겠소?"

"피곤해서 그래요."

"그럼 할 수 없구려. 월요일에 당신 말대로 만납시다."

김수영은 전화를 끊었다. 어쩐지 섭섭한 생각이 들었다.

오후 3시경, 김수영은 광화문 네거리를 지나 신구문화사로 들어갔다. 신동문이 번역원고를 받아 끄트머리 매수를 확인한 다음, 원고료 7만 원을 넘겨주었다. 김수영은 그중 일부를 떼어내 왼편 속 호주머니에 넣고 많은 쪽은 오른편 속호주머니에 넣었다. 오른쪽은 김현경에게 주고 왼쪽은 신동문과 술을 마실 셈이었다. 김수영은 기분이 좋을 때나 어색할 때면 으레 그렇듯이, 그날도 코를 흠흠 거리고 고개를 외로 서너 번 돌리고 바르게 서너 번 돌린 다음 "신형, 이제 그만 나갑시다." 했다. 신동문은 일이 다 끝나지 않은 듯 "조금 더 기다리세요." 말하고는 이층으로 올라갔다. 잠시 후에 신동문이 층계를 내려오자 김수영은 또 나가자고 했다. '오늘 따라 조급하게 군다'고 생각하면서 신동문은 '일이 곧 끝날 테니 기다려 달라'고 했다. 그 사이 이병주가 문을 열고 들어왔다. 「소설 알렉산드리아로 『세대』잡지를 통해서 늦깎이로 문단에 발을 디딘 이병주는 최근 『현대문학』에 「마술사」라는 단편을 발표하여 문단의 주목을 끌었다. 김수영도 「마술사」를 읽었다. 느지막이 등장해도 될 만큼 문화적 포즈에 있어서나 스케일에 있어서 색다른 면모를 지닌 것 같았다. 호감이 갔다. 하지만 김수영은 이병주의 웃음소리가 마음에 들지 않았다. 목소리도 걸음걸이도 마찬가지였다. 그곳에는 소화되지 않은 지적 자만 같은 것이 흐르고 있는 듯이 보였다. 그의 소설이 크기와 깊이에 비해 울림이 부족한 것도 자만으로 인한 감동의 결여에서 오는 듯했다. 그날도 이병주는 "신 선생, 오늘 반공일 아니오"하고 떠들썩하게 외쳤다.

"그만 갑시다. 가시자는 분들이 많으니……."

신동문은 일어섰다.

김수영은 마땅찮은 표정을 지으면서 옆에 앉았던 한국일보사 기자 정달영과 함께 일어섰다. 그들은 청진동 곱창집으로 들어갔다. 소주와 로스구이를 시켰다. 술이 몇 순배 돌자 김수영은 술기가 오른 듯 이병주에게 시비를 걸었다. 정치, 경제, 역사, 문학, 사상을 종횡무진으로 넘나들며 이야기를 꾸려나가는 이병주의 말을 가로막으며 "야, 이병주, 이 딜레탕트야"하고 쏘아붙였다. 이병주는 "김 선생, 취하셨구만" 하면서 말을 피해 나갔다. 김수영은 그 뒤로도 몇 차례 공격했지만 이병주는 껄껄껄 웃으면서 빠져나갔다. 여유와 재기가 흘러넘쳤다. 한차례 이야기의 폭풍이 휩쓸고 간 뒤, 이병주는 이만 입가심을 하고 2차로 가자고 했다. 신동문은 볼 일이 있다면서 옆길로 빠져나가

고, 세 사람은 이병주의 볼보를 타고 김수영의 제의로 며
칠 전에 술을 마셨던 '발렌타인'으로 갔다. 마담이 반갑게
맞아들였다. 맥주가 빠르게 몇 차례 돌았다. 이병주가 또다
시 화제를 이끌고 나갔다. 김수영도 곱창집에서와는 다르
게『고금소총』에다『북회귀선』을 섞어가며 이야기에 꽃을
뿌렸다. 정달영은 소년처럼 단정히 앉아 입가에 미소를 띠
며 두 사람을 바라보았다. 소주에 맥주를 탄 탓인지 김수영
은 벌써 취해 있었다. 큰 눈이 더욱 커지고 말의 템포가 빨
라져갔다. 그는 거칠게 말을 대여섯 마디 쏟아붓더니 가겠
다고 일어섰다. 걸음이 비틀거렸다. 이병주가 따라나가 자
기 차를 타고 가라고 했다. 김수영이 딱정벌레와도 같은 차
바퀴에 발길질을 했다. 그리고 나서 왼손 안에 바른손 주먹
을 넣어 밀면서 "좆이나 먹어라" 했다. 그는 비틀거리며 을
지로 입구 쪽으로 걸어갔다. 마포행 버스가 그곳에 있었다.
정달영이 마음이 놓이지 않아 마시던 술잔을 놓고 뒤따라
나섰다.

"선생님, 제가 모셔다 드릴게요."

"괜찮아, 괜찮아."

"취하셨어요."

"늘 취했지. 괜찮아…… 나 혼자 갈 거야."

김수영은 정달영을 밀어냈다. 정달영의 상체가 휘청일
정도로 힘이 셌다. 할 수 없이 정달영은 20미터 간격을 두

고 천천이 따라갔다. 김수영은 타이프라이터 상점으로 들어갔다가 나와 을지로 입구 쪽으로 걸어갔다. 을지로 입구의 버스정류장에 이르러 걸음을 멈추었다. 정달영은 돌아서서 다시 발렌타인으로 걸음을 옮겼다.

김수영은 을지로 입구에서 한동안 서 있었다. 버스는 오지 않았다. 문득, 술이 취해 근육이 늘어진 친구들의 불쾌한 얼굴이 떠올랐다. 김수영은 반도호텔을 지나, 시청 앞을 돌아, 아리스다방으로 갔다. 그러나 아리스엔 아는 얼굴이 하나도 없었다. 김종삼도 보이지 않았다. 김수영은 다시 오던 길을 돌아 을지로 입구 버스정류장으로 갔다. 김수영이 버스에 올라 마포를 거쳐 서강 종점에 내린 것은 밤 11시 30분경.

밤은 캄캄하고 언덕 아래 시금치 밭에서는 시금치들이 익어가는 냄새가 향기롭고, 벼들이 자라는 논에서는 개구리들이 개굴개굴개굴개굴 시끄럽게 울었다. 밤은 잠들지 않고 깨어 있었다. 잠시 도시가 퇴장하고 시골이 찾아온 것 같았다. 김수영은 왼손이 허전했다. 그러고 보니 그 손엔 아무것도 들려 있지 않았다. 언제나 그 손엔 책이 들려 있었고, 오늘 오후에도 번역원고를 싼 보자기가 있었다.

김수영은 허전한 손을 흔들며 불빛이 보이지 않은 어둠 속으로 비틀비틀 걸어갔다. 시간은 빠르게 흘러가고 누군가의 말소리가 희미하게 멀리 벌들이 웅웅거리는 소리처럼 들리고 종소리 같은 것도 울리는 듯했다. 그리고 무엇인가가 어둠을 몰고 그를 향해 달려오는 듯했다. 반사적으로 손을 내둘렀다. 그때였다. 버스 두 대가 엇갈려 달리다가 버스가 인도로 뛰어들면서 김수영의 뒤통수를 받았다. 김수영이 땅에 쓰러졌다. 그때 그는 갈색옷을 입고 있었다.

2

11시 50분경, 아랫마을 아낙네인 듯한 여인이 김수영의 대문을 사납게 두들기며 "아주머니, 아주머니" 불렀다. 김현경이 문을 열고 나갔다. 깊은 어둠속에서 여인이 다급한 목소리로 말했다. 저 아랫길에서 교통사고가 났는데 아무래도 이상하다는 것이었다. 순간 전율이 김현경의 몸을 휩쓸고 지나갔다. 그녀는 옷을 입는 둥 마는 둥 하고 아랫길 쪽으로 달려 내려갔다. 사고 장소에는 아직도 끈적끈적한 피가 낭자하게 흘러 있을 뿐, 사고차도 구경꾼도 없었다. 그녀는 다시 파출소로 달려갔다. 경찰들은 사고가 난 것도 몰랐다. 하품을 하며 성가신 듯이 골절상이라도 났느냐고 되물었다. 그녀는 택시를 잡아타고 이 병원 저 병원을 더듬었다. 한 병원에서 방금 교통사고 환자를 적십자병원으로 실어 보냈으니 그곳으로 가보라고 했다. 그녀는 다시 택시를 잡아타고 적십자병원으로 달려갔다. 김수영은 중환자실에 산소호흡기를 쓰고 누워 있었다. 동공은 빛을 잃었고 귀에서는 피가 흘렀다. 손과 팔꿈치에도 퍼렇게 피멍이 들어 있었다. 바로 가까이 그가 누워 있는데도 먼 거리에 있는 것처럼 김현경은 느껴졌다. 목에서 그렁그렁 가래 끓는 소리만이 그에게 숨이 붙어 있음을 알려주고 있을 뿐이었다.

김현경은 간호사에게 전화번호를 가르쳐주고, 전화를 걸어달라고 부탁했다. 간호사가 전화를 바꾸어주었다.

"엄마야?"

하고 준이가 말했다.

"그래, 엄마다. 통금이 해제되거든 할머니댁에 가서 큰삼촌하고 큰고모하고 막내삼촌을 모셔오너라. 택시를 타고 가서, 곧장……."

그녀는 수화기를 제자리에 올려놓았다. 힘이 들었다.

준이가 택시를 잡아타고 도봉동에 도착한 것은 새벽 4시 30분경, 수성과 수명, 수환은 손에 잡히는 대로 옷을 걸친 채 택시에 올라탔다. 차의 진동을 몸에 받으면서 점점 그들 삼남매는, 그들이 왜, 이 새벽에, 이 차를 타고 달리는지 실감되어 오기 시작했다. 수명은 그제 음식점에서 보았던 오빠의 붉은 얼굴색이 이별의 의식처럼 느껴져 와 견디기 어려웠으나 입술을 깨물고 참았다. 그들 형제들은 노모를 닮아 참는 힘을 가지고 있었다. 세 사람은 이를 악물고 병원으로 들어갔다. 언니가 넋을 잃은 듯 앉아 있는 것이 보이고, 그렇게도 어려운 삶을 살았던 그의 오빠가 산소호흡기를 쓰고 베드 위에 누워 있는 것이 보였다. 그녀는 떨리는 가슴을 진정하며 오빠의 곁으로 다가가 손을 잡았다. 손을 주물렀다. 반응이 없었다. 수필가이자 의사인 윤호영이 달려왔다. 그는 담당의사와 몇 마디 주고받은 뒤 환자를 더듬더니 담당과장 집에 전화를 걸었다. 담당과장이 친지인 듯했다.

3

같은 시각, 김중희는 유정의 집 대문을 마구 발로 차고 있었다. 그러나 유정은 나오지 않았다. 김중희는 계속 대문을 차고 유정을 부르며 정신나간 사람처럼 날뛰었다. 소리에 못 이긴 듯 유정이 파자마 바람으로 엉금엉금 나왔다. 20여 살은 더 먹어 보이는 노인 같았다. 김중희는 "수영이 죽었다."고 소리쳤다. 유정은 "그치라면 죽을 때도 됐는데 뭘 그래." 했다. "아니야, 아니야, 수영이 죽었단 말이야!", "뭐라구?", "김수영이 죽었단 말야, 이 귀먹통아!", "뭐, 뭐, 김수영이 죽었다구?" 유정은 집으로 달려들어가더니 다시 달려나왔다. 그들은 택시를 잡아타고 적십자병원으로 달렸다. 황순원도 최정희도 택시를 잡아타고 적십자병원으로 달렸다. 그들이 중환자실에 들어섰을 때는, 김수영은 산소호흡기를 통해 산소를 들이마시면서 배가 불룩 부풀어 올라갔다가 가라앉는 기계적인 동작을 되풀이하고 있었다. 그는 무의식적으로 생과 사를 오락가락하면서 죽음 혹은 삶과 싸우고 있었다.

아침 8시, 의사가 산소호흡기를 벗겼다. 가느다란 싸움도 포기한 김수영의 얼굴은 풀리고 고요해졌다. 김현경이 흐느끼면서 두 눈을 감겨주었다. 그의 삶이 끝난 것이다. 1968년 6월 16일, 48년의 길지 않는 생애를 끝내고 김수영은 조각처럼 희고 단정한 얼굴로 무(無) 속으로 들어갔다.

에필로그

    장례식은 6월 18일 오전 10시, 예총회관(지금의 세종회관 오른편) 광장에서 문인장으로 거행되었다. 장례위원장은 이헌구, 조사는 박두진이 낭독했다. 이날 하늘에 바람이 상당히 불고 구름이 지나가고 또 지나갔다. 6월답지 않고 희끄무레하고 음산한 날씨였다. 식장에는 황순원, 최정희, 유정, 박연희, 김중희, 백철, 신동문, 백낙청, 염무웅, 김영태 등이 검은 양복을 입고 어두운 얼굴로 말없이 서 있었다. 김수영의 시를 읽고 그 시에서 많은 영향을 받았던 젊은 시인들도 상당히 많이 끼여 있었다. 모두 말이 없었다. 말없는 나무들 같았다.

    12시경, 유해를 실은 영구차는 그의 어머니가 양계를 하고 있는 도봉산 골짜기의 선산으로 향해 갔다. 동생 수성이 그에게 조그만 정자를 서재로 지어주려고 했던 언덕에, 문단 원로를 비롯한 많은 문인과 친지들의 조상을 받으며 김수영은 묻혔다. 아무도 울지 않았다. 이제 미망인이 된 김현경도 눈물을 흘리지 않았다. 형제들도 얼굴이 조금 부어 있을 뿐이었다.

김수영을 도봉동에 묻고 온 지 한 달 뒤, 안수길은 18년의 지기를 잃은 슬픔을 이렇게 한 글에 담담히 담았다.

수영과 나는 꼭 십 년 차다. 그러나 그런 것과는 관계없이 울적할 때에 만나보고 싶고 전화라도 걸어보고 싶은 사람 중의 하나였다. 그렇다고 자주 만나지는 것은 아니었으나, 만나게 되면 흉금을 열어놓고 이야기할 수 있었고, 인간적으로 애정이 느껴지는 사람이었다. 내가 아무래도 나이가 위이니까, 이것은 후배나 동생에게 가져지는 사랑이라고 해도 망발은 아닐 것이다. 그런 나의 심정을 수영도 아는 모양인지 처음부터 변함없이 나를 깍듯이 대접해 주고 있었다. 박연희 씨가 『자유세계』를 편집하고 있을 때니까, 부산 피난 초부터였다. 영도에서 조그만 방을 얻고 아홉 식구가 비좁게 살고 있을 때였는데 수영은 연희, 중희들과 함께 우리 집을 곧잘 습격했고 '낙동강' 병을 좋이 터뜨리기도 했다. 환도 후는 물론, 4·19, 5·16을 거쳐 최근에 이르기까지도 수영은 친구들과 함께 우리 집 습격이 잦지는 않았으나 가끔 있었고 때로는 자고 간 일도 있었다. 그러는 사이에 정이 더 들었다고 할까?

수영에겐 귀족적인 일면이 있는 동시에 서민적인 요소가 풍부하고 사치한 것이 있는 반면에 전투적인 행동성이 있었다고 할까? 교우 관계만 보더라도 한번 싫었던 사람, 옳지 않다고 여긴 사람과는 동석도 하지 않는 성미는 귀족적인 면이라고 할 수 있을 것이요, 한번 마음을 허하고 친교를 맺어놓은 사람에겐 끝내 저버리지 않는 점은 서민적인 완강한 의리라고 할 수 있을 것이다. 그뿐이 아니다. 머리를 빗고 면도를 하고 넥타이에 단정한 차림을 하면 그 훤칠한 키에, 큼직하고 우묵한 눈이 어울려, 안소니 파킨스의 마스크를 연상하게 되는 미남형이다. 그러나 수영은 그런 차림을 하는 것을 즐겨하지 않았다. 겨울이면 한복 바지저고리 위에 얄팍한 검정 외투를 걸치고 나왔고 여름엔 아무거나 닥치는 대로 노타이를 입었으며, 봄가을엔 그의 목에서 넥타이를 드리운 것을 본 기억이 별로 없다. 서울 태생이면서 서울 사람인 것을 싫어하는 마음도 그것일 것이다. "나 서울이 아닙니다. 강원도에서 났어요." 같은 말을 내 귀로 들은 것도 두세 번 되는 듯하다. 그러나 그에겐 귀족적인 요소가 있었다. 그것을 평소에도 엿볼 수 있었으나 부산 여행중 해운대에서 뚜렷이 발견할 수 있었다. 사치한 감각과 섬세한 정서의 움직임과 함께……. 그러나 수영은 그것에 스스로 반발하고 있었다고 봄이 옳을 것이다. 실험적이요, 전투적인 행동성은 그 반발에서 나온 것이 아닐까?

48세면 어느 하나에 안주할 수 있는 연륜이다. 수영도 그럴 수 있는 것이다. 그러나, 쉽게 안착하는 것, 거드름을 빼는 것이 싫었던 것이 아닌가 보고 싶다. 파헤쳐 보자, 실험해 보자, 이 정신은 젊은 세대에겐 귀중한 것으로 이해가 되나, 그 대신, 동세대의 일부에겐 적을 만들 수도 있는 태도요 자세라고 볼 수도 있을 것이다.

만년의 수영은 이해와 오해 속에서 스스로를 학대한 것이 아닌가 하고 생각된다.

그건 어쨌건 수영은 아직 더 살았어야 될 시인이다. 그것은 수영의 일은 이제부터라고 생각하기 때문이다. 이렇게 쓴다고 해서 그의 지금까지의 업적을 과소평가하는 뜻이 결코 아니다. 그것은 그것대로 높이 평가될 것임에 틀림이 없다. 그러기를 바란다.

그러면서 그의 죽음이 아까운 것은 실험적이고 전위적인 것이 귀족적이고 사치한 것과 조화를 이룰 때에 그의 일은 비로소 안착의 지점에 도달하게 되는 것이라고 보기 때문이다. 이제부터라는 것도 근래의 이해와 오해 속에 맛본 자학에 가까운 고민을 지양하는 데서부터 그 조화의 세계를 향한 걸음이 옮겨질 것이 아니겠느냐는 뜻에서 하는 말이다.

수영의 변사(變死)는 우리 문단과 문학을 위해 무척 아까운 일이다. 이제 울적하면 전화라도 걸어보고 싶은 친구 하나가 없어진 것이 나로선 더욱 슬프다.

김수영의 마디가 굵고 큰 손을 사랑했던 유정도 다음과 같은 애절한 조사를 지었다.

해맑간 하늘이 있소. 흰 구름이 떠 있소. 내리쬐는 유월의 햇살이 있소. 저만치 푸르른 강물이 있소. 당신이 아침 저녁 거닐던 들길이 있소. 조그마한 다리가 있소. 모두 다 그대로 있소.

행길 옆 배추밭 언덕길을 넘어서면 마포구 구수동 41의 2번지, 10여 년을 하루같이 당신이 쌓아올린 조그마한 벽돌집이 여기에 있소. 정성스런 그 손길이 어제까지 다름없을, 조촐한 뜨락이 여기에 있소. 작은 바람결에도 흔들려 마지않는, 뱀풀, 딸기풀, 패랭이꽃, 초롱꽃…… 당신이 손수 짰다는 통나무 물방아 시렁 위를, 열심히 기어넘는 등넝쿨도 덩굴장미도 바로 저기에 있는데, 모두가 그대로 있는데.(중략)

간간이 헛기침을 하면서, 앉았다 누웠다 당신이 골똘히 생각에 잠기던, 골똘히 펜끝을 가다듬던, 여기 이 호젓한 구석방에, 이 아침엔 커튼도 무거이 닫힌 채, 어제대로 책상도 제자리에 놓였는데, 책상 위에 쓰다 만 원고지도 놓였는데, 책상 앞에 반듯이 방석도 놓였는데.

간간이 들려오던 그 기침소리가 이젠 없구려. 뼈지고 마른 그러나 따스하기 그지없던, 그 널따란 손이 없구려. 놀라기를 잘하던, 곧이듣기를 잘하던 그 커다란 눈이 없구려. 아아 당신이 좋아하던, 그리고 못 견디게 당신을 좋아하던, 이 모든 것들을 남겨둔 채, 홀홀히 혼자서 어디로 갔소?

수영!

수영!

　　신동문과 염무웅이 조사를 썼고 박훈산, 조병화, 이설주, 박봉우, 신동엽 등이 속속 추도시를 발표했다.

　　김수영의 죽음은 깊은 사귐을 가지지 못한 내게도 이상스런 충격을 주고 갔다. 17일 석간에서 그의 사망기사를 읽었을 때, 나의 온몸에는 싸늘한 울림이 일었고 그와 마셨던 술자리가 떠올랐다. 관철동의 한 싸구려 술집에서 나와 고은은 김수영의 얼굴을 보며 막걸리를 자꾸 입에 부었다. 김수영은 얼마 전에 읽었다는 미국 소설 이야기를 열심히 하였다. 또 비가 억수로 쏟아지던 날, 명동 지하술집으로 동료들과 들어가다가 벽을 향해 홀로 막걸리잔을 들고 있는 그의 모습을 보았다. 회색 바바리 코트를 걸치고 있었다. 나는 말없이 허리를 굽히고 지나갔다. 그는 움직이지 않았다. 동료들과 함께 막걸리를 마시면서도 4~5미터 거리를 두고 앉아 있는 그에게로 향하는 내 마음과 나는 싸우고 있었다. 나는 그의 『달나라의 장난』을 읽으면서 성장했다. 『달나라의 장난』의 김수영이 4~5미터 거리에 있다. 로벨 옷셴과 같은 모습을 하고 있다. 왜 김수영이 로벨 옷셴 같다고 생각했던지 나는 모른다. 아마도 그 무렵, 나는 빈민가의 낡은 아파트 건물 사이로 걸어가는 넝마주이를 고층건물에서 내려다보고 있던 영화 『죄와 벌』의 주인공인 로벨 옷센에 취해 있었던 것 같고, 그래서 로벨 옷센 속에서 김수영을, 김수영 속에서 로벨 옷센을 보려 하고 있었던지도 모른다. 지금 생각해 보면 로벨 옷센과 김수영은 동류의 인간이 아니다. 로벨 옷센이 영화 배우답게 눈물과 우수를 진하게 칠하고 있다면 김수영은 보다 더 거칠고 앙상하게 비극적으로 드러나 있다. 그의 큰 눈만이 세계를 뚫어지게 응시하고 있을 뿐이다. 뒤에 생각한 것이지만, 로벨 옷센과 김수영의 이와 같은 거리는 로벨 옷센은 지니고 있으되 김수영에게는 없는 자유의 가용공간 때문인 듯했다. 로벨 옷센에게는 콩코르드 광장과 같은 넓이와 부피와 시간의 자유가 있었다. 그런 자유 속에서 놀고 사랑할 수 있었다면, 그랬다면 '김수영'은 그렇게 술을 마시지 않아도 되었을 것이고, 싸우지 않아도 되었을 것이다. 그런 광장을 가지지 못한 '그'의 자유는 그리하여 마침내 마르다 못해 꺾어지고 쓰러지게 되었을 것이다. 그러나 꺾어지고 쓰러짐으로써 '그'는 땅 깊이 뿌리를 내려 자유의 나무로 자랄 수 있게 되었으며, 그 싱싱한 잎과 공기와 점액질을 우리에게 줄 수 있게 되었다. 그 죽음과 재생은 「풀」과 같은 소리로 오늘도 우리에게 은밀히 속삭이고 있다.

풀이 눕는다
비를 몰아오는 동풍에 나부껴

430

풀은 눕고

드디어 울었다

날이 흐려서 더 울다가

다시 누웠다

풀이 눕는다

바람보다도 더 빨리 눕는다

바람보다도 더 빨리 울고

바람보다 먼저 일어난다

날이 흐리고 풀이 눕는다

발목까지

발밑까지 눕는다

바람보다 늦게 누워도

바람보다 먼저 일어나고

바람보다 늦게 울어도

바람보다 먼저 웃는다

날이 흐리고 풀뿌리가 눕는다

부록

김수영 연보

■ 김수영 연보

1921년(1세)

11월 27일(陰 10월 28일), 서울 종로구 종로2가 158에서 아버지 김
태욱(金泰旭)과 어머니 안형순(安亨順) 사이의 8남매 중 장남으로
태어나다.

할아버지 김희종(金喜鍾)은 경기도 파주 문산 김포, 강원도 철원 홍
천 등지의 땅에서 연 5백여 석을 거두는 지주로서 정3품 통정대부
중추의관(正三品通政大夫中樞義官)을 지냈다.

《동아일보》《조선일보》창간.

1924년(4세)

조양(朝陽)유치원에 들어가다.

1926년(6세)

이웃에 사는 고광호의 아버지가 문을 연 계명(啓明)서당에 다니며
『천자문』과 『동몽선습』 등을 읽다.

1928년(8세)

어의동(於義洞) 공립보통학교(현 효제초등학교)에 들어가다. 6학년
까지 내내 반장과 1등을 도맡아 하다.

1931년(11세)

할아버지 김희종, 70세로 돌아가시다.

1932년(12세)

용두동으로 이사하다.

1934년(14세)

9월경, 추계운동회를 마치고 장티푸스에 걸린 뒤, 폐렴과 뇌막염 병발하여 이로 인해 어의공립보통학교 6년 과정동안 뛰어난 성적을 내었음에도 불구하고 졸업식에도 참석치 못하다. 결국 중학교 진학 시험도 치르지 못하고 1년여를 요양하다.

1935년(15세)

아버지의 일방적인 선택으로 경기도립상업학교에 응시했으나 불합격했고, 2차로 선린상업학교 주간부에도 응시했으나 또다시 불합격, 같은 학교 전수부(專修部, 야간)에 들어가다.

1938년(18세)

선린상업학교 전수부 졸업하고 동교 본과(주간) 2년으로 진학하다. 이종구, 박상필과 교우하다.

1940년(20세)

용두동에서 현저동으로 이사하다.
《동아일보》《조선일보》폐간.

1941년(21세)

12월, 영어와 상업미술과 주산 등에서 우수한 성적을 거두고 선린상업학교 졸업하다. 그 이후 유학차 일본에 건너가다. 동경 조후쿠(城北)고등예비학교에 들어갔으나 그만두고 미즈시나 하루키(水品春樹)의 연극연구소에 다니다(미즈시나 하루키는 쓰키지(築地)소극장의 창립멤버로, 쓰키지가 폐쇄되자 연극연구소를 개설함).

1943년(23세)

태평양전쟁이 확전되면서 12월, 서울의 가족들이 만주 길림으로 이

주하다. 조선학병 징집을 피해 일본에서 귀국하여 종로6가 고모집에 머무르면서 부민관으로 미즈시나 하루키의 연극연구소에서 연출을 공부한 안영일을 찾아가 같이 연극을 하게 되다.

1944년(24세)
잠시 귀국한 어머니를 따라 봄에 만주 길림으로 가다. 길림극예술 연구회 회원으로 있던 임헌태 등의 조선 청년들과 독일 번역극 〈춘수(春水)와 같이〉를 무대에 올리다.
동생 수성(洙星), 일본군에 징집되어 가다.

1945년(25세)
8월 15일, 일본 항복으로 해방되다.
9월, 가족이 길림역에서 개천 평양을 거쳐 서울로 돌아오다. 임시로 종로 6가 고모댁에서 몇 개월 머물다가 그해 겨울 충무로4가에 집을 마련하여 이사를 가다.
그즈음 박상진을 통해 박인환과 임화 등을 알게 되다. 임화에 경도되어 그가 낸 청량리의 사무실에 나가 외국신문과 주간지들을 번역하다. 연극에서 문학으로 전향의 시점으로 보인다.
그후 성북동의 학교건물을 빌려 이종구와 '성북영어학원'을 개설하고 6~7개월 동안 영어를 가르치다.
8월 25일, 미군 인천에 상륙, 9월 8일부터 군정 시작.
12월 27일 모스크바 삼상회의에서 한국 5개년 신탁통치 결정. 반대 시위가 전국에서 연일 벌어짐.

1946년(26세)
4월, 연희전문 영문과에 편입했으나 곧 그만두다. 박인환이 경영하는 고서점 '마리서사'에서 김기림, 김광균 등을 만났으며, 김병욱, 임호권, 양병식, 박일영 등과 교우하다. 박일영과 간판그리기,

E.C.A 통역 등을 잠깐씩 하다. 조연현 주간의 《예술부락》에 「묘정 (廟庭)의 노래」를 발표하다.

1947(27세)

김윤성, 박태진, 이봉구 등과 교우하다.

1948(28세)

박인환, 임호권, 김병욱, 양병식, 김경린 등과 신시론(新詩論) 동인 결성. 문학적 시각차로 김병욱 곧 탈퇴하다.

4월 15일, 홍명희, 이극로, 유진오 등 학자, 언론인, 변호사, 의사, 문학인 등이 남북당국자회담을 촉구하는 '108인 선언'을 발표하다.

4월 19일, 김구와 김규식, '108인 선언'에 힘입어 남북대표자연석회 의에 참석차 평양행(5월 5일 귀경).

8월 15일, 대한민국 정부 수립.

9월 9일, 조선민주주의인민공화국 수립.

1949년(29세)

신시론 동인지 『새로운 도시와 시민들의 합창』 간행. 김수영은 이 동인지에 「아메리카 타임지」, 「공자의 생활난」을 발표하다.

1950년(30세)

김현경과 결혼하여 돈암동에서 살림을 차리다.

서울대 의과대학 부설 간호학교 영어 강사로 출강하다.

6월 25일, 한국전쟁 발발했으나 피난하지 않고 서울에 머물다.

8월 3일, 조선문학가동맹 사무실(종로2가 한청빌딩)에서 박계주, 박영준, 김용호 등과 함께 의용군에 강제 입대해 북행하다. 평남 개 천군 야영훈련소(북원훈련소)에서 1개월 동안 강훈련을 받다 9월 28일 탈출했으나 중서면에서 내무성 인민군에게 체포되다. 10월 11

일 재 탈출하여 평양을 거쳐 신막에서 미군트럭을 얻어 타고 개성을 지나 10월 28일 오후 6시경 서울 서대문 네거리에 도착하다.(유엔군은 9월 15일 인천 상륙, 9월 26일 서울 탈환, 10월 19일 평양 입성함). 바로 적십자병원 맞은편 임시 파출소에 들어가 신고하고 경찰의 만류에도 불구하고 어머니 찾아 충무로 집 근처까지 걸어갔다 체포되어 이태원 형무소로 이송되고, 다시 인천 포로수용소를 거쳐 적십자군용 병원열차 편으로 부산 서전병원으로 이송되었다가 11월 11일 부산 거제리 제 14야전병원에 수용되다.

수강, 수경 두 동생도 의용군에 강제 입대.

10월 25일, 중공군 한국전에 개입하다.

12월 26일, 가족들 경기도 화성군 발안면 조암리로 피난하다.

12월 28일, 조암리에서 장남 준(儁) 태어나다.

1951~1952년(31~32세)

거제리 제14야전병원에서 브라우닝 대위(여자)를 만나 반하고 그녀를 통해 임 간호원을 만나 마음의 안식을 얻고 성서를 읽다. 그리고 미 군의관 피스위치와 친해져 〈타임〉지와 〈라이프〉 지 등을 받아보다. 51년 2월말경 잠시 거제도로 이송되었지만 너무 서러워 적응하지 못하고 꾀병 핑계로 몇 개월만에 다시 거제리제14야전병원으로 돌아와서 1952년 11월 28일 충남 온양의 국립구호병원에서 200명 남짓한 민간억류인(civilian internee)의 틈에 끼여서 석방되면서 25개월여의 포로수용생활을 마감하다.

1953년(33세)

부산으로 다시 가다.

미8군 수송관(R.O.T.C)의 통역으로 취직하지만 곧 그만두고 선린상고의 영어교사로 취직하다.

『해군』 1953년 6월호에 산문 「시인이 겪은 포로 생활」과 『희망』 1953

년 8월호에 「나는 이 렇게 석방되었다」를 발표하다. 《자유세계》 편집장인 박연희의 청탁으로 5월 정정협정 와중에 상병포로(傷兵捕虜) 교환을 보고 쓴 시 「조국에 돌아오신 상병포로동지(傷兵捕虜同志)들에게」를 썼으나 발표하지 않다.

안수길, 김중희, 박연희, 임긍재, 김종삼 등과 교우하다.

7월 27일, 판문점에서 한국전 휴전협정 조인.

1954년(34세)

서울로 상경하다. 《주간 태평양》 편집부에 근무하다. 서울 신당동에서 다른 가족과 함께 살다가 피난지에서 돌아온 김현경과 성북동에 안착하다.

1955년(35세)

《평화신문》 문화부 차장으로 입사, 1년 가까이 근무하다.

6월 마포 구수동 41번지로 이사하여 집에서 양계를 하며 시와 번역 일에 전념하다. 김이석, 유정과 친교하다.

문학지 《현대문학》, 《문학예술》 창간.

1957년(37세)

김춘수, 이인석, 김종문, 김경린, 김규동 등과 함께 앤솔러지 『평화에의 증언』에 참여 「폭포」 등 5편을 발표하다. 제1회 〈한국시인협회상〉을 수상하다.

1958년(38세)

6월 12일, 차남 우(瑀) 태어나다.

1959년(39세)

첫시집 『달나라의 장난』을 시인 장만영의 춘조사에서 '오늘의 시인

440

선' 제1권으로 간행하다. 「사령(死靈)」 등 40편 수록하다.

1960년(40세)

4월 19일, 4월학생혁명이 일어나다. 열렬히 학생혁명을 지지하며 집회와 시위에 참여하고 「하······ 그림자가 없다」, 「그놈의 사진을 떼어서 밑씻개로 하자」, 「육법전서와 혁명」, 「푸른 하늘을」, 「가다오, 나가다오」 등을 발표하다.

4월 25일 대학교수단 시위하다.

4월 26일 이승만 대통령 하야하다.

서울대, 서라벌예대, 연세대, 이대 등에서 문학 강연을 하다.

1961년(41세)

5월 16일, 군사쿠데타 일어나다.

1965년(45세)

6월 초 한일협정의 정식 조인을 앞두고 있는 가운데 박두진, 조지훈, 안수길, 박경리, 신동엽 등과 함께 반대성명에 서명하다(한일협정은 6월 22일 정식 조인됨). 신동문과 친교하다.

이 시기, 이어령, 유종호, 김춘수, 김수영, 박경, 이범선 등 6인 중심으로 운영된 계간 『한국문학』(현암사 간)에 참여함. 시와 시작메모를 발표하였으며, 문학지와 신문 등에도 시·시론·시평을 왕성하게 발표하다.

1967년(47세)

유럽에서 활동중인 예술가, 학자, 유학생 등을 강제 피납하여 귀국시킨 소위 베를린 거점 북한대남공작단 사건 발표하다.

1968년(48세)

2월, 「지식인이 사회침여」라는 《사상계》 2월호에 실린 평론이 발단이 되어 평론가 이어령과 《조선일보》지상을 통해 5회에 걸쳐 문학의 자유와 진보적 자세에 대해 논전을 벌이다.

4월 13일, 펜클럽 주최 부산 문학세미나에 참석 「시여 침을 뱉어라」를 발표하다.

6월 15일 밤 11시 10분경 귀갓길에 구수동 버스정류장에서 버스에 치여 의식을 잃은 채 서대문 적십자병원으로 실려가 응급치료를 받았으나 끝내 의식을 회복하지 못하고 다음 날(16일) 아침 8시 50분에 숨지다.

6월 18일 예총회관 광장에서 문인장으로 장례식을 마친후, 도봉동에 있는 선영에 영장(永葬)되다.

1969년

1주기를 맞아 문우와 친지들에 의해 묘 앞에 시비 세워지다.

1974년

시선집 『거대한 뿌리』(민음사) 간행.

1975년

산문선집 『시여, 침을 뱉어라』(민음사) 간행.

1976년

시선집 『달의 행로를 밟을지라도』(민음사) 간행되다. 산문선집 『퓨리턴의 초상』(민음사) 간행.

1981년

『김수영 시선』(한국현대시문학대계 24, 지식산업사) 간행. 9월,

『김수영전집』(1권 시, 2권 산문, 민음사) 간행. 시인의 탄생일인 11월 27일을 기해 제1회 〈김수영 문학상〉 시상식을 갖다.

1988년

시선집 『사랑의 변주곡』 출간(창작과 비판사)

1991년

시비를 도봉산 국립공원 안 도봉서원 앞으로 이전하다.

2001년

최하림의 『김수영 평전』 출간(실천문학사). 10,20일, 〈금관문화훈장〉을 추서받다.

2003년

『김수영전집』(1권 시, 2권 산문, 민음사) 개정판 출간.

2012년

『김수영 사전』 출간(서정시학사)

2018년

『김수영전집』(1권 시, 2권 산문, 민음사) 서거 50주년 결정판 출간.

『김수영 평전』을 〈역사인물찾기32〉로 펴내면서

올해는 「풀」의 시인 김수영의 서거 50주년이 되는 해이다. 본사가 『김수영 평전』을 2001년에 발간했으니 17년 전의 일이다. 『김수영 평전』을 그의 서거 50주년을 맞아 실천문학사의 〈역사인물찾기 32〉로 새롭게 출간한다. 이 책이 출간하기까지 많은 우여곡절이 있었다. 이 책을 본사의 보관서고에서 발견한 것은 2017년도 상반기였다. 당시 평전인데도 본사의 역사인물찾기 시리즈에 포함되어있지 않았다.

본사는 『체게바라 평전』『스콧니어링 자서전』『닥터 노먼 베쑨』 평전 등의 〈역사인물찾기〉 시리즈가 경쟁력이 있었는데 29 『라이너스 폴링 평전』을 끝으로 지난 5~6년간 평전을 출간하지 않았다. 당시 평전 활성화에 대하여 고민 중이었기에 이 책을 발견하고 〈역사인물찾기〉 시리즈에 포함하여 33으로 새롭게 출간할 계획이었다.

2017년 상반기부터 『김병곤 평전』을 출간하기로 하여 하반기에 〈역사인물찾기 30〉으로 출간했고, 뒤이어 『이중섭 평전』과 『고바야시 다키지 평전』이 31과 32로 출간작업 중이었다. 2018년 1월에 『고바야시 다키지 평전』은 예정 대로 출간되었지만 『이중섭 평전』은 시절변수가 발생하여 유보되었고, 2018년 6월쯤 『김수영 평전』을 출간할 계획 으로 편집부에서 봄부터 편집 작업에 들어갔다. 때맞춰 공 교롭게도 김수영 서거 50주년이 되는 해였다.

그 와중에 우연히 『김수영 평전』을 다른 출판사에서 출 간한다는 지나간 기사를 접하고 해당 출판사에 '아직 본사 에 출판권이 있다'며 어떻게 된 사연인지 이의를 제기하였 다. 저자의 유족 지인으로부터 타사와 출판하기로 했다는 통보를 편집부에서 받고 편집이 중단되었다. 계약서상 아 직 출판권이 본사에 있다고 안내하니 계약서가 없다하여 계약서 사본을 발송했다. 그 이후에도 유족 측에서 또 가을 에는 모 법무법인에서 계약해지 통보를 해오는 등의 우여 곡절이 있었지만 〈역사인물찾기 32〉로 출간하게 되어 다행 이다. 그러나 이 책은 상속권자의 재허락이 없으면 3~4년 정도의 목숨만 안고 태어난 시한부 운명이다.

이 평전은 이미 1981년에 초간본을 발간했고(초판서문 참조), 20년만인 2001년에 재판(재판서문 참조)을 발간 한 책이지만 불확실한 부분들이 발견된다. 특히 6·25 직후의 김수영의 의용군 시절과 거제 포로수용소 시절이 그러하다. 거제동, 거제리, 가야, 거제도 수용소가 뒤섞여 불리어지고 있다. 더구나 거제도 포로수용소가 1951 2월말에 완공되어 포로를 수용하기 시작했는데 이 평전에선 1951년 1월경에 거제도 포로수용소에 도착했다고 되어있다. 아마도 김수영 사후 그의 어머니와 처인 김현경이 이 부분에 대하여 자세히 모르다보니 저자의 취재한계 때문일 것으로 추측된다.

다행이 자료를 찾아보니 2009년과 2010년에 김수영이 직접 써서 1953년에 발표한 산문들이 발굴되어 불확실하고 부족한 부분들이 많이 채워져있었다. 그 결정적인 자료는 「시인이 겪은 포로 생활」(『해군』 1953년 6월호)과 「나는 이렇게 석방되었다」(『희망』 1953년 8월호) 였다.

이 두 산문을 종합해보면 8월 3일 의용군에 강제지원하여 평안남도 북원리까지 갔다가 9월 28일 훈련소를 탈출하여 순천을 앞두고 중서면에서 체포되어 다시 훈련소에 투입되었다가 10월 11일 유엔군이 순천에 낙하산으로 돌입하였다는 정보를 듣고 재차 훈련소를 탈출하여 평양을 거쳐 신막에서 미군 트럭을 얻어 타고 개성을 지나 10월 28일 오후 6시경 서울 서대문 네거리에 도착하여 바로 옆의 적십자병원 맞은편 임시 파출소에 들어가 신고한 뒤 경찰의 만류에도 불구하고 어머니를 찾아 충무로 집 근처까지 걸어갔다가 체포되어 이태원 형무소로 이송되고, 다시 인천 포로수용소를 거쳐 적십자군용 병원열차 편으로 부산서전병원으로 이송되었다가 11월 11일 부산 거제리 제14야전병원에 수용된 것으로 보인다. 그리고 1951년 3월 전후 거제도 포로수용소로 이송되었다가 몇 개월 못 버티고 뼈를 어이는 설움에 가슴이 아프다는 핑계로 고향같은(브라우닝 대위와 임 간호원에게 받은 사랑때문으로 추측) 거제리 제14야전병원으로 돌아온다. 그곳에서 계속 포로생활을 하다 1952년 11월 28일 충남 온양의 국립구호병원에서 200명 남짓한 민간억류인(civilian internee)의 틈에 끼여 석방되면서 25개월여의 포로수용생활을 마감하고 자유의 몸이 된다.

그래도 이 부문에 불확실한 부분이 있다. 김수영이 처음 잡혀 포로수용소에 수용될 때 다리를 심하게 다쳤는데 본인은 잘 기억하지 못한다고 쓰고 있어 다친 원인이 불확실하며 평전에 나오는 윌리엄스 대위(흑인 간호장교)와 노봉실 간호사에 대한 언급은 없고 대신 브라우닝 대위와 임 간호사에 대하여 언급하고 있다. 그렇다면 노봉실 간호사가 임 간호사의 오기이고 윌리엄스 대위가 브라우닝 대위인가? 그런 것 같기도 하고 아닌 것 같기도 하다. 그러나 54년 11월과 55년 1월의 김수영의 일기초(抄)에 '로 선생'이라고 기록되어 있는 것을 보면 임 간호사와 다른 '로 선생'이란 여인이 있었음은 분명해보인다. 김수영이 직접 썼으니 성(姓)을 분별하지 못했을 리는 없기 때문이다. 그래서 '로 선생'이 노봉실 간호사가 아닌 제 삼의 여자일 수도 있고, 이도 저도 아니면 야전 병원에서 만난 다른 간호사일수도 있겠지만, 병원에서 계란과 김밥을 몰래 김수영의 호주머니에 넣어주어 진정하고 영원한 사랑을 얻었다고 쓰고 있는 김수영의 글을 보면 분명 평전에서 언급하고 있는 야전병원 간호사이고 미발표시 '겨울의 사랑'의 여인임에 분명해 보이는데, 평전에 대입해보면 영락없는 노봉실이니 더 연구가 필요하다.

앞으로 연구해야 할 내용은 이밖에도 많다. 김수영의 미완성 장편소설인 '의용군'의 내용 대부분이 평전에 녹아들어 있는데, 개천훈련소에 도착하기 전에 이 소설은 중단되어 그 이후의 훈련과정과 탈출과정이 불확실한 면이 있다. 평전에는 김수영이 훈련소에서 훈련만 하다가 탈출했다고 되어있지만 실전에 배치되어 전투를 했는지도 애매한 것 같다. 평전에는 '반공 포로로 석방돼 왔을 적에, 너도 사람을 죽였냐고 어머니가 묻기에 어머니, 전쟁에서는 남을 죽이지 못하면, 내가 죽어요 내가……'라고 까지만 말하고 입을 다물었다는 친구 김이석과의 대화가 나오기 때문이다.

의용군이 된 것도 자원인지 강제연행인지 모호하다. 그가 1953년 발표한 위의 두 산문에서는 강제연행으로 기록되어있지만, 미발표 장편소설인 '의용군'의 주인공 순오 (김수영)는 존경하는 임동은(임화) 시인에 경도되어 자원 한 것으로 나오는데 당시 분위기상 미발표 소설이 더 설득 있어 보인다. 막연히 동경하던 사회주의 국가인 이북에 가 보았지만 상상과 현실이 다르자 순오는 차츰 회의하게되는 데 아마도 이것이 당시 김수영의 참 모습이 아니었나 싶다.

평전 저자께서 2010년에 작고하셨기에 추가 발굴된 내 용을 수정할 수 없어 연보에 넣어 보완했다. 재판의 오타를 찾아 수정했고, 시대에 맞게 표기를 현형맞춤법에 따라 고 쳤으며, 한자는 거의 모두 한글로 바꾸었다. 그러나 해독이 혼란스런 용어는 괄호 안에 한자를 넣었고 일본식 속어 등 은 괄호 속에 주를 달았다. 또 거제동과 거제리로 혼용되는 호칭은 일반적으로 사용되는 '거제리 포로수용소'로 통일 했다. 또 권말부록의 『시와 말과 자유-김수영 아포리즘』은 이 판에서는 제외했다.

이 책이 독자들의 많은 사랑을 받았으면 한다.

2018.12.세밑

펴낸이 윤한룡

을

내
면

또

걸
어

도

라
고

노命이

꿀
니

꼬

또

시

연
되
는

고

敎襄이

꿀
나

꼬

또

시

장
되
고

敎襄
이

오
듯
이

을

걸
어
우
린!

카
운

라

위
에

갈
거

히

적

ㅂ

ㅇ

은 · 命이 · 命이 · 襄이 · 은 · 감게

내 · · · 걸 · 행
면 · 끝 · 끝 · 오 · 어 · 주
· 냈 · 났 · 듯 · 주 · 질
또 · 고 · 고 · 이 · 린! · 한

걸 · 또 · 또 · · 카 · 빠
어 · · · · 운 · 아
도 · 시 · 시 · · 트 · ·
라 · 장 · 장 · · 위 · 홀
요 · 되 · 되 · · 에 · 인
· 는 · 고

역사인물찾기 32

김수영 평전

2018년 12월 31일 1판 1쇄 펴냄
2018년 12월 31일 1판 1쇄 펴냄

지은이	최하림
펴낸이	윤한룡
편집	신한주
디자인	윤려하
관리	이소연

펴낸곳	(주)실천문학
등록	10-1221호(1995.10.26)
주소	남양주시 퇴계원읍 퇴계원로 52 405호
전화	322-2161~3
팩스	322-2166
홈페이지	www.silcheon.com

ⓒ 최하림, 2018

ISBN 978-89-392-3032-3 03810

이 도서의 국립중앙도서관 출판시도서목록(CIP)은 e-CIP홈페이지(http://www.nl.go.kr/ecip)와
국가자료공동목록시스템(http://www.nl.go.kr/kolisnet)에서 이용하실 수 있습니다.
(CIP제어번호:CIP2019000066)